Michelle Cordier

DIE TOTEN VON PARIS

Kriminalroman

BASTEI LÜBBE
TASCHENBUCH

BASTEI LÜBBE TASCHENBUCH
Band 17684

Dieser Titel ist auch als E-Book erschienen

FSC www.fsc.org
MIX
Papier aus verantwortungsvollen Quellen
FSC® C083411

Originalausgabe

Dieses Werk wurde durch die Literaturagentur Beate Riess vermittelt.

Textredaktion: Sabine Biskup, Köln
Titelillustration: © Claudia Carlsen/Arcangel; © Nongnuch_L/shutterstock
Umschlaggestaltung: Manuela Städele-Monverde
Satz: two-up, Düsseldorf
Gesetzt aus der Garamond
Druck und Verarbeitung: CPI books GmbH, Leck – Germany
Printed in Germany
ISBN 978-3-404-17684-7

1 3 5 7 6 4 2

Sie finden uns im Internet unter www.luebbe.de
Bitte beachten Sie auch: www.lesejury.de

Für meinen Liebsten
als Dank für die Reisen
in die schönste Stadt der Welt …

Kapitel 1

7. August 1944

Vor dem Eingang des Hotels blieben sie stehen. Die Leuchtreklame war nicht eingeschaltet, und die Straßenlampe trug eine dunkle Haube. Pauline konnte sich immer noch nicht an das Verdunklungsgebot gewöhnen. Die laue, fast tropische Nacht und der mondhelle Augusthimmel täuschten sommerliche Unbeschwertheit vor. Doch in Wirklichkeit war Paris grau, schäbig, ermattet und erstarrt. Es fühlte sich an, als schwitze die Stadt ihr Leiden aus, was auch an der immer noch ölschwangeren Luft liegen konnte, die das heutige Bombardement der Alliierten auf die Fabriken in Saint Ouen hinterlassen hatte. Pauline seufzte. Sie fühlte sich nicht besser als Paris.

»Kommst du heute mit hinein?«

Da war sie, die Frage. Sie zwang sich zu lächeln. Schon einmal hatte sie seine Aufforderung mit einer Ausrede abgelehnt. Es war keine Einbildung, dass seine Stimme dieses Mal die Nuance eines Befehls in sich trug.

»Ja.«

Er erwiderte das Lächeln, feine Lachfältchen legten sich um seine Augen. Nein, er war nicht direkt abstoßend, obwohl er ein verdammter Nazi war. Paul Henkmann – ja, sie waren Namensvettern – war ein großer *boche*, kräftig und athletisch zugleich. Das etwas zu große Gesicht wurde von schönen Augen dominiert. Er war elegant angezogen und roch gut, durchaus. Es war eher das Unvermeidliche, was ihr Angst machte, der Gedanke an die Unausweichlichkeit, den sie immer wieder von sich geschoben hatte.

»Gehen wir.«

Sie durchquerten die dämmrige Lobby des Hotels am Boulevard

de la Chapelle, und als die Eingangstür hinter ihr zuschlug, musste sie ein Zittern unterdrücken. Der Nachtportier schnellte hoch wie ein Springteufel, salutierte vorsichtshalber und ließ sich langsam wieder auf seinen Stuhl hinter dem Tresen sinken, denn Paul ging vorbei, ohne ihn anzusehen. Sie verkniff sich, dem Mann einen hilfesuchenden Blick zuzuwerfen, als wäre er das einzige menschliche Wesen in Paris, das ihr Leid verstand.

Sie folgte Paul die Treppen hinauf und hoffte, dass das Wasser nicht abgestellt war, sie hätte danach gern gebadet. Doch in diesem kleinen Hotel würde wohl nur die gefüllte Kanne neben einer Schüssel stehen.

Ihre Schuhe klapperten auf den Treppen, dann der Schlüssel im Schloss. Im muffig riechenden Zimmer zog sie ihre Handschuhe aus, nahm den kleinen Hut vom Haar und warf ihn auf die Kommode, neben die Emailleschüssel. Paul hängte sein Jackett auf, lockerte die Krawatte und wandte sich einer Kognakflasche zu, was sie an ihren Großvater erinnerte. Er hatte Kognak geliebt.

»Mademoiselle Drucat …«, sagte er neckend und hielt ihr ein Glas entgegen.

»Monsieur Henkmann …«, gab sie zurück und zuckte ein wenig zusammen, als sein Finger über Kragen und Knopfleiste ihrer Bluse glitt, die unter dem Kostüm zu sehen war. Sie trank einen Schluck, der ihr noch mehr Hitze bereitete, als sie ohnehin bereits fühlte, aber keinen Trost, nicht einmal eine leise Gleichgültigkeit.

Es gab jetzt kein Zurück mehr. Sie musste mit ihm ins Bett, wenn sie nicht auffliegen wollte. Sie hatte alles geplant und eingeleitet, nun musste sie die Täuschung so lange wie möglich aufrechterhalten. Sie zog das Kostüm aus, Jacke, Rock, nur schnell jetzt, sie wollte es hinter sich bringen. Paul riss die Krawatte weg, warf sein Hemd auf den Boden, dazu das schneeweiße Unterhemd aus Baumwolle. Sein Oberkörper war durchaus ansehnlich. Nicht, dass es etwas an ihrem Widerwillen geändert hätte, schon gar nicht, da er sich jetzt auf sie stürzte und sie auf das Bett drückte. Seine Hände schoben sich unter den Strumpfhalter, sie fummelte hektisch an ihm herum, um ihn zu lösen. Er durfte nicht zerrissen werden, es gab in den Läden keinen einzigen Strumpfhalter mehr zu kaufen. Und auch keine Strümpfe.

»Warte, Cherie«, schmeichelte sie und drückte sich unter ihm weg. »Mach mir nichts kaputt, sonst musst du mir etwas Neues schenken.«

»Kein Problem«, flüsterte er und küsste ihren Nacken, während sie sich auch des Unterhemdes und Büstenhalters entledigte.

»Angeber«, gab sie zurück, doch die letzte Silbe wurde von seinen vollen Lippen erstickt. Sie ließ zu, dass seine Hände von Kopf bis Fuß auf Wanderschaft gingen.

»Du bist so schön«, keuchte er und rieb sich an ihrem Becken. Der Rest des Aktes verschwamm in einem Gefühl des Unbehagens. Er war anscheinend ausgehungert und kam schnell zur Sache.

Sie machte sich steif, wandte ihren Kopf so oft wie möglich ab und ließ seine Bewegungen über sich ergehen. Die Gürtelschnalle an seiner Hose klapperte im Takt. Mit geschlossenen Augen dachte sie an das, was er ihr versprochen hatte. Und doch fühlte sie sich anders. Es war, als hätte dieser deutsche Mann eine besondere deutsche Haut, deren Geruch sich auf einen überträgt und die den heimischen Hautfilm abtötet. Jeder in dieser Stadt würde ihn an ihr riechen, so musste es einfach sein.

Die Gürtelschnalle verstummte. »Gefällt es dir nicht?«

»Oh doch, mach weiter.«

Sie küsste seine Nasenspitze und lächelte so lange, bis sein misstrauischer Gesichtsausdruck verschwunden war und er seine Leibesübungen wiederaufnahm. Sie zwang sich, stöhnende Laute hervorzubringen und ihren Ekel zu ignorieren. Ihre Augen hielten sich an einer großen Brandnarbe fest, die Paul auf seiner Schulter trug. Als er sich endlich von ihr rollte, schmiegte sie sich an ihn, damit er ihr nicht ins Gesicht sehen konnte. Sie atmete schnell, doch nicht wegen der Anstrengung. Ihre Gefühle waren verstopft, konnten nicht aus ihrem Herzen hinaus.

»Geht es dir gut?«, fragte sie.

»Oh ja.«

Allmählich wurde sie ruhiger. Er war leicht zufriedenzustellen, was ihr die Sache in Zukunft einfacher machen würde. Immer an den Plan denken, niemals aufgeben.

»Und morgen darf ich mit dir im Büro sitzen? Noch mehr dieser schönen Gemälde ansehen?«

»Natürlich, du hast ja schon gute Arbeit geleistet.«

Er reckte sich, strampelte erst jetzt seine Hose von den Beinen und zündete sich eine Zigarette an. »Ich beneide dich, Pauline. Du hast Kunstgeschichte studiert, du wohnst und lebst hier inmitten der schönsten Kunstwerke der Welt. Ich bin nicht so borniert und von mir eingenommen, dass ich deine Hilfe nicht zu würdigen wüsste.«

Ihrer Einschätzung nach kannte er sich so gut wie gar nicht mit Gemälden aus, war er doch Experte für antike Kunst. Dass der Stab ihn abgestellt hatte, konnte sie sich daher nur mit seinen Beziehungen erklären. Jeder *boche* wollte gern nach Paris, früher jedenfalls. Paul war erst sechs Wochen beim ERR – dem Einsatzstab Reichsleiter Rosenberg –, den man als nichts anderes als eine Rauborganisation bezeichnen konnte. Sein Vorgänger war nach dem letzten großen Abtransport von Kunstgegenständen nach Süddeutschland nicht wieder zurückgekehrt, was ihr durchaus recht war. Paul erledigte seine Arbeit, das Einschätzen und Katalogisieren von Gemälden und Skulpturen, auf die Weise, die ihr zugutekam. Doch er würde nicht lange bleiben, wenn seine Unzulänglichkeit ans Licht käme. Wie lange würden die Deutschen überhaupt noch bleiben? Sie musste sich beeilen. Die Arbeit dieser Räuber ging seit einem Jahr dem Ende entgegen, Frankreichs Juden und Regimegegner waren geplündert, jegliche »entartete Kunst« vernichtet und wahrscheinlich nur wenige Kunstobjekte den gierigen Augen des Einsatzstabs entgangen. Sie bedauerte, zu spät dazugestoßen zu sein.

»Wird niemand etwas dagegen haben?«

»Es sind doch kaum noch Kollegen da. Und die haben andere Sorgen.«

Womit er das Vorrücken der Alliierten meinte, die inzwischen den Seine-Bogen erreicht hatten. Im Museum Jeu de Paume schwiegen die deutschen Mitarbeiter über dieses Thema, gaben sich zuversichtlich und taten so, als hätte die Invasion nie stattgefunden. Der Führer würde es schon richten. Doch in die Herzen der Pariser stahl sich Hoffnung und verdrängte Hunger, Entbehrung und Angst.

Die Aschekrümel von Pauls Zigarette stoben durch die Luft wie kleine Fallschirmspringer und landeten auf dem Teppich. Pauline lächelte, ihr Herz wurde ein wenig leichter.

»Ich muss heim. Gleich ist Sperrstunde.«

»Soll ich einen Wagen bestellen?«

Immer wieder war sie erstaunt über die Möglichkeiten, die den deutschen Besatzern zur Verfügung standen. Benzin gab es für die Pariser Bevölkerung schon lange nicht mehr. Und das einzig Gute an der Hitze war, dass man nicht zu heizen brauchte.

»Nein, danke, den Weg schaffe ich noch.«

Sie wusch sich notdürftig, zog sich an und küsste ihn zum Abschied auf die Nase. Er streckte die Hand nach ihr aus, doch sie entzog sich seinem Griff.

»Bis morgen, Paul.«

»Danke, Pauline. Ich weiß das zu schätzen.«

Sie lächelte so falsch, dass es beinah wehtat, und winkte ein letztes Mal, bevor sie sich aus dem Zimmer schlich. Im Treppenhaus lehnte sie sich an die Wand. Er wusste es zu schätzen. Und sie? Wie sollte sie sich fühlen? Siegreich? Listig? Trotz des kalten Wassers klebte diese deutsche Schicht an ihr, die sie nie wieder würde abwaschen können. Es war das eine, auf den Sieg der FFI zu hoffen, die von den Parisern liebevoll Fifis genannt wurden, und das andere, die schmutzigen Erfordernisse ihres Auftrags erfüllen zu müssen. Doch es war so, wie es war. Und bald würde sie am Ziel sein.

Sie betrat die Straße. Es hatte sich ein wenig abgekühlt, die Luft, die sich an der Seine gesättigt hatte, schlug ihr feucht entgegen. Sie wandte sich nach Norden, zum Place Hébert, wo ihr stickiges Zimmerchen unter dem Dach eines Mietshauses auf sie wartete.

Die Erleichterung wollte sich nicht einstellen. Schon gar nicht, als sie plötzlich die dunkle Gestalt Madame Martins erkannte, die sie vom Trottoir gegenüber nicht aus den Augen ließ. Ihr rundlicher Hut erschien im fahlen Mondlicht wie ein Buckel. Kaum hatte ihre Concierge sie gesehen, hörte Pauline auch schon ihre spitze Stimme.

»So spät noch unterwegs, Mademoiselle Drucat?«

Morgen würden alle Nachbarn in der Straße Bescheid wissen, dass sie sich in Hotels herumtrieb, in denen sich Deutsche mit ihren Mädchen trafen. Das war selbst nach vier Jahren Besatzung immer noch eine Nachricht wert.

»Madame Martin, so spät auf dem Schwarzmarkt? Viel Erfolg.«

Nur weg von dieser Vettel. Pauline ließ sich nicht anmerken, wie erschöpft sie war. Weitere Passanten eilten vorbei, hasteten heim. Irgendwo bellte ein Hund. Sie zwang ihre Beine, sicheren Schrittes weiterzugehen, doch als hätte der Liebesakt sie zu einer Marionette umfunktioniert, fiel es ihr schwer, sich aufrecht zu halten. Das verhängnisvolle Bündnis, das sie vorhin eingegangen war, würde sich eines Tages als Nachteil erweisen, das spürte sie. Doch es war die einzige Chance, an ihr Ziel zu gelangen: ein Ziel, das vor drei Wochen ihr Leben verändert hatte. Sie hatte es gesehen, mit eigenen Augen, an ihrem Arbeitsplatz im Museum Jeu de Paume. Und es war wunderschön gewesen.

Gleich am folgenden Tag war sie um Paul Henkmann herumgeschlichen, um ihn auf sich aufmerksam zu machen. Und eine

Woche später war sie seine Gehilfin geworden, doch sie musste noch näher an ihn heran.

Ganz ruhig, Pauline. Eins nach dem anderen, Schritt für Schritt. Sie trat nun in die entscheidende Phase. Ob ihr die Alliierten einen Strich durch die Rechnung machen oder ihr Paul Steine in den Weg legen würde, konnte sie nicht einschätzen. Alles war offen, alles war möglich in dieser Stadt, die Morgenluft witterte.

Sie erwischte die letzte Metro. Die dunklen Tunnel zogen vorbei, ein Wehrmachtssoldat in Uniform schlief zusammengesunken einige Plätze vor ihr. Auf dem Boden des Abteils weggeworfene Metro-Billetts mit der ihnen ganz eigenen Markierung. Pauline lächelte. Wenn die Deutschen wüssten, dass ganz Paris diese Billetts so einriss, dass das englische Victory-Zeichen entstand …

*

»Heil Hitler«, sagte Pauline einige Tage später zur Wache am Museum Jeu de Paume und betrat das Gebäude, nachdem sie ihren befristeten Sonderausweis und ihren Personalausweis vorgezeigt hatte. Sie ärgerte sich darüber, dass ihr die Aussprache des H so schwerfiel. Die beiden Männer, eher Jungs mit ihren kaum zwanzig Jahren, starrten ihr auf das Hinterteil, doch das war sie bereits gewohnt.

Im Flur kam sie an Rita Valladons Büro vorbei. Die dunkelhaarige Konservatorin, die ebenfalls mit der Résistance zusammenarbeitete, war ihr Vorbild, hatte sie doch das Gleiche im Sinn wie Pauline: die Rettung von Kunstobjekten aus jüdischem Besitz. Rita hatte sich erst dagegen gewehrt, sie als Gehilfin anzunehmen. Immer wieder hatte sie auf die Gefahr hingewiesen, in die Pauline sich begeben würde. Und lange musste Pauline Überzeugungsarbeit leisten, indem sie die Vorteile ihrer Mithilfe ins Feld führte – obwohl es eigentlich keine gab außer ihrer Bereitschaft, bis zum Äußersten zu gehen.

Rita, früh und fleißig wie immer, erwiderte ihren Gruß durch die halb offenstehende Tür mit einem würdevollen Kopfnicken, dann betrat Pauline Pauls Büro, ging zu dem Schreibtisch, den er ihr zugewiesen hatte, und nahm den Hut ab.

Es war noch früh, vor acht Uhr, er saß bestimmt noch in der Metro. Sie öffnete das Fenster, um frische Luft hereinzulassen. Das Jeu de Paume, das alte Ballhaus, in dem sich die Pariser Hautevolee früher mit einer Art Faustball vergnügt hatte, thronte über den Louvre-Gärten und ging auf den Place de la Concorde hinaus. Hin und wieder ratterte ein Fahrzeug vorbei, und als Pauline die Luft anhielt, um zu lauschen, hörte sie deutlich marschierende Schritte, kraftvoll und Angst einflößend. Die deutschen Militärs stellten ihre Einheiten um, riegelten die Stadt ab. Zu nah waren die Alliierten bereits.

Sie ging zu Pauls Schreibtisch. Da war es wieder, das Foto. Warum hatte er es so prominent vor seine Schreibtischlampe gestellt? Sie nahm es an sich, um jedes Detail mit gierigen Augen zu betrachten: diese Kontraste, die fast greifbare Stofflichkeit, das Gesicht mit dem leicht spöttischen Ausdruck. Das Original hatte sie eher zufällig in einem Lagerraum entdeckt und hätte beinahe laut aufgeschrien vor Überraschung. Doch am nächsten Tag war es verschwunden. In der angrenzenden Ausstellungshalle hatte sie gestern wieder gesucht, doch es stand nicht bei den anderen Gemälden, die bereits verpackt und verschnürt auf den Abtransport in den Louvre warteten. Und das Depot in der Rue de Richelieu war bereits geräumt worden. Das Bild war vielleicht schon fort, in den Händen dieser Banausen.

Immer wieder tat ihr der Anblick der leeren Wände in den Gemäldegalerien weh. Paul hatte die Aufgabe, sich um die Fotothek zu kümmern, der Fotoapparat lag im Tresor, und die Verzeichnisse fand sie wie immer auf seinem Tisch. Hastig stellte sie das Foto wieder an seinen Platz und fuhr mit dem Zeigefinger über die säuberlich geschriebenen Listen. Namen, Adressen, gelieferte

Kunstgegenstände, alles notiert und katalogisiert. Hinter fast jedem Namen war eine Bemerkung unter »Sonstiges« angegeben, so lapidar gehalten, dass es das Grauen nicht zeigte, das sich dahinter verbarg. Die ehemaligen Eigentümer waren entweder geflohen oder verhaftet worden. Wohin brachte man all diese Männer, Frauen und Kinder? Wie groß mussten die Arbeitslager sein, von denen man immer öfter hörte, und wie groß der Arbeitskräftemangel in Deutschland? Oder wurden diese Menschen allesamt eingekerkert? Und alles nur, weil sie Juden waren?

Wie Onkel Rabinovich. Pauline wurde traurig zumute, und die Erschöpfung kehrte zurück. Nicht nur körperlich. Als Angestellte der Deutschen hatte sie zumindest eine höhere Einstufung bei den Lebensmittelmarken erhalten. Nein, es war die endlose Furcht, die sie auslaugte. Manchmal bereute sie, auf die verrückte Idee gekommen zu sein, sich beim ERR einzuschleichen, um irgendetwas zu retten: Gemälde, Plastiken, Menschen. Doch zwei Mal war es ihr gelungen, eine Durchsuchung zu verhindern und den Bewohnern der avisierten Adresse zur Flucht zu verhelfen.

Und dann ihre wichtigste Aufgabe: die Suche nach diesem einen Bild. Das alles ließ sie ausharren. Pauline lächelte versonnen und konzentrierte sich wieder auf die Liste.

Das Knallen einer Tür hallte durch den Flur, sie warf die Liste auf den Tisch, als hätte sie sich daran verbrannt. Als Paul eintrat, saß sie bereits wieder auf ihrem Stuhl, über ein Gutachten gebeugt, das sie noch in der richtigen Akte ablegen musste.

»Bonjour.« Sie lächelte ihn munter an.

»Heil Hitler.« Paul legte seine Tasche auf den Tisch. Ihr Gesicht fror ein, wieder hatte sie diesen dummen Fehler begangen.

»Du weißt, meine Aussprache …« Paul hatte schlechte Laune, sie sah es an seinem verkniffenen Mund. »Ist etwas, Cherie?«

Er seufzte auf. »Wir haben den Befehl bekommen. Die Stäbe und nicht kämpfenden Einheiten.«

Diese Theatralik, diese ausufernde Geste, mit der er seine Worte unterstrich. Er stützte sich auf der Tischplatte ab. Langsam hob er den Kopf, sah ihr tief in die Augen. Pauline fühlte sich in ein Theater versetzt, zu Hamlets Monolog.

»Ich habe es kommen sehen. Es heißt Abschied nehmen, Pauline.«

Ein Prickeln erfasste ihren Körper. *Nein, bitte noch nicht …* »Den Befehl? Welchen?«, brachte sie hervor.

»Räumung der Dienststelle, Vernichtung von Akten, Abtransport.«

Es kam ihr gelegen, dass sie nach Luft schnappen musste, sicherlich wirkte es wie Bestürzung über das Ende ihrer Beziehung. »Aber … aber …«

»Die Alliierten rücken näher. Wir packen hier alles zusammen.« Er sah sich um, wies auf die Akten, Papiere, Gemälde.

»Heute? Jetzt?«

»Sofort. Gleich kommt ein Lkw. Und ein paar Helfer. Die Sachen gehen mit dem Zug und teils auch mit dem Flieger von Le Bourget aus. Das ist sicher nur ein taktischer Rückzug, bis der Führer diese Schweine wieder vertrieben hat. Es kann nicht sein, es kann nicht …« Seine Stimme verklang im Zweifel.

»Sicher nur vorübergehend«, tröstete sie. »Aber trotzdem, du fährst heim und überlässt mich diesen Cowboys?«

Zum Glück schwieg er und bot ihr nicht an, sie nach Süddeutschland mitzunehmen, um dort gemeinsam die Bilder für das geplante Führer-Museum einzulagern.

»Ist dein Chef schon fort?«

Er nickte und sah auf die Uhr. »Erst die Räumung, dazu bekomme ich gleich noch Besuch. Verdammt.«

Sie klammerte sich an die Hoffnung, dass sich die Räumung der Dienststelle verzögern würde. Bei dem bald herrschenden Durcheinander hätte sie gute Chancen, dort zu suchen, wo sie bislang nicht hingelangen konnte. Das Archiv mit den hohen Schränken, ein paar Hallen, die unter Verschluss gestanden hatten.

»Es tut mir leid, Pauline. Wir sehen uns sicher bald wieder. Ein paar Wochen vielleicht nur … Aber ich muss dir sagen, dass heute dein letzter Tag hier ist. Wir sollen bis morgen früh fertig sein.«

Seine Worte kamen einem Schlag ins Gesicht gleich. Alles war umsonst gewesen: die drei Nächte voller Widerwillen in seinem Bett, ihre Suche nach dem Bild, ihre niemals enden wollende Angst vor der Entdeckung. Die Zeit rann ihr durch die Finger. Schwerfällig nickte sie und stand auf, umrundete den Schreibtisch. Aus den Augenwinkeln bemerkte sie, dass ein großer Mann durch die Tür getreten war und auf Paul zu warten schien.

Sie seufzte. Es war nicht nötig, die Enttäuschung auf ihr Gesicht zu zwingen. Ihr Ausdruck machte ihm offenbar Sorge, denn er streckte versöhnlich den Arm nach ihr aus. Sie trat vor ihn. Spielerisch fuhr sie über seinen Hemdkragen, dann glitt ihre Hand zum Bild an der Lampe. Ein letzter Versuch.

»Was ist mit diesem Gemälde hier? Soll ich damit anfangen?« Sie zuckte zusammen, als er ihr das Foto aus der Hand riss und in seine Innentasche steckte. Mit einem Mal wirkte er angespannt.

»Der Führer selbst hat es angefordert. Aber ich mach das schon. Bis gleich.« Er ließ sie stehen, um mit seinem Besucher, der verärgerte Gesten ausführte, den Raum zu verlassen.

Der Führer! Pauline hatte kaum die letzten Worte verstanden, nur dieses Wort, das unaussprechliche, wirbelte durch ihren Verstand. Ihr Mund wurde trocken. Sie konnte es nicht begreifen, und doch war es so. Das Bild war nicht einfach nur ein bekanntes Gemälde. Der Führer, der Gröfaz, der Weltenlenker und sie – im Wettlauf um Raffaels *Porträt eines jungen Mannes*.

Kapitel 2

13. September 1944

Der Quai – wahrhaftig der Quai. Jean Ricolet stand vor dem Gebäude Quai des Orfèvres Nr. 36 auf der Ile de la Cité und legte den Kopf in den Nacken, um die Fassade zu betrachten. Gleich würde er den ersten Schritt über die Schwelle tun und seinen Dienst antreten. Sein Herz klopfte ihm in der Kehle, seine Knie wurden weich, die Hände feucht.

Die Wachposten vor dem Eingang unterstrichen die Wichtigkeit dieses erhabenen Hauses. Und es waren nun endlich keine Wehrmachtssoldaten mehr, die jeden Eintretenden kontrollierten. Paris war befreit und erholte sich langsam von seiner zweiwöchigen Siegesfeier. Hier und dort sah man noch Einschusslöcher, so wie vorhin an der Präfektur, und manchmal war Ricolet noch auf Reste der Barrikaden gestoßen, hinter denen sich Kämpfer der Résistance verschanzt hatten. Die Stimmung in der Stadt war nun gedämpft, als hätte jedermann einen Kater. Alle außer ihm selbst, denn er war nüchtern und voller Tatendrang. Er war erst vorgestern angekommen und brannte auf seinen Einsatz.

Die Lage seines neuen Arbeitsplatzes war einfach atemberaubend: Die Seine umrahmte die Ile de la Cité, Bäume warfen kühle Schatten auf den kleinen Platz, der sich dem Quai anschloss, und flussabwärts sah man nach nur wenigen Schritten die Türme von Notre Dame. Im Osten ragten die Schlote einiger Fabrikgebäude auf, zwei Lastkähne lagen am Kai, in der Nähe der Weinlager von Bercy. Der Justizpalast und die Präfektur erhoben sich stolz südlich des Quais, nur zwei Einsatzfahrzeuge der Beamten parkten auf dem Hof, umgeben von den Fahrrädern, mit denen sie zur Arbeit gekommen waren.

Jetzt begann sein Pariser Abenteuer. Ricolet setzte sich in Bewegung. Seine Hand umklammerte das Einstellungsschreiben der Präfektur, dann zeigte er es den Wachposten vor.

»Kommissar Brulait, erster Stock«, sagte einer von ihnen und wies auf die entsprechende Tür.

Ricolet öffnete und trat ein. Kühle, abgestandene Luft schlug ihm entgegen, doch sie erschien ihm wie der Duft des Erfolges. Lange Flure taten sich vor ihm auf, in denen Satzfetzen widerhallten, Treppenhäuser, in denen Schritte zu hören waren. Im Schlauch des ersten Stockwerks angekommen, arbeitete er sich anhand der beschilderten Türen vor.

Es war dämmrig, nur ein Fenster am Ende des Flures erhellte einen Teil des Gangs, doch hier und da sah er in Räumen und Winkeln Aktenschränke stehen, aus denen Dokumente und Ordner heraushingen. Das Gedärm aus Papier setzte sich auf dem Boden fort. Entweder das Werk geflüchteter Nazis oder der hilflose Versuch der geflohenen Vichy-Beamten, kompromittierende Taten zu verschleiern, was ihm wahrscheinlicher erschien. Niemand hatte sich die Mühe gemacht aufzuräumen. Die ehemaligen Präfekten, die in ihren Bilderrahmen an der Wand hingen, betrachteten missbilligend die Unordnung.

MORDDEZERNAT stand auf dem nächsten Emailleschild. Hier war er richtig. Er atmete tief ein, presste seine Aktentasche an sich und klopfte an. Ein Brummen ertönte, das er für eine Aufforderung hielt. Er betrat den Raum, in dem zwei Männer an ihrem Arbeitsplatz saßen. Weitere vier Schreibtische waren verwaist, auf einem lagen aufgeschlagene Akten. Im Sonnenlicht schimmerte der Staub auf den grünen Lampenschirmen.

»Bonjour, Inspektor Ricolet meldet sich zum Dienst.« Er bemühte sich, seinen cevenolischen Akzent zu unterdrücken, und nickte freundlich in die Runde.

Ein dicklicher Mann mit schütterem Haar sah kurz auf und gab seinem Kollegen einen Wink. Dieser, ein Mann von ungefähr dreißig Jahren, der sich wegen der Hitze die Hemdsärmel über die muskulösen Unterarme geschoben hatte, lächelte Ricolet zu und stand auf. Sein Gesicht war derb, aber sympathisch.

Ricolet betrachtete den modernen Schnitt seiner Hose und die feinen Lederschuhe. Verglichen mit diesem Mann kam er sich wie ein Bauerntrampel vor.

»Willkommen bei der Sûrete, Inspektor Ricolet. Mein Name ist Inspektor Dulac, das dort ist Inspektor Moronde.« Sein breites Kinn wies zu dem anderen Mann, der auf eine Schreibmaschine einhämmerte und nur ein vages Nicken von sich gab.

»Jean Ricolet.«

Sie schüttelten sich die Hände, und Dulac machte eine ausladende Bewegung. »Suchen Sie sich einen Platz aus. Sie haben die freie Auswahl.«

»Nicht mehr viel los hier, was?«, wagte Ricolet zu fragen.

»Ist es bei Ihnen anders?« Dulac zog verwundert die Augenbrauen hoch.

»Nun, vielleicht ein wenig.« In seiner Dienststelle war nur ein Kollaborateur verhaftet worden, worauf er fast stolz war.

»Südzone?«

Ricolet nickte. »Alès.«

»Alès? Wo liegt das denn?« Moronde verzog den Mund zu einem abfälligen Lächeln. Was er nicht kannte, existierte wohl auch nicht.

»Was glauben Sie?«, gab Ricolet ruhig zurück.

»Das ist unten im Süden, wo es fast nur Protestanten gibt und wo die Menschen in Hungerszeiten Baumrinde und Moos kochen.«

Dulac ging zu seinem Tisch zurück. Seine Belehrung klang beiläufig und war nicht einmal verletzend. Schließlich hatte er ja recht.

»Nun, inzwischen wissen wohl auch viele Pariser, wovon man Dünnpfiff kriegt«, sagte Ricolet mit einem Grinsen.

Sein neuer Kollege Moronde starrte ihn empört an, doch Inspektor Dulac brach in lautes Gelächter aus. »Gut gekontert, Ricolet!«

Doch Moronde ließ nicht locker: »Protestanten? Ich hoffe, Sie gehören nicht dazu.«

»Doch, tue ich. Und zur Résistance.«

»Lassen Sie das mal nicht Brulait hören«, murmelte Moronde kaum hörbar.

»Still, Charles. Es ist gut.« Auf die knappe Handbewegung Dulacs hin verstummte der ältere Inspektor, doch Ricolet fühlte, wie seine Ohren zu glühen begannen. Er atmete tief ein.

»Ich hoffe, dass ich hier helfen kann. Unsere Arbeit sollte doch wichtiger sein als alle Ressentiments.«

»Auf jeden Fall. Hier stapeln sich tote und lebendige Kollaborateure. Man wird wohl bald ein Sondergericht einrichten, das solche Fälle bearbeitet. Wir haben also viel Arbeit vor uns.«

»Schöne Aussichten.« Ricolet seufzte, vergaß aber das Lächeln nicht, um seine Worte zu entschärfen.

Abtasten, prüfen, einschätzen, das übliche Prozedere beim Antritt einer neuen Stelle. Er war nicht schüchtern, doch dieser Moloch von Stadt, die fremden Menschen und dazu die Libération – das war alles ein wenig viel auf einmal. Er stellte seine Aktentasche auf eine Tischplatte, die Dulacs Tisch gegenüberlag, während Moronde sich am Fenster einquartiert hatte, wohl um sich durch einen Blick auf die Seine ablenken zu können. Die Fenster auf der gegenüberliegenden Seite wiesen in den dunklen Innenhof des Gebäudes, in dem früher Goldschmiede das Geschmeide ihrer adeligen Kundschaft angefertigt hatten.

Dulac schien ein friedfertiger Zeitgenosse zu sein, Moronde ein brummiger Beamter, der resigniert hatte. Doch der Schein konnte täuschen. Auf seinen direkten Vorgesetzten war Ricolet sehr gespannt. Warum Kommissar Brulait wohl schlecht auf die Résistance zu sprechen war? War er gar ein Vichy-Anhänger und trotzdem unangefochten auf seinem Platz geblieben? Dann musste er gute Beziehungen haben. Ricolet schob einen Finger unter den Hemdkragen, die Krawatte schien mit einem Mal zu eng gebunden zu sein.

Er griff in seine Tasche und holte den alten Füllfederhalter heraus, den sein Vater ihm zum Abschied geschenkt hatte. Die abgeschabte Kappe schimmerte, ein Relikt aus einer früheren Zeit, in der dieser als Richter in Alès tätig gewesen war. Recht und Ordnung, Gerechtigkeit und Moral, das waren die Werte, die sein bisheriges Leben geprägt hatten. Diese Inspektorenstelle – sie war mehr als eine Versetzung. Sie war ein Mittel, um seinen alten Herrn stolz zu machen, doch ebenso eine Abnabelung, ein Schritt in ein selbstständiges Leben. Er fühlte sich frei, losgelöst von seinem bisherigen Zustand des Lernens und Gehorsams. Der Krieg hatte ganz Frankreich auf den Kopf gestellt. Hier in der Hauptstadt ein neues Leben anzufangen, mitzuwirken an einer neuen Gesellschaft, das waren seine Ziele. Es machte ihm nichts aus, dass er diesen Posten nur erhalten hatte, weil der neue Präfekt der Sohn eines engen Studienfreundes seines Vaters war. Die Leere, die durch die Verhaftung oder Flucht von Kollaborateuren entstanden war, musste schließlich schnellstens ausgefüllt werden.

Er legte den Füller auf die Schreibtischunterlage aus Gummi und starrte ihn an. So lange, bis Dulac sich räusperte. Ricolet tauchte aus seinen Gedanken auf.

»Wollen wir?« Dulac wies auf eine Tür, die in das Nebenzimmer führte.

»Ja, natürlich.«

Ricolet sprang auf, strich Weste und Sakko glatt und folgte Dulac, der nach einem Klopfen das Nebenzimmer betrat, aus dem ihnen Zigarettenrauch entgegenquoll. Hinter der Wolke befand sich ein Schreibtisch, hinter dem wiederum ein etwa fünfzigjähriger Mann thronte, dessen schmale Augen ihn scharf musterten.

Als Kommissar Brulait sich erhob, bedauerte Ricolet wieder einmal, dass er selbst nur von knapp durchschnittlicher Größe war. Brulait hingegen hatte eine massige, Respekt einflößende Statur, strich sich durch das volle, leicht ergraute Haar und trat hinter dem Tisch hervor, während er sein Jackett zuknöpfte.

»Willkommen bei der Sûreté, Inspektor Ricolet. Hatten Sie eine gute Reise? Wurden Sie behindert?«

»Bonjour, Monsieur le commissaire. Alles verlief gut, es gab keine Probleme. Ich freue mich, hier sein zu dürfen.«

Ein seltsames Lächeln erschien auf Brulaits scharf geschnittenem, fast gut aussehendem Gesicht, das von einem akkurat getrimmten Schnurrbart geziert wurde.

Dulac empfahl sich und verschwand wieder im Zimmer der Inspektoren. Der Händedruck Brulaits war fest und wohlwollend, und Ricolets Unbehagen verflüchtigte sich. Sein Blick streifte kurz die gelben Fingerspitzen des Kommissars und den überfüllten Aschenbecher auf seinem Tisch. Zigaretten – gute Beziehungen, also aufpassen.

»Haben Sie schon eine Unterkunft? Telefon?«

»Ja, auf dem Montmartre, Rue Ravignan. Die Concierge hat ein Telefon.«

»Weiter entfernt ging wohl nicht.« Brulait seufzte. »Lassen Sie mich klarstellen, was ich von meinen Inspektoren erwarte.« Er setzte sich wieder in den bequemen Bürostuhl, während Ricolet wie ein Schuljunge vor dem Tisch stehen blieb.

»Höfliches, tadelloses Auftreten. Die Pariser haben lange genug die *boches* bellen hören und ihre Stiefelschritte unter ihren Fenstern vernommen. Wir müssen der Bevölkerung wieder Vertrauen in unsere Arbeit einflößen.«

»Jawohl, Chef.«

»Unbedingter Gehorsam. Ich bestimme, was passiert und was nicht passiert. In diesen Tagen ist es wichtig, nicht in ein bestimmtes Fettnäpfchen zu treten.«

Der erhobene Zeigefinger. Das Fettnäpfchen der Kollaboration. Ricolet nickte und wartete gespannt auf die nächste Geste.

»Eine ordentliche, straff organisierte Arbeitsweise. Sie glauben nicht, was in diesen dunklen Jahren an Schlamperei stattgefunden hat, sowohl im ermittlungstechnischen als auch im verwaltungstechnischen Bereich. Es hat einfach niemanden interessiert. Aber jetzt interessiert es mich!« Der Kommissar hatte erst die geballte Faust erhoben und klopfte sich jetzt auf die breite Brust, die von einer Krawatte in gedeckten Farben geziert wurde. »Halten Sie sich an die beiden Inspektoren, die mir noch geblieben sind, dann werden Sie sich schnell einleben.«

»Davon bin ich überzeugt, Chef.«

»Und nennen Sie mich nicht Chef.«

»Jawohl, Monsieur le commissaire.«

»Es ist alles ein wenig schwierig momentan, aber mit etwas gutem Willen werden wir bald wieder die gewohnte Schlagkraft haben. Wir setzen Sie an einen Todesfall, der sich gestern ereignet hat. Dulac wird Sie einweisen.«

Brulait neigte sein Haupt einer Akte zu, während seine Hand nach dem Zigarettenetui tastete, als hätte die Ansprache ihn ermattet. Ricolet sah dies als Entlassung an.

»Danke, Monsieur le commissaire.«

*

Nur zehn Minuten später quälte er sich durch einen Bericht, der in krakeliger Handschrift verfasst worden war. Die Worte Dulacs klangen noch in seinen Ohren: »Ein Lynchmord.«

»Wer macht denn den Fall Petiot?«, fragte Ricolet beiläufig. Denn insgeheim hatte er gehofft, dass er bei der Suche nach dem Massenmörder helfen durfte. Die Zeitungen waren immer noch voll von dessen Gräueltaten und käuten sie genüsslich wieder.

Dulac zuckte mit den Schultern, offenbar ein wenig enttäuscht.

»Der Geheimdienst, die Fifis, alle suchen ihn. Petiot ist verdammt gerissen. Wenn Sie gleich einen Blick auf die Beweise werfen möchten, kein Problem. Das Gepäck der Ermordeten füllt oben einen ganzen Saal. Und immer noch kommen Menschen, die einen Angehörigen oder Nachbarn vermissen und die Koffer prüfen wollen. Wir hier machen eben den Rest, sozusagen.«

Ricolet lief ein Schauder über den Rücken. In dem Haus eines gewissen Dr. Petiot in der Rue le Sueur war im März ein Ofen gefunden worden, verbrannte Knochen, eine Grube mit Löschkalk, vertrocknete Leiber. Niemand wusste, wer all diese Toten waren. Man konnte sie nicht identifizieren. Der praktizierende Arzt Petiot war geflohen und seitdem unauffindbar. Nach und nach stellte sich heraus, dass dieser sich hier und dort als Fluchthelfer ausgegeben hatte, doch anstatt seinen Kunden zu einer Passage nach Argentinien zu verhelfen, tötete er sie und raubte sie aus. Man hatte zahlreiche Koffer gefunden, stumme Zeugen einer nicht erfüllten Hoffnung. Diese warteten nun darauf, den verschwundenen Menschen und mutmaßlichen Mordopfern zugeordnet zu werden.

Das war ein anderes Kaliber als der Mord an einer untreuen Ehefrau in den Cevennen, dachte Ricolet. Doch dann blätterte er weiter in seiner dünnen Akte und erfuhr, dass der Fleischermeister Jerome Cortulet im 9. Arrondissement angeblich seinen Kunden Hunde- und Katzenfleisch für ihre Lebensmittelkarten ausgehändigt hatte. Das ordentliche Fleisch hatte er an Restaurants verkauft, in denen Nazis ihre wilden Partys gefeiert hatten. Es fiel Ricolet vor diesem Hintergrund schwer, Mitleid mit diesem Fleischer zu entwickeln, der von seiner wütenden Kundschaft nach einer lautstarken Pöbelei erschlagen worden war. Ein einzelner Täter ließ sich nicht ermitteln, und die Zeugen logen das Blaue vom Himmel herunter. Ricolet ahnte, dass die Ermittlungen zu keinem Ergebnis führen würden.

»Dieser Fall ist zäh wie Gummi. Es wird nichts dabei herauskommen«, konstatierte er eine Stunde später.

»Ich weiß«, sagte Dulac ohne aufzusehen. »Prüfen Sie, ob sich nicht Gerüchte hinter den Anschuldigungen verbergen. Vielleicht wollte jemand, dass er von der Menge erschlagen wird oder als Kollaborateur hinter Gitter kommt. Befragen Sie die Nachbarn und Kunden noch einmal. Hören Sie sich in der Familie des Toten um. Er war bislang ein unbescholtener Mann.«

Ricolet nickte nachdenklich. Natürlich, auch das war möglich. Man durfte nicht jeder Behauptung Glauben schenken. Prompt war er in ein Fettnäpfchen getreten, in das der Schlamperei.

*

Es war heiß. Die fast tropische Abendluft war vielleicht ein Grund für Paulines Kopfschmerzen. Oder die aufreibende Suche nach Lebensmitteln auf dem Schwarzmarkt. Von der Blumenhändlerin am Place Hebert hatte sie beinahe zu spät erfahren, dass man Kartoffeln an der Rue Cail in der Nähe der Gleise zum Gare de l'Est anbot. Sie war schnell durch die Straßen gelaufen und hatte glücklicherweise noch zwei Kilo von einem Bauern ergattert, der auch Eier und geräucherten Schinken anbot. Nun stieg sie mit einer gefüllten Tasche durch die Dämmerung die Eisentreppe hinauf, die die Gleise und einen alten Hinterhof, in dem der Handel stattgefunden hatte, mit der Straße verband.

Oben angekommen fuhr sie sich durch das unbedeckte Haar und sah sich um. Hier und da noch Frauen, die ihr zunickten, als wären sie alle Mitglieder eines Geheimbundes. Sie trug ihr ältestes Kleid und hatte sich kaum geschminkt, damit sie nicht auffiel. Obwohl die Polizei wusste, dass die Pariser ohne den Schwarzmarkt nicht überleben konnten, hatte erst gestern eine Razzia in der Gegend stattgefunden, um kriminelle Geschäftemacher zu verhaften. Heute war alles gut gegangen.

Sie wandte sich wieder nach Norden. Es war noch belebt um zehn Uhr abends, vor den Bistros saßen vereinzelt Gäste an den

Tischen, oftmals nur vor einem Glas Wasser. Es gab ja kaum etwas, Kaffee und Alkohol waren Mangelware. Man unterhielt sich, lachte miteinander. Das dunkle Gespenst der deutschen Besatzung war endlich vertrieben. Pauline erinnerte sich nur zu gut an die Befreiung und die Kopfschmerzen, die sie sich durch zahlreiche Trinkgelage mit Selbstgebranntem zugezogen hatte, und lächelte. Es herrschte wieder Friede in Paris. Sie hoffte mit aller Kraft, dass die Nazis, die nach wie vor an den Endsieg glaubten, bald zum Aufgeben gedrängt wurden.

Sie überquerte gerade den Boulevard de la Chapelle. Nur selten fuhren Autos und Busse auf den Straßen, und am Place de la Chapelle waren nur wenige Passanten unterwegs. Da merkte sie, dass jemand mit ihr vom Boulevard abgebogen war. Leise tappende Schritte hörte sie hinter sich, und als sie sich umdrehte, sah sie einen Mann, der einen eleganten Sommeranzug und einen leichten Hut trug. Nicht weit entfernt lagen die Gleise, ansonsten säumten nur schäbige Häuser und Schuppen ihren Weg. Pauline war ein wenig unwohl, denn hier würde sie kaum jemand um Hilfe rufen hören.

Der Mann näherte sich. Pauline umklammerte ihre Tasche, obwohl ihr Instinkt ihr sagte, dass es der Unbekannte nicht auf ihre Kartoffeln abgesehen hatte.

»Pardon, sind Sie Mademoiselle Pauline Drucat?«

Der große Mann war einige Schritte vor ihr stehen geblieben. Pauline erkannte in der Dunkelheit nur schemenhaft ein Gesicht mit einer scharf geschnittenen Nase.

»Wer will das wissen?«, gab sie schnippisch zurück.

»Ich. Es tut mir leid, dass ich Sie hier einfach so anspreche. Einen schönen Gruß von Paul Henkmann wollte ich Ihnen bestellen, wir sind ja beide mit ihm bekannt.«

Ihr Herz begann zu klopfen. Der Mann sprach mit einem leichten Akzent. Wer war er? Wollte er sie prüfen und als Kollaborateurin anklagen?

»Grüße von Paul? Den kenne ich kaum. Der müsste doch längst abgehauen sein, oder?«

»Nun, ich weiß es nicht genau. Eigentlich müsste er in Deutschland angekommen sein. Sie kennen ihn ja gut genug, um zu wissen, dass er immer sehr gewissenhaft ist. Seltsam, dass er sich nie bei Ihnen gemeldet hat. Keine Karte, kein Anruf?«

»Nein, ich habe nichts von ihm gehört.«

»Wie schade.« Die Stimme des Mannes war leiser geworden, doch das Bedrohlichste war der Schritt, mit dem er nun auf sie zutrat. Hinter ihr lag nur wüstes Brachland, zerbombte Schienen und ein baufälliges Lagerhaus.

»Wer sind Sie? Was wollen Sie von mir?«

Sie stieß ihn an der Brust zurück, als er sich vorbeugte. Doch da streckte er die Arme aus, packte sie an den Schultern und drückte sie gegen die roten Klinkersteine der Hauswand, die sich schmerzhaft in ihren Rücken bohrten.

»Mademoiselle Drucat, Sie sind die Enkelin des Kunsthistorikers Joseph Bouquet, der einmal ein wundervolles Bild besaß.«

Das Porträt! Es ging also um das Gemälde, das Hitler so lieb und teuer war. »Ja, und?«

»Sicher wissen Sie, in wessen Hände es gekommen ist. Ein Jude hat es damals gekauft. Und so gelangte es schließlich an Paul Henkmann. Wo ist das Bild jetzt?«

»Das weiß ich doch nicht!«, stieß sie empört hervor.

»Weichen Sie mir nicht aus. Sie haben versucht, es Paul abzuschwatzen, nicht wahr? Ein Foto lag auf seinem Schreibtisch.«

Und nun wusste Pauline, wer dieser Mann war. Sie hatte ihn an ihrem letzten Arbeitstag von Weitem im Jeu de Paume gesehen, es war der Besucher, der Paul so dringend hatte sprechen wollen.

»Sie haben uns gesehen«, sagte sie leise.

»Ja. Und ich vermute, dass Sie nur deshalb zum ERR gegangen sind. Sie wollten das Bild wieder in den Besitz Ihrer heruntergekommenen Familie bringen, nicht wahr?«

»Woher wollen Sie das alles wissen?« Pauline gab sich unbeeindruckt, obwohl ihr der Schweiß bereits die Bluse durchnässte. Ein Pferdefuhrwerk rasselte vorbei, doch der Unbekannte stellte sich so nah vor sie, dass sie keine Möglichkeit hatte, ein Zeichen zu geben.

»Es stimmt also. Glauben Sie, ich hätte keine Recherchen über Sie angestellt? Sie waren eine der letzten Personen, die mit Paul gesprochen haben. Und ich weiß, Sie haben ein eindeutiges Interesse an dem Bild.«

»Aber ich weiß nicht, wo es ist!« Ihr war immer noch nicht klar, wie sie diesen Mann einordnen sollte. Kam er von einer deutschen Behörde? Oder war er einer von Hitlers Agenten?

»Hat Paul Ihnen gegenüber angedeutet, dass er andere Pläne damit hatte?«

Sie versuchte mit aller Kraft, sich zu beruhigen, und setzte ein süffisantes Lächeln auf. »Das Bild ist Ihnen also abhandengekommen. Das tut mir leid. Ist aber nicht mein Problem.«

Er schnaufte, und sein Blick verfinsterte sich. Mit einer Hand umfasste er ihr Kinn, dass es schmerzte. Tränen traten ihr in die Augen, doch sie versuchte, Ruhe zu bewahren. Gleichzeitig versetzte es sie in kalte Wut, dass sie ausgerechnet jetzt – nach der Befreiung von diesem Gesindel – in eine so gefährliche Lage kam.

Der Mann flüsterte schneidend: »Ich habe Grund zu der Annahme, dass *Sie* das Porträt an sich gebracht haben, um es zu verkaufen, wenn der Krieg vorbei ist. Doch glauben Sie mir, der Führer wird alles daransetzen, dieses Gemälde eines Tages in Linz ausstellen zu können.«

Ein deutscher Agent! Sie glaubte, der Anspannung nicht mehr standhalten zu können, und schüttelte ungeduldig seine Hand ab. »Sie sind ein Deutscher, nicht wahr?«, fragte sie und fasste sich an den schmerzenden Unterkiefer.

»Sagen Sie mir jetzt, wo Sie …«

In diesem Moment konnte sich Pauline ein wenig von ihm lösen und stieß ihr Knie in seine Weichteile, schnell und hart, bevor er reagieren konnte. Er stieß einen Schrei aus und griff nach ihr, doch mit einem keuchenden Aufschrei stieß sie mit ihrer Stirn gegen seine Nase, was ein krachendes Geräusch hervorrief. Sein Wimmern vernahm sie kaum, als sie sich umdrehte und so schnell sie konnte Richtung Brachgelände fortlief.

Sie hörte noch seinen Wutschrei, doch als sie zurückblickte, war da nur noch der Schatten einer Gestalt im Licht der Straßenlaterne. Er taumelte und hielt sich die Nase. Pauline setzte an zu einem letzten Spurt über Bodenwellen hinweg und zwischen Sträuchern hindurch, wäre fast über die wirr in die Luft ragenden Gleise gestolpert, die gefährlich scharfe Kanten hatten.

Es war still hinter ihr, während vor ihr allmählich die spärlichen Lichter der Häuser in der nächsten Straße die Nacht erhellten. Das gab ihr ein Gefühl von Sicherheit. Die Kartoffeln waren verloren, doch ihr Leben gerettet. Sie ging weiter, an den Gleisen entlang, und bald bog sie nach Osten ab. Sie kannte einen Kameraden, der in der Rue Riquet wohnte. Mit etwas Glück konnte sie heute Nacht bei ihm unterkommen. Doch sollte sie die Kartoffeln und den Schinkenspeck wirklich aufgeben? Nein, sie würde mit ihrem Freund gleich zurückkehren und ihre Tasche mit den Lebensmitteln für eine Woche holen.

Kapitel 3

15. September 1944

Die Glocken von Sacré-Cœur riefen zur Frühmesse. Die Concierge, Madame Pomponnier, ging gerade in ihrer Witwenkleidung aus dem Haus, die Hände züchtig vor dem Bauch gefaltet, die Handtasche baumelnd an ihrem Arm. Ricolet sah ihr aus dem Fenster nach, wie sie die Rue Ravignan verließ und zum Place Emile Goudeau mit seinen dünnen Bäumchen hinaufstieg, von wo aus sie über kleine Stiegen und Sträßchen zur Kirche gelangen würde. Sie quäle sich nicht gern die lange Treppe zur Kirche hinauf, hatte sie ihm erklärt.

Als sein Blick auf die Kommode mit der Lutherbibel fiel, die seine Mutter ihm eingepackt hatte, streckte er die Hand aus, doch er berührte sie nicht. Auf dem Einband reckte eine Taube ihren Schnabel, als wolle sie ihn picken. Er zuckte zurück, dann, mit einem sanften Schubs, beförderte er das Buch in die unterste Schublade.

Er blickte wieder hinaus und erhaschte einen letzten Blick auf den Mantel von Madame Pomponnier, so abgetragen, dass zumindest seine Mutter damit nie in der Öffentlichkeit erschienen wäre. Wie sehr Paris gelitten hatte, konnte man an den fehlenden Fahrzeugen und an der Kleidung der Bewohner erkennen. Nicht, dass er von Mode viel Ahnung gehabt hätte, doch zerschlissene Stoffe und durchgetretene Schuhe wiesen nur zu deutlich darauf hin, dass die meisten Erträge Frankreichs in Deutschland gelandet waren. Es gab so gut wie nichts in den Läden, die Schlangen davor waren lang und die Zuteilungen gering. Man behalf sich, so gut es eben ging. Schwarzmarkt, Verwandte auf dem Land, Armenspeisungen der Kirche. Doch jedes Mal, wenn er die hohlen Wangen blasser Kinder sah oder das eingefallene Gesicht eines Alten, traf es ihn ins Herz, und er dankte Gott für die Befreiung des Landes. De Gaulle hatte vor einigen Tagen im Palais Chaillot sein politisches Programm verkündet. Die Regierung würde bald wieder funktionieren, auch wenn das Geflecht der zahlreichen Parteien für einen politischen Laien wie ihn nicht mehr zu durchschauen war.

In welche Zeit würde er hineingeraten? Würden die Deutschen wiederkommen? Während er diesen Fragen nachging, zog er das Jackett an und betrachtete seine beste Krawatte, die ihm heute so altmodisch erschien im halbblinden Wandspiegel. Als er die Wohnungstür hinter sich schloss, ließ er auch die Politik hinter sich und überlegte, wem der Tod des Fleischers Jerome Cortulet genutzt haben könnte. Er beschloss, auf dem Weg zur Arbeit in der Rue Mansart nach dem Rechten zu sehen.

In der Metro war viel Betrieb. Nach einer Weile hatte er das Prinzip der Metro-Linien verstanden und die Vorteile erkannt. Doch wohin wollten all diese Leute? Arbeit gab es kaum. Trotzdem waren die Bahnsteige voll mit Menschen und übersät mit alten Billetts, alle auf die gleiche Art eingerissen. Seltsam. Hinter jeder Straßenecke, hinter jedem Treppenaufgang und in jedem Hinterhof schien sich ein neues Rätsel zu verbergen, diese Stadt war für Ricolet ungemein spannend. Junge Frauen sprachen ihn an, stark geschminkt und in so enge Röcke gepresst, dass man sie aus so manchem heimatlichen Dorf vertrieben hätte. Er schrak vor ihnen zurück und kam sich dabei komisch und trottelig vor. Beim Passieren der Brasserien hörte er die Diskussionen der Männer und sah Frauen, die rauchten und mit ihrer Meinung über die Zukunft Frankreichs nicht hinter dem Berg hielten. Diese Menschen schüchterten ihn ein und faszinierten ihn gleichermaßen. Er bedauerte, dass er so wenig Konkretes über die herrschenden Umstände wusste.

Doch seine eigentliche Aufgabe lag nun in der Rue Mansart, südwestlich des Montmartre, eine der typischen Pariser Straßen mit Fassaden, die so streng wie Kirchenmauern wirkten und nur durch kleine Ladengeschäfte im Erdgeschoss aufgelockert wurden. Ricolet bemerkte die Schlange vor einem Geschäft und wusste sofort, wo der Fleischer residiert haben musste. Auch jetzt strömte ihm der typische Duft von gekochtem Fleisch entgegen, was ihn an die Geschäftigkeit der in Wasserdampf gehüllten Waschkeller denken ließ, in denen daheim Schweine geschlachtet und abgebrüht wurden. Er bekam Hunger. Wie oft er hier Hunger verspürte, erschien ihm ungewöhnlich.

»He, nicht vordrängeln«, beschwerte sich eine Frau, die ein Kopftuch trug und an der er sich eben vorbeidrängen wollte. Er zeigte ihr den Ausweis, den Dulac ihm gestern in die Hand gedrückt hatte.

»Polizei, es geht um eine Ermittlung.«

Die Menschenmenge murrte ein wenig, gab sich aber dann mit der Auskunft zufrieden und machte ihm Platz. Er trat durch eine Tür ein, die bis zu dem Vorfall einen Glaseinsatz gehabt haben musste. Jetzt war der Bereich mit Brettern vernagelt. Es musste hoch hergegangen sein vor dem Mord.

Der Verkaufsraum war gefliest, der Tresen aus Zink. Ein paar spärliche Koteletts und Braten lagen hinter Glas. Eine alte Frau packte mit zitternden Händen das in Zeitungspapier eingeschlagene Fleisch in ihre abgeschabte Ledertasche, ihr Gesicht strahlte vor Glück.

Ricolet musterte den kräftigen Fleischergesellen und die Frau mit blonder Dauerwelle, die neben ihm stand und deren Schürze sich um die üppige Brust spannte.

»Madame Cortulet?« Er nahm seinen Hut ab.

Ein Blick aus schmalen Augen, dann nickte sie.

»Ich bin Inspektor Ricolet von der …« Sollte er wirklich *Mordkommission* sagen? Es war ja noch kein Mord festgestellt worden, es lief eher auf Totschlag hinaus. »Von der Polizei.«

»Ich dachte von der Heilsarmee.« Auf ihrem glänzenden Gesicht erschien ein hämisches Lächeln, das nicht so recht zu ihrem Status als Witwe passen wollte. Sie mochte noch keine vierzig Jahre alt sein.

»Können wir irgendwo ungestört miteinander reden?«

Sie warf ihrem Gesellen einen mahnenden Blick zu, so als sollte er in der Zwischenzeit keine krummen Geschäfte machen.

»Gut. Kommen Sie.«

Ricolet ging um den Tresen herum und folgte ihr in eine Kammer, in der ein einfacher Küchentisch als Schreibtisch diente. Auch dieser Raum war hell gefliest, eine Bordüre aus Delfter Kacheln zierte die Wände. Madame Cortulet setzte sich auf den Holzstuhl, Ricolet blieb mangels einer Sitzgelegenheit vor ihr stehen.

»Meine Füße, Sie entschuldigen.«

Er nickte verständnisvoll. »Ich wollte Ihnen mitteilen, dass der Leichnam Ihres Mannes nun freigegeben ist. Der Bestatter kann ihn abholen. Er wird wissen, wo.«

Ihre Züge verfinsterten sich, sie seufzte. »Der arme Jerome. Das hat er nicht verdient. Er wollte doch nur das Geschäft am Laufen halten. Ich habe nichts von alldem gewusst, und das ist unser Glück. Sonst hätten die Menschen unseren Laden völlig zerstört und mich auch noch erschlagen.«

»Wie ist das abgelaufen, der Tod Ihres Mannes?«

»Nun ja, eine Kundin hatte sich beschwert über das Fleisch. Und eine halbe Stunde später kam die ganze Meute und stürzte sich auf Jerome.«

»Und Ihnen fällt nicht noch jemand ein, der den genauen Hergang gesehen hat und den oder die Täter bezeichnen kann? Das wäre äußerst hilfreich.«

»Ich habe nichts gesehen, ich bin vor lauter Angst in den Kühlraum gelaufen.«

Ricolet verkniff sich ein Seufzen. »Sie sind froh, dass Sie weiterverkaufen können.«

»Ja, natürlich. Unsere Bauern müssen nun keine Schweine und

Pferde mehr an die Deutschen abtreten. Ein paar Wochen noch, dann wird es leichter.«

»Wer hilft Ihnen im Laden?«

»Na, Alphonse, mein Geselle. Ist schon lange hier.«

»Und er hat auch nichts von den Machenschaften Ihres Mannes gewusst? Oder gar den Totschlag mit angesehen?«

»Nein!« Ihre Augen funkelten.

Ricolet machte sich eine Notiz in seinen Block. Warum diese heftige Reaktion, fragte er sich. Nichts lag näher, als dass der Geselle seinem Meister zur Hand gegangen war. Was geschah noch, nachdem der Zink poliert und die Rollos heruntergelassen waren? Es waren diese Fragen, die seiner Fantasie Flügel verliehen. Aus den vielen Varianten dann die Wirklichkeit zu ermitteln, das war sein Jagdtrieb, sein Ansporn. Einem langjährigen Gesellen entging niemals ein krummes Geschäft seines Meisters. Er wusste, was im Kühlraum hing, wie viel Zentner Fleisch, nun, momentan wohl eher Kilos, täglich zur Verfügung standen und wie viel am Ende des Tages zurückblieb.

»Dann haben Sie bestimmt nichts dagegen, wenn ich mit Alphonse spreche, oder?«

»Das müssen Sie ihn schon selbst fragen. Mir ist das doch gleich.« Ihre Finger spielten unruhig mit dem Band ihrer Schürze.

»Wo wohnt er?«

»Nur drei Häuser weiter. Nummer 10.«

Wie außerordentlich praktisch. »Vielen Dank, Madame. Wann hat er Feierabend?«

»Um zwei Uhr, wenn alles sauber ist.«

Er nickte ihr zu und verließ die Kammer, als sie ihm nachrief: »Eine schöne Pastete gefällig, Inspektor? Sicher haben Sie heute Abend richtig Hunger. Ich verwahre sie Ihnen.«

»Nein, danke.«

Eine Haxe hier, ein Schnitzel da und eine Pastete dort. Er konnte sich gut vorstellen, wie diese saubere Madame durch den Krieg gekommen war. Doch sie war schließlich nicht die Einzige, die in einer miserablen Zeit um die Existenz des Geschäftes und damit um ihr Überleben kämpfte. Im Verkaufsraum angekommen, bemerkte er, dass sich die Schlange der Wartenden inzwischen aufgelöst hatte. Das Ticken einer Wanduhr lag schwer in der Luft. Wo war Alphonse? Es war noch nicht einmal Mittag.

»Madame, wo ist er denn, Ihr Geselle?«, rief er zurück in die Kammer. Zuerst vernahm er keine Antwort. Auch im Gang herrschte Stille. Hatten sich plötzlich alle in Luft aufgelöst?

Er wollte bereits zurückgehen, als sich ihm ein bedrohlicher Schatten näherte, der den Flur füllte. Es hätte ihn nicht gewundert, wenn es Alphonse wäre, mit einem Schlachtermesser in der Hand. Doch es war nicht der Geselle. Madame Cortulets Schürze leuchtete im dämmerigen Licht des Flures. Unwillkürlich atmete Ricolet auf.

»Ich weiß es nicht. Vielleicht kurz austreten. Die Vorräte sind ja alle, und die Kunden, die noch nichts bekommen haben, müssen jetzt woanders hingehen. Sicher macht er nur kurz Pause.«

Der warnende Blick, den sie Alphonse vorhin zugeworfen hatte, war wohl eher die Ursache für diese seltsame Flucht. Hier ging etwas nicht mit rechten Dingen zu. Die glänzenden Beile in verschiedenen Größen, die an der Wand hingen, flößten ihm Respekt ein.

»Gut, ich komme dann später wieder.« Hastig verließ er die Fleischerei, das Scheppern der Türglocke bereitete ihm eine Gänsehaut.

Neben dem Geschäft lag ein kleiner Anbau, der sich unauffällig in die Reihe der Häuser schmiegte, wahrscheinlich befanden sich hier Lager und Kühlraum. Ricolet drehte sich einmal um die eigene Achse, betrachtete die fünfstöckige Fassade, die Reihen der Fenster. Als er im Haus schräg gegenüber ein Kissen auf der Fensterbank liegen sah, verzog er unwillkürlich die Augen zu Schlitzen.

»He, da oben! Monsieur, Madame, da am Fenster.«

Es dauerte nur wenige Sekunden, bis der kahle Kopf eines älteren Mannes erschien. »Meinen Sie mich?«

»Ja. Kriminalpolizei, bitte machen Sie mir Ihre Tür auf.«

Nur eine halbe Stunde später schlenderte er wieder durch die Straßen, die immer eleganter wurden, je weiter südlich er kam, und wo hinter schweren Gardinen das Leben verborgen blieb. Doch diesem Nachbarn von Cortulet, Monsieur Chartres, war nicht viel verborgen geblieben. Sicher war er eine Plage für die Nachbarschaft, wie er vom Fenster aus jede Bewegung auf der Straße verfolgte. Immerhin konnte sich Ricolet nach der Befragung Chartres nun aber eine Vorstellung davon machen, wie oft die Fleischerei im vergangenen Jahr Lieferungen erhalten hatte, wann der Eismann seine Blöcke in die Kühlung brachte und wie viel Pferdeviertel und Schweinehälften durch die Hände des Monsieur Cortulet gegangen waren. Doch was nutzte ihm dieses Wissen? Ricolet schnaufte missmutig vor sich hin.

Hin und wieder kamen Velo-Taxis vorbei und Radfahrer, die Lieferungen in ihren kleinen Wägelchen ausfuhren. Welche Restaurants hatten regulär Fleisch von Cortulet bezogen, und welchen Etablissements hatte er das Fleisch unter der Hand verkauft? In den Geschäftsbüchern würde er die Antwort nicht finden. Akribische Ermittlungsarbeit lag vor ihm. Er musste Informationen über diese Restaurants bekommen und den Urheber dieser Gerüchte ausfindig machen. Hunde- und Katzenfleisch, warum war das erst jetzt aufgefallen? So etwas schmeckte man doch sofort. Niemand würde mit der Beschwerde warten, bis zufällig eine Besatzung vorüber war. Wer war Cortulet auf die Schliche gekommen? Oder gab es keinen Grund für diese Anschuldigungen? War Cortulet ein ehrlicher Fleischer, aber im Weg gewesen? Kein Zweifel, Alphonse, der Geselle, war der Schlüssel zu weiteren Informationen.

Als Ricolet die langen Schürzen der Kellner vor den Cafés sah, die im auffrischenden Wind wehten, überkam ihn die Lust auf einen Kaffee, einen richtigen wohlgemerkt. Viel zu teuer, ermahnte er sich sofort, er durfte nicht gleich in den ersten Tagen seine Ersparnisse anbrechen. Kaum Autos, keine Busse fuhren. Es wurde Zeit, zum Quai zu kommen, Brulait würde es nicht gutheißen, dass er hier gedankenverloren durch die Straßenschluchten flanierte, von Kaffee träumte und mit jedem Schritt den warmen Sommerduft der Stadt einsog.

Doch als er über die Pont St. Michele ging, kam ihm bereits ein Streifenwagen entgegen. Inspektor Dulac saß am Steuer, er hielt an und kurbelte die Scheibe hinunter.

»Springen Sie rein, wir haben eine Leiche. Der Chef ist schon da.«

Noch während Ricolet seine Hand zur Tür ausstreckte, überflutete ihn eine Welle der Aufregung. Erst jetzt begann sein Pariser Abenteuer.

*

Auguste Brulait rückte seinen Krawattenknoten hin und her. Es juckte und drückte, der Hemdstoff war feucht geworden. Die reinste Hundswärme herrschte hier, gerade unter dem Dach. Er betrachtete die vollkommen dehydrierte Leiche. Dass es ein Mann war, konnte man nur anhand der Kleidung erkennen. Wieder ein neuer Fall, der nicht leicht werden würde. Und das gerade jetzt, wo seine Abteilung in Arbeit versank. Wegen Petiot, diesem Idioten. Wegen toter Kollaborateure, echten und vermeintlichen. Wegen der Unterbesetzung. So einige seiner Kollegen hatten es vorgezogen, seit dem Generalstreik überhaupt nicht mehr zu erscheinen. Feiglinge, die keinen Arsch in der Hose hatten. Er hätte das auch tun können, doch er war geblieben, trotz seiner heiklen Verbindungen zu den Deutschen und zur abgesetzten Regierung.

Brulait strich sich über das Haar und ging einige Schritte umher. Die Bodendielen knarrten, zwei alte Wespennester klebten am Dachsparren. Seine Inspektoren waren noch nicht erschienen, der zuständige Kommissar war bereits wieder fort. Gut, dass er als Erster eingetroffen war. Spuren sichten und sichern, so wie früher. Sein Blick schweifte von der Leiche über den Boden des Dachbodens. Alles verstaubt, wahrscheinlich war das hier vor Tagen oder Wochen passiert. Ein reiner Zufall, dass man das Opfer gefunden hatte.

An der Giebelseite war ein Fensterchen, dessen verrosteter Griff die Sicht durch das Glas behinderte. Mit Schwung riss er den Flügel auf und beugte sich hinaus.

»Noch keine Spur von dem Mann?«

Der Gendarm, der gerade wieder auf den Innenhof eingebogen war, schüttelte den Kopf. »Der Clochard ist abgehauen.«

Brulait nickte und schloss das Fenster. Die Hitze der Luft draußen und drinnen war absolut identisch. Warum der Obdachlose, der die Leiche gefunden hatte, in der Nacht nicht am kühlen Seine-Ufer oder am Kanal Saint-Martin geschlafen hatte, sondern hier oben, war ihm ein Rätsel. Vielleicht ein Streit innerhalb des Packs. Dafür hatte der Mann jetzt sicher Albträume von seinem grausigen Fund. Er seufzte. Nun ja, immerhin hatte er die Entdeckung gemeldet … Am besten, er setzte den jungen Ricolet auf den Fall an. Die Wissbegier des Inspektors, die ihm direkt aufgefallen war, konnte aufgesetzt gewesen sein oder auch nicht. Mal sehen, ob er wirklich so gewieft war, wie er sich gab. Es war nicht leicht, einen fähigen Beamten zu erhalten, und gerade in dieser schwierigen Zeit hätte er es gern gesehen, dass sich ein unbelasteter Bauerntrampel als durchaus schlauer Fuchs entpuppte. Doch er hatte eigentlich keinen Zweifel daran, dass Ricolet bald so sein würde wie seine beiden anderen Mitarbeiter: überlastet, unzufrieden, unorganisiert.

Er stellte sich wieder an das verschmutzte Fenster und wippte auf den Zehenspitzen. Ja, es hatte sich ganz gut angelassen in diesem verflixten Chaos. Seine Position war vorerst sicher. Er konnte tun und lassen, was er wollte, die Bedrohung schien gebannt zu sein. Und jetzt tauchte dieser tote Mann auf.

Er kehrte zum Toten zurück, kniete sich nieder und versuchte, die Gesichtszüge zu erkennen. Ein Lächeln stahl sich auf seine Lippen. Falls Ricolet das Opfer wirklich identifizieren konnte, müsste er sich für diesen fähigen Kerl beglückwünschen. Nie und nimmer würde das geschehen, man konnte ja nicht mal Fingerabdrücke nehmen.

Motorengeräusch war zu hören. Ein Auto schien auf den Innenhof vorzufahren, Türen wurden zugeschlagen, und kurz darauf hörte er das Trampeln von Schritten auf der steilen Holztreppe.

*

Die Leiche – oder vielmehr Mumie, wie man das zusammengefallene, vertrocknete Bündel eher nennen sollte – lag auf dem Dachboden eines Hauses in der Rue Saint-Rustique, unweit des Place du Tertre. Ricolet hätte gleich von der Rue Ravignan zu Fuß in wenigen Minuten den Fundort erreichen können, hätte er von diesem Mordfall gewusst. Denn ein Mord stand außer Frage. Der Schädel des Toten – ein Mann, wie man vorerst an Größe, Schuhen und Anzug erkennen konnte – war eingeschlagen. Die Haut war faltig, zäh und ledern, die kurzen Haare wirkten eher wie eine graue Kappe und die Glieder krumm und kurz.

Kommissar Brulait richtete sich auf und erhob sich von den Knien, sorgsam darauf bedacht, keine Spuren auf den Holzdielen zu verwischen. »Was meinen Sie, Ricolet, wie lange ist der Mann schon tot?«

Ricolet dachte nach. Es waren sehr heiße Tage gewesen, der trockene Wind hatte bereits viele Blätter an den Boulevards gelblich gefärbt.

»Meiner Schätzung nach vielleicht knapp drei Wochen. Es dauert eine gewisse Zeit, bis die Feuchtigkeit komplett ausgetrocknet ist, aber hier oben ist es ja heiß und trocken wie in einem Räucherofen.« Er wies auf den großen braunen Fleck, der vom Staub der Bodendielen abstach. »Er ist wohl hier erschlagen worden.«

Bulait nickte und versank wieder in den Anblick der Leiche, während Ricolet sich hinkniete und versuchte, das Jackett des Mannes zu öffnen. Als er sich mit der Knopfreihe abgemüht hatte, entdeckte er den Waschzettel in der Seitennaht. Erstaunt las er die engen Zeilen.

»Deutsche Sprache, ein deutsches Produkt also. Ob er ein *boche* war?«

Doch Brulait winkte ab. »Oder ein Pariser, der die Kleidung bei der Befreiung erbeutet hat.«

Ricolet betrachtete die Schuhe und schob dabei ein Bein vorsichtig zur Seite. Etwas Helles leuchtete ihm entgegen, zwei Geldscheine, zerknittert und dreckig. »Hier liegen Geldscheine. Und eine Banderole für ein Geldbündel.«

»Was?«

Brulait trat an seine Seite und nahm die Banderole und die 100-Francs-Scheine mit dem Abbild des wackeren Schmiedes entgegen. Der Kommissar schien zu grübeln, sein Blick glitt in die Ferne. Ricolet nahm das zum Anlass, sich wieder den Schuhen zuzuwenden.

Sie waren staubig, schwarz und handgefertigt. Der Absatz des rechten Schuhs war erneuert worden, wie man sehen konnte. Der dunkle Klotz hob sich deutlich von seinem linken Gegenpart ab. Mit einem vorsichtigen Ruck zog Ricolet am Absatz, es war eher eine Ahnung als eine Idee. Plötzlich löste dieser sich, und Ricolet konnte ihn vom Schuh abziehen. Im Absatz lag eine Kapsel, weiß, unschuldig.

»Ich verwette meinen Arsch, dass das Zyankali ist!«, rief Dulac und rieb sich die Hände. »Man hört doch immer wieder von den Selbstmorden deutscher Generale oder anderer hoher Tiere. Das war ein *Fritz*, Chef. Ich glaube kaum, dass jemand anderem als dem Besitzer dieser Anzug so gut gepasst hätte und dass diese Schuhe ausgerechnet auch noch die richtige Größe hatten. Der hatte bloß keine Zeit mehr, seine Kapsel zu schlucken!«

»Und warum liegt er hier auf dem Dachboden?«, fragte Ricolet. »Was sucht ein gut angezogener Deutscher auf einem Dachboden in diesem abbruchreifen Haus? Schutz vor dem Mob während der Befreiung?«

»Möglich«, sagte Brulait, der ein wenig irritiert wirkte. »Er hat Schutz gesucht, wurde aber von wütenden Parisern verfolgt und erschlagen. Nun gut. Sie, Ricolet, befragen die Nachbarn hier. Und Dulac, Sie prüfen, ob es Anzeigen über vermisste Deutsche gibt. Was mich wundern würde. Wer vermisst die schon …«

Ein Grinsen erhellte das markante Gesicht des Kommissars. Ricolet nickte. Ein deutscher Soldat hätte am 22. August sein Leben verloren, wäre er in Uniform durch die Straßen der Stadt gegangen. Doch ein gut gekleideter Mann? Wer hätte ihn als Deutschen erkannt? Er wird sich gehütet haben, Deutsch zu sprechen. Kannten die Bewohner des Montmartre diesen Mann etwa genauer? Hatten sie ihn in eine Falle gelockt, um Rache zu nehmen?

Er nahm sich vor, sehr genau hinzusehen, schließlich wollte er nicht schlampig ermitteln. Das Zyankali. Vielleicht war der Mann ein Mitarbeiter des Geheimdienstes, der zu spät die Flucht ergriffen hatte. Und wenn er bereits vor der Befreiung getötet worden war? Die deutsche Verwaltung hatte die Stadt rechtzeitig verlassen, nur Soldaten der Wehrmacht waren geblieben, vielleicht auch noch ein paar SS-Leute. Ricolet betrachtete die Hand des Toten, doch er konnte nicht feststellen, ob die Innenseite Schwielen trug oder nicht. Die Fingernägel sahen jedoch relativ gepflegt aus. Das war kein Soldat gewesen, eher ein Schreibtischtäter. Mit einem Mal merkte er, dass Brulait weitergeredet hatte.

»Und wenn sich keine Spur ergibt, wird der Fall geschlossen. Ich habe keine Lust, mich mit toten Deutschen zu befassen. Das ist nicht unsere Zuständigkeit.«

»Wer ist dann zuständig für solche Fälle?«, platzte es aus Ricolet heraus, wofür er den tadelnden Blick des Kommissars erntete.

»Für tote Deutsche der letzten drei Wochen? Keine Ahnung. Das wird die Präfektur entscheiden.«

Ricolet runzelte die Stirn, doch wahrscheinlich musste er sich damit zufriedengeben. Wenn es noch nicht einmal eine Regierung gab, wer konnte dann vernünftige Zuständigkeiten erwarten?

»Verschwenden Sie keine Energie für diesen Fall, Ricolet. Warten Sie ab, bis die Spurensicherung fertig ist, dann sehen Sie zu, dass die Akte geschlossen wird.«

»Aber …«

Doch Brulait hatte sich schon abgewandt und stieg die wackelige Stiege hinunter. Die Dielen bebten, das ganze Haus schien statisch stark angeschlagen zu sein. Stroh quoll zwischen den Ziegeln aus den Wänden hervor, und wenn Ricolet den Kopf hob, konnte er durch die Löcher zwischen den Dachziegeln einen ramponierten Windmühlenflügel sehen, der in den Himmel ragte. Doch die Leiche hatte trocken gelegen in ihrer Ecke, der Luftzug hatte ganze Arbeit geleistet und all die Zeichen und Spuren verwischt, die sich ein Kriminalbeamter so sehnlich herbeiwünschte.

Niemand wohnte hier in diesem Teil der Sackgasse, die nächsten Gebäude waren Schuppen und Handwerksbetriebe, in denen wohl niemand mehr seiner Arbeit nachging. Ein einsames, stilles Grab für diesen Toten. Ricolet hatte dem Bericht Brulaits noch entnehmen können, dass ein Obdachloser auf diesem Dachboden die Leiche entdeckt und einem Nachbarn Bescheid gesagt hatte, bevor er sich dann klammheimlich aus dem Staub gemacht hatte.

»Wie kommen Sie zurück?«, fragte Dulac, der im Türrahmen stehen geblieben war. Staub bedeckte seinen Jackettärmel, was ihm offensichtlich nicht gefiel, denn er klopfte ihn vorsichtig aus.

Ricolet winkte ab. »Metro, wie immer.«

Als die Schritte seines Kollegen verklungen waren, atmete er auf und setzte sich auf eine Holzkiste. Ein Gendarm hatte die Leiche inzwischen zugedeckt, man wartete auf den Leichenwagen. Die Akte schließen? Da draußen lief ein Mörder frei herum. Er konnte es drehen und wenden, wie er wollte, die Theorie des vom Mob erschlagenen Feindes gefiel ihm nicht.

Wie der Mann wohl ausgesehen hatte? Das Haar war wohl blond gewesen und nachgedunkelt, denn es sah jetzt aus wie das Fell einer Maus. Breite Schultern hatte er gehabt, ein typischer *boche* mit blauen Augen, nahm er an. So groß war Montmartre nicht, dass ein solcher Mann hier nicht auffiel.

Es wurde stickig unter dem Dach, eine staubige Hitze legte sich auf alles, was er berührte. Der Tote lag neben einer Art Verschlag, einer kleinen Kammer oder Ähnlichem. Die Balken, die vorher die klapprige Holztür zusammengehalten hatten, waren angebrochen. Ob der Mörder die Leiche hinter dieser Tür hatte verstecken wollen? Und dann hatte der Clochard herumgeschnüffelt, und die Leiche war aus ihrem Versteck herausgerollt?

Ricolet stand auf und trat näher an die Kammer heran. Vielleicht ein Räucherboden für Schinken und Würste, nicht ganz zwei mal zwei Meter. Er musterte die Holzdielen und kniff die Augen zusammen, als er zwischen Wand und Bodendiele etwas leuchten sah. Er bückte sich und zog einen Kartonfetzen aus dem Spalt. Es schien sich um das Stück einer Visitenkarte zu handeln, doch es trug nur den Schriftzug *aume* und in der Zeile darunter einige Zahlen.

»Merde«, murmelte er. Einen Namen sowie eine Haus- oder Telefonnummer hätte er jetzt in Händen gehabt, wäre die Karte heil geblieben. Das Papier war hell, nicht vergilbt und kaum verstaubt. Es konnte also dem Opfer gehört haben oder dem Täter. Vielleicht hatte der Mörder die Karte an sich genommen, um die Identität des Toten nicht preiszugeben, und hatte nicht bemerkt, dass ein Stück abgerissen war.

Als er das Klappern von Hufen hörte und laute Männerstimmen, schrak er aus seinen Gedanken auf und ging zur Giebelseite, um durch das Fenster zu sehen. Auf dem Hof stand ein Pferdegespann, das einen geschlossenen Wagen zog. Der Gendarm wies zwei Männern mit Trage den Weg.

Ricolet schüttelte den Kopf. Die Polizei musste an allen Ecken und Enden sparen, doch dass man nicht einmal ein wenig Benzin für einen motorisierten Leichenwagen organisiert hatte – nun gut, es war ja nur ein Deutscher. Blumenkränze wollte Ricolet nun auch nicht auf den Wagen legen. Hauptsache, die Leiche würde heil und sicher in der *Morgue* ankommen.

Nachdem er sich noch auf dem Hof umgesehen und die zwei griesgrämigen Mitarbeiter der Spurensicherung eingewiesen hatte, betrachtete er die Haustür des Gebäudes. Sie war unversehrt, Einbruchspuren waren nicht vorhanden. Entweder hatte die Tür offen gestanden oder der Mörder hatte einen Schlüssel gehabt. Er zog seinen Notizblock hervor und spitzte den Bleistift mit seinem Taschenmesser an. Der nächstliegende Schuppen beherbergte eine Tischlerei, vor dem Tor standen einige Männer in Schürzen, die behaarten Arme vor der Brust gekreuzt. Einer von ihnen rauchte eine Krautzigarette, die entsetzlich stank. Ricolet trat auf die Männer zu, die ein wenig Haltung annahmen und kurz die Hand zum Gruß an ihre speckigen Lederkappen legten.

»Bonjour, Messieurs, mein Name ist Inspektor Jean Ricolet. Können Sie mir sagen, wem das alte Haus gehört?«

»Ist da wirklich eine Leiche drin?« Ein Mann mit Schnauzbart trat vor, ihn neugierig musternd.

»Ja.«

»Ein *boche*? Wirklich ein *boche*?«

»Haben Sie hier vor drei oder vier Wochen einen fremden Mann gesehen? Er war groß, trug einen guten Anzug und teure Schuhe.«

Doch der Mann schüttelte den Kopf nach einer kurzen Überlegung. »So jemand wäre hier aufgefallen, Monsieur. Was ist mit euch?« Er wandte sich seinen Kameraden zu, doch diese brummten nur etwas Unverständliches und winkten ab.

»Wem gehört das Haus jetzt?«, setzte Ricolet seine Befragung fort.

»Das gehörte der Witwe Robert. Sie ist vor zwei Jahren gestorben. Der Sohn ist letztes Jahr an Tuberkulose gestorben, er hat in Orleans gewohnt. Keine Ahnung, was jetzt daraus wird.«

»Vorname?«

»Marie Solange.«

Er notierte den Namen in der Hoffnung, dass sich ein Erbe oder wenigstens ein Verwandter ermitteln ließe, der ein wenig Licht in das Geheimnis des Hauses bringen würde. Allerdings hegte er keine große Hoffnung. Der Mann fuhr fort.

»Sie war die Frau eines Eisenbahners und bekam eine kleine Rente. Aber nicht genug, um das Haus in Schuss zu halten.«

»Wir haben unser Möglichstes getan«, mischte sich ein hagerer Mann ein, dessen martialisch gezwirbelter Schnurrbart nicht recht in sein sanftes Gesicht passen wollte. »Anstrich innen und ein paar Holzarbeiten, damit sie im Winter keine Zugluft abkriegt. Ist aber dann trotzdem krank geworden. Wen wundert's in diesen Zeiten.«

Ricolet nickte. Der Dachboden war also nicht gerade der Sitz einer Résistance-Gruppe gewesen, die ihren Feind ein wenig zu forsch verhört hatte.

»Hat die Tür aufgestanden? Konnte jeder dort zu jeder Zeit hinein?«

»Eigentlich war sie immer zu.«

»Was meinen Sie mit eigentlich?«

»Also, ich weiß nur, dass vor zwei Wochen mal Kinder drinnen gespielt haben. Ich habe sie verjagt. Aber die Tür stand seitdem offen.« Der Mann zwirbelte fahrig seinen Schnurrbart und sah ihn verlegen an.

»Wer könnte einen Schlüssel haben?«

Der Befragte zuckte die Schultern. »Das weiß ich nicht. Vielleicht ein Hausverwalter oder ein Freund der Familie. Ich habe mal einen Mann gesehen, vor einem Jahr, der hat hier nach dem Rechten gesehen. Ich kannte ihn aber nicht.«

»Können Sie ihn beschreiben?«

»Nein, ich habe nur eine mittelgroße Gestalt gesehen.«

»Haben Sie vor etwa drei Wochen etwas Ungewöhnliches bemerkt? Wie lange sind Sie immer hier vor Ort?«

»*Mon Dieu*, in den letzten drei Wochen ist ja wohl so einiges Ungewöhnliche passiert!«

Die Männer lachten, und Ricolet musste ihnen wohl oder übel recht geben. Das war eine dumme Frage gewesen. Er bedauerte immer noch, dass er die Befreiung nur durch Hörensagen, Radioberichte und die wegen Papiermangels sehr spärlichen Zeitungen miterlebt hatte.

»Ich meine, hier auf dem Hof. In diesem Haus der Witwe Robert. Lichter? Stimmen? Besuche?«

»Nein, Inspektor, gar nichts«, antwortete sein Gegenüber. »Ich gehe seit einem Jahr keiner richtigen Arbeit mehr nach. Ich kriege kein Holz, keine Nägel mehr, einfach nichts. Bin nicht jeden Tag hier.«

»Und warum tragen Sie dann Ihre Arbeitssachen?« Ricolet wies auf die Lederschürze.

»Reine Gewohnheit. Ich vertreibe mir die Zeit, räume hin und her und wieder zurück. Wir alle hier. Können ja nicht den ganzen Tag zu Hause bei den Weibern sitzen. Aber mir ist nie ein Fremder unter die Augen gekommen.«

Seine Freunde nickten beifällig. Das waren sie, die gestandenen Pariser Männer, die bald wieder dafür sorgen würden, dass sich das Rad drehte und der Kessel kochte. Für Ricolet, der aus der Alèser Oberschicht stammte, eine neue Spezies, und er hatte das Gefühl, sie immer weiter beobachten und studieren zu müssen. Sie vereinten gekonnt Fatalismus mit Fleiß und Sorge mit Lebensfreude, die sie an den Tresen der Kneipen zelebrierten. Als Zeugen waren sie leider ungeeignet, da sie keine Nachtschichten eingelegt hatten. Sicher hatte der Mord abends oder nachts stattgefunden, sonst wäre den wackeren Männern etwas aufgefallen.

*

Mit dem Kopf voller Fragen kehrte er in das Inspektorenbüro zurück. Ideen, Theorien, Bilder und Satzfetzen ergaben nur ein unvollständiges Mosaik des Falles. Dass er sich überhaupt Gedanken machte, mochte Kommissar Brulaits Wunsch nach einem schnellen Abschluss nicht entsprechen, doch schließlich war er ein Frischling, der sich eine kleine Schwäche erlauben durfte. Wenn er diesen Fall löste, würde sein Punktekonto bei Brulait sicherlich wachsen. Nicht, dass er eitel oder übertrieben ehrgeizig wäre, doch seine Arbeit bestand in der Aufklärung eines Falles – punktum. Je eher und je besser er das zustande brachte, desto eher durfte er in diesem Trio eine Rolle spielen.

Während die Mittagssonne den Raum fast unerträglich aufheizte, tippten seine Kollegen Berichte – eine schändliche Vergeudung von Zeit.

»Haben Sie Vermisstenanzeigen zu einem Deutschen gefunden, Monsieur Dulac?« Ricolet setzte sich und lächelte seinem Kollegen freundlich zu.

»Nein. Habe ich auch nicht erwartet. Und Sie?«

»Das Haus ist herrenlos, vielleicht gibt es ja noch Verwandte der verstorbenen Besitzerin. Niemand hat etwas gesehen oder gehört. Ein großer Deutscher ist niemandem im Viertel aufgefallen.«

»So wie Brulait es sagte.«

Moronde meldete sich zu Wort. »Morgen wird er den Fall abschließen.« Er wischte sich mit einem Taschentuch die Stirn ab.

Verdutzt öffnete Ricolet den Mund, doch die Worte blieben ihm in der Kehle stecken. Sollte er sich wirklich umsonst den Kopf zerbrochen haben? Dieses Rätsel war so verführerisch schwer, so mysteriös. Dass niemandem daran gelegen war, Licht ins Dunkel zu bringen, sondern der Fall als Verwaltungsaufwand betrachtet wurde, bestürzte ihn regelrecht.

»Morgen schon?« Dulac war skeptisch und verzog den Mund.

»Wie viel?«, fragte Moronde.

»Fünf Zigaretten.«

»D'accord.« Dulac nickte, während Ricolet erst jetzt begriff, dass seine Kollegen eine Wette abgeschlossen hatten.

»Morgen«, bekräftigte Moronde. Beim Aufstehen wies er besserwisserisch mit dem Zeigefinger auf Dulac und ging hinaus.

Ricolet nagte an seinen Lippen, dann sprang er auf und folgte dem Inspektor, der im Treppenhaus gerade die Toiletten betrat. Dort roch es nach Urin und Moder, die gelblichen Kacheln hatten an Glanz verloren, und auch hier staute sich die Hitze, denn nur eine kleine Luke ließ Tageslicht und Luft herein. Sie standen nebeneinander an den Urinalen und lauschten dem einvernehmlichen Plätschern.

»Warum ist Brulait so schnell mit einem Urteil bei der Hand? Ich meine, was diesen Mord betrifft.«

Moronde schüttelte sein Glied und knöpfte die Hose zu. »Mein protestantischer Junge, das kannst du nicht wissen. Ich erkläre es dir.«

Während Ricolet sein Geschäft beendete und sich die Hände wusch, worauf sein Kollege verzichtete, lehnte Moronde an der Wand und holte eine Zigarette aus seinem Jackett. Woher er sie bezog, konnte Ricolet nur spekulieren.

»Unser Kommissar hat nie einen Hehl daraus gemacht, dass er ein Anhänger dieses Gesindels war. Er ist ihnen nicht direkt in den Arsch gekrochen, dafür ist er zu stolz, doch ihre – ich sage mal, Zielsetzung gefiel ihm. Du weißt schon, Macht, Größe, Herrschaft, kein Gesocks, keine Kriminellen, keine Untermenschen.«

Ricolet fühlte sich wie ein Schüler, der von seinem Lehrer gemaßregelt wurde und selbst noch keine Zigarette rauchen durfte.

»Er ist ein Vichy-Anhänger«, fügte Moronde hinzu.

»Dann soll er doch seinem Präsidenten nach Sigmaringen folgen«, sagte Ricolet leichthin. Kurz vor seiner Reise hatten sich die Nachrichten überschlagen, dass die Nazis die französische Regierung ins Exil nach Süddeutschland gebracht hatten. »Wenn er denen so nachtrauert.«

Sein Kollege schnaufte belustigt auf. »Schön wär's. Aber er ist bislang bei niemandem angeeckt. Gut, wie gesagt, er war nie ein Speichellecker, hat immer seine eigenen Ansichten vertreten. Wahrscheinlich wurde ihm das zugutegehalten. Oder aber man hat einfach keinen Ersatz für den Leiter der Mordkommission parat gehabt.« Moronde sog genießerisch an seinem Stummel.

»Und was hat das mit dem toten Deutschen zu tun? Brulait müsste doch erst recht darauf aus sein, den Mörder seines Gesinnungsgenossen zu erwischen.«

»Auch Brulait hat die Zeichen der Zeit erkannt. Er ist ja nicht dumm. Indem er diesen Fall schnell abschließt, zeigt er der Präfektur, dass er sich für einen Deutschen nicht länger als nötig ins Zeug legt. Dass er die Seiten gewechselt hat und nun wieder ein ehrbarer Beamter sein möchte.«

»Mit anderen Worten, der Fall ist ein politischer.«

»Oui.« Ein letzter Lungenzug.

Ricolet seufzte. »Aber ich habe noch so viele Fragen. Da gibt es Ungereimtheiten in Brulaits Theorie. Und ich habe ein Stück Papier gefunden.«

Er zog den Rest der Visitenkarte aus seiner Brieftasche und zeigte sie Moronde. Dieser hielt den Fetzen mit ausgestrecktem Arm weit von sich und musterte ihn.

»Hm, *aume*, was kann das heißen?«

Dann, mit einem Mal, stutzte Moronde und entließ das Papier aus seinen Fingern. Es wirbelte um die eigene Achse und landete zwischen Ricolets Schuhen.

»Junge, lass die Finger davon.« Mit diesen Worten warf er die Kippe ins Urinal, wandte sich um und wollte die Toilette verlassen. Doch Ricolet lief es heiß den Rücken runter. Moronde wusste etwas, hatte eine Spur gefunden.

»Nein!« Er stellte sich in den Türrahmen, versperrte ihm den Weg mit seinem Leib.

»Lass mich raus, Junge.« Moronde richtete sich zu voller Größe auf.

»Lassen Sie mich weitermachen!« Ricolet breitete die Arme aus und stemmte sie an die Zarge. Sein Gegenüber war breiter und größer als er, doch er war entschlossen, nicht klein beizugeben. »Sie verschweigen mir etwas, das ich wissen muss! Brulait wird den Fall abschließen, schon vergessen? Was kann es schaden, mich noch ein wenig weitermachen zu lassen? Es passiert doch ohnehin nichts mehr. Kommen Sie, Moronde, geben Sie mir eine Chance! Ich mag solche Rätsel. Und Sie kennen sich hier weitaus besser aus als ich.«

Moronde strich sich über das schüttere Haar, sein Blick aus blassen blauen Augen wurde wehmütig.

»Ach, so jung und …«

»Jetzt sagen Sie nicht ehrgeizig.« Ricolet lächelte. Er wusste, wann seine Schmeicheleien zogen.

»Vorwitzig, wollte ich sagen. Das wird dein Verderben sein.« Moronde atmete tief ein. »Also gut, damit du etwas zum Spielen hast.« Er warf Ricolet einen letzten prüfenden Blick zu, dann raunte er: »Museum Jeu de Paume könnte ich mir vorstellen.«

Nach dieser Offenbarung drückte er Ricolets Arm fort und drängte ihn zur Seite.

»Alles andere geht auf dein Risiko«, hörte er ihn noch sagen, bevor die Tür wieder ins Schloss fiel.

*

Endlich. Mit einem Seufzen schloss Pauline die Tür und sah sich in ihrer Mansardenwohnung um. Zwei Tage alter Staub tanzte durch die Luft, schimmernd vor Sonnenstrahlen, die sich durch die dreckige Scheibe des Salons kämpften. Und in diesem Licht bemerkte sie auch sofort, dass ihre Wohnung durchsucht worden war. Der Beistelltisch und das Sofa waren verrückt worden, die Tür des Schrankes stand offen, und aus den Schubladen der Kommode hing ihre Wäsche heraus. An der Wand rechter Hand der Kohleofen mit dem schwarzen Abzug, die Klappe stand ebenfalls offen.

Pauline ging wie benommen ins Schlafzimmer. Gern hätte sie sich auf das Bett geworfen und ihren Schrecken durch Weinen gemildert, doch sie musste erst die Matratze wieder ordentlich in das Gestell schieben. Mit zitternden Händen strich sie die Laken glatt, bevor sie sich vorsichtig auf die Bettkante setzte, als wäre ihr alles fremd und unbehaglich. Der Mann hatte jedenfalls nicht bekommen, was er gesucht hatte.

Zwei Tage hatte sie bei Philippe gewohnt, während Freunde von ihr unauffällig ihre Wohnung observiert hatten, gleich nach dem Vorfall an den Gleisen. Doch niemand hatte einen Mann in elegantem Anzug gesehen. Er musste sich also sofort nach ihrer Flucht Zugang verschafft haben.

Das Schlafzimmer war kleiner, aber heller, oft hielt sie sich deshalb hier auf, las auf dem Bett ihre Bücher, schrieb Briefe und aß die mitgebrachten Brote, obwohl sie das nicht durfte. Nun war alles entweiht, alles bloß und nackt vor den Augen dieses bedrohlichen Fremden. Sie musste fort von hier, denn er würde vielleicht zurückkehren.

Die Wohnung war ihr möbliert vermietet worden, und Madame Martin achtete akribisch auf die Einhaltung von Ordnung und Sauberkeit. Nur Tee durfte sie sich kochen, der Tauchsieder stand im winzigen Waschraum. Das Klo war auf dem Flur und wurde von zwei anderen Mietern mitbenutzt. Baden konnte sie nur in der öffentlichen Badeanstalt, die sie ein Mal in der Woche besuchte. Alles in allem wäre es also kein großer Verlust.

Ihr Blick fiel auf einige Drucke an der Wand, das Einzige an Kunst, was Großvater ihr hinterlassen hatte. Welch ein Unterschied zu der Zeit vor dem Krieg, als sie oft im Landhaus ihres Großvaters – dem Vater ihrer Mutter – gewesen war. In Rambouillet hatte das kleine Gut gestanden, unweit der prachtvollen königlichen Schlossanlage. Mit dem Rad waren sie oft die schnurgeraden Straßen entlanggefahren, gesäumt von Mauern, die den Park begrenzten. Am Rand der ausgedehnten Wälder mit ihren rechteckig gewinkelten Pfaden hatten sie Picknicks gemacht mit Brot und Wein, manchmal einem Häppchen Kaviar. Großvater und ihre Eltern hatten gegessen, während Pauline durch das raschelnde Herbstlaub gestromert war, bis sie bei den Schüssen, die einige Jäger um diese Jahreszeit abgaben, zurückgerufen worden war. Man wusste ja nie, wie gut diese Herrschaften sehen konnten.

Einige Jahre später war Papa an einer Embolie gestorben, und bald darauf hatte Großvater nicht nur ein Bild nach dem anderen, sondern auch das Haus mit den grauen Quadersteinen, den zwei kleinen Türmchen und dem Pförtnerhäuschen verkaufen müssen. Rambouillet war ihre wahre Heimat gewesen, Großvater hatte sie dort aufgezogen. Und dann brach alles zusammen. Eine Weile hatten sie zu dritt in Paris zusammengewohnt, bis dann auch Großvaters Bart immer grauer und seine Falten immer tiefer geworden waren. Der kluge Blick aus dunklen Augen war ihr immer noch gegenwärtig.

»Pauline«, hatte er immer gesagt, »beurteile die Menschen danach, wie sie Kunst behandeln.«

Wie gern war sie im Landhaus durch die großen Räume gewandert und hatte die Gemälde betrachtet. All die Gesichter, diese fremdartigen Haartrachten und die üppige Kleidung, die so glänzend wirkte, als könne man sie anfassen. Heute wusste sie, dass ihr Großvater als Experte und erfolgreicher Kunsthändler einige bedeutende Gemälde besessen hatte. Heute wusste sie aber auch, dass die Räume in Rambouillet nicht so zahlreich und riesig waren, wie sie sie als Kind wahrgenommen hatte.

Doch am längsten war sie immer vor dem *Porträt eines jungen Mannes* von Raffael stehen geblieben. Fasziniert von seiner seltsamen Lebendigkeit hatte sie gehofft, der junge Mann würde plötzlich aus dem Rahmen steigen und sie ansprechen. Er war so etwas wie ein stummer Cousin oder großer Bruder gewesen. Es wurde als eines der letzten Bilder verkauft, an Onkel Rabinovich. Nein, er war nicht wirklich ihr Onkel gewesen, nur die daraufhin geschlossene Freundschaft von Käufer und Verkäufer hatte in ihr diesen Eindruck erweckt. Großvater hatte in Paris das Porträt oft in Rabinovichs Sammlung besucht und auch sie einmal mitgenommen. Leider war sie da schon zu einem dummen Ding geworden, einer etwas flegelhaften jungen Dame, die sich nach Jungs umsah, und der junge Mann auf dem Gemälde hatte sie nicht mehr interessiert. Erst der Krieg und die einsetzenden Einschränkungen hatten sie zu dem gemacht, was sie heute war: eine quasi mittellose Kunststudentin, die ärmlich von einer Waisenrente und dem dahingeschmolzenen Erbe ihres Vaters lebte und die Nazis nach der Art und Weise beurteilte, wie sie mit Kunst umgingen.

Doch selbst das war nun vorbei. Ihre Aufgabe bei der Résistance war an jenem Tag beendet worden, als die letzten Bilder auf einen Lkw geladen worden waren. Sie hatte nichts weiter tun können, als ihm nachzusehen. Wo war Paul nur hingegangen? War er wirklich nicht in Deutschland angekommen, wie der Fremde es angedeutet hatte? Paul hatte sie umarmt und geküsst und war in einen Privatwagen gestiegen, damit niemand am Emblem des ERR Anstoß nehmen konnte, das am Kotflügel der offiziellen Fahrzeuge prangte. Wohin war er gefahren, wenn nicht heim ins Reich?

Ihre Gedanken wanderten zur Befreiung. Stürmisch hatten sie gekämpft, die jungen Männer, einige waren gefallen in diesen letzten Kämpfen. De Gaulle, dieser schlaksige, große Mann mit Augen wie Kohle, war eingetroffen, die Pariser Straßen waren verstopft durch Pfropfen aus Menschenleibern, die jubelten, sangen, weinten, schrien und winkten. Und tranken. Heftige Feiern waren es gewesen.

Pauline lächelte schmerzlich und dachte an den ersten Kater ihres Lebens. Und an Auguste, ihren Kameraden beim Widerstand. Zwei Wochen lang war sie bei ihm untergekommen, sie wollte nicht an den Place Hébert zurück, sondern im Herzen der Stadt alles mitnehmen, was sich ihr bot. Und niemand nahm es in diesen Tagen so genau mit der Tugend. Die letzte Woche dagegen hatte sie ihrer aus der Auvergne heimgekehrten Mutter Gesellschaft geleistet und ihr beim Aufräumen der Wohnung geholfen. Dann hatte der Fremde sie aufgespürt. Nun stand ihr die Aufgabe bevor, ihre kleine Bleibe aufzugeben. Der Mann hatte ihr Angst eingejagt, aber sie konnten sich ohnehin nicht mehr zwei Wohnungen leisten. Sie musste untertauchen, zu ihrer Mutter in die neue, billige Wohnung ziehen, die der Unbekannte noch gar nicht kennen konnte, da sie sich noch nicht bei den Behörden umgemeldet hatte.

In ihrem Nachttisch suchte Pauline nach einem Blatt Briefpapier, um ihrem Vermieter, der draußen in Auteuil wohnte, Nachricht zu geben. Sie spielte eine Weile mit dem Bleistift. Gab es Alternativen? Nein. Zu Auguste wollte sie nicht zurück. Er war – mit nüchternem Blick betrachtet – nicht das, was sie sich unter einem Freund vorstellte. Er war ein Kaufmannslehrling, der unter dem herrschenden Mangel nichts zu tun hatte, ein etwas stürmischer junger Mann, der einfach nur gern lebte. Zudem konnte er einen Gainsborough nicht von einem Turner unterscheiden.

Sie setzte sich auf das Bett und benutzte als Unterlage ein Serviertablett. *»Sehr geehrter Monsieur Moulin, hiermit teile ich Ihnen mit, dass ich die von Ihnen gemietete Wohnung Rue Pajol/Ecke Place Hébert zu sofort kündigen werde, da ich zurück …«*

Ja, sie musste zurück zu ihrer Mutter, die mit ihren fünfundvierzig Jahren bereits alt wirkte und sich gebrochen gab. Manchmal verachtete Pauline sie für ihre Art zu stöhnen, sich zu beschweren und zu beklagen. Maman würde sich endlich damit abfinden müssen, dass ihr einziges Kind ein armseliges und brotloses Studienfach gewählt hatte, ja, dass sie überhaupt studierte und nicht einen netten Beruf als Hutmacherin oder Verkäuferin in einem der großen Warenhäuser gewählt hatte. Am liebsten wäre ihrer Mutter natürlich ein nobler Schwiegersohn gewesen, ein junger Aristokrat oder ein reicher Kaufmannssohn, wie es sich für ihren Stand gehörte. Doch diese Zeiten waren seit Papas Tod vorbei. Verarmte Industrielle waren auf gesellschaftlichen Anlässen nicht gern gesehen, was Pauline jedoch ein Stück weit Freiheit schenkte.

»Ich danke Ihnen dafür, dass Sie, da Sie mit meinem Großvater bekannt waren, mir in den schweren Zeiten eine Unterkunft zur Verfügung gestellt haben, und wünsche Ihnen für die Zukunft alles Gute.«

Die Zukunft. Ob ihr das neue Leben genügen würde? Fast ein Jahr lang hatte sie die Résistance unterstützt, sie hatte Tote gesehen, sich an Fliegeralarme gewöhnt, konnte die Motorengeräusche der Flugzeuge in feindliche und alliierte Verbände einteilen, sie hatte während ihrer Arbeit beim ERR sogar um ihr eigenes Leben gefürchtet. Und Paul – ja, Paul hatte sie beschmutzt, sie fühlte sich immer noch unwohl bei der Erinnerung an diese drei Nächte im August. Und ihr Opfer hatte ihr nichts eingebracht, außer einer Angst, die perfiderweise jetzt nach dem Ende der Besatzung noch größer war als im Jeu de Paume beim ERR. Das war die größte Enttäuschung, die an ihr nagte. Keine Spur mehr vom *Porträt eines jungen Mannes.* Es war und blieb verschwunden, so sehr sie am Tag nach der Räumung auch in den Gewölben des Jeu de Paume gesucht hatte, verschwitzt und verstaubt. Pauls Hotelzimmer war ebenfalls geräumt worden.

Sie wollte sich aber nicht damit abfinden. Das Bild ihres Großvaters, nein, Rabinovichs Erbe, würde bald ihr oder dem rechtmäßigen Besitzer gehören. Das Bild, das er einem polnischen Fürsten abgekauft hatte, der es wegen eines Schadens nicht mit zurück nach Polen nehmen wollte, es blieb zwar verschwunden, doch sie war nicht die Einzige, die es suchte. Das gab ihr ein wenig Hoffnung und trotz der Gefährdung auch Halt in dem unsteten Leben nach der Befreiung. Die Aufgabe, die sie und ihre Kameraden zusammengeschweißt hatte, war entfallen. Ein Gefühl der Leere hatte sie alle ergriffen. Es gab keine *boches* mehr auszutricksen, keine Erfolge mehr, keine Mutproben. Sie hatten ihre Schuldigkeit getan, sie konnten gehen – alle. Stattdessen gab es nun eine stets niedergeschlagene Mutter, Lebensmittelkarten für zwei Personen, kaum Strom und Wasser, ein bevorstehender nasser Herbst und ein Winter ohne Kohlen. Kein Wunder also, dass sie eisern festhielt an der Suche nach dem Bild. Und sie musste ihre Kameraden mit ihren Kontakten noch eine Weile nutzen. Sie hatten Verbindungen, konnten vielleicht einem Agenten Hitlers auf die Spur kommen. Wer wusste schon, wer noch alles als Wolf im Schafspelz Paris unsicher machte? Diese Suche würden ihre Freunde sicher gern übernehmen.

Sie las noch mal den Brief an ihren reichen Vermieter, der den Krieg in seinem Stadthaus hinter Vorhängen und hohen Fensterläden ausgesessen hatte. Da sie keinen Briefumschlag fand, legte sie ihn vorerst in die Schublade des Nachttisches und ließ sich auf das Bett fallen. Im Treppenhaus hörte sie Madame Martin keifen. Sie schloss die Augen und beschloss, noch ein wenig Schlaf nachzuholen, bevor sie die Concierge nach dem Besuch eines fremden Mannes befragen wollte. Dass ihr Magen knurrte, ignorierte sie.

*

Es hatte nicht lange gedauert, bis Ricolet das notwendige Wissen über das Museum Jeu de Paume zusammengetragen hatte. Er hatte Dulac befragt, der jedoch nur etwas von einer deutschen Organisation namens ERR faselte, die dort ihren Sitz gehabt hatte. Genaueres hatte er dann an Ort und Stelle erfahren.

Direkt in den Tuileriengärten hatte er Rita Valladon getroffen, die dort auf einer Bank saß und ihr Brot aus einem anscheinend mehrmals wiederverwendeten Pergamentpapier auspackte. Die Sonne schien warm, ein laues Lüftchen wehte und brachte die Blätter der Hecken, die sie umgaben, zum Rauschen. Das Geräusch erinnerte Ricolet an das Prasseln von Steaks in einer Pfanne und machte ihn hungrig.

Das Museum, ein lang gestreckter Bau mit klassizistischen Säulen und großen Fenstern, lag nicht weit entfernt. Amerikanische Soldaten schlenderten durch die Gärten, er konnte ihr fremdes, breites Englisch und ihr Lachen hören und bezweifelte bei sich, dass diese Männer eine einzige französische Silbe richtig aussprechen konnten.

Das, was Rita Valladon ihm dann erzählte, faszinierte ihn, obwohl sein Verstand sich weigerte, es zu glauben. Sie erzählte von Gemälden und Skulpturen, von beraubten Juden, von einer schändlichen Schacherei der deutschen Heerführer im Wettlauf um die besten Stücke der Beute, die ja noch nicht einmal Kriegsbeute war. Es war einfach nur geraubte Kunst, legitimiert durch einige deutsche Gesetze und Verfügungen, denen sich die Vichy-Regierung untergeordnet hatte. Niemand hatte einen Finger gerührt, um diese Ungerechtigkeit zu unterbinden. Niemand außer einigen Mitgliedern der Résistance, niemand außer Rita Valladon, die sich nun den letzten Bissen in den Mund schob.

»Können Sie sich vorstellen, dass der tot aufgefundene Mann im Museum gearbeitet hat? Er war groß, wahrscheinlich blond, trug einen grauen Anzug.«

Rita lachte und rückte die Brille auf ihrer Nase zurecht. »Monsieur Ricolet, es gibt Hunderte Deutsche, auf die diese Beschreibung passt. Aber warum nicht? Ich kann Ihnen die Namen einiger Mitarbeiter geben. Wo sie sich inzwischen aufhalten, das weiß ich nicht. Vielleicht kann Ihnen da Mademoiselle Pauline Drucat, eine weitere Mitarbeiterin, weiterhelfen. Vielleicht hat sie noch Kontakte zu diesem neuen deutschen Stabsangehörigen. Der müsste doch wissen, wo seine Kollegen sich aufhalten. Sie wohnt in der Rue Pajol drei, glaube ich.«

»Könnten Sie vielleicht den Mann identifizieren? Auch wenn es nur eine vage Vermutung ist, dass er im Museum gearbeitet hat?«

Ein bitterer Ausdruck trat in ihre Augen, während sie das fettige Pergamentpapier ordentlich zusammenfaltete und in ihre schwarze Handtasche steckte. »Nein, das wäre zu unsicher, denke ich. Fragen Sie erst Mademoiselle Drucat. Wenn die ihn nicht kennt, will ich gern mein Glück versuchen. Aber Sie können nicht auf Glück bauen, oder?«

»Nein«, gab er zu. »Auf jeden Fall bedanke ich mich für Ihre Hilfe. Hoffen wir, dass es mit dem Museum nun wieder aufwärtsgeht.«

Sie knetete die Hände in ihrem Schoß. »Sie meinen, dass diese Schande bald wieder von diesen Mauern abgewaschen werden kann?« Ihr Kopf wies auf den grauen Koloss hinter ihnen. »Ich bezweifle es. Das Jeu de Paume wird immer mit diesem Verbrechen in Verbindung gebracht werden. Ich konnte es nicht verhindern.«

Ihre Stimme war immer leiser geworden, und sie starrte auf den groben Schotter zu ihren Füßen. Ricolet musste einfach ihren Unterarm tätscheln, diese tapfere Frau war in ihrer Unscheinbarkeit bemerkenswert.

Er stand auf, sah sich im Park um. Die Gärten wirkten ungepflegt und struppig, was auch daran liegen konnte, dass es so gut wie keinen Rasen mehr gab. Jeder Halm war von den hungrigen Parisern gerupft worden, die das Gras als Futter für ihre Schlachtkaninchen benötigten. Es schien Ricolet, als hätte seine südfranzösische Heimat ein glücklicheres Los gezogen. Und doch barg Paris so viel an Überraschungen, an Neuem, an ungewöhnlichen Begebenheiten und Umständen. So wie der Bericht von Rita Valladon. Ricolet hatte sich nie ausgiebig mit den Motiven und Hintergründen des Krieges auseinandergesetzt. Er hatte nur die grobe Ideologie der Deutschen vor dem Krieg aus den Zeitungen zur Kenntnis genommen, hatte es aber abgetan als Großtuerei, um die Menschen zu überzeugen. Doch dass – wie Rita es berichtet hatte – die politischen Größen des Deutschen Reichs wirklich von Dingen wie der Vorherrschaft der arischen Rasse überzeugt waren, hatte ihn ins Grübeln gebracht.

Woran glaubten die Franzosen, früher und jetzt? Sie hatten einen Krieg verloren, und als sich abzeichnete, dass sie auch einen zweiten Krieg verlieren würden, hatten sie sich auf die Seite des Feindes gestellt in der Hoffnung, dass das Gewitter ohne große Schäden vorüberziehen möge. Und jetzt waren sie gespalten, uneins über den Weg in die Zukunft, duckten sich aus Scham über ihre Mutlosigkeit und aus Angst, jetzt bei der Neugestaltung des Landes wieder den gleichen Fehler zu machen. Wem konnten sie trauen? De Gaulle? Den Sozialisten? Oder niemandem?

Ricolet seufzte und sah Rita nach, die sich, in ein einfaches blaues Kostüm gekleidet, auf den Weg in das Innere des Museums machte. Tauben gurrten neben der Bank, auf der sie gesessen hatten. Er dachte an den Namen, den Rita ihm genannt hatte: Pauline Drucat, Rue Pajol. Nun gut, noch bevor er heimfuhr, würde er sie besuchen und befragen. Und wenn das keine nennenswerten Ergebnisse brachte, würde er sich Kommissar Brulait zuliebe geschlagen geben und sich wieder mit dem toten Fleischer Jerome Cortulet beschäftigen.

Es war inzwischen Nachmittag. Er ging den Quai des Tuileries entlang. Auf dem schmalen Pfad an der Seine standen wieder Angler, unermüdlich und stumm, die dünnen Ruten in den Händen. Einige hatten nicht einmal einen Eimer dabei, als wüssten sie, dass sie ohnehin nichts fangen würden. Die Farben von Paris waren gestochen scharf in der klaren, fast schon herbstlichen Luft. Auf der Ile de la Cité erhoben sich die Türmchen der Conciergerie, und als er über die Pont au Change ging, lugten die dreckig grauen Türme von Notre Dame über den Dächern hervor. Für einen Moment musste er an seine verschmähte Bibel denken, dann riss er sich zusammen. Er hatte seinen Gedanken während des Marsches freien Lauf gelassen, doch nun musste er sich wieder auf seine Arbeit konzentrieren.

Am Quai angekommen, schrieb er einen Tagesbericht, in dem er sowohl seine Befragungen bezüglich des toten Fleischers als auch der aufgefundenen deutschen Männerleiche zusammenfasste. Das Gespräch mit Rita Valladon ließ er weg.

Er fühlte sich ein wenig unwohl unter dem forschenden Blick, den Inspektor Moronde ihm hin und wieder zuwarf. Manchmal murmelte sein Kollege etwas in sich hinein und schüttelte den Kopf. Immer wieder schaute Ricolet auf die Wanduhr, und als der Zeiger auf der Fünf stand, erhob er sich und verabschiedete sich mit der gemurmelten Bemerkung, noch einen Zeugen zum Tod des Fleischers vernehmen zu müssen.

»Ich bin gespannt, wer von Ihnen die Wette um den toten *boche* gewinnt«, sagte er noch mit einem Lächeln, worauf Moronde siegessicher strahlte.

Ricolet dachte gar nicht daran, den Fleischergesellen zu vernehmen. Er fuhr mit der Metro nach Norden und stieg an der Station Porte de la Chapelle aus, um so nah wie möglich an der Rue Pajol anzukommen. Das Viertel war düster und schäbig, mit zwischen den zwei großen Bahnhöfen eingequetschten Mietskasernen, in denen sich einfache Leute einquartiert hatten, zusammen mit Huren und Kleinkriminellen. Das hatte er von Dulac erfahren, als er ihn unauffällig befragt hatte. Ohnehin schien Dulac eine wandelnde Enzyklopädie zu sein. Ob auch er eines Tages so viel über diese Stadt wissen würde? Er bezweifelte es.

Die Auslage eines Lebensmittelgeschäfts war leer, der Inhaber stand gelangweilt hinter dem Tresen und las in der dünnen *Libération*. Ricolet fragte kurz nach der Hausnummer, denn die meisten der Gebäude hatte er vergeblich nach einer Zahl abgesucht. Er erhielt Auskunft und ging weiter. Die Straße wurde schmaler, die Hauswände grauer.

Als er glaubte, bald angekommen zu sein, horchte er auf. Geschimpfe und lautes Geschrei waren zu hören. Menschen standen auf dem Platz, auf den mehrere Straßen einmündeten, Frauen in groben Kitteln, die Haare mit einem Tuch gebändigt, Männer in dunklen Hosen, die Hände zu Fäusten erhoben. Kinder mit dreckigen Gesichtern drückten sich an ein verrostetes öffentliches Pissoir und lugten um die Ecke, um das Geschehen zu verfolgen. Inmitten des Pulks eine Gestalt, die hin und her taumelte, als würde sie reihum gestoßen. Ricolet beschleunigte seinen Schritt. Bald erkannte er, dass die beschimpfte Person eine junge Frau war. Er begann zu laufen.

*

Es hatte sich ein Spalier gebildet. Frauen, Männer, alt und jung. Madame Martin an der Haustür, die Arme in die Hüften gestemmt, Madame Ecarte neben ihr und Monsieur Coulour ihnen gegenüber. Pauline hatte sofort gewusst, was das zu bedeuten hatte, auch wenn sie es nicht verstand.

Sie mussten ihr aufgelauert, ihre Schritte beobachtet haben. Am Mittag, als sie schon ihre ersten zwei Koffer weggebracht hatte, war ihr bereits der grimmige Blick ihrer Concierge aufgefallen, ebenso, als sie sie vergebens nach einem fremden Mann befragt hatte. Die ganze Zeit hatte die Martin etwas ausgeheckt. Dabei war Pauline doch gar keine von *denen*. Sie war keine *Kollaboratrice*, kein Nazi-Liebchen. Eine Gänsehaut lief ihr über den Rücken, als die Martin sie anrempelte.

»Verdammte Hure!«

»Nein, lassen Sie mich in Ruhe!« Ihre Entgegnung klang falsch und hilflos. Der Platz füllte sich.

»Nazi-Hure!«

Das war die Frau von gegenüber, die eigentlich immer ganz freundlich zu ihr gewesen war. Pauline hob die Arme, um sich vor den nächsten Stößen zu schützen. Sie musste weg von hier. Ihre Mutter wartete, sie wollten gemeinsam zu Abend essen. Doch tief in ihrem Inneren ahnte sie, dass das ihre geringste Sorge sein sollte.

»Lassen Sie mich los! Sie irren sich!« Sie schlug um sich, gehetzt und verwirrt.

Ein Schlag auf den Kopf, Tränen schossen ihr in die Augen. Einen Stoß in den Rücken, beinahe wäre sie gefallen. Zuerst schlugen die Frauen nur zaghaft zu und zuckten zurück, als wäre es ihnen peinlich, doch es dauerte nicht lange, bis sie sich keinen Zwang mehr antaten. Herumlungernde junge Männer kamen hinzu. Pauline hielt sich an der nächstbesten Hauswand fest. Eine Alte hinter ihr trat ihr in die Wade. Paulines Herz raste so schnell, als wäre sie bereits auf der Flucht.

»Wir werden es dir zeigen!«

»Haare ab, Haare ab!«, skandierten die Menschen, die sich zu Bestien verwandelt hatten, schlimmer, als ihr die Besatzer von Paris jemals erschienen waren. Undeutliche Fetzen von Fäusten, Augen, Haaren, Kleidern, die in der Sonne aufblitzten.

Sie schluchzte auf, als ein kräftiger Mann, den sie nie zuvor gesehen hatte, sie an den Schultern packte und auf die Pflastersteine niederstieß. Eine Frau griff in ihr Haar und riss ihren Kopf hoch, sodass ihr ein schneidender Schmerz durch Hals und Nacken fuhr. Sie war wehrlos, lag halb auf dem Boden. Eine Schere glänzte vor ihren Augen, geifernde Münder, aus denen sie wie durch Watte weitere Rufe vernahm.

»Kollaboratrice!«

»Du hast den Nazis geholfen, in diesem Museum. Du hast es einem von ihnen besorgt.«

»Nur einem? Sag die Wahrheit!«

Madame Martin beugte sich zu ihr herunter, hob die Hand und schlug zu. Pauline spürte die Ohrfeige kaum. Ihr Inneres hatte sich in eine dumpfe, leblose Masse verwandelt, die jeglichen Schmerz verschluckte. Ein leise knirschendes Geräusch schien durch ihre Kopfhaut zu dringen. Die Schere – eine Haarlocke fiel auf ihre Brust und rutschte an ihrer Bluse herab.

Pauline schrie auf, strampelte und wollte sich aufrichten, um sich besser wehren zu können, doch der Mann drückte sie unerbittlich nieder.

»Ich war bei der Résistance, ich bin noch dabei! Ich kann es beweisen!« Pauline schrie ihre Verteidigung hinaus, doch zu spät.

»Bei den Fifis? Das kann ja jeder sagen!«

Sie drehte den Kopf, sah nur Kleider, Hosen, Schürzenbänder, das staubige Pflaster und hin und wieder ein Stückchen grauer Wand. Gehässiges Gelächter und wieder ein Schnitt. Wieder der Griff des Mannes um ihre Schultern, sie konnte sich nicht rühren. Die nächste Locke fiel wie ein toter Schmetterling zu Boden.

»Hört auf! Ich habe Menschen gerettet!«

Ihr Hals tat weh vom Schreien. Sie hielt die Unterarme ihres Peinigers umklammert, wollte seinen Griff lockern. Ihre Schultern schmerzten unter dem Druck seiner Finger. Und doch schmerzte es sie mehr, von ihren eigenen Nachbarn so verkannt und missachtet zu werden.

»Halt! Zurück! Schluss damit!«

Die Menge wich plötzlich zurück. Die dritte Haarsträhne segelte hinab und blieb vor einem Paar abgeschabter Schuhe liegen, das sich in ihr Blickfeld geschoben hatte. Sie keuchte und merkte, wie sich der Mann, der sie festhielt, aufrichtete. Madame Martin trat einen Schritt beiseite. Dann wurde es still, Pauline konnte ihr Herz wieder hören, es schlug laut und pulsierend in ihren Ohren.

Sie sah auf und erblickte einen Mann, der sich in die Gruppe geschoben hatte. Er hielt einen Ausweis in der Hand. Sie kam auf die Knie, ließ sich auf ihre Fersen fallen und holte tief Luft. Eine Polizeimarke. Was kam jetzt? Würde man sie ins Gefängnis bringen?

»Lassen Sie die Frau los!«

Pauline betrachtete ihren Retter genauer. Aus ihrem Blickwinkel sah sie ein kantiges Kinn und eine Nase, die wie der Schnabel eines Raubvogels aus dem Gesicht stach. Plötzlich merkte sie, dass der Druck auf ihre Schultern nachgelassen hatte – sie war frei.

Schwer atmend rappelte sie sich auf und stand dem jungen Mann nun gegenüber. Seine dunkelbraunen Haare waren kurz, der Hut ein wenig altmodisch. Doch sein Blick war lebhaft und sprühte Funken, dass die Menschen zurückwichen. Pauline sah sich um. Madame Ecarte war bereits verschwunden, einige andere Nachbarn hatten sich ebenfalls zurückgezogen und beobachteten von Weitem das Geschehen.

»Sie ist eine Kollaboratrice, Monsieur!« Madame Martin vertrat standhaft ihre Meinung, wofür Pauline sie fast bewunderte. Wenn ihr Zorn nur den Richtigen träfe.

»Und Sie sind hier die Polizei?«, gab der Mann brüsk zurück.

Madame Martin wurde blass, ihre Lippen begannen zu zittern. »Das … ist unerhört«, flüsterte sie.

Da sah der junge Mann Pauline ins Gesicht. Er hatte große, markante Augen, die die Schärfe seiner Nase milderten.

»Wie ist Ihr Name, Mademoiselle?«

»Ich heiße Pauline Drucat.«

Dann wandte er sich erneut an Madame Martin. »Und Sie haben das hier also angestiftet? Wie kommen Sie dazu?«

Madame Martin riss die Augen auf. »Aber … sie hat sich mit den Deutschen eingelassen … Man hat es mir so gesagt.«

»Wer hat es Ihnen gesagt?«, fragte der Polizist mit schneidender Stimme.

»Na, dieser Mann, der vom französischen Geheimdienst.«

Pauline lief ein Kribbeln über die Kopfhaut. »Wann war das?«, hauchte sie.

»Na, vor drei, vier Tagen. Er hat Sie gesucht, wollte Sie wohl verhaften.«

»Ein großer Mann in elegantem Anzug?«, fragte Pauline.

Der Polizeibeamte sah sie verwundert an.

»Ja, genau, er war gut gekleidet«, antwortete Madame Martin. »Hätte ich ihm nicht glauben sollen? Ich habe Sie doch auch vor diesem Hotel gesehen, vergessen Sie das nicht. Und er sagte, wir sollten es Ihnen ruhig heimzahlen.«

Pauline fühlte, wie Wut in ihr aufstieg. »Ach, und deswegen darf ich mich hier schlagen lassen? Deswegen darf man mir die Haare scheren? Das ist ja großartig. Vielleicht sollte ich noch dankbar sein, dass ich nicht gleich totgeschlagen wurde. Zufällig gehörte das alles zu meinem Auftrag!«

»Mademoiselle Drucat, beruhigen Sie sich«, mischte sich der Beamte ein und sah sie fragend an. »Ich verstehe noch nicht genau, worum es geht, aber ich denke, in Ihrem Fall hätten Sie mit diesem Übergriff rechnen müssen.«

Sie richtete sich auf und erklärte erneut: »In *meinem* Fall habe ich leider nicht alle Risiken erwogen, Monsieur. Das war bei der Résistance nicht üblich.«

Da legte sich tatsächlich eine leichte Röte auf seine Wangen. Er blickte sie an, aufmerksam und, wie es ihr schien, ein wenig schuldbewusst.

»Sie haben recht. Also Résistance, wie Mademoiselle Valladon?«

»Ja, sie wusste davon. Kennen Sie sie?«

Er nickte. »Sind Sie verletzt worden?«

Unwillkürlich klopfte sie sich den Staub von der Bluse und sah an sich hinab. »Nein. Nichts, was nicht wieder heilen würde.«

Mit einem Ruck wandte er sich Madame Martin zu. »Madame, es besteht Grund zu der Annahme, dass Mademoiselle Drucat im Auftrag der FFI im Museum Jeu de Paume als Spionin gegen die deutschen Besatzer tätig war. Lassen Sie sie in Zukunft in Ruhe, oder ich muss Sie und Ihre Nachbarn zur Rechenschaft ziehen!«

Während er sprach, reckte er das Kinn vor. Die linkische Unsicherheit des jungen Beamten war mit einem Mal verschwunden.

Als hätte er einen anderen Mantel angezogen, war seine körperliche Präsenz plötzlich sehr stark zu spüren.

»Aber … dann gehörte das wirklich dazu? Das … Sie wissen schon«, stammelte Madame Martin.

»Das Besorgen, ja«, sagte Pauline bitter. Vorhin hatte ihre Concierge auch kein Blatt vor den Mund genommen, kein Grund also, jetzt hinter dem Berg zu halten. »Das gehörte leider dazu.«

»Und dieser Fremde, der war gar nicht vom Geheimdienst?«

»Nein, das war wahrscheinlich ein deutscher Agent.«

Madame Martin rang ihre Hände. »*Mon Dieu*, aber das wusste ich ja nicht!«

Doch schon ließ der Polizeibeamte sie stehen und zog Pauline mit sich. Diese atmete auf. Die frische Luft schmeckte wundervoll süß, wenn man erst den Staub der Straße hinuntergeschluckt hatte.

»Nun, ich danke Ihnen, Monsieur.«

»Jean Ricolet, Inspektor bei der Mordkommission.« Seine schmalen Lippen verzogen sich zu einem Lächeln, was sein ganzes Gesicht verwandelte und strahlen ließ. Mit einem Mal wusste sie, dass sie wirklich in Sicherheit war.

»Mordkommission? Was führte Sie in unsere Straße?«

»Ich habe Sie gesucht.«

Pauline blieb stehen. »Mich?«

Ricolet lächelte beruhigend. »Es geht um einen toten Mann, den wir auf dem Montmartre gefunden haben und nicht identifizieren können. Ich vermute, dass er ein deutscher Zivilist war, der vielleicht im Jeu de Paume ein und aus ging. Ich habe in der Tat mit Mademoiselle Valladon gesprochen. Und die hat mich an Sie verwiesen.«

Ein toter Mann, der mit dem ERR in Zusammenhang stand. War ihr unbekannter Angreifer etwa Opfer seiner Intrigen geworden? Sie musste es wissen, unbedingt. Ihre Kameraden hatten nichts über den geheimnisvollen Agenten herausfinden können. Kein Wunder, wenn er nun tot war. Einerseits wäre damit ihre

Angst überflüssig, andererseits hätte sie dann keine Spur mehr, die sie zum Bild führen könnte. Es sei denn, die Polizei würde bei den Mordermittlungen mehr über das Bild herausfinden.

»Sicher hat Rita nicht erwähnt, dass ich bei der Résistance bin. Das ist typisch für sie und ihre Arbeit. Diskret bis zuletzt.«

»Konnte sie denn wissen, wie weit Ihr Auftrag reichte?«

Die Frage war berechtigt. Sie hatte mit Rita nie Details erörtert, und intime Details schon gar nicht. Dazu war auch keine Zeit mehr gewesen.

»Nein, sie wusste nichts über diese Einzelheiten. Sie war ohnehin sehr verschwiegen, was unsere Arbeit betraf. Und Rita meint also, der Tote könnte vielleicht Paul gewesen sein?«

Sofort horchte der Beamte auf. All seine Sinne waren offenbar auf Informationen ausgerichtet, er hörte, sah, roch und schmeckte sie.

»Paul wer?« Dann stutzte er und schüttelte den Kopf.

»Pardon, Mademoiselle, das können Sie mir später in aller Ruhe erzählen. Da sprechen wir hier von Toten, während Sie doch gerade Schreckliches erlebt haben. Es tut mir so leid, dass ich nicht früher eingetroffen bin.«

Seine Arme und Hände fuhren durch die Luft, und für einen Moment glaubte sie, in diesen emotionalen Worten den Hauch eines Dialektes gehört zu haben.

»Sie kommen aus dem Süden, nicht wahr?«

»Ja, aber kommen Sie erst mal mit und machen sich frisch.«

Pauline hatte ihre schmutzige Kleidung und ihre Haare völlig vergessen, doch jetzt zeigte ihr der Blick eines Passanten, dass sie wohl nicht ganz *comme il faut* aussah. Sie sah an sich hinab und erschrak: Beide Strümpfe trugen lange Laufmaschen, und ihre Knie bluteten. *Verdammt!*

Ricolet zog sie weiter die Straße hinab, bis sie an einem kleinen Café ankamen und eintraten. Pauline ging in den Waschraum. Kurzerhand setzte sie sich auf den Rand der Toilette, zerrte sich die Seide von den Beinen und stopfte das Wirrwarr in ihre Handtasche. Mit einem Taschentuch wusch sie ihre Knie ab.

Stöhnend stand sie auf. Dort, wo der Mann sie niedergedrückt hatte, schmerzten ihre Schultern. Tageslicht fiel durch ein kleines Fenster, und sie erkannte im Spiegel, dass sie leichenblass war. Kein Wunder nach diesem Angriff und der seltsamen Eröffnung des Beamten. Sie griff sich in die Haare, die sie seitlich gescheitelt trug. Ihre Locken fielen in den Nacken. Man hatte ihr mehrere Strähnen aus ihrem Haupthaar geschnitten, zum Glück aus dem Schopf heraus und nicht direkt an ihrer Kopfhaut. Mit etwas Geschick würde sie sich so frisieren können, dass nichts mehr von diesem Angriff zu sehen war. *Diese verdammte Vettel Martin, nachtragend und klatschsüchtig.*

Für einen Moment stützte sie sich auf den Rand des kleinen Waschbeckens und schloss die Augen, um nachzudenken. Sie hatte bereits einige Frauen gesehen, die man durch die Straßen getrieben hatte, kahl geschoren, mit Brandmalen verunstaltet. Paul – war er ein so schlechter Mensch gewesen? Waren alle Wehrmachtssoldaten, die doch nur den Krieg überleben wollten, schlechte Menschen? Sie hatte so einige gut aussehende Deutsche gesehen, kein Wunder, wenn sich ein dummes Ding wirklich verliebt hätte. Und dann diese Schmach, diese Demütigung. Paris, die Stadt der Liebe? Sie seufzte und öffnete erneut die Handtasche, um sich ein wenig von ihrem letzten Parfum auf den Hals zu tupfen. So waren sie, die Pariser, halsstarrig in allen Extremen, von der Liebe bis zum Hass.

Tief sog sie den tröstlichen Duft ein und kehrte zu dem kleinen Tisch zurück, auf dem inzwischen zwei Gläser Wein standen. Höflich erhob sich Ricolet und schob ihren Stuhl zurecht.

»Geht es wieder?«

Pauline winkte ab. »Meine Strümpfe sind hin. Aber dank Ihnen werden die Nachbarn mich nicht mehr belästigen. Ich ziehe sowieso jetzt aus. Aber ich werde das wiedergutmachen. Falls Sie mal eine Spionin benötigen …«

»Dann ist es also wirklich wahr, was Mademoiselle Valladon berichtete?«

Eine Weile erzählte sie von ihrer Arbeit im Museum, von Paul, von den Gemälden, die sie gesehen hatte, von den Güterzügen voll Kunstwerken, die nach Deutschland gingen.

»Ich habe nicht mehr viel ausrichten können in den wenigen Monaten, in denen ich dort war. Da war Rita schon fleißiger.«

»Und was hat es mit diesem fremden Mann auf sich, der sie beschuldigt hat?«

Auf keinen Fall durfte sie das Bild erwähnen; das war ihr Geheimnis. »Ich denke, er war mir auf der Spur, wollte mich beim ERR enttarnen. Ich habe vor einigen Tagen gesehen, dass er mich verfolgt hat.«

»Aber die Deutschen haben Paris verlassen. Was sollten die noch von Ihnen wollen?«

»Vielleicht dachte er, ich hätte noch Informationen von Paul, die ihm wichtig waren. Vielleicht suchte er Bilder, die Paul noch übergeben sollte.« Nur ganz behutsam den Inspektor auf eine Spur setzen, das würde nicht schaden. »Wenn ich nur wüsste, was aus Paul geworden ist.«

Für eine Weile schwiegen sie. Dann rückte Ricolet auf seinem Stuhl zu ihr herum und fragte unumwunden: »Trauen Sie sich zu, morgen früh mit mir in die *Morgue* zu gehen und eine mumifizierte Leiche zu identifizieren?«

Kapitel 4

16. September 1944

In der Nacht hatte Ricolet von kahl geschorenen Frauen geträumt, und er musste sich eingestehen, dass es die eine Sache war, einen Fall von Lynchjustiz wie den des Fleischers Cortulet zu untersuchen, aber eine andere, die aufgebrachte Menge in voller Aktion zu sehen und mitzuerleben, wie hilflose Einzelpersonen ein Opfer der Massen wurden. Er konnte sich nicht herausreden – er schämte sich für seine bisherige Ignoranz. Die armen Frauen waren Opfer ihrer Gefühle oder ihres Hungers geworden. Man sollte sie in Ruhe lassen und sich auf die Gerichtsverhandlungen gegen politische Kollaborateure konzentrieren. Oder gegen Schmarotzer wie Cortulet – falls sein Betrug denn wirklich der Wahrheit entsprach.

Doch als er an das nächste Treffen mit Pauline Drucat dachte, sprang er voller Elan aus dem Bett, zog sich an und frühstückte nur kurz. Es wurde Zeit.

Nicht lange darauf traf er sie vor dem roten Backsteingebäude der Pathologie am Quai de la Râpeé, und sie betraten es gemeinsam. In der Leichenhalle konnte man den blauen Himmel durch ein Oberlicht sehen, er hob sich grell von den beigen Wandfliesen des Raumes ab. Ein Kontrast, bei dem einem übel werden konnte, falls man nicht schon bei diesem Geruch von Leichengas würgte. Ricolet musste diese junge Frau mit den kastanienbraunen Augen einfach für ihren Mut und ihre Gelassenheit bewundern. Er würde sie nicht kaltblütig nennen, dazu war ihr Gesicht zu mitfühlend und ausdrucksstark. Doch sie hatte etwas an sich, was ihn irritierte, fast einschüchterte und gleichzeitig faszinierte.

Vor ihnen, auf einem Tisch aus Edelstahl, lag der zusammengesunkene, verkrümmte Leichnam.

Ricolet zog die Decke vorsichtig vom Kopf des Toten zurück bis auf die Brust. Und er verstand sofort, warum Pauline erschrocken einen Schritt zurücktrat und ihn verständnislos ansah.

Vor ihnen lag nicht die Mumie vom Montmartre, sondern ein älterer Mann; der faltigen Haut und den Altersflecken nach, musste er in den Siebzigern sein. Wenn sich nicht eine rote Linie um seinen Hals gezogen hätte, hätte man denken können, er sei verhungert, denn seine Wangen waren tief eingefallen.

»*Merde!*«, fluchte Ricolet und sah sich nach dem Angestellten um, der sie hereingebeten hatte. Im weiß getünchten Flur erwischte er nur einen Assistenten, der sich gerade die Schürze umband.

»Monsieur! Wo ist die mumifizierte Leiche vom Montmartre? Warum liegt hier ein alter Mann, durchaus noch frisch?«

»Ach, Monsieur, ein Versehen, das tut mir leid.« Die Stirn des jungen Mannes kräuselte sich leicht. »Kommissar Brulait hat gestern Abend angeordnet, dass die Mumie schon in die Leichenhalle kann. Vielleicht ist sie auch schon auf dem Friedhof. Den Alten wollte ich mir als Nächstes ansehen.«

»Haben Sie die Mumie denn untersucht? Fotos gemacht?«

»Nein, das wäre nicht nötig, sagte Brulait. Der Fall war ja auch klar. Ein deutsches Opfer der Übergriffe, oder? Wollen Sie, dass ich Monsieur Hitler anschreibe, damit er sich seine Leute hier abholt?«

Ricolet ließ seine Faust auf ein Metallregal fallen, sodass das Scheppern der Gläser und Behälter durch den Anbau hallte. Ausgerechnet sein schwerstes Rätsel würde zum Opfer der verworrenen Umstände und Zuständigkeiten werden.

»Ist Ihnen wenigstens etwas aufgefallen, eine Besonderheit, ein Hinweis für eine Identifizierung?«

Pauline war näher getreten und hörte interessiert zu.

»An seiner Schulter vielleicht?«, fragte sie den Assistenten.

Dieser schwieg für einen Moment und starrte sie an, dann leuchtete sein Gesicht auf.

»Ja, Sie haben recht, Mademoiselle. An seiner Schulter war die Haut nicht durchgehend gleich. Da war eine Aussparung, eine handgroße Stelle, die anders aussah als der Rest. Zwar auch völlig vertrocknet, aber doch in einer anderen Farbe und von anderer Dichte.«

»Könnte das eine alte Brandnarbe gewesen sein?«

Der Mann dachte kurz nach. »Ich will mich nicht festlegen. Man hätte das Gewebe einweichen müssen. Aber ja, es könnte sein. Der Mann war 1,80 m groß, die ursprüngliche Haarfarbe muss blond gewesen sein. Seine Schultern waren breit, die Augenhöhlen ein wenig größer als normal. Er kam wahrscheinlich durch einen Schlag auf den Schädel zu Tode.«

»Ja.«

Ricolet sah sich nach seiner Begleiterin um, die nur einen leisen, fast traurigen Hauch von sich gegeben hatte.

»Ja? Sie kennen ihn?«

Sie nickte und holte trotz des Geruchs tief Luft. »Das war Paul Henkmann. Er hatte eine Brandnarbe auf der rechten Schulter.« Sie sah den Assistenten herausfordernd an.

Ricolet gefiel die Art, wie sie mitdachte.

»Auf der rechten Schulter«, bestätigte der junge Mann.

»*D'accord.* Das ist er. Er hatte mir zugesagt, mich zu kontaktieren. Aber er hat sich nie wieder gemeldet.«

»Danke, Monsieur«, sagte Ricolet unwillig, immer noch verärgert über die schnöde Missachtung seiner Leiche.

Er umfasste Paulines Unterarm, und gemeinsam gingen sie den Flur entlang, bogen ab und traten hinaus auf den Platz, auf dem noch junge Bäume Schatten spendeten. Die Luft tat gut, sie war kühl an diesem Morgen. Unterdessen berichtete Pauline, wann sie Paul Henkmann zuletzt gesehen hatte.

Ricolets Verstand arbeitete auf Hochtouren. Mehrere Fragen beschäftigten ihn: War Brulait in seiner Eile nur einer Anordnung von oben nachgekommen? Hatte jemand Interesse, den Fall vorschnell abzuschließen? Und war Pauline Drucat wirklich eine verlässliche Zeugin? Könnte nicht etwas zwischen ihr und dem toten Deutschen vorgefallen sein, etwas so Schwerwiegendes, dass sie ihn ermorden musste? Vielleicht hatte Henkmann ihre Tarnung durchschaut, und sie musste sich retten. Sie hatte ihn bestimmt gehasst bei all den Widerwärtigkeiten, die sie unter ihm erleiden musste. Und dabei dachte Ricolet nicht nur an die körperliche Komponente ihres Auftrags. Doch sie nach einem Alibi zu fragen wäre zwecklos, fruchtlos, unnütz, solange der Todeszeitpunkt nicht klar bestimmt werden konnte.

Sie waren in der Mitte des Platzes stehen geblieben, er sah sie an und spürte, dass sie abwesend und nachdenklich war. Wenn Pauline die Täterin war, hätte sie niemals freiwillig die Leiche identifiziert – oder war das Berechnung, weil sie in irgendeiner Weise von den Ermittlungen profitieren wollte?

»Tut er Ihnen leid?«

Sie zuckte die Schultern. »Ja und nein. Ich weiß es nicht. Wer will darüber urteilen?«

»Die Opfer«, gab er zurück.

Da schaute sie ihn an. »Sie haben recht. Ich bin aber kein Opfer und kann deshalb kaum urteilen.«

»Aber er selbst war auch ein Opfer. Entweder ein Opfer der Umstände oder Opfer eines gezielten Mordes. Es ging vielleicht um mehr als die wilde Rache der Bevölkerung.«

»Sie meinen, weil er mit Kunst zu tun hatte? Und weil er mit hohen Nazis in Verbindung stand?«

»Diese Bilder«, murmelte er. »All diese Gemälde. Wenn schon die Reichsleitung daran Gefallen findet, gab es vielleicht auch missgünstige Kollegen oder andere Deutsche, die Geschmack daran gefunden haben. Da wir den Todeszeitpunkt nicht kennen, kann er kurz vor oder auch nach der *Libération* ermordet worden sein.«

Sie seufzte. »Aber die Bilder und Skulpturen waren schon alle zum Louvre oder zum Bahnhof gebracht worden. Ich habe keine wichtigen Gemälde mehr gefunden, nur noch ein paar Kopien und Werke von unbekannten Künstlern.«

»Und wenn Henkmann nun ein Gemälde an sich gebracht hat, für das er hier Interessenten hatte …«

Da sah Pauline ihn mit größerem Interesse an. Doch er schüttelte den Kopf.

»Es kann ein Dutzend Motive für diesen Mord geben. Ich sollte mich nicht festlegen.«

»Was machen Sie jetzt mit diesem Fall?«

Überrascht sah er sie an. »Brulait hat ihn wohl abgeschlossen. Ich mache nichts mehr. Obwohl ich gern weitermachen würde. Wo hat Henkmann eigentlich gewohnt?«

»In einem kleinen Hotel am Boulevard de la Chapelle. Dort ist nichts mehr.«

Was sollte dort auch Wichtiges für Pauline sein? Irritiert sah er sie an. Schnell gab sie Antwort auf die Frage, die sie wohl in seinem Blick gelesen hatte.

»Ich meine, dort war kein Bild oder so. Ich hatte meinen Lippenstift dort verloren und war noch einmal nach seiner Abreise im Zimmer.«

Der Lippenstift – das beunruhigte ihn ein wenig. Eine Standardausrede wie sie im Buche stand, doch er ließ sich seine Verwunderung nicht anmerken.

»Vielleicht erfahren wir eines Tages die Wahrheit.«

Nach diesen abschließenden Worten von ihr hatte er keinen Grund mehr, sich länger hier aufzuhalten. Fieberhaft suchte er nach einem Vorwand, sie wiederzusehen, doch ihm fiel nichts ein. Sie war eine Zeugin, die nicht mehr benötigt wurde. Und warum sollte sie Interesse an einer weiteren Unterhaltung haben?

»Nun denn. Alles Gute für Ihr Studium, Mademoiselle …«

»Ich heiße Pauline.«

»*Au revoir*, Pauline.« Er drückte kurz ihre Hand und drehte sich um.

»Viel Glück«, rief sie noch, sodass er ihr zum Dank winkte. Hätte er ihr seinen Vornamen nennen sollen? Was erwarteten die Pariser Frauen von einem Bauerntölpel wie ihm?

Er seufzte erneut und machte sich auf den Weg in die Rue Mansart, um den Fleischergesellen Alphonse zu vernehmen. Wenigstens der sollte ihm heute nicht mehr entwischen.

*

Zu seinem Bedauern erwartete ihn nur die geschäftige Madame Cortulet, die höchstpersönlich die Kunden bediente und mit verschwitztem Gesicht Braten und Suppenfleisch in Papier einschlug. Dass sie die Geldscheine fahrig entgegennahm und unsortiert in die Lade der großen Kasse stopfte, kam ihm merkwürdig vor. Alphonse war nicht zu sehen. Als die letzte Kundin den Laden verlassen hatte, wandte sie sich ihm unwirsch zu.

»Was wollen Sie? Ich habe alles gesagt, was es zu sagen gibt.«

»Wo ist denn Ihr Geselle? Ich wollte mit ihm sprechen.«

Sie stemmte die Hände in die Hüften. »Das wüsste ich auch gern. Er ist nicht erschienen und auch nicht zu Hause. Niemand weiß, wo er ist. Dieser Mistkerl! Er weiß doch, dass ich kein Schwein zerlegen oder Knochen sägen kann.« Plötzlich flossen ihr Tränen die Wangen hinunter, die sie mit einem Zipfel ihrer Schürze abwischte. »Ich bin ganz allein, Monsieur Ricolet. Was soll ich nur tun? Ich kann doch das Geschäft nicht schließen!« Schluchzer unterbrachen ihre Sätze.

»Wenden Sie sich an die Innung. Es gibt bestimmt arbeitslose Fleischer, die gern eine neue Stelle hätten.«

»Aber das hat Jerome immer gemacht, er hat sich um alles gekümmert. Ich bin doch nur eine Frau.«

»Sie schaffen das schon, Madame. Es geht um Ihre Existenz.«

»Und die Abrechnungen, die Lohnauszahlung, die Steuern, das hat alles mein Mann erledigt.«

»Sie werden sich schon einarbeiten. Lassen Sie sich von Kollegen helfen. Sie könnten den Laden auch verkaufen oder verpachten.«

Er fragte sich plötzlich, warum er einer verdächtigen Ehefrau so gute Ratschläge gab. Waren wirklich alle Männer so leicht von Tränen zu beeinflussen? Er räusperte sich, dann ging er zur Tür und drehte den Schlüssel im Schloss. Als er sich umdrehte und wieder auf sie zukam, wich sie mit aufgerissenen Augen einen Schritt zurück.

»Was soll das, Monsieur?«

»Nun mal unter uns.« Ricolet lehnte sich an die Wand, die den Durchgang zum Kämmerchen säumte, und kreuzte die Arme vor der Brust. »Wie lange geht das schon zwischen Ihnen und Alphonse?«

Madame Cortulet wurde blass, doch er musste sich eingestehen, dass sie eine Kämpfernatur war.

»Was erlauben Sie sich? Das ist eine infame Unterstellung!«

»Aber Madame, ich verstehe das. Alphonse ist ein Bild von einem Mann. Und Jerome hatte viel zu tun, war immer müde. Dazu diese schweren Zeiten. Er konnte sie nicht trösten, nicht wahr?«

Für einen kurzen Moment glaubte er, eine gewisse Müdigkeit in ihrem Gesicht zu erkennen, doch dann fasste sie sich. »Nein, das ist nicht wahr! Sie verleumden eine ehrbare Frau, schließen mich hier ein. Was sollen denn die Leute denken?«

Mit neuer Energie schob sie sich an ihm vorbei, durchquerte den Raum und schloss wieder auf. Demonstrativ öffnete sie die Tür und schob einen Keil unter das Türblatt. Sofort strömte mit der warmen Luft eine dicke Fliege herein, angezogen vom Geruch nach Blut und Würze.

»Madame, sagen Sie mir, wo Alphonse ist.«

»Ich weiß es nicht!«, keifte sie.

»Wo könnte er sein? Sie wissen doch alles über ihn.«

»Wer behauptet das?«

Er versuchte, einen kleinen Joker ins Spiel zu bringen.

»Monsieur Chartres, ihr aufmerksamer Nachbar.«

»Dieser Geier! Der lügt, wenn er den Mund aufmacht. Wenn Sie keine wichtigen Fragen mehr haben, verlassen Sie jetzt meinen Laden.«

Sie wies zur Tür, eine imposante Statue mit dicken Beinen, die fest in die Fliesen gemauert schienen. Ricolet gab auf – für den Moment. Er blieb im Türrahmen stehen und sagte lauter als nötig: »Sie wissen, dass ich Sie aufs Kommissariat vorladen lassen kann, oder?«

»Mir doch egal. Ich habe alles gesagt.« Madame Cortulet ließ sich nicht beeindrucken.

Er lüpfte zum Abschied seinen Hut. »Bis bald, Madame Cortulet.«

»Ich werde mich bei Ihrem Vorgesetzten beschweren!«, rief sie ihm aus der Tür nach, als er bereits einige Schritte gegangen war.

Er drehte sich um und sah noch, wie sie eine obszöne Geste ausführte – in Richtung des Fensters, in dem Monsieur Chartres wieder auf der Lauer lag. Der Mann winkte nur ab und sah demonstrativ in die andere Richtung.

*

Paul war tot, sein schöner Körper zu Staub zerfallen. Immer wieder sah Pauline seine zernarbte Schulter vor sich, die breite Brust und die hübschen Augen. Obwohl – auch dieser Inspektor hatte hübsche Augen. Anfangs erschien er ihr ein wenig komisch, in seinem etwas altbackenen Anzug und dem Hut, mit seinen Schuhen, die noch Nägel in den Sohlen hatten. Ein Bursche vom Land war er, aus dem Süden, wie er ihr erzählt hatte. Und doch war er aufmerksam, neugierig, wissbegierig. Es war ihm schwergefallen, diesen Fall aufzugeben, das hatte sie ihm angemerkt.

In was für eine Situation hatte sich Paul da nur gebracht? Und was hatte er mit dem *Porträt eines jungen Mannes* gemacht? Er musste es doch am gleichen Tag noch aus der Stadt gebracht haben, wahrscheinlich höchstpersönlich, da es doch für den Führer selbst bestimmt war. War die Übergabe, vielleicht an den gefährlichen Fremden, schiefgegangen? Hatte sich jemand aus den oberen Riegen eingemischt? Hatte vielleicht Rita ihren Kameraden einen Hinweis auf das Bild gegeben, und diese haben es aus den Händen der Nazis retten können?

Doch nein, der Befehl zur Räumung war zu plötzlich gekommen und hatte alle überrascht. Wo war Rabinovichs Bild? Sie dachte an Ricolets Worte: *»Und wenn Henkmann nun ein Gemälde an sich gebracht hat, für das er hier Interessenten hatte.«* Unwillkürlich musste sie den Faden weiterspinnen.

Wenn er tatsächlich einen Interessenten in Paris für das *Porträt eines jungen Mannes* gehabt hatte, was dann? War etwas schiefgelaufen bei dem Versuch, es anderweitig zu verschachern, und seitdem suchte der fremde Agent das Bild? Sie musste unbedingt Rita fragen, ob das Bild in ihren Unterlagen überhaupt erschienen war. Paul konnte es am Verzeichnis vorbeigeschmuggelt haben. Pauline hatte es selbst ja nur zufällig in einem staubigen Raum gefunden, versteckt zwischen unbedeutenden Werken. Paul hatte es erst im Jeu de Paume und bei der Räumung vielleicht auf dem Montmartre in Sicherheit gebracht.

Allerdings musste sie auch in Betracht ziehen, dass er wegen eines ganz anderen Gemäldes oder aus einem gänzlich unbekannten Motiv umgebracht worden sein konnte. Und doch wollte sie nicht daran glauben. Es *musste* um Großvaters Bild gegangen sein. Nur deshalb hatte sie die Schande der drei Nächte auf sich genommen. Und der Fremde wollte dieses Bild, um jeden Preis. Sollten all ihre Ängste umsonst gewesen sein? Für nichts und wieder nichts hatte sie sich von einem Agenten überfallen und von den Nachbarn schlagen lassen? Nein, sie musste weitermachen.

Von einer seelischen Erschöpfung gepackt, erreichte Pauline schließlich die Rue Pajol. Niemand war zu sehen, keiner ihrer

Nachbarn hatte sich seit gestern Nachmittag gezeigt, geschweige denn entschuldigt. Doch das hatte sie auch nicht erwartet. Morgen würde sie wieder bei ihrer Mutter leben und weder das Bild noch den netten Inspektor wiedersehen. Der Kopf wurde ihr schwer und ihr Gang immer langsamer, als fürchtete sie sich vor dieser Aussicht. Dann reckte sie die Schultern und bemerkte, dass sie vor ihrem Mietshaus angekommen war.

Sie schob die Tür auf, gleich würden ihre Freunde eintreffen und ihr beim Umzug helfen. Madame Martin saß in ihrer kleinen Loge und grüßte sie mit einem freundlichen Kopfnicken. Die Concierge, ihre Mutter, die Nachbarn und auch ihre Kameraden – sie alle würden sich noch wundern. Pauline dachte nicht daran aufzugeben.

*

Ricolet war Zeuge der Übergabe des Wetteinsatzes. Dulac zählte mit unbewegtem Gesicht fünf Zigaretten ab und legte sie auf Morondes Tisch, der daran roch und sie triumphierend einstrich.

Die Akte war dünn, wehmütig betrachtete Ricolet den Stempel und die Unterschrift Brulaits und setzte sich dann an seinen Tagesbericht. Es herrschte Geschäftigkeit im Flur, immer wieder kamen Kollegen herein, um laufende Fälle mit Dulac und Moronde zu besprechen. Stets spitzte er die Ohren, doch er verstand nur einmal, dass es erneut um einen Fall von Lynchjustiz im 17. Arrondissement ging, den die Kollegen auf dem dortigen Revier bearbeiteten.

Sofort dachte Ricolet an Pauline und kam von ihr zu der Frage, wie er selbst zu diesen Vorfällen stand. Mit Cortulet hatte er kein Mitleid gehabt. Warum nicht? Was war bei ihm anders? Bevor er eine Antwort finden konnte, sprach man ihn auf den Fall des toten Fleischers an, und er erörterte bereitwillig sein Erlebnis mit Madame Cortulet.

Dulac pflichtete ihm bei – dort stimme etwas nicht. Sie kamen jedoch nicht dazu, weitere Details zu besprechen, denn Kommissar Brulait, der den Nachmittag am Tatort und auf dem Revier verbracht hatte, kam mit großen Schritten zur Tür herein.

»Ricolet«, sagte er nur und betrat sein Büro.

Ricolet sprang auf, sah seine Kollegen verwundert an, dann beeilte er sich, der Aufforderung Folge zu leisten. Wie üblich roch es in dem Zimmer nach Zigaretten. Brulait saß hinter seinem Schreibtisch und öffnete einige Briefe.

»Sie waren in der Morgue, wie ich hörte. Was hatten Sie dort zu suchen?«

Ricolet berichtete, dass er eine Zeugin aufgetan hatte, die das Opfer dort identifizieren sollte.

»Eine Zeugin?«

»Eine junge Frau, die mit dem Toten im Jeu de Paume gearbeitet hatte. Es steht alles in meinem Bericht. Ich sollte doch nach Zeugen suchen.«

»Ja, in der Nachbarschaft, weil sich die Tat dort ereignet hat. Haben sich Anhaltspunkte ergeben, die den Tod des Deutschen erklären?«

»Nein, monsieur le commissaire.«

»Dann ist der Fall nun abgeschlossen. Ich denke nicht daran, unnötige Arbeit wegen eines toten Deutschen anfallen zu lassen. Sie dürfen den Namen des Toten noch in die Akte aufnehmen, für Nachfragen von deutscher Seite, sollte der Krieg eines Tages mal ein Ende haben. Aber das ist dann auch schon alles. Ihr Auftrag ist beendet. Ist das klar? Wir haben genug mit unseren Toten zu tun. Befassen Sie sich mit Cortulet. Wie steht es mit ihm?«

Ricolet gab einen kurzen Bericht ab und lenkte die Aufmerksamkeit des Kommissars auf den verdächtigen Gesellen.

Brulait nickte befriedigt. »Habe ich mich klar ausgedrückt?«

»Ja, natürlich.« Ricolet nickte, um seiner Antwort Gewicht zu verleihen.

»Gut. Gehen Sie.«

Er drehte sich um und verließ den Raum.

»Was gab es denn?«, fragte Moronde sofort nach.

»Brulait hat mir einen Rüffel erteilt, weil ich eine unnötige Zeugin gefunden habe. Dank Ihnen übrigens. Der Tipp mit dem Jeu de Paume war sehr hilfreich.«

Dulac stöhnte und fuhr sich mit dem Kamm über das glatte Haar. »Jetzt hört doch alle auf mit diesem *boche*. Es ist vorbei. Kümmern Sie sich um den toten Fleischer, sonst quellen unsere Tische hier bald über mit toten Kollaborateuren.«

»Das werde ich«, beschwichtigte Ricolet ihn und sah auf die Wanduhr. Vor Feierabend würde er es noch schaffen, den mutmaßlichen Namen des Toten in das richtige Formular einzutragen und die Akte entsprechend umzubenennen. Es befriedigte ihn, dass seine und Paulines Anstrengungen nicht völlig vergebens waren. *Ruhe sanft und von mir aus auch in Frieden, Paul Henkmann*, dachte er und spannte ein Blatt Papier in die Schreibmaschine.

Er füllte das Formular aus, setzte dann mit einem dicken Filzstift den Namen Paul Henkmann auf die Kladde und legte sie, nachdem er sich überzeugt hatte, dass alle Papiere sich ordnungsgemäß darin befanden, in die rechte obere Ecke des Schreibtisches.

Am nächsten Morgen war die Akte verschwunden.

*

Ungeduldig wartete Brulait darauf, dass sein neuer Inspektor endlich das Büro verließ. Fast streberhaft verließ der seinen Arbeitsplatz als Letzter, woraufhin Brulait aufsprang und sofort seinen Schreibtisch inspizierte.

Die Akte lag auf dem Tisch. *Paul Henkmann* war mit großen Buchstaben auf dem Deckblatt vermerkt. Ricolet hatte tatsächlich die Identifizierung zuwege gebracht ... An den Waschzettel hatte er selbst gar nicht gedacht und auch nicht daran, dass manche Nazis Gift bei sich trugen.

Brulait wusste nicht recht, ob er fluchen oder sich freuen sollte. Ricolet war fähig. Doch sein Inspektor hatte nicht auf die Zwischentöne gehört, die seinen Anordnungen innewohnten. Nein, eifrig hatte er seine Nase in jeden erdenklichen Winkel gesteckt, war sogar auf eine Zeugin gestoßen, die den Toten gekannt hatte. Dabei war es immer von Vorteil, auf das Unausgesprochene zu hören, um sich nicht an politischen Interessen zu stoßen. Das musste Ricolet erst noch lernen. Gut, dass er ein Machtwort gesprochen und den Fall abgeschlossen hatte.

Der Fall Cortulet würde den Inspektor für zwei, drei Tage beschäftigen, doch ihm war klar, dass er ein Auge auf den ungestümen jungen Mann haben musste. Brulait zündete sich die nächste Zigarette an und wog die Akte in der Hand. Was sollte er jetzt damit tun?

Kapitel 5

18. September 1944

Da selbst die fleißige Rita Valladon an einem Sonntag nicht arbeitete, fand Pauline erst am nächsten Tag die Zeit, sie zu besuchen, um bei ihr die Spur des Bildes aufzunehmen. Ihre Mutter war zwar leidend gewesen, doch sie hatte sich von ihrem Gejammer befreien können.

»Das Herz, das Herz,« hatte diese immer wieder mit gewichtiger Stimme hervorgestoßen. Der Arzt versuchte sie zu beruhigen und sagte etwas von Wechseljahren, doch ihre Mutter ließ sich nicht davon beeindrucken.

Das Museum hatte sich äußerlich nicht verändert, es stand da wie ein Klotz am östlichen Ende der Tuilerien-Gärten, und nichts wies darauf hin, welche Verbrechen darin begangen worden waren. Je länger Pauline durch die Räume schritt, umso stärker schien das letzte Vierteljahr wieder von ihr Besitz zu ergreifen. Die wachhabenden Soldaten, die Archive, Pauls Büro, das Foto an seiner Schreibtischlampe. Und Rita, die auf ihr Klopfen antwortete.

Sie begrüßten sich freundlich, Rita war immer schon ein wenig zurückhaltend gewesen, und nachdem sie zwei Tassen Tee aufgegossen hatte, setzten sie sich zusammen an den Schreibtisch.

Pauline wollte wissen, ob das *Porträt eines jungen Mannes* im Sommer in ihren Unterlagen aufgetaucht war. Doch Rita zog nur die Augenbrauen hoch.

»Nein, niemals. Dieser Raffael wäre mir doch sofort aufgefallen. So ein Gemälde sieht man nicht oft. Und komisch, ein Mann hat mich neulich auch danach gefragt. Und dann wollte er von mir deine Adresse haben. Hab ich ihm natürlich nicht gegeben. Hat er dich trotzdem gefunden, am Place Hébert?«

Pauline überging die Frage. »Wann genau war das?«

»Vor einer Woche. Aber warum wirst du denn so blass, Pauline? Kanntest du den Mann?«

Sie hob beschwichtigend die Hand. »Schon gut, Rita, das war bestimmt einer vom französischen Geheimdienst.«

»Ja, so sah er aus, aber er war schon seltsam. Er zeigte mir keinen Ausweis und murmelte nur irgendeinen Namen.«

»Mach dir keine Gedanken, er war wohl auf der Suche nach einigen Bildern.«

Rita brauchte nicht mehr zu wissen. Doch diese hatte den Mann wohl auch schon vergessen, denn sie sagte eifrig: »Aber da wir gerade vom Raffael sprechen – ich habe gehört, dass das *Porträt eines jungen Mannes* zum Verkauf angeboten wird. Aber sag es keinem weiter.«

Pauline konnte plötzlich nicht mehr atmen, die Kehle wurde ihr eng, und bebende Angst stieg in ihr auf, die Furcht, zu spät zu kommen, wegen der Zwangspause bei ihrer Mutter nichts mehr ausrichten zu können.

»Angeboten? Aber … von wem? Wo?«

Falls Rita verwundert war über ihre Reaktion, ließ sie es sich nicht anmerken. Pauline versuchte, ruhig und lediglich neugierig zu wirken.

»Das darf ich dir nicht sagen. Ich habe diese Nachricht von einem Interessenten erhalten, der wollte, dass ich meine Expertise einbringe. So etwas geht ja meist sehr diskret vonstatten. Ich musste ihm versprechen, keine weiteren potenziellen Käufer anzulocken. Aber du willst es ja wohl nicht kaufen, oder?« Ein kurzes Lächeln belebte ihr blasses Gesicht.

»Oh, nein … sicher nicht.« Sie rang sich ebenfalls ein Lächeln ab.

Das Herz, das Herz. Nun hätte sie Grund gehabt, sich wie ihre Mutter zu beklagen, denn kalter Schweiß trat ihr auf die Stirn. Das Bild – es war tatsächlich hier, irgendwo in Paris! Ob der Fremde davon wusste? Sie musste handeln, sofort. Es durfte nicht an einen reichen Amerikaner oder sonst jemanden verkauft werden. Es war Rabinovichs Bild, und nur seine Erben durften es haben. Und wenn es keine Erben gab, dann …

»Namen kann ich dir also nicht nennen, Pauline. Warum interessiert es dich?« Rita nippte an ihrer Tasse.

»Weil es – mir einfach so gefällt. Ich mag es. Paul hatte ein Foto des Gemäldes auf seinem Schreibtisch stehen.«

»Stimmt, das habe ich auch gesehen. Glaubst du, er war hinter dem Bild her?«

Pauline atmete tief ein und entschloss sich zu einem Geständnis: »Rita, das Bild war hier, eine ganze Woche lang, in Raum Vier, versteckt zwischen den anderen. Ich habe es selbst gesehen. Aber dann war es fort, einige Tage vor dem Abzug des ERR.«

Die sonst so gefasste Frau verlor plötzlich die Contenance, was Pauline nicht wunderte. »Du willst sagen, dass wir einen *Raffael* hier hatten und nichts davon wussten?« Rita sprach zischend, aber so leise, als stünde ein deutscher Geheimdienstler hinter der Tür.

»Ja, genau. Paul oder jemand anderes hat es hier reingeschmuggelt, denke ich.«

»Und deswegen ist Paul jetzt tot?« Die Konservatorin schlug die Hand vor den Mund. »Wem gehörte es?«

»Es gehörte einem Jakob Rabinovich. Er wohnte in der Rue de Rivoli, bis er verschwand, wahrscheinlich geflohen. Ich habe davon im Frühling gehört, mir aber keine weiteren Gedanken darüber gemacht. Ich war davon ausgegangen, dass Rabinovich all seine Bilder verkauft hatte, um seine Flucht zu finanzieren. Umso größer war meine Überraschung, es hier zu sehen.«

»Der arme Mann.« Rita seufzte auf. »Sein Kunstbesitz müsste also eigentlich hier erfasst worden sein. Und doch taucht das Bild in keiner der Listen und Verzeichnisse auf.«

»Ich glaube, Paul ist irgendwie daran gekommen. Oder er hatte einen Sonderauftrag. Er sagte, dass Hitler selbst auf das Bild aus war.«

»*Mon Dieu!* Das ist alles verrückt!«

Für eine Weile saßen sie schweigend beisammen. Ritas Finger spielten mit einer langen Goldkette, die ihre weiße Bluse zierte. Eine Wolke verzog sich, und das Sonnenlicht erhellte den Raum mit seiner einfarbigen Tapete und der schlichten dunkelbraunen Büroeinrichtung.

»Dann ist es unsere Aufgabe, das Bild zurückzubekommen, um es dem rechtmäßigen Besitzer zu übergeben«, sagte Rita schließlich.

Pauline stand auf und ging durch den Raum zum Fenster, wo sie nur die Hecke betrachten konnte, die den Place de la Concorde vom Gelände trennte.

»Lass mich das machen, Rita. Ich habe Kontakt zu Inspektor Ricolet. Er wird die Vollmacht haben, das Bild als Beweisstück in einem Mordfall zu beschlagnahmen. Aber wo ist es nun? Sag es mir, bitte.«

Sie drehte sich um und sah Rita flehend an. Im Gesicht ihrer Kollegin rührte sich nichts. Pauline legte ihre Hand auf Ritas Arm.

»Ich weiß, die Bilder liegen dir am Herzen. Aber wenn wir es über die Polizei laufen lassen, geht alles schneller. Dieser Verkäufer wird Einwände haben und sich herausreden, aber Ricolet wird ihn überzeugen, das Bild herauszugeben.«

»Es ist eigentlich nicht Sache der Polizei. Das weißt du. Es laufen da Gespräche, Pauline. Es wird eine Organisation gegründet, die sich auf die Suche nach Raubkunst machen wird. Ich werde ihr wahrscheinlich angehören. Das Bild läuft uns nicht weg. Selbst wenn es verkauft wird, können wir es zurückfordern.«

»Bitte, Rita. Ich habe dir verschwiegen, dass das Bild früher meinem Großvater gehörte. Ich habe es oft gesehen, in Rambouillet. Es ist mir genauso wichtig wie dir. Wir können es jetzt retten, nicht erst später. Sag mir den Namen.«

Pauline hatte den Eindruck, als würde ihre Bitte zumindest überdacht, denn Rita starrte auf den Tisch und schien ihre Argumente abzuwägen.

»Du glaubst, das Bild habe wirklich mit dem Mord an Paul zu tun?«

Sie nickte.

Da seufzte ihre Kollegin auf. »Jean Allais, Galerist und Kunsthändler. Aber du weißt es nicht von mir.« Rita sah sie prüfend an, und Pauline beeilte sich, ein vertrauenswürdiges Gesicht aufzusetzen.

»Ich danke dir. Ich werde alles in die Wege leiten, sei ganz beruhigt. Bitte sag niemandem, dass das Bild einmal meinem Großvater gehört hat. Das ist alles aus und vorbei.«

Pauline drückte ihre Hand, erleichtert und voller Tatendrang, den sie damit zu verdecken versuchte, dass sie die beiden Teetassen zurück in die Nische brachte, in der ein Waschbecken an der Wand hing. Wie oft hatten sie hier die Tassen gespült und in das kleine Wandregal gestellt? Paul hatte immer Kaffee mitgebracht, den er mit niemandem geteilt hatte, fiel ihr ein.

Sie lehnte ihre Stirn an die Wandfliesen, um sie zu kühlen. Ihre Erregung war noch nicht verflogen. Paul war tot, und derjenige, der ihn ermordet hatte, war irgendwie an das Bild gekommen. Das war ihre Theorie, und sie würde ihr so lange nachgehen, bis sie sich bestätigte oder eine andere Theorie ihr den Rang ablief. Sie musste sofort zu Ricolet.

*

Die Galerie Allais lag fußläufig von der Ile entfernt in der Rue Vieille du Temple. Die spätsommerliche Hitze machte es Ricolet nicht leicht. Die Seine schickte einen schwülwarmen Hauch durch die Häuserschluchten, die Sonne stach auf seine Schultern. Hartnäckig ignorierte er die Brasserien, die mit kühlem Wein warben.

Vor einem Eckgebäude ging eine Frau in einem hellen Rock und einem dünnen Bolero auf und ab. Pauline – oft hatte er an sie gedacht. An sie und die verschwundene Akte des toten Paul Henkmann. Sie war weder im Archiv noch im Büro des Kommissars aufzufinden gewesen. Ja, er hatte einmal die Chance genutzt und Brulaits Büro durchsucht. Dulac und Moronde störten sich nicht an dem Verlust. Das käme schon mal vor, und vielleicht habe Brulait sie am gestrigen Sonntag zur Präfektur gebracht, weil es sich ja um einen Deutschen handele. Ihre Aussagen ließen jedoch nicht den kleinen Dorn verschwinden, der ihn hin und wieder piekste.

Ricolet ging schneller, der Anblick der Frau wurde deutlicher, und nach nur wenigen Schritten wusste er, dass er sich nicht geirrt hatte. Pauline war pünktlich. Freute sie sich, ihn zu sehen, abseits von toten Deutschen und abseits eines Gemäldes, das Henkmann in seinem Besitz gehabt hatte? Ja, es schien so, denn als sie ihn erblickte, winkte sie ihm zu, in einer freundlichen Geste, die ihn wärmte. Sie trafen sich und schüttelten sich die Hände. Sie sah ein wenig müde aus, vielleicht hatte sie schlecht geschlafen.

»Monsieur Ricolet, da sind Sie ja!«

»Wir können sofort in die Galerie gehen, wenn Sie möchten. Sie liegt nur wenige Häuser weiter.«

»Je eher wir Bescheid wissen, desto besser«, gab sie zurück.

Er erinnerte sich an das Telefonat mit ihr. In holprigen Sätzen hatte sie von einem berühmten Gemälde Henkmanns berichtet, das sie verschollen geglaubt hatte, das aber nun plötzlich verkauft werden sollte. Die Quelle ihrer Informationen gab sie nicht preis, doch er glaubte ihr. Als er hörte, dass es sich um einen Raffael handelte, an dem selbst Hitler Interesse zeigte, stutzte er. Obwohl er den Fall unbedingt aufklären wollte, ging eine unbestimmte Gefahr von diesem Bild aus. Er hoffte, dass der Führer momentan andere Sorgen hatte, als tödliche Befehle bezüglich eines Gemäldes zu geben. Da fiel ihm der deutsche Agent ein, dem Pauline den Angriff der Nachbarn zu verdanken hatte.

»Warum sind Sie so darauf aus, Pauls Mörder zu fassen?«

»Nun ja, weil … Eigentlich möchte ich, dass das Bild, das ja vom ERR geraubt wurde, wieder an seinen Eigentümer geht. Wir müssen handeln, bevor es vielleicht nach Übersee verschwindet.«

»Und was hat der deutsche Agent mit all dem zu tun, Pauline? Darüber haben Sie bisher nicht viel verlauten lassen.«

Da blieb sie stehen und sah ihn fast vorwurfsvoll an.

»Na, überlegen Sie doch mal. Hitler will das Bild. Henkmann hatte es wohl bei sich. Dann ist Henkmann tot, und ein deutscher Spion denkt, dass ich Informationen hätte.«

»Sie meinen, er denkt, dass Sie das Bild an sich genommen hätten, weil Sie mit Henkmann zusammengearbeitet haben.«

»Eine andere plausible Erklärung fällt mir nicht ein.« Sie ging weiter, während er sich alle Aspekte ihrer Theorie durch den Kopf gehen ließ.

»Und Sie haben auch keine Spur, die zum Bild führen könnte«, fuhr er fort. »Es ist also ein Wettlauf. Wir oder der deutsche Spion – einer von uns wird das Bild entdecken. Ist es nicht so?«

»Ja.« Pauline wirkte ungehalten, sie ging eilig an seiner Seite, ohne ihn anzusehen.

Er war sich bewusst, dass er sich von ihrem Eifer hatte anstecken lassen. *Was soll's*, dachte er. *Lassen wir das schwere Rätsel wieder auferstehen.* Ja, er freute sich auf die Möglichkeit, Licht in diesen dunklen, irritierenden Fall zu bringen. Erst der schnelle Abschluss durch Brulait, dann die verschwundene Leiche und zuletzt die verschwundene Akte. Das Gemälde und der unbekannte angebliche Agent steigerten seine Motivation noch mehr. Und Paulines scheues Lächeln, das gerade erschien, als er ihr die Glastür zur Galerie Allais öffnete.

Obwohl das Schaufenster nach Norden lag, war es im Inneren der geräumigen Ausstellung fast genauso warm wie draußen. Monsieur Allais war in den Fünfzigern und trug einen gut geschnittenen Anzug. Der freundliche Ausdruck verschwand von seinem schmalen Gesicht, als Ricolet seinen Ausweis zückte.

»Polizei? Bei mir? Was ist denn passiert?«

Jean Allais' hohe Stirn glänzte, und Ricolet bemerkte, dass sich die geschwungenen Augenbrauen drohend zusammenzogen. Mit einer Fleischersgattin konnte er umgehen, doch um einen Kunstexperten zu verhören, waren andere Mittel gefragt als plumpe Drohungen.

»Wir sind auf der Suche nach einem Beweismittel in einem Mordfall, Monsieur Allais.«

Dieser vollführte eine sanfte Geste, seine Züge hatten sich geglättet. »Aber Inspektor, wie könnte ich Ihnen da weiterhelfen?«

»Es geht um ein Gemälde.«

»Mit dem jemand erschlagen wurde?« Der Galerist sah ihn herablassend, ja verächtlich an. Ricolet wusste um die Meinung vieler Franzosen die Kriminalpolizei betreffend, die sich einige Male zum Gespött der Pariser gemacht hatte.

»Woher wissen Sie, dass das Opfer erschlagen wurde?«

Allais lachte auf. »Kommen Sie, Monsieur, das war ein Scherz.«

»Kennen Sie einen Deutschen namens Paul Henkmann?« Pauline hatte ihn bereits allein gelassen und schlenderte interessiert um die Stellwände herum. Mit leicht geöffnetem Mund betrachtete sie ein Bild nach dem anderen.

»Nein. Kunden dieser Sorte hatte ich genug, aber den kenne ich nicht. Wer ist das?«

»Der Erschlagene.«

»Bedaure, nie gehört.« Der Mann faltete seine Hände.

»Wo waren Sie während der Zeit um den 25. August? Ein paar Tage vorher und nachher interessieren mich auch.«

»Ich war hier, jeden Tag bei der Arbeit, außer am 25., als jedermann auf der Straße war. Ich auch.«

»Sind in den letzten Monaten Mitarbeiter des ERR mit Ihnen in Kontakt getreten?«

»Um was zu tun?« Allais gab sich verwundert.

Ricolet ging einige Schritte auf und ab. »Nun ja, vielleicht waren sie auf der Suche nach reichen Juden, die Kunstwerke besaßen. Sicherlich hatten Sie bis vor dem Krieg Kunden und Bekannte in diesen Kreisen.«

»Jeder in diesem Metier hatte Kontakt zu reichen Juden und Franzosen. Schließlich betreiben wir ein Geschäft.«

»Gewiss. Und die Deutschen wollten Ihre Kontakte? Vielleicht suchten sie ja auch sogenannte entartete Kunst in Ihrer Galerie. Sind sie fündig geworden? Und dafür, dass sie ein Auge zudrückten, mussten Sie den Deutschen gefällig sein.«

»Nein, ich hatte nie Besuch vom ERR, von der SS oder SA oder SD oder wie sie alle hießen. Dass hin und wieder ein paar deutsche Zivilisten hereingekommen sind, will ich nicht bestreiten, aber wenn diese vom ERR waren, haben sie es nicht bekannt gegeben.«

Es wäre ohnehin nicht mehr zu beweisen. Der Krieg würde bald Deutschland mit aller Macht überziehen, und niemand würde mehr in der Lage sein, Zeugen aufzutreiben.

»Was glauben Sie, wie Ihre Nachbarn reagieren, wenn Sie erfahren, dass Sie Kollaboration betrieben haben …«

Ricolet hatte den Satz nur so dahingesagt, doch er bemerkte, dass Allais blass wurde. Pauline trat wieder zu ihnen, sie schüttelte kaum merklich den Kopf. Natürlich war das Bild nicht hier im Raum.

»Sind Sie in den letzten Tagen von einem großen Mann in einem eleganten Anzug auf ein Bild von Raffael angesprochen worden?«

Allais gab sich spöttisch. »Ich bitte Sie, eine so exquisite Kundschaft, die ein solches Bild bezahlen könnte, hätte ich gern.«

Doch Ricolet blieb hartnäckig. »Zeigen Sie mir bitte alle Bilder, die hier vor Ort sind. Einschließlich den Tresor. Haben Sie noch Bankschließfächer?«

»Nein.« Allais' Blick irrte umher, doch dann winkte er ihnen und betrat einen schmalen Flur. »Um welches Bild genau handelt es sich denn?«, fragte er, als sie eine Treppe hochgestiegen waren und vor einem Lagerraum standen.

»Das *Porträt eines jungen Mannes* von Raffael.« Pauline musterte genau die Reaktion des Galeristen, der sich nun das spärliche blonde Haar zurückstrich.

»Hat man gar mit diesem Bild das Opfer erschlagen?«

»Kommen Sie, Monsieur, das war ein Scherz«, revanchierte sich Ricolet mit einem genüsslichen Lächeln.

»Das wäre auch – Blasphemie! *Mon Dieu*, dieses Bild, wenn ich es nur einmal sehen könnte«, seufzte der Galerist und führte sie in den Lagerraum, in dem das Licht, durch leichte Vorhänge gedämpft, auf weitere Gemälde und Skulpturen fiel.

Allais trat in einen weiteren kleinen Raum ein.

»Sehen Sie sich ruhig erst hier um. Ich möchte den Tresor da drinnen gern allein öffnen, Sie verstehen, aus Sicherheitsgründen. Ich rufe Sie dann.«

Ricolet warf einen kurzen Blick in die weiß getünchte Kammer, doch es gab keine andere Tür, aus der Allais hätte flüchten können, nur einen großen Tresor und einige Wandregale. Er nickte kurz. Die Tür fiel ins Schloss, man hörte eine Weile Geräusche.

Ricolet schloss sich Pauline an, die indessen die Bilder des Raumes in Augenschein nahm.

»Hier hängen ein paar schöne Werke.«

»Sie wissen ja, dass ich davon nichts verstehe«, erinnerte er sie. Ein Porträt seines Großvaters und eine englische Landschaft mit sanften Hügeln war alles, was er daheim an Kunst kennengelernt hatte.

»Möchten Sie, dass ich Ihnen das eine oder andere erkläre?« Ihre Augen funkelten, sie zog ein wenig die Nase kraus, was er fasziniert beobachtete.

»Das wäre schön. Wir könnten uns mal treffen.«

Als er sich bei diesen hoffnungsvollen Worten ertappte, spürte er Hitze in seine Wangen steigen. Zu seiner Erleichterung betrachtete sie gerade wieder ein Bild.

Er räusperte sich. Wo blieb denn Monsieur Allais? Mit schnellen Schritten erreichte er die Tür und klopfte an. »Monsieur, wie steht es?«

Als er keine Antwort erhielt, brach ihm der Schweiß aus. Was wäre, wenn er etwas übersehen hatte? Er drückte die Klinke, doch die Tür war abgeschlossen.

Noch einmal klopfte er. »Machen Sie die Tür auf!«

Nichts, nur die Geräusche eines Fuhrwerks unten auf der Straße drang zu ihnen. Das Fenster war offen. Doch hatte der kleine Raum nicht auch ein Fenster gehabt?

»Ist er geflohen?« Pauline stand neben ihm und sah ihn aus großen Augen an. *So eine Blamage, ausgerechnet jetzt.*

»Merde!«, rief er und trat einige Schritte zurück. »Aus dem Weg, Pauline!« Aus vollem Lauf wuchtete er seine Schulter gegen die Tür. Das Holz knackte, doch das Schloss gab nicht nach.

Da ging er zu einer Stellwand und betrachtete die Gemälde.

»Sie wollen doch nicht …« Pauline lief ihm nach, doch bevor sie ihn erreichte, hatte er ein Gemälde mit einem schweren Rahmen ausgewählt. Er hob es mit Mühe vom Haken.

»Aber das geht doch nicht!« Mit erhobenen Händen wollte Pauline ihn abwehren.

»Dieses Bild oder der Raffael, was ist Ihnen lieber?«, keuchte er unter seiner Last. Seine Schulter schmerzte noch vom Stoß.

Da wurde ihr Gesicht ernst, und sie trat zur Seite. Mit aller Kraft rammte er den Rahmen gegen das Schloss. Die Tür sprang auf. Er ließ das Bild zu Boden gleiten und betrat die Kammer. Bereits beim ersten Blick erkannte er, welchen Fehler er gemacht hatte. Eine kleine Fensterluke war in die Wand eingelassen, die ihm vorher nicht aufgefallen war. Nun stand ein Stuhl darunter, der Fensterflügel war geöffnet. Er sprang hinauf, lehnte sich aus der Luke. Unter ihm die glatte Fassade, die auf einen Hinterhof ging, doch nur einen Meter entfernt ragte die Plattform einer Feuertreppe von der Wand ab.

»Dieser Bastard!«, rief Ricolet und sprang vom Stuhl herunter. Er bemerkte, dass der Tresor noch verschlossen war.

»Er ist weg, oder?« Paulines Blick drückte Bedauern aus. »Zu dumm. Können wir noch etwas machen?«

»Natürlich. Ich gehe sofort zum nächsten Revier und finde heraus, wo Allais wohnt. Wahrscheinlich packt er seine Sachen, mitsamt Gemälde, und haut ab. Ihr Tipp war goldrichtig, Pauline. Da geht irgendetwas vor, sonst hätte er keine kalten Füße bekommen.«

Gemeinsam polterten sie die Treppe hinunter.

»Vielleicht war es aber auch nur die Angst vor der Lynchjustiz, weil er wirklich mit den Deutschen gemeinsame Sache gemacht hat. Sie haben ihm ganz schön eingeheizt mit Ihren Drohungen«, warf Pauline ein.

»Möglich. Trotzdem, wir müssen ihn erwischen. Er ist die einzige Spur zum Bild, die wir überhaupt haben. Oder ist Ihre Quelle nicht vertrauenswürdig?«

»Doch, ist sie. Und er wusste von dem Bild, Sie haben recht.«

Sie waren im Erdgeschoss angekommen und stürzten hinaus. Der Bürgersteig war voller Passanten, die Straße wogte vor Radfahrern und Pferdegespannen, hier und dort wagte sich ein Auto vor.

»Ob er einen Wagen hat? Wenn ich nur schon wüsste, wo er wohnt.«

Pauline lief plötzlich mit eiligen Schritten von ihm fort. Als er sah, wohin sie unterwegs war, beschlich ihn unwillkürlich Respekt, denn sie betrat ein Bistro, aber nicht, um etwas zu trinken. Als er ankam, lehnte sie schon am Tresen und sprach mit dem Kellner. Dieser schüttelte bedauernd den Kopf. Mit besorgtem Ausdruck kam sie zurück. Der Hut wurde ihr offenbar zu warm, sie zog ihn vom Kopf und wischte sich über die Stirn. Eine verschwitzte Locke klebte an ihrer Schläfe, und ihm fiel auf, dass man ihrer Frisur nichts von der vergangenen Attacke anmerkte.

»Er sagt, Allais sei zwar Stammgast, aber die Adresse seiner Wohnung wüsste er nicht. Er hatte immer ein Fahrrad, das er in den Hinterhof geschoben habe.«

»Er ist über alle Berge. Trotzdem, ich muss einen Inspektor anfordern, der sein Haus überwacht. Vielleicht haben wir Glück. Ich verabschiede mich jetzt von Ihnen, Pauline.«

»Sicher.« Sie reichte ihm die Hand. »Sie halten mich auf dem Laufenden?«

»Natürlich.« *Nichts lieber als das.* Ihr Händedruck war zart und warm, den Hut hielt sie in der anderen Hand. Obwohl die Zeit drängte, sah er ihr nach, bis ihre Gestalt zwischen den Häusern verschwand.

*

Gegen Abend erwartete Ricolet den Bericht des jungen Gendarmen, den er zu einer inoffiziellen Überwachung hatte überreden können. Immer wieder sah er auf die Wanduhr im Büro der Inspektoren. Seine Kollegen waren bereits gegangen, auch Brulait war nicht in seinem Büro.

Endlich öffnete sich nach einem kurzen Klopfen die Tür, und Brigadier Moulet trat herein, ein schmaler, unscheinbarer Mann, der unter Tausenden nicht aufgefallen wäre. Doch sein Blick war so durchdringend, dass ihm sicher nichts entging.

»Melde mich zum Rapport!« Schneidig salutierte er, obwohl er in zivil unterwegs war.

»Schießen Sie los.«

»Tut mir leid, dass ich so spät komme, Monsieur Ricolet, aber ich musste noch einen Unfall mit einem Bus aufnehmen.«

»Ja, ja, schon gut.« Er lud seinen Besucher mit einer Geste zum Sitzen ein.

Moulet setzte ein bedauerndes Lächeln auf. »Und es tut mir auch leid, dass ich nichts ausrichten konnte. Ich bin sofort vom

Revier aufgebrochen. Die Adresse war ja nicht weit entfernt. Und der Galerist Allais war tatsächlich in seinem Haus, das habe ich durch das Fenster gesehen. Aber als ich dann erkannte, dass der Chef schon bei ihm war, bin ich wieder gegangen. Es wäre gar nicht nötig gewesen, ihn zu überwachen. Der Chef hatte ihn schon am Wickel.«

Ricolet schüttelte den Kopf. »Nun mal langsam. Wer war bei ihm? Welcher Chef?«

»Na, Ihr Chef, Kommissar Brulait. Er hat ihn sich gepackt.«

»Wie – gepackt? Wörtlich?«

»Ja, am Schlafittchen, er hat ihn geschüttelt wie einen Hund. Muss ein hartes Verhör gewesen sein. Na ja, Brulait ist ja auch nicht gerade ein Sängerknabe.«

Ein Verhör? Oder ein Streit zwischen einem verdächtigen Galeristen und einem Kommissar, der den dazugehörenden Mordfall äußerst schnell abschließen wollte? Wie passte das zusammen? Eine heiße Welle lief durch Ricolets Körper, er ballte die Hände, riss sich aber zusammen.

»Und deshalb haben Sie ihn dann allein gelassen, oder?«

»Ja. Der Flüchtige war doch gestellt.«

»Ach, Moulet«, seufzte er. »Es ging nicht nur darum, ihn zu fassen. Ich wollte sehen, was er macht. Aber da der Chef uns zuvorgekommen ist – gut, Schwamm drüber. Dann frage ich Brulait.«

Moulet nickte befriedigt.

»Ich danke Ihnen für Ihre Mühe. Kein Wort darüber, sonst wird Brulait sauer. Hat er Sie bemerkt?«

Der Brigadier öffnete den Mund, um etwas zu entgegnen, doch dann senkte er den Kopf. »Ja, er hat mich durchs Fenster gesehen. Er hat Allais sofort losgelassen und die Vorhänge zugezogen. Er kam dann noch aufs Revier.«

Ricolet stöhnte auf. »Lassen Sie mich raten. Er hat Sie gefragt, warum Sie vor Ort waren.«

»Ja, aber ich habe nichts verraten. Ich habe gesagt, es sei Zufall.«

»Gott sei Dank. Das haben Sie gut gemacht. Und jetzt ab nach Hause.«

»Danke, Inspektor. Stets zu Diensten.«

Moulet grinste erleichtert und verließ das Büro. Ricolet folgte ihm nach einer Weile. In der Telefonzentrale saß eine ältere Angestellte, die von jedem nur Tante Marie genannt wurde. Doch diese Freiheit wollte Ricolet sich noch nicht herausnehmen, er fand es respektlos.

»Salut, Madame Belloque, sagen Sie mal, haben Sie heute Nachmittag so um drei Uhr ein Telefonat zum Kommissar durchgestellt?«

Madame Belloque sah auf ihre Liste und nickte. Ihre gelockte Frisur bewegte sich keinen Zentimeter, und er fragte sich, wie sie in diesen Zeiten an Haarfestiger herangekommen war.

»Ja, ein Mann, der seinen Namen nicht nennen wollte.«

»Und Brulait hat das Gespräch entgegengenommen? Obwohl es anonym war?«

»Ja, das hat mich auch gewundert.«

»Danach ist er wahrscheinlich gegangen.« Während er auf der Suche nach einem geeigneten Polizisten gewesen ist, hatte sich Brulait offensichtlich auf den Weg in Allais' Wohnung gemacht.

»Ja, ich denke, das war eine Verabredung. Danach musste ich nämlich noch drei Gespräche, darunter den Präfekten, abwimmeln, weil er nicht da war. Warum fragen Sie?«

»Ich frage mich nur, ob ich dem Kommissar irgendwie helfen kann. Er hat ja viel zu tun.«

»Ach ja, es ist alles so ein Durcheinander. Niemand weiß, wer wofür zuständig ist, niemand weiß, wie er von A nach B kommt, niemand weiß, wem er trauen kann, Sie wissen schon …«

»Vielen Dank, Madame, und noch eine schöne Abendschicht.«

Sie verdrehte die Augen, lächelte aber nachsichtig. Ja, sie war wirklich eine gute Seele.

Er verließ das Büro und ging heim. Nachdenklich überquerte er den Place Louis Lepine, um zur Metro zu gelangen. Die Wände der Häuser, der Asphalt, die Pflastersteine, alles, was Wärme speichern konnte, hatte sich erhitzt und strahlte eine unglaubliche Wärme ab. In den Gängen der Metro war es nur unwesentlich kühler, und er atmete eine Mischung aus heißem Staub, Öl und Körperschweiß ein. Doch die Luft war nicht die Ursache für seine Kopfschmerzen. Brulait, immer wieder Brulait. Was würde der Kommissar ihm morgen aufs Brot schmieren? Ricolet hatte nicht schlecht Lust, ihn auf seinen Besuch bei Allais anzusprechen.

Und das Bild, immer wieder dieses Bild.

Und Pauline, die wie ein Springteufel aus dem Kasten geschnellt war. Machte er sich vielleicht selbst zum Narren? Nutzte Pauline ihn nur aus, um in den Besitz des Bildes zu kommen, das ja sehr kostbar war? Was, wenn Pauline ihren deutschen Geliebten umgebracht hatte, weil er ihr das Bild nicht überlassen wollte? Ricolet fühlte sich, als balancierte er auf einem überdimensionalen Rasiermesser. Sein Vorgesetzter schien etwas zu vertuschen, und seine so hilfreiche Zeugin könnte eine Mörderin sein.

Doch zuallererst musste er sich mit der Frage beschäftigen, warum Allais den Kommissar angerufen hatte. Ricolet merkte kaum, dass die Metro eingefahren war. Der Luftzug riss ihn aus seinen Überlegungen, er stieg ein und suchte sich ein Abteil. Im Inneren war es voll, die Haltestangen waren feucht und glitschig.

Er hatte zahlreiche Möglichkeiten, wo er seine neuen Ermittlungen ansetzen konnte: Brulaits Beziehung zu Allais, Paulines Motivation bezüglich des Bildes, die Herkunft des Bildes. War es wirklich geraubt? War es überhaupt echt? Sein Hemd klebte ihm am Körper. Er stieg um in die nächste Linie, um zum Montmartre zu fahren. Als er die Bahn verließ, erschienen ihm die Treppenstufen der tiefsten Station von Paris wie der Kalvarienberg.

Er beschloss, seine Ermittlungen bei Pauline beginnen zu lassen. Seine Gründe dafür waren egoistisch, doch wenn er sie als Täterin ausschließen konnte, würde ihm leichter zumute sein. Viel leichter.

Endlich war er an seiner Haustür angekommen. Dort blieb er stehen und sah einem dunklen Citroen nach, der über das Pflaster rumpelte. Die in weißer Farbe grob aufgepinselten Buchstaben FFI leuchteten, so als wäre dieses Fahrzeug immer noch in die Straßenkämpfe der Befreiung verwickelt. Als es verschwunden war, wollte Ricolet aufschließen, doch da hörte er einen Mann ihm etwas zurufen.

Wer wollte denn jetzt noch etwas von ihm? Er hörte Keuchen und Schnaufen – die Rue Ravignan war ein wenig steil –, drehte sich um und erblickte: Alphonse, den Fleischergesellen.

*

Sie musste das Schlimmste verhindern – den Verkauf des Bildes. Aber wie? Sie konnte in der jetzigen Situation nichts ausrichten. Wie sehr hatte sie sich darauf gefreut, es endlich wiederzusehen. Die Enttäuschung setzte ihr nun zu, und sie lief immer wieder im Salon auf und ab. Ihre Mutter lag auf dem Sofa und hatte trotz der Hitze eine leichte Decke bis zum Bauch hochgezogen.

»Kind, was ist denn?«

Pauline winkte ab. »Nichts, ich bin nur gelangweilt.«

»Lies doch ein Buch. Vater hat uns so viele hinterlassen.«

»Ja, und wir haben die meisten verkauft«, grollte Pauline, obwohl sie wusste, dass es hatte sein müssen.

Ihre Mutter schüttelte den Kopf. Sie wirkte älter, als sie war. Silberne Fäden zogen sich durch ihr schwarzes Haar, ihre Lippen waren schmal geworden.

»Ist das Wasser wieder angestellt? Ich habe Durst.«

Pauline ging in die kleine Küche, in der sich der Kohleherd und die Spüle den geringen Platz streitig machten. Tatsächlich floss ein dünnes Rinnsal aus der Leitung. Schnell holte sie einen Eimer, um etwas Wasser für Notfälle zu sammeln. Zwischendurch füllte sie ihrer Mutter ein Glas und reichte es ihr.

»Hoffentlich geht bald alles wieder seinen normalen Gang. Haben wir noch genug zu essen?«

»Ich habe doch erst gestern Marken eingetauscht, Maman. Wir haben jetzt noch Brot, Käse, zwei Eier und vier Würste. Also genug für zwei Tage. Und Marmelade von Tante Virginie ist auch noch da.«

»Schreib ihr doch noch mal nach Issoire und frage, ob sie uns nicht noch ein Paket mit Schinken schicken kann. Und ihren Honig. Sie haben doch genug Bienenstöcke.«

»Ach Maman, wir haben da genug schmarotzt.«

Pauline hatte nicht die geringste Lust, sich um alltägliche Dinge zu kümmern. Ihr ging so vieles im Kopf herum. Manchmal fragte sie sich, warum sie überhaupt so viel Energie auf das Bild verschwendete. Es hatte keinen praktischen Nutzen für sie. Wenn sie es besäße, würde sie es nicht verkaufen, sodass sie weiterhin ihr karges Leben führen müsste. Vielleicht wollte sie sich nur beweisen, dass sie zu etwas fähig war. Dass sie auch nach dem Krieg noch nützlich sein konnte. Aber wäre sie im Besitz des Bildes etwa ein besserer Mensch?

Pauline schüttelte den Kopf. Verwirrt und immer noch unruhig nahm sie ihren Gang über den letzten teuren Teppich, der ihnen geblieben war, wieder auf und lauschte nur hin und wieder auf den Eimer, der sich quälend langsam füllte.

Wie konnte sie das Schlimmste verhindern? Konnte überhaupt jemand verhindern, dass das Bild an irgendeinen reichen Ami ging? Ein geraubtes Bild, ein Bild, das nach Frankreich gehörte, entweder zu ihr oder in ein Museum, wo die Öffentlichkeit es bewundern konnte.

Plötzlich blieb sie stehen. Die Öffentlichkeit, das war es! Sie schlug sich unwillkürlich vor die Stirn, dann raffte sie Jacke und Handtasche an sich und rief ihrer Mutter zu. »Ich muss noch mal weg.«

»Aber Kind …«

Die Tür fiel ins Schloss. Der Eimer! Er war bestimmt jetzt voll. Egal, sollte Maman doch aufstehen.

*

»Monsieur Ricolet, ich habe nichts getan.«

»Warum sind Sie dann so plötzlich verschwunden? Ihre Chefin hat sich die Augen nach Ihnen ausgeweint.«

Die Miene des stämmigen Mannes wurde hart und ein zischender Laut entwich seinem Mund.

»*Zut*, von wegen weinen. Nein, die sucht mich, aber nicht für die Arbeit. Deshalb bin ich weg.« Alphonse senkte den Kopf, als wäre es ihm peinlich, seine Feigheit vor einer Frau zu gestehen.

Ricolet lächelte. »Nicht für die Arbeit? O, là là, mein Lieber.«

Sie saßen in einer winzigen Eckkneipe in der Rue des Abbesses und begnügten sich mit billigem Bier vom Fass. Das Pflaster glänzte in der Abendsonne, so wie vorhin die Stirn des Fleischergesellen, der ihn um eine kurze Unterredung unter vier Augen gebeten hatte.

Nun schnaufte Alphonse verärgert. »Ja, lachen Sie ruhig. Ich habe einen Fehler gemacht und mich in ihr Bett zerren lassen. Aber immerhin hat sie erreicht, dass ich nicht zur Zwangsarbeit ins Deutsche Reich musste. Ich glaube, sie hat jemanden bestochen. Irgendwie musste ich mich doch erkenntlich zeigen.«

Ricolet beugte sich vor. »Das verstehe ich, Alphonse. Aber Ihr Chef, der hat also wirklich nichts verbrochen. Habe ich recht?«

Alphonse nickte, und für einen Moment kam es Ricolet vor, als würden sich seine Augen mit Tränen füllen. Der Mann schaute weg und zog die Nase hoch.

»Jerome war in Ordnung. Aber sie – sie wollte ihn nicht mehr. Sie wollte nicht mehr arbeiten, nicht mehr in Paris bleiben. Sondern mit seinen Goldmünzen in die Bretagne zurück und dort ein Café aufmachen.«

Ricolet lehnte sich wieder zurück und nahm einen Schluck vom kühlen Bier. »Goldmünzen also?«

»Ja. Als es uns noch gut ging, hat Jerome sein Geld in Münzen angelegt. Krisenfest, sagte er.«

»Und sie hat einen Plan geschmiedet.«

Sein Gegenüber biss sich auf die Lippen. »Wenn ich das jetzt erzähle, werden Sie mich verhaften? Wegen Mittäterschaft?«

»Das weiß ich noch nicht.«

»Ich will nicht wegen ihr in den Knast.« Alphonses mächtige Faust klopfte auf den ebenso mächtigen Oberschenkel. Der glühende Blick wollte das Glas auf dem Tisch zum Schmelzen bringen.

»Glauben Sie, dass Ihre Chefin nun mit den Ersparnissen fliehen wird?«

»Nein.« Alphonse grinste. »Sie hat die Münzen noch nicht von der Bank ausgehändigt bekommen. Erbschaftskram und so, Sie verstehen?«

»Wovor haben Sie dann Angst? Wofür hat sie Sie gebraucht bei ihrem Plan?«

Da weiteten sich Alphonses Augen. »Ich befürchte, dass sie das Gleiche über mich erzählen könnte, was sie über Jerome erzählt hat. Und dass die Leute auch mich erschlagen oder in den Knast bringen. Sie hat mich in der Hand, denn ich – ich habe einen Hund geschlachtet und die Fleischstücke als Beweis den Kunden gezeigt. Da sind sie auf ihn los.«

Ricolet stöhnte auf. Einen ekelhaften Plan hatte sich die feine Dame da ausgedacht.

»Aber Sie haben sie ebenso in der Hand. Sie könnten sie anzeigen.«

Der derbe Ausdruck in seinem Gesicht wurde erst nachdenklich, dann erhellten sich seine Züge. »Nun, stimmt. Daran habe ich noch gar nicht gedacht.«

Ricolet verfolgte das Mienenspiel mit einem gewissen Amüsement. Alphonse war nicht gerade eine Leuchte, doch er war gut zu gebrauchen – für seine Zwecke. Er prostete ihm zu. Eine Weile unterhielten sie sich noch über den gewaltsamen Tod des Fleischers. Sie spielten diverse Szenarien durch, denn weder Alphonse noch die Fleischersgattin waren auf die Straße hinausgegangen, als die wütenden Leute Cortulet weggezerrt hatten. Sie hatten nicht sehen können, welche ihrer Kunden letztendlich für die tödlichen Schläge verantwortlich gewesen waren, was Ricolet das Herz schwer machte. Es würde darauf hinauslaufen, Madame Cortulet wegen Anstiftung zum Mord anzuklagen. Die Chance, den oder die Täter belangen zu können, war verschwindend gering. Niemand fragte in diesen Tagen nach Recht und Sinn, wenn es um Kollaboration ging. Sie tranken ihre Gläser leer.

»Hören Sie.« Ricolet wischte sich den Schaum von den Lippen. »Wenn Sie mir ein wenig Ihrer Zeit schenken, um das eine oder andere für mich zu erledigen, dann könnte ich mich um Ihre Chefin kümmern.«

Alphonse sah ihn mit offenem Mund an. »Ich tauge nicht als Spitzel.«

»Nein, es ist keine direkte Spitzelei. Eher eine Art Überwachung. Ich habe nicht die Zeit dafür und meine Kollegen auch nicht. Passen Sie auf!«

Er wartete, bis ein Liebespaar den Nachbartisch verlassen hatte, und begann, Alphonse seinen Plan zu erklären.

Kapitel 6

19. September 1944

Am Morgen knallte Brulait die zusammengefaltete Zeitung auf seinen Schreibtisch. »*Merde!*«

Wieder faltete er das Blatt auseinander und las die Schlagzeile: *Von Nazis geraubtes Gemälde auf den Kunstmarkt geworfen! Raffael soll nach Amerika verkauft werden!*

Namen wurden nicht genannt. Der Polizei wurde der Vorwurf gemacht, sich keine Mühe zu geben, die von den Deutschen geraubten Kunstwerke aufzuspüren und vor dem geheimen Ausverkauf zu schützen. So ein sozialistisches Schmierblatt! Und die anderen kleinen Schmierblätter hatten ebenfalls nachgezogen. Die hatten doch keine Ahnung, wie das wahre Leben aussah, verstiegen sich immer noch in ihre Träume von einer gerechten Welt ohne jegliche Klassen. Am besten sämtliche Gemälde und überhaupt alle Kunstwerke in ein Museum packen, damit Hinz und Kunz mit Sack und Pack und fettigen Butterbrothänden sie betatschen konnten.

Er zog eine Zigarette aus der Schachtel und zündete sie an. Die Flamme zitterte.

»Ricolet!«

Er rief laut genug, dass es durch die geschlossene Tür zu hören sein musste. Es dauerte nur wenige Sekunden, bis sein Inspektor eintrat, selbstsicher, siegesgewiss gar. Ein arrogantes Leuchten lag in seinen Augen. Oder bildete er sich das nur ein? Brulait wies auf die Zeitung.

»Haben Sie das gelesen? Ist das auf Ihrem Mist gewachsen? Wegen dieses Toten aus dem Jeu de Paume? In Ihrer Akte steht, er wäre mit Raubkunst beschäftigt gewesen. Hatte ich nicht gesagt, Sie sollen damit aufhören?«

»Ja – nein, ich meine das mit der Zeitung, davon wusste ich nichts.«

Es erfüllte Brulait mit Genugtuung, dass der junge Mann wenigstens errötete.

»Das wussten Sie also nicht, aber Sie wissen, wer das angeleiert hat?«

»Nein, das weiß ich nicht. Ist aber doch ein Skandal, oder?« Ricolet wies auf die fett gedruckten Buchstaben.

»Was juckt mich das? Diese Frau aus dem Museum, war sie es?«

»Keine Ahnung.« Der Inspektor beugte sich erwartungsvoll vor. »Soll ich es recherchieren?«

»Nein!«

Brulait war aufgestanden und wanderte durch den Raum, die Hände zusammengefaltet auf dem Rücken. Dieser Kerl machte, was er wollte, und drehte ihm die Worte im Mund herum.

»Wenn ich Sie noch einmal dabei erwische, dass Sie meine Anordnungen nicht befolgen, sitzen Sie mit Ihrem Arsch schneller wieder in Alès, als Sie gucken können!«

»Jawohl, monsieur le commissaire.«

»Ich werde Ihre Kollegen auf Sie ansetzen. Sie werden Sie keine Sekunde mehr aus den Augen lassen!«

Ricolet nickte, doch sein devoter Blick war nicht von Dauer. »Warum hat Monsieur Allais Sie eigentlich angerufen?«

Brulait holte ruhig Luft, um sich seine Irritation nicht anmerken zu lassen. Er trat näher an Ricolet heran, der keinen Zentimeter zurückwich, sondern ihn musterte wie ein exotisches Insekt. Und zum ersten Mal seit der ganzen Geschichte lag ihm ein Hauch von Angst im Nacken. Doch schnell hatte er sich wieder im Griff. Das war verrückt! So ein kleiner Inspektor würde ihn kaum einschüchtern.

»Verschwinden Sie«, flüsterte er rau. »Und lassen Sie diesen Fall ruhen. Keine einzige Arbeitsstunde mehr wegen dieses Deutschen, ist das klar? Helfen Sie Ihren Kollegen bei den anderen Fällen, wenn der Vorgang Cortulet Ihnen noch nicht reicht.«

Einen kurzen Moment maßen sie sich mit Blicken, dann schien Ricolet nachzugeben. Doch Brulait wusste, dass er mit diesem Mitarbeiter noch würde Schlitten fahren müssen. Als der Inspektor das Zimmer verlassen hatte, fiel ihm auf, dass seine Zigarette im Aschenbecher verglüht war. Er setzte sich wieder, lehnte sich zurück und knetete seine Nasenwurzel.

*

Ricolet hatte immer wieder auf die Uhr gesehen, deren Zeiger nur quälend langsam der Mittagspause entgegenschlichen. Er hatte keine Lust auf Madame Cortulet oder auf Schreibtischarbeit. Endlich erlösten ihn die Zeiger, und er verließ den Quai. Mit schnellen Schritten überquerte er die Brücke und stieg die nächstbeste Treppe zur trüben Seine hinunter. Im Schatten eines Baumes setzte er sich auf die Ufermauer und stützte den Kopf in die Hände.

Was hatte ihn da geritten, Brulait so zu reizen? Für einen Moment war es ihm vorgekommen, als wäre Furcht im Gesicht des Kommissars erschienen, doch das hatte er sich wahrscheinlich nur eingebildet. Seine Kollegen hatten sich inzwischen von ihm abgewandt, als hätte er die Pest.

Moronde hatte ihm zugeflüstert: »Ich sagte ja: auf dein Risiko. Hättest mal lieber nicht so großspurig ermitteln sollen, du fleißiger Protestant.«

Mon Dieu, wozu war er denn da? Er war Ermittler. Und solange es etwas zu ermitteln gab, würde er es tun. Es war so einfach, und man machte es ihm so schwer. Und was hieß überhaupt großspurig. *Mörder bleibt Mörder*, dachte er.

Pauline kam ihm in den Sinn. Sicher steckte sie hinter der Enthüllung in der Zeitung. Insgeheim bewunderte er sie für ihre Findigkeit. Ein Anruf bei Brigadier Moulet, dem hilfreichen Beschatter Allais', hatte ergeben, dass Allais nicht auffindbar und die Galerie verlassen war. Der Käufer würde nun zurückschrecken, wegen den Ermittlungen und der Aufmerksamkeit der Öffentlichkeit. Das Gemälde würde also vorerst hier in Paris bleiben, falls Allais es wirklich besaß.

Er musste irgendwie in die Wohnung gelangen und nach Hinweisen suchen. Ein samtiger Windhauch berührte ihn, er lebte auf. *Ja, warum nicht jetzt?* Er war Polizist, er durfte und musste ermitteln. Schnell stand er auf, rannte förmlich auf das nördliche Ufer zu und war nach wenigen Minuten in der Rue Pastourelle angekommen, wo Allais laut Brigadier Moulet wohnte.

Es handelte sich um ein mehrstöckiges Haus. Die junge, wegen der Hitze nur in einen Kittel gekleidete Concierge machte sich nicht die Mühe zu protestieren, als er sie um den Zweitschlüssel bat.

»Erdgeschoss, links«, sagte sie nur. Ihre Haut schimmerte durch den dünnen Stoff.

Er eilte zur Tür und schloss auf, ohne vorher zu klingeln. Nach einem kurzen Rundgang durch die geräumige Wohnung stand fest, dass Allais allein lebte. An den Wänden des Salons und des Esszimmers hingen Porträts und Landschaften, fast wie bei ihm zu Hause. Doch er war sicher, dass die Maler echte Größen waren, auch wenn er die Signaturen nicht entziffern konnte. Es war Allais sicher schwergefallen, diese Stücke zurücklassen zu müssen.

Irgendwo musste er einen Hinweis dafür finden, wo sich Raffaels Gemälde befand. Tatsächlich fand er eine Abbildung des Werkes in einem großen, aufgeschlagenen Kunstkatalog, wenn auch in Schwarz-Weiß. Als er das Bild betrachtete, schien das Ticken der Standuhr leiser zu werden, das Licht gedämpfter, eine ruhige Stimmung legte sich auf seine Seele.

Das Gesicht des jungen Mannes war schön, seine Gestalt ebenfalls. Er lehnte nonchalant an einem Polster, die schwarze Kappe hing ihm fast im Nacken und lenkte den Blick auf große Augen, die erwartungsvoll den Betrachter anblickten. Kein Wunder, dass Pauline sich in dieses Porträt verguckt hatte.

Er lächelte, legte das Buch wieder auf den Schreibtisch und durchwühlte die Schubladen. Er fand nichts, was auf Allais' Versteck hinwies oder auf den Aufbewahrungsort des Bildes. Nur einen Stadtplan, auf dem die Station Trocadero dick angekreuzt worden war. Doch etwas Außergewöhnliches war nicht zu finden. Der Plan landete in seiner Jackentasche, denn er hatte den seinen vorgestern verloren. Weiterhin erfuhr er bei der Durchsuchung der Papiere, dass Allais' Eltern bereits tot waren. Der Galerist hatte einen Cousin in Neuilly, der ihm hin und wieder schrieb. Rechnungen, Magazine, alte Fotos, Postkarten.

Er erinnerte sich an die Postkarten, die sein Vater während der Besatzung aus Paris erhalten hatte. Die Briefmarken waren stets mit dem Hakenkreuz überstempelt worden. Doch diese Karten waren alles, was Paris auf postalischem Weg über die Demarkationslinie ins unbesetzte Frankreich verlassen durfte. Briefe zu senden war verboten. Wie gut, dass man hin und wieder heimlich die englischen Radiosender hatte hören können, um sich überhaupt ein Bild von der Lage in Frankreich und Europa zu machen.

Ricolet hielt inne und dachte nach. Was war mit Selbstmord? Er hoffte, dass Allais sich nicht selbst etwas angetan hatte. Brulait hatte ihm ja wohl erheblich zugesetzt.

Plötzlich wurden seine Knie schwach, und er hielt sich an der Lehne eines Stuhles fest. Brulait – er hatte sich über den Zeitungsartikel aufgeregt. Ricolet hatte erst geglaubt, der Grund hierfür sei Wut gewesen, weil er im Falle neuer Ermittlungen Henkmanns Akte offiziell wieder hätte öffnen müssen. Doch was, wenn Brulait selbst daran gelegen war, das Bild zu verkaufen? Das könnte doch sein, oder?

Schnell rekapitulierte er die Abfolge der Ereignisse: Brulait schließt den Fall Henkmann schnell ab und lässt die Leiche zügig wegschaffen. Pauline erfährt von einem Bild, das Henkmann besaß. Gemeinsam machen sie Allais in der Galerie so kopfscheu, dass er flieht. Kurz darauf erhält Brulait einen Anruf von Allais, aber wohl nicht, um sich über einen übereifrigen Inspektor zu beschweren. Der Kommissar verlässt sein Büro und wird nur eine halbe Stunde später von Brigadier Moulet beobachtet, wie er mit Allais aneinandergerät. Brulait hat wohl kaum so heftig die Ehre seiner Inspektoren verteidigt, sondern sich wahrscheinlich mit dem Galeristen gestritten – um das Bild und das weitere Vorgehen. Dann erscheint der Zeitungsartikel, und Brulait verpasst ihm selbst einen heftigen Tadel. Die Drohung, wieder zurückgeschickt zu werden, hing immer noch im Raum, und Ricolet hatte den halb wütenden, halb ängstlichen Blick nicht vergessen. Der Handel war gescheitert, genau das konnte Brulait so erregt haben. Entweder handelte sein Vorgesetzter für sich selbst oder für einen anderen Drahtzieher, der das Bild verkaufen wollte und nun von vorn beginnen musste.

Er seufzte und nahm einen Bilderrahmen in die Hand, der ein Foto von Allais mit einem älteren Paar, offenbar seinen Eltern, enthielt. Er zog das Bild heraus und steckte es ein, um es für die Suche nach ihm – einem flüchtigen Zeugen oder sogar Verdächtigen – zu verwenden. Dann verließ er nach einer letzten kurzen Durchsuchung des Schlafzimmers und der Küche, wo er nur ein Paar dreckverschmierte Schuhe fand, die Wohnung.

Vor der Loge der Concierge war es dämmrig, im Inneren der kleinen Kammer leuchtete eine kahle Glühbirne, dessen Licht die rot geschminkten Lippen der Frau grell hervorhob. Sie erhob sich von einem Sofa und kam auf ihn zu.

»Madame, wann hat Monsieur Allais das Haus verlassen?«

»Das muss gestern am späten Nachmittag gewesen sein. Er hatte einen Koffer dabei.«

»Hat er ein Ziel angegeben?«

Die Frau zog verächtlich eine Augenbraue hoch. »Er hat mir selten etwas angekündigt. Das ist unverantwortlich. Wenn in der Wohnung etwas passiert wäre, der Herd oder ein Rohrbruch …«

»War sein Besuch bei ihm?«

Sie nickte und strich sich kokett eine Locke zurück. »Ja, die Herren sind zusammen weggegangen. Ich denke mal, zur Metro, jedenfalls in die Richtung.«

»Merci bien, Madame.«

Sie lächelte und betrachtete ihn von Kopf bis Fuß mit einem anzüglichen Blick, sodass ihm schauderte. »De rien, Monsieur.«

Auf dem Rückweg hielt er Ausschau nach einer Kirchturmuhr oder einer Uhr vor einem Juweliergeschäft, doch dann gab er es auf. Er würde ohnehin zu spät zum Dienst erscheinen.

Dulac stand bereits in der Tür zum Büro und hielt Ausschau nach ihm. »Endlich, Ricolet! Los, rein mit Ihnen.« Er schubste ihn quasi auf seinen Stuhl und zog sich die Hemdsärmel zurecht: »Brulait macht uns die Hölle heiß, wenn Sie zu spät kommen. Machen Sie uns keine Scherereien!«

»Es tut mir leid.«

»Wieder dieser Fall?«, mischte sich Moronde ein.

»Und wenn schon«, gab er frech zurück. »Es ist meine Sache, wie ich die Mittagspause verbringe.«

»Nicht, wenn wir darunter leiden.« Dulac baute sich vor ihm auf.

»Soll ich jetzt etwa Angst haben?«

»Angst haben Sie anscheinend zu wenig, mein Herr.«

Vor euch sicher nicht, dachte Ricolet und beschloss, sich sofort wieder auf den Weg zu machen. Er musste Alphonse besuchen, den er in einer billigen Pension in der Nähe der Rue Mansart untergebracht hatte, sodass sein neuer Spitzel sich im Schutz der Nacht Kleidung und andere Habseligkeiten aus seiner Wohnung holen konnte. Es wäre nicht gut, wenn Monsieur Chartres ihn dabei sah.

Was er letztendlich mit dem Kerl machen würde, wusste er noch nicht genau. Auf jeden Fall hatte er mit Alphonse ein gutes Druckmittel gegen die Fleischersgattin in der Hand. Was er in den Bericht schreiben sollte, wusste er auch noch nicht. Er wollte Alphonse nicht weiter in Verdacht bringen, dazu war er ihm momentan zu kostbar.

»Ich vernehme jetzt Alphonse Revellier im Fall Cortulet. Ist das genehm?«

»Hauen Sie schon ab«, schnaufte Dulac, ohne ihn anzusehen.

Ricolet atmete auf, als er vor dem Gebäude stand. Er hatte die Geduld und Hilfsbereitschaft seiner Kollegen ziemlich strapaziert und überlegte, wie er das wiedergutmachen konnte. Eines Tages, wenn der Fall Henkmann wirklich abgeschlossen war.

*

»Also, du gehst heute am späten Nachmittag zum Quai und bleibst Kommissar Brulait auf den Fersen. Du weißt, wie er aussieht?«

Sie befanden sich in Ricolets Wohnung, denn Madame Pomponnier war die diskretere der zur Auswahl stehenden Concierges. Alphonses mächtiger Körper passte kaum in den kleinen Sessel. Seine Arme verschoben ständig die weißen Zierdeckchen auf den Lehnen.

»Ja, ich habe mich erkundigt. Groß, dunkles Haar, um die fünfzig, Raucher.«

»Sehr gut.« Ricolet war zufrieden. »In den nächsten zwei, drei Tagen führst du Aufzeichnungen über seine Wege und seine Kontakte, selbst, wenn er nur in eine Brasserie geht und ein Glas Wein trinkt.«

»Klar, verstanden.« Alphonses Äuglein wurden schmal. »Ist es etwas Persönliches?«

Ricolet lächelte. »Fast. Aber das brauchst du nicht zu wissen. Pass bloß auf, dass er dich nicht zu oft sieht. Er darf nicht misstrauisch werden.«

»Jawohl, Inspektor. Ich mache das gern. Hab ja sowieso nichts zu tun.«

»Es kann dir auch bei einer Observierung langweilig werden«, ermahnte Ricolet, doch Alphonse winkte großspurig ab und erhob sich. »Du bist ein wichtiger Zeuge, denk immer dran, ja? Was sagst du, wenn er dich erwischt?«

»Dass ich ihm schon länger folge, weil ich ihn um Rat fragen will, wegen meiner Chefin und so, mich aber noch nicht getraut habe.«

»D'accord. Was ist mit Pauline?«

»Sie wohnt jetzt bei ihrer Mutter in der Rue Princesse«, fuhr Alphonse stolz fort. »Also bin ich gegen Abend hin. Da ist sie zur Redaktion des *Combat* gefahren.«

Womit geklärt wäre, wer die Zeitung über den Fall Raffael informiert hatte. Pauline wollte anscheinend verhindern, dass der Handel klammheimlich geschlossen wurde. Der Käufer war hoffentlich vor dem öffentlichen Aufschrei zurückgeschreckt.

»Aber nur eine halbe Stunde, dann ist sie heim und hat sich nicht mehr gerührt.«

»Und du sagtest, du wärst nicht gut als Spitzel? Das war prima, Alphonse.«

»Dann mache ich mich mal langsam auf den Weg.«

In diesem Moment hörte er Madame Pomponnier unten rufen: »Monsieur Jean, Telefon. Eine Dame!«

Sie schüttelten sich die Hände in einem freundschaftlichen Einvernehmen, dann stieg Alphonse ein wenig ungeschickt die Treppe hinunter. *Hoffentlich geht das gut*, dachte Ricolet schuldbewusst und folgte ihm. Brulait war ein anderes Kaliber als eine nichtsahnende Frau. Er nutzte einen besorgten jungen Mann aus. Doch Alphonse hatte tatenlos zugelassen, dass sein Chef von einem wütenden Mob erschlagen wurde. Mitleid war unangebracht.

Nach dem unerwarteten Telefonat mit Pauline, die ihn am Abend treffen wollte, machte er sich bereit, für zwei Stunden ins Büro zu fahren, um seinen Bericht über die vermeintliche Vernehmung zu schreiben oder sich an anderen laufenden Ermittlungen zu beteiligen, um seine Kollegen ein wenig zu besänftigen. Vielleicht würde er auch länger am Quai bleiben, bis es Zeit war, zu Pauline zu gehen. In einem Bistro würde sie ihm bestimmt von ihrem Erfolg bei den Zeitungsredakteuren erzählen. Er freute sich auf sie.

Ein letztes Mal strich er vor dem Spiegel sein Haar glatt, als wäre der Zeitpunkt des Treffens bereits gekommen. Es kam ihm in den Sinn, sich an der Station Trocadero nach Jean Allais umzusehen, vielleicht war dort ein Treffpunkt, da die Stelle ja auf der Karte markiert war. Er zog den Metro-Plan aus dem Jackett. Als er ihn noch einmal prüfte, bemerkte er, dass sich das dicke Kreuz gar nicht direkt an der Metro-Station befand. Nein, es war eine Straßenecke in der Nähe der Metro. Sicher ein Flüchtigkeitsfehler.

Es war zu spät, jetzt noch einen Umweg zum Trocadero zu machen, also gab er sein Vorhaben wieder auf. Er steckte den Plan ein, wechselte sein Oberhemd und machte sich auf den Weg ins Büro.

*

Der Tag ging zu Ende, und Ricolet war froh, dass Dulac und Moronde seine Hilfe angenommen hatten. Es waren Ermittlungen zu einem neuen Mordfall im Rotlichtmilieu durchzuführen. Brulait hatte diesen Fall an sich genommen, weil es um Bandenkriminalität ging.

Ricolet hatte die Aufgabe, sich mit zwei Bordsteinschwalben zu unterhalten, deren Zuhälter das Mordopfer war. Indes waren sie nicht traurig, sondern gaben sich zuversichtlich, bald einen neuen Beschützer zu bekommen. Ricolet versuchte, seine Gedanken nicht zu häufig zu seinem Rendezvous abschweifen zu lassen, sondern genau die Aussagen der zwei Damen aufzunehmen, die ungeniert mit ihm flirteten. Natürlich sprach niemand von einer Anklage wegen Prostitution, oh nein, die Frauen sonnten sich in seinem Schutz, froh darüber, dieses eine Mal wichtig genommen zu werden und die Nacht nicht hinter Gittern verbringen zu müssen.

Als er endlich fertig war, schrieb er noch einen nichtssagenden Bericht über den Zeugen Alphonse Revellier und räumte seinen Tisch auf. Es war fast 21 Uhr, als er den Quai verließ.

Die Dämmerung warf ein letztes Glühen über die Stadt und färbte die Mauern und Fassaden rötlich. Hier und dort tanzten Fledermäuse an der Seine entlang. Die Metro brachte ihn nach Süden, und bald tauchte er ein in die Gassen von Saint-Germain. Die Rue Saint-Sulpice war sein Ziel, denn unweit der Kirche und Paulines Wohnung lag das Bistro, das sie als Treffpunkt auserkoren hatten.

Plötzlich erfüllte Motorenlärm den Himmel. Ricolet legte den Kopf in den Nacken, um die Flugzeuge zu finden, doch es war nichts zu erkennen. Man hörte von Geheimwaffen der Deutschen, von einer Rakete, von Racheakten gegen Paris. Doch das waren hoffentlich nicht mehr als Schauermärchen, die die Runde machten: schön zum Gruseln in der wohligen Gewissheit, dass nichts mehr passieren würde. Der Lärm verschwand, vielleicht waren es auch nur amerikanische Flieger auf Abwegen gewesen. Trotzdem atmete Ricolet auf. Direkte Bombenabwürfe hatte er nie erlebt, und er wollte jetzt nicht damit anfangen.

Unwillkürlich beschleunigte er seine Schritte, als er durch die Arkaden des Marché Saint-Germain ging. Seit der Metro-Station Mabillon waren es immer die gleichen Schritte, die ihm folgten. Zufall wahrscheinlich, doch er wollte sich nicht festlegen. Ein ungutes Gefühl überkam ihn und forderte ihn heraus, sich umzusehen. Es war ein Mann, bekleidet mit einem leichten Mantel, den Hut tief in die Stirn gezogen, sodass das Gesicht nicht sichtbar war.

Ricolet eilte von einer Arkadensäule in den Schutz der nächsten und verharrte dort. Der Mann blieb stehen. Passanten waren nicht mehr zu sehen, die Türme von Saint-Sulpice ragten still in den düsteren Himmel. Ein Bettler saß unter dem Bogen des Tores, das zum Markt führte. Ricolet ging weiter, die Schritte folgten. Sein Herz schien immer stärker in seiner Brust zu hämmern. Das Adrenalin schoss ihm bis in die Fingerspitzen. Bald war sein Ziel erreicht, er konnte schon einige Bummler auf der Rue Saint-Sulpice erkennen. Allerdings wollte er Pauline nicht in Gefahr bringen.

Immer weiter ging es, fast war der Schutz der Arkaden vorüber. Nicht weit entfernt leuchtete das Fenster einer Kneipe. Ricolet musste sich geirrt haben, er konnte nicht glauben, dass er verfolgt worden war. Bestimmt hatte der Kerl etwas anderes vor. Schwarzmarkt, Schutzgeld, was auch immer. Die Markthalle lag hinter ihm, er musste jetzt seine Deckung aufgeben und die Straße überqueren. *Nicht feige sein, du hast dich wirklich geirrt*, beschwor er sich selbst.

Fast war er auf der anderen Seite angekommen, als der erste Schuss fiel, dann noch zwei weitere Schüsse. Ricolet rannte, da stach eine glühende Pfeilspitze in seinen Oberkörper, er fiel auf die Knie und schnappte nach Luft. Das konnte nicht das Ende sein, er musste weiter.

Hastig rappelte er sich auf, biss die Zähne zusammen und konzentrierte sich auf seine Atmung. Er schob sich voran, sein Körper war plötzlich so schwer und plump. Dann hatte er den Bürgersteig erreicht, wo er ein gutes Ziel für einen Schützen abgab, selbst in dieser Dunkelheit. Vor ihm ging das Licht einer Hauslampe an, der Flügel eines Fensters über ihm wurde geöffnet.

»Wer ist da? Polizei! Hier schießt jemand!«

Erleichtert atmete er auf und sah sich um. Der unbekannte Mann war nur noch als sich entfernender Schatten in der Nähe der Markthalle zu erkennen.

Mit einem Mal prallte Pauline in ihn hinein, er schrie auf vor Schmerz. Sie zog ihn um die Ecke in die Rue Saint-Sulpice, in eine Nische, in der eine Mülltonne stand. Sie atmete heftig, war offenbar gelaufen. Er konnte ihre Augen sehen, die weit aufgerissen waren. Ihr Mund bewegte sich, doch er konnte nichts hören. Und da fühlte er, wie das Blut aus seinem Kopf wich. Je dichter der rote Schleier vor seinen Augen wurde, umso leerer wurde es in ihm.

*

Als er erwachte, spürte er ein kühles Laken an seiner Haut. Er bewegte die Finger, strich über den Stoff. Eigentlich hatte er gar keine Lust, die Augen zu öffnen. Bis auf ein leichtes Brennen an seiner Seite fühlte er sich durchaus wohl.

»Er wacht auf, Pauline. Was sollen wir jetzt tun? Er kann doch nicht hierbleiben.«

»Maman, reg dich nicht auf. Natürlich kann er hierbleiben.«

»Aber die Leute …«

»Maman, bitte!«

Die leise zischende Stimme erkannte er sofort. Er freute sich, alles war gut. Er war in Sicherheit. Nun drehte er den Kopf und sah sie an. Ihr braunes Haar schimmerte im Licht einer Petroleumlampe. Daher der Geruch nach Öl, gemischt mit einem Hauch von Parfum. Pauline atmete erleichtert auf.

»Ricolet, geht es Ihnen gut? Haben Sie Schmerzen?« Sie beugte sich auf ihrem Stuhl leicht vor.

»Ich heiße Jean«, flüsterte er, worauf sie sanft lächelte und die Frau neben ihr missbilligend den Kopf schüttelte. Ihre Mutter – Ähnlichkeit und Alter passten. Er hob den Kopf und sah einen weißen Verband, der sich um seine Brust schlang. Er betastete die Stelle, an der die Kugel ihn erwischt hatte.

»Wie sieht es aus?«

Pauline lächelte. »Nur ein Streifschuss. Es wird sich wohl entzünden. Leider habe ich kein richtiges Verbandszeug zur Hand.« Sie deutete auf seine Brust. »Bettlaken.«

Er nickte und versuchte, sich aufzusetzen, was ihm nur mit ihrer Hilfe gelang. Ihre Hand war kühl auf seinem Rücken, und als er daran dachte, wie sie ihm hatte das Hemd ausziehen und die Wunde versorgen müssen, hätte er beinahe eine Erektion bekommen. Schnell zog er im Sitzen die leichte Wolldecke bis an den Bauchnabel.

»Es tut mir leid, Madame Drucat, dass ich Ihnen solche Umstände mache. Vielen Dank für Ihre Unterstützung. Sonst hätte ich wohl auf der Straße mein Schläfchen nehmen müssen. Danke, Pauline.«

»Sie müssen heute Nacht Ruhe haben, Jean«, gab sie zurück, während ihre Mutter nur hoheitsvoll nickte. »Der Schock, der Blutverlust, auch wenn es nicht viel war.«

»Sie meinen wirklich, ich sollte hierbleiben?«

»Ja. Ist mein Bett nicht bequem genug?«

»Doch, doch, ich will nur nicht zur Last fallen.«

»Bleiben Sie ruhig, Monsieur. Pauline pflegt immer das zu tun, was ihr beliebt«, mischte sich nun Madame Drucat in das Gespräch ein und verließ ihren Posten hinter Paulines Stuhl. »Ich gehe zu Bett, der Abend war anstrengend.«

»Gute Nacht, Madame, und nochmals vielen Dank«, sagte er schnell und sah ihr nach, wie sie das Zimmer verließ. Als die Tür ins Schloss fiel, setzte Pauline eine entschuldigende Miene auf.

»Tut mir leid. Sie ist überfordert, mit allem. Dass sie alleine aus Auvergne zurückreisen musste war schon ein Drama, so ganz ohne Dienstmädchen oder Begleitung.«

»Sie ist also andere – wie soll ich es sagen – Umstände gewöhnt?«

Da lachte Pauline auf. »Oh ja. Bis vor sieben Jahren ging es uns noch recht gut. Dann kam der schleichende Übergang, den sie nie so recht akzeptiert hat. Mein Vater starb 1936.«

Eine plötzliche Schwäche überkam Ricolet, und er ließ sich zurück ins Kissen sinken. Vielleicht war es doch besser, wenn er heute Nacht nicht mehr zur Metro marschieren musste. Pauline stand auf, richtete sein Kissen und legte ihre Hand an seine Stirn.

»Fieber können Sie noch nicht haben, das wäre zu früh.«

»Nur der Kreislauf, Pauline. Es geht schon.«

Sie setzte sich zu ihm auf die Bettkante und ergriff seine Hand. »Was war das überhaupt, vorhin? Ich habe die Schüsse gehört und bin sofort losgerannt. Ich wusste ja, wo Sie herkommen müssen, und ich dachte mir, dass Sie vielleicht in etwas hineingeraten sind. Es laufen einige seltsame Gestalten in diesem Viertel herum.«

Konnte es das gewesen sein? Ein paar Kleinkriminelle, die sich gegenseitig massakrieren wollten? Er konnte die Möglichkeit, in eine Bandenstreitigkeit geraten zu sein, nicht ausschließen.

»Ich habe keine Ahnung. Allerdings hatte ich den Eindruck, dass mir jemand seit der Metro-Station gefolgt ist.«

Paulines Gesicht schwebte vor seinen Augen, er sah nur diese rosige, zarte Haut und großen Augen. »Ein Anschlag auf Sie? *Mon Dieu*, vielleicht Allais!«

»Nein, das glaube ich nicht.«

Ein Anschlag, ein Anschlag. Paulines Worte hallten in seinem Kopf nach. Der Vorfall reihte sich fast nahtlos in die Theorie ein, die er sich zurechtgelegt hatte: Brulait sieht seine Felle davonschwimmen und muss ihn zum Schweigen bringen. Ihn persönlich. Nicht irgendeinen Flic oder Spitzel, nein, sondern Jean Ricolet aus Alès. Die Vermutung, dass er dem Tode knapp entronnen war, versetzte ihn plötzlich in eine seltsame Schwermut, die jeden klaren Gedanken vertrieb. Ein gehäkelter Lampenschirm bewegte sich im Luftzug des geöffneten Fensters, wie ein Galgen baumelte er hin und her und warf skurrile Schatten an die weiß gestrichene Zimmerdecke.

Als er Pauline ansah, bemerkte er die Tränenspuren auf ihrer Wange. Sie hatte das Gesicht schmerzlich verzogen, und plötzlich brach sie in Tränen aus.

»Es tut mir so leid, Jean! Es ist alles meine Schuld. Wenn ich nicht mit den Redakteuren gesprochen hätte, wäre das alles nicht passiert. Wissen Sie, ich habe eben eine Nachricht von Rita Valladon erhalten: Der Interessent des Bildes hat tatsächlich vom Kauf Abstand genommen. Er hat ihr Bescheid gesagt, dass er diesbezüglich keine Expertise mehr benötigt. Das Bild ist also noch da. Verzeihen Sie mir, ich wollte doch nur verhindern, dass irgendein reicher …« Der Rest ihrer Worte ging in Schluchzern unter.

Ricolet strich ihr über den Arm. »Hören Sie auf, Pauline. Das dürfen Sie nicht mal denken. Schuld sind nicht Sie, sondern dieser Mistkerl von Mörder oder Kunsträuber. Ich mache Ihnen keine Vorwürfe. Eigentlich bin ich selbst dran schuld.«

»Womit Sie Ihre Worte ad absurdum führen«, presste sie lächelnd hervor.

»Da haben Sie recht.« Sie sahen sich an, Pauline wischte sich die Tränen weg und atmete zitternd aus. »Alles wieder gut?«

Sie nickte.

»Es ist besser, wenn ich jetzt schlafe. Wie spät ist es eigentlich?«

»Zehn Uhr.« Pauline zog ihm die Decke bis an die Brust, sanft und zärtlich. Dann beugte sie sich noch einmal vor und sah ihm tief in die Augen. Ihre braune Iris erschien ihm wunderschön und tröstlich.

»Wo werden Sie schlafen?«

»Im Salon. Hier steht Wasser, wenn Sie Durst haben sollten.«

Sie wies auf den Nachttisch aus brauner Eiche. Überhaupt war ihr Zimmer – oder das, was er davon erkennen konnte – nicht sehr weiblich eingerichtet. Keine Zierkissen, keine Deckchen, keine Blumen, kein Paravant, keine … er wusste nicht so genau, was noch ein Mädchenzimmer ausmachte, aber er fühlte, dass dieser Raum bloß eine Übergangslösung war.

Immerhin hingen einige Fotos an der Wand, ein älterer Mann war auf einem zu sehen, auf einem anderen eine Familie mit einem kleinen Mädchen, im Hintergrund ein schönes Landhaus. Die Vorhänge am Fenster waren altrosa und reichten bis auf den Boden, der Kleiderschrank trug feine Schnitzereien. Der Schreibtisch in der Ecke war übersät mit Büchern und Papierkram, überhaupt hatte sie viele Bücher. Eine gebildete junge Frau, ja, das war sie. Wieder kam er sich wie ein Bauerntrampel vor, obwohl er studiert hatte und sie beide wahrscheinlich aus der gleichen sozialen Schicht kamen. Sie war Pariserin. Pariserin – das Wort allein ließ jedem jungen Mann im Süden das Wasser im Mund zusammenlaufen. Und nun strich diese Pariserin ihm noch einmal über die Wange.

Er schloss die Augen und versuchte, sich an diesem zarten Gefühl festzuhalten.

»Drehen Sie gleich die Lampe aus, ja?«

Er nickte und hörte, wie sie das Zimmer verließ.

*

Die Nacht kam schnell und erdrückend. Die Luft war warm, immer noch. Schweißperlen standen Ricolet auf der Stirn, doch er konnte sich nicht mal rühren, um sie abzuwischen. Dieser Abend riss ihn heraus aus seinem schönen Traum, in Paris Karriere zu machen. Er wollte Kriminalbeamter sein, nichts anderes hatte ihn hergeführt. Die Aussicht, am Quai oder überhaupt in einem der Reviere der Arrondissements zu arbeiten, hatte ihn immer angespornt. Hier Fuß fassen, sich ein Leben aufbauen. Und was war geschehen? Durch seine Ermittlungen war er an einen mächtigen Gegner geraten, der keine Rücksicht auf Verluste nahm. Er versuchte, sich auf seine gesunde Seite zu drehen. Es schmerzte ein wenig, doch so konnte er meist besser einschlafen. Allerdings funktionierte das heute nicht.

Seine Gedanken drehten sich im Kreis. Er konnte nun Folgendes tun: morgen zurück an die Arbeit gehen, als wäre nichts gewesen. Brulait würde sich wundern, aber wenn er sah, dass Ricolet sich nicht weiter in den Fall Henkmann einmischte und sich auf andere Ermittlungen stürzte, würde er es sich zweimal überlegen, ob er einen weiteren Auftragsmörder engagierte. So konnte Ricolet der Gefahr entgehen und seinen Posten behalten. Dulac und Moronde zur Seite stehen, fleißig sein, Karriere machen und damit seinen Vater glücklich. Bald würden bessere Zeiten anbrechen, davon war er überzeugt. In einigen Jahren konnte er sich vielleicht eine größere Wohnung mieten, heiraten.

Er seufzte und drehte sich wieder auf den Rücken. Das Laken unter ihm war feucht. Da fiel ihm ein, dass er seine Hose noch trug. Mühsam richtete er sich auf und zog sie aus. Dann beugte er sich zur Seite und streckte den Kopf unter das Bett, was ihm heftigen Schwindel bescherte. Doch er fand den Nachttopf und benutzte ihn in der Hoffnung, dass seine volle Blase ihn vom Schlaf abgehalten hatte. Nach einer Stunde lag er immer noch wach. Die Federn der Matratze quietschten bei jeder Bewegung.

War es das, was er wollte? Einen schönen Tisch in einem netten Büro? Eine hübsche Wohnung, Geld zum Ausgeben? Zu welchem Preis? Kuschen vor Brulait, nachgeben, den Weg des geringsten Widerstandes gehen – und draußen lief ein Mörder frei herum. Und es gab ein geraubtes Bild, dessen Eigentümer wahrscheinlich in einem deutschen Arbeitslager schuftete oder vielleicht schon auf der Flucht gestorben war. Es würde einfach so einen Mann reich machen, dem es gar nicht gehörte.

»Was willst du eigentlich, Jean?«

Er erschrak, als er seine eigene Stimme hörte. *Merde*, was sollte er nur tun? Er war doch nur ein kleiner Inspektor. Er sollte seine Koffer packen und heimkehren zu den einfachen Menschen daheim. Zu den Oliven- und Weinbauern, zu den Kaufleuten und Lehrern. In die grünen Hügel der Cevennen, deren Anblick er tatsächlich manchmal vermisste. Da stellte er sich das entsetzte Gesicht seines Vaters vor, das Tuscheln der Nachbarn. Gescheitert. Hochmut kommt vor dem Fall. Nein, er musste sich hier behaupten und seinen Drang nach Aufklärung zurückhalten. Ein Mörder lief frei herum, ja und? Viele Mörder wurden erst spät oder gar nicht erwischt.

Ein Ächzen entwich seiner Kehle. Fieberte er doch schon? Ihm war elend zumute.

Plötzlich hörte er das Quietschen der Türklinke. Überrascht sah er auf und erkannte Pauline, die auf ihn zu kam, sie trug nur ein baumwollnes Nachthemd.

»Du hast die Lampe noch nicht gelöscht. Kannst du nicht schlafen?«

Sie duzte ihn. Und mehr noch. Sie sah ihn besorgt an, erkannte offenbar die Qual in seinen Augen, denn sie schüttelte sacht den Kopf und seufzte. Die Locken fielen ihr über den gerüschten Kragen, was ihr ein weiches, fast hilflos wirkendes Aussehen verlieh.

»Komm her«, sagte sie, während sie die Decke anhob und neben ihm ins Bett schlüpfte, ganz und gar nicht hilflos. »Wenn ich schon nicht wegen des Quietschens schlafen kann, dann will ich wenigstens nicht allein sein.«

Er sog überrascht die Luft ein, als sie sich auf seinen Arm legte. Er drückte sich vorsichtig an sie. Es war ungewohnt, überraschend, fremd und wundervoll. Noch nie hatte er mit einer Frau im Bett gelegen, und als seine Finger an ihre runden Konturen stießen, zog er die Hände zurück. Anfangs dachte er, die schwüle Hitze würde noch drückender, doch dann erkannte er, dass das Gegenteil der Fall war. Der Wind blähte die Vorhänge, und Paulines Leib war kühl, als hätte sie gerade ein kaltes Bad genommen. Ihr Atem ging gleichmäßig, er roch den Duft von Lavendel in ihrem Nachthemd.

»Bist du mir wirklich nicht böse?«

Er hatte sie kaum verstanden, so leise war ihre Stimme.

»Nein, absolut nicht.«

Sie drehte sich um und sah ihn an. »Du zweifelst, nicht wahr?«

»Tätest du das nicht, wenn man dir ans Leben wollte? So ganz ohne Krieg und Feinde?«

»Die Feinde sind anders als im Krieg«, gab sie zurück. »Aber ich werde dich nicht mehr drängen, etwas zu tun, was du nicht möchtest. Ich will nicht schuld sein, wenn …«

Sie legte den Kopf auf seinen Arm und schloss die Augen, doch er hatte die Tränen gesehen. Er küsste sie auf die Wange, dann auf den Mundwinkel. Sie lächelte und schmiegte sich an ihn. Er ließ den Kopf wieder ins Kissen sinken und fühlte sich einfach nur geborgen.

»Tu einfach das, was dir richtig erscheint, Jean«, murmelte sie noch und drehte ihm den Rücken zu.

Er stöhnte auf, als die Last der Entscheidung von seinen Schultern fiel. Pauline – sie hatte recht. Es war doch so leicht. Warum machte er sich solche Gedanken? Er wollte kein Feigling sein, er wollte nicht scheitern. Sein Weg lag vor ihm, denn das Porträt schob sich in seine Gedanken. *Und?*, schien der junge Mann zu sagen. *Wann beginnst du endlich mit mir?*

Morgen, antwortete er innerlich. Nicht die Leiche, sondern der geplante Verkauf des Bildes hatte alles ins Rollen gebracht. Morgen würde er der Spur des Bildes folgen. Von Anfang an. Es würde ihn zum Mörder des Deutschen führen, wer immer es auch gewesen sein mochte.

»Wie hieß noch dieser Jude, dem das Bild gehörte?«, fragte er leise, letztendlich erschöpft und müde.

»Rabinovich.«

An Paulines Körper geklammert, als wäre sie sein glückbringendes Pfand, schlief er nach wenigen Minuten ein.

Kapitel 7

20. September 1944

Als Pauline durch den Türspalt spähte, stand Ricolet bereits im Zimmer vor dem kleinen Spiegel. Sie trat ein und gesellte sich nach einem kurzen Gruß zu ihm. Da er seinen Krawattenknoten richtete, klang sein »Bonjour, Pauline« etwas kehlig. Sein Lächeln machte sie ein wenig verlegen, dabei war es ihr gar nicht peinlich, die Nacht an seiner Seite verbracht zu haben.

Sie begutachtete seine Kleidung. Das Hemd war in der Nacht offenbar getrocknet, auch wenn sie die Blutflecken nicht gänzlich hatte herauswaschen können. Die rosa Schlieren erinnerten sie an den Schreck der letzten Nacht. Er knöpfte seine Weste zu. Sie sah ihn nachdenklich an, als sie ihm den Hemdkragen glatt strich. Dabei kam sie sich vor wie eine Ehefrau, die ihren Mann in die Arbeit entlässt. Es war ein ungewohntes, aber schönes Gefühl – wenn sich der gestrige Abend nicht in ihre Gedanken geschoben hätte.

»Wirst du weiter ermitteln?«

»Wenn du mir hilfst«, gab Ricolet zurück und legte die Hand auf ihre kühlen Finger.

Er fühlte sich offenbar halbwegs in der Lage, seinen Dienst aufzunehmen. Sie musste ihn für seine Gelassenheit bewundern. Er schien ihr in Sachen Beharrlichkeit ähnlich zu sein.

»Wie kann ich dir helfen?«

»Deine Kontakte, deine Freunde, dein Kunstsinn.« Er zog ihre Hand an seine Lippen. Die Wärme des Kusses fühlte sich himmlisch an. Auch die Wärme seines Körpers hatte sie genossen. Er hatte den Trost, den sie ihm gespendet hatte, durch seine Nähe zurückgegeben.

»Und deine Erinnerung. Wo wohnte dieser Rabinovich? Was ist aus ihm geworden?«

»Du willst mit dem Bild anfangen?«

Er nickte.

Pauline biss sich auf die Lippen, doch dann gab sie sich einen Ruck. »Er bewohnte zwei Etagen in einem Stadtpalais in der Rue Rivoli 120.«

»Woher weißt du das alles?«

Sie zuckte zusammen. Nicht zu viel verraten …

Lächelnd antwortete sie: »Na, mein Kunstsinn, du kleiner Dummkopf. Jeder Kunstliebhaber weiß doch, wer der Besitzer von diesem oder jenem Bild ist und wo man es finden kann. Oder finden *konnte*.«

Er lächelte. »Ich danke dir für deine Hilfe. Ich werde jetzt ins Büro gehen und einen Schlachtplan entwerfen.« Ihre Finger waren allmählich wärmer geworden in seiner Hand. Er küsste erneut ihre Fingerspitzen. »Pass auf dich auf, Pauline, und geh finsteren Geheimdienstlern aus dem Weg, hörst du?«

»Du aber auch«, gab sie zurück und strich ihm über das Haar.

Erst als Ricolet die Wohnungstür hinter sich geschlossen hatte, tauchte ihre Mutter im Salon auf, bekleidet mit einem leichten, spitzenbesetzten Negligé, das aus besseren Zeiten stammte.

»Ist er fort?« Sie fuhr sich über die Lockenwickler.

»Ja.«

Ihre Mutter setzte sich auf das Sofa und klopfte auf das Polster. Pauline gehorchte widerwillig, denn sie wusste genau, dass nun eine Standpauke folgte.

»Hör mal, Kind, bisher habe ich dir deinen Willen gelassen. Du bist aus der sicheren Auvergne nach Paris zurückgekehrt, du warst bei den Fifis, du hast in diesem Museum gearbeitet. Aber jetzt musst du mir erzählen, warum du mitten in der Nacht einen fremden, verletzten Polizisten anschleppst. Was steckt hinter dieser Sache? Soll ich mich noch mehr ängstigen?«

Pauline seufzte. »Mein ehemaliger Arbeitgeber ist tot aufgefunden worden. Und ich habe geholfen, ihn zu identifizieren. Das ist alles.«

»Mon Dieu!« Ihre Mutter schlug die Hand vor den Mund.

»Und das Bild von Großvater ist wieder aufgetaucht.«

Der Blick ihrer Mutter blieb verständnislos. Da kam Pauline eine Idee. Mutter kannte doch stets die neusten Klatschgeschichten von Paris.

»Sag mal, Maman, was ist eigentlich aus Rabinovich geworden? Er hatte doch das Bild in seinem Besitz. Und dann tauchte es plötzlich beim ERR auf. Ist er verhaftet worden?«

»Das Bild? Welches meinst du?«

»Na, das *Porträt des jungen Mannes* von Raffael.«

Mit Erstaunen sah sie, dass ihre Mutter blass wurde wie die Wand hinter ihnen.

»Der Raffael? *Mon Dieu*, es sollte doch …« Doch sie sprach nicht weiter, sondern stand auf, um den Raum abzuschreiten, mit nervösen kleinen Schritten. »Aber, ich verstehe nicht. Dieses verdammte Bild …«, murmelte sie. Dann drehte sie sich abrupt um. »Pauline, vergiss dieses Bild. Ich weiß, es hat dir früher immer gefallen. Du warst damals zwölf, als Großvater es bekam.«

»Schon zwölf?« Pauline war überrascht. »Ich hatte immer das Gefühl, als hätte ich es schon als kleines Kind gekannt.«

Ihre Mutter lächelte und schüttelte den Kopf. »Nein, es war 1935.«

»Das weißt du so genau? Wieso?«

Doch sie bekam nur eine vage Handbewegung zur Antwort. Und wenn sie genau überlegte, konnte der Zeitpunkt auch stimmen. Sie hatte kaum Erinnerungen an ihre Kleinmädchenzeit, nur Bruchstücke und Erinnerungsfetzen, die sie abrufen konnte; von ihrem Kaninchen, von ihren Spielkameraden, von der Wärme der Loire im Sommer. Jedoch nicht von einem Bild. Sicher hatte sie sich das Bild als Zwölfjährige ganz bewusst eingeprägt.

»Wie ich schon sagte, Kind, vergiss das Bild. Es ist fort und gehört der Vergangenheit an. Wir dürfen uns nicht an die Vergangenheit klammern.«

Dass ausgerechnet ihrer Mutter diese Worte über die Lippen kamen, war bizarr. Stets war sie es, die die gute alte Zeit in Ehren hielt und nicht aufhörte, auf die reiche und schöne Vergangenheit hinzuweisen.

»Wieso? Was ist denn mit dem Bild?«

Warum reagierte ihre Mutter so erschrocken auf ihren Bericht? Sie bekam nur eine zögerliche Antwort.

»Es … es liegt so etwas wie ein Fluch darauf. So in etwa, verstehst du? Und es gehört uns ja gar nicht mehr. Also genug von diesem Thema. Ich bitte dich nur, nun endlich ein ordentliches Leben zu führen. Wenn es sein muss, auch durch ein Studium. Hast du dich schon informiert, wo du dich einschreiben kannst?«

»Nein«, sagte Pauline leise, denn ihre Gedanken hingen noch dem Fluch nach.

Ihre Mutter hatte vielleicht recht. Ihr Großvater war verarmt gestorben, Papa war früh von ihnen gegangen, Rabinovich war verschwunden, Paul Henkmann war tot. Und sie selbst wurde von einem Unbekannten verfolgt. Sie alle waren mit dem Bild in Berührung gekommen.

»Du weißt also nicht, was aus Großvaters Freund geworden ist?«

»Nein. Ich vermute, er hat diese schrecklichen Verhaftungen von 1942 nicht überstanden. Das Bild hat auch ihm Unglück gebracht. Das meine ich mit Fluch.«

Pauline bedauerte es, dass sie sich nach Großvaters Tod nie weiter um Rabinovich gekümmert hatte, als er noch in der Rue de Rivoli wohnte. Warum eigentlich nicht? Weil sie ein junges Mädchen gewesen war, abenteuerlustig und süchtig nach Leben? Was galt da schon ein alter Knacker. Erst als sie das *Porträt des jungen Mannes* beim ERR wieder leibhaftig vor sich gesehen hatte, kamen alle schönen Erinnerungen, alle Verbindungen zu ihrer Familie wieder hoch.

Pauline sah ihrer Mutter nach, die ohne eine weitere Erklärung aus der Wohnung ging, um im Etagenbad zu verschwinden. Was hatte sie gemeint mit den Worten: *»Der Raffael? Mon Dieu, es sollte doch …«*

Sie spürte genau, dass ein Geheimnis das Bild umgab. Mit einem Ruck stand sie auf und ging in ihr Zimmer, um sich ihre leichten Sommerschuhe mit dem niedrigen Absatz anzuziehen. Sie blickte durch das Fenster und erspähte ein Stück des Himmels. Draußen war es wieder warm. Daher legte sie nur noch einen weißen Spitzenkragen um, der ihr einfaches blaues Kleid ein wenig schmückte. Sie vergaß auch ihren Hut nicht, ihre Mutter hatte es nicht gern, wenn man sich nachlässig kleidete, und machte sich auf den Weg zur Metro. Sie musste Rita Valladon zu der Herkunft des Bildes befragen. Der Fluch musste in der Vergangenheit geboren sein.

*

Unterwegs rief Ricolet von einem Bistro aus das Kommissariat an und teilte mit, dass er später erscheinen würde, da er auf eine Spur des flüchtigen Fleischergesellen gestoßen sei. Das gab ihm die Gelegenheit, sich zu Hause umzuziehen und zur Rue de Rivoli zu begeben. Eilig kaufte er neue Metrotickets beim Fahrkartenverkäufer an der Station Mabillon, und nach einer halben Stunde war er in seiner Wohnung angekommen.

Gut gelaunt stand er vor dem Spiegel, rasierte sich, suchte im winzigen Badezimmerschrank nach Verbandszeug. Die Schramme an seiner Seite war noch blutig, aber bereits verkrustet. Mit kleinen Kompressen und einem großen Pflaster versehen, zog er sich um.

Als er wieder frisch und präsentabel aussah, fuhr er in die Rue de Rivoli, der imposanten Straße der Wohlhabenden, der Königsstraße, wie er sie insgeheim nannte. Das Haus Nr. 120 lag ungefähr zwischen dem Hotel de Ville und dem Louvre. Er hob den Blick zu den verschnörkelten, zierlichen Balkongittern, die so typisch waren für Paris. Hinter diesen Fenstern hingen vielleicht noch die kostbaren Gemälde des Monsieur Rabinovich. Wie vor so manch wichtiger Befragung geriet er auch dieses Mal in den verführerischen Sog dieses Rätsels. Befand er sich einmal in diesem Malstrom, konnte er sich nur schlecht daraus befreien.

Voller Tatendrang bog er in die Nebenstraße ein und fand eine unscheinbare Tür zum Innenhof. Die Concierge fegte gerade die gepflasterte Fläche. Als sie ihn sah, hielt sie inne.

»Madame, ich komme von der Polizei. Können Sie mir sagen, ob ich hier noch Monsieur Rabinovich finde?«

Die Frau mittleren Alters rückte ihre Schürzenbänder zurecht und schüttelte den Kopf. »Ach, nein, Monsieur, der ist längst nicht mehr da. Ende April letzten Jahres verschwand er. Ich glaube, er ist geflohen vor diesen Monstern.«

»Sie meinen, weil er sich nicht verabschiedet hat? Weil er nur das Nötigste gepackt hat?«

Der Geruch von Suppe oder Kohl lag in der Luft. Ein Arme-Leute-Essen hier in der Königsstraße, das erschien ihm bizarr. Hinter einem der Fenster kreischten Kinder.

»Nein, weil seine Bekannte eine Postkarte von ihm bekommen hat, aus Südamerika. Er ist ja immer sehr ängstlich gewesen. Den Verhaftungen ist er entkommen, aber er hielt sich sehr zurück, ging kaum auf die Straße. Diesen hässlichen Judenstern wollte er nicht tragen, hat er gesagt. Ich habe fast all seine Besorgungen gemacht. Der arme Kerl, er war so ein feiner Mensch. Auch wenn er Jude war.«

»Waren die Nazis nach seiner Flucht hier? Haben die irgendetwas eingepackt?«

»Nein, das wüsste ich. Die Bilder, ach, all die schönen Bilder, die hatte er nach und nach verkauft. Die restlichen lagern im Keller. Die Wohnung musste ja freigemacht werden.«

»Ist die Wohnung neu vermietet oder verkauft worden, Madame …?«

»Madame Pigot. Ja, schon längst. Dort wohnt eine Familie.«

»Wie viele Bilder sind im Keller?«

Sie wiegte den Kopf. »Vielleicht zehn.«

Es war zwar unwahrscheinlich, dass das Bild auf irgendwelchen Umwegen dorthin gelangt war, aber er musste es überprüfen.

»Madame Pigot, darf ich mir die Bilder mal ansehen?«

»Ja, warum nicht?«

Sie lehnte den Besenstiel an die nächste Wand und griff in ihre Kitteltasche. Ein dicker Schlüsselbund klirrte. In Pantoffeln schlurfte sie vor ihm her bis zu einer Holztür, zu der vier Stufen hinabführten. Selbst Ricolet musste sich bücken, als er eintrat.

Modrige, schwülwarme Luft empfing sie, und als die Concierge das Licht anknipste, sah er hier und dort an den Wänden weiße, unregelmäßige Schimmelblüten. Ob das Erdreich wegen der Nähe zur Seine so feucht war? Er wurde zu einer weiteren Holztür geführt. Als Madame Pigot sie aufschloss, atmete er schneller.

In dem kleinen Verschlag von ungefähr drei mal drei Metern befanden sich ein Weidenkorb, eine alte Stehlampe, eine Bücherkiste und knapp ein Dutzend gerahmte Gemälde, die in Laken gehüllt kreuz und quer an den Bruchsteinen lehnten. Fast ehrfürchtig hob er die Tücher an. Eine nackte Birne erhellte sie, sodass er unter der dünnen Schicht aus Kerzenruß dunkle Wälder und Parklandschaften erkennen konnte, die ihm aber nichts sagten. Die Porträts dagegen schienen aufzuwachen und lebendig zu werden. Die Gesichter wirkten im Licht verschlafen, und es hätte ihn nicht gewundert, wenn die würdevollen Männer und Frauen gegen die Helligkeit angeblinzelt hätten.

Gebannt von seinen stummen Gegenübern, betrachtete er ein Bild nach dem anderen, länger als es eigentlich nötig war. Schließlich ließ er alle Bilder wieder zurück in den Schlaf sinken und verhüllte sie. Vielleicht konnte Rita Valladon diesem Fund einen

Platz in einem Museum verschaffen. Wie bereits erwartet – den jungen Mann hatte er nicht entdeckt.

Madame Pigot schloss wieder ab, und sie kehrten in den Innenhof zurück, der ihm nun so hell und lieblich erschien wie das Paradies im Vergleich zu einer Gruft.

»Eine letzte Frage: Wissen Sie, wer Rabinovich die Flucht ermöglicht hat?«

Während sie den Schlüssel einsteckte, sah sie sich um, als hätte sie Angst vor ungewollten Zuhörern. »Nein, es ging alles sehr diskret zu. Ich hoffe nicht …« Ein erschrockener Ausdruck trat in ihr Gesicht. »Sie wissen ja, dieser Mörder Petiot soll ja angeblich Menschen zur Flucht verholfen haben. Wo diese armen Seelen gelandet sind, wissen wir ja alle. Hoffentlich ist Rabinovich nicht auf ihn hereingefallen.«

»Glauben Sie wirklich, Petiot könnte Kontakt zu Rabinovich gehabt haben?«

»Ach, Sie haben recht, es gibt ja die Karte von ihm aus Südamerika. Bestimmt geht es ihm gut. Ich weiß nur, dass er einen seiner größten Koffer mitgenommen hat, denn der fehlte, als ich nach der Flucht in der Wohnung war. Ich habe auch oft seine Wäsche gemacht, müssen Sie wissen.«

»Vielen Dank, Sie haben mir sehr geholfen.«

Nachdenklich verließ Ricolet den Innenhof, während die Geräusche des kratzenden Reisigbesens erneut von den Wänden widerhallten.

Er ging zu Fuß über die Seine, nahm Kurs auf den Quai des Orfèvres. In seinem Büro angekommen, winkte Dulac ihn ohne Gruß direkt zu Brulait weiter. Ricolets Herz schlug heftiger, als er vor dem Schreibtisch seines Vorgesetzten stand. Dieser sah ihn prüfend an, ja, sein Blick glitt auffällig lange über seinen Körper. Ricolet wusste, warum. Es passte alles zusammen. Diese Erkenntnis schockierte ihn immer noch.

»Ricolet, was gibt es Neues im Fall Cortulet? Es wird langsam

Zeit, ihn abzuschließen, und ich hätte gern eine positive Nachricht.«

»Es tut mir leid, monsieur le commissaire. Der Zeuge Alphonse war gesichtet worden, im 6. Arrondissement, aber meine Nachforschungen verliefen im Sande.«

»Wann waren Sie dort?«

»Gestern Abend und heute früh. Es gab einen seltsamen Vorfall, Monsieur Brulait, von dem ich berichten möchte.«

Der Kommissar lehnte sich im Stuhl zurück und sah ihn erwartungsvoll an. »Schießen Sie los.«

»Nun, schießen ist schon ganz richtig. Es wurde gestern Abend auf *mich* geschossen, während ich den Zeugen suchte.«

Die Augenbrauen Brulaits zuckten in die Höhe.

»Ich hatte das Gefühl, als würde mich jemand von der Station Mabillon aus verfolgen. Ich habe heute früh den Fahrkartenverkäufer gefragt, ob ihm etwas aufgefallen ist, aber natürlich hatte er zu viel zu tun, um auf einen einzelnen Mann zu achten.«

»Ein Mann?«

Ricolet nickte. Brulait schüttelte den Kopf und stützte sich wieder auf die Ellbogen.

»Ich glaube nicht, dass Sie das Ziel waren. Sie sind ein unbedeutender Inspektor. Allerdings wurde tatsächlich eine Schießerei gemeldet, in der Nähe der Rue Saint-Sulpice. Das dortige Revier geht von einer Bandenschießerei aus. Wahrscheinlich waren Sie zum falschen Zeitpunkt am falschen Ort.«

Diese lapidare Aussage wollte er nicht gelten lassen. »Das glaube ich nicht, denn …«

Da wedelte der Kommissar mit der Hand und schnitt ihm das Wort ab. »Nehmen Sie jetzt endlich jemanden im Fall Cortulet fest, und wenn es die Putzfrau ist! Gehen Sie.«

Diese fast verächtliche Geste ließ Ricolets Ärger wachsen. Nur nicht hier, er musste weg von diesem gefährlichen Vorgesetzten, sonst würde noch etwas passieren, was er bereute. Er ging.

Kurz vor der Tür sagte er noch: »Sehr praktisch, so eine Bandenschießerei, nicht wahr?« Doch er drehte sich nicht mehr um, denn er wusste auch so, dass Brulait das Gesicht vor Wut verzogen hatte.

Die Bestätigung bekam er, als Dulac einen Blick in das Büro warf, während er hinausging.

»*Merde*, Ricolet! Was ist dem denn für eine Laus über die Leber gelaufen? Haben Sie mal wieder Mist gebaut?«

Die Worte wirkten wie der zündende Funke. Mit einem Satz sprang er Dulac an, packte ihn am Revers und presste ihn an die Wand.

»Wenn man das Ziel einer Kugel gewesen ist und dann irgendeine faule Erklärung hört, darf man aus der Haut fahren, oder?«

Dulacs Mund öffnete sich, seine Augen wurden groß. Ricolet sah aus den Augenwinkeln, dass Moronde aufgestanden war und beschwichtigend die Hände erhob.

»Nun mal langsam, Ricolet. Was ist denn los?«

Dulac machte sich von ihm los. Dieser Ausbruch hatte Ricolet trotz der schmerzenden Wunde gutgetan, und er bemühte sich, seine Stimme nicht wieder zu einem fauchenden Zischen werden zu lassen.

»Was los ist? Jemand hat mich verfolgt und auf mich geschossen. Dazu hat er weitere Schüsse in die Luft abgegeben, um es wie eine Schießerei klingen zu lassen. Und prompt sagt der Chef, dass ihm eine Bandenschießerei gemeldet wurde. Ohne mich auch nur eine Sekunde länger anzuhören.«

Er sprach leise, um zu vermeiden, dass Brulait auf den Tumult aufmerksam wurde. Eigentlich hatte er auch Dulac nicht so hart angehen wollen, doch die innere Anspannung, die sich seit dem nächtlichen Vorfall angestaut hatte, hatte sich entladen wie ein Blitz.

Dulac pustete seine Anspannung hinaus und rückte sein Jackett gerade.

Immer noch wütend, wies Ricolet auf seine Seite und fuhr fort: »Ich habe einen verdammten Streifschuss abgekriegt, und er wiegelt ab? Das kann ich nicht zulassen.«

Dulac wurde blass, und auch Moronde biss sich auf die Lippen. Würden die beiden Kollegen sich auf seine Seite schlagen?

»*Merde*, sind alle Kerle aus dem Süden so heißblütig?«

In Dulacs Blick lag leise Bewunderung, die Ricolet endgültig besänftigte.

»Was für einen Grund könnte jemand haben, Sie unter der Erde sehen zu wollen?«, fragte Moronde, der sich wieder gesetzt hatte. Schweiß glänzte ihm auf der Stirn, was an seiner Aufregung oder auch am sonnigen Wetter liegen konnte. »*Mon Dieu*, etwa Agenten vom ERR? Es sollen sich ja noch einige von denen hier herumtreiben. Habe ich Sie nicht ausreichend gewarnt?«

Ricolet fiel der deutsche Agent ein, der Pauline angegriffen hatte. Doch warum sollte dieser ihn ausschalten wollen?

Er winkte ab. »Lassen Sie es gut sein. Ich habe eine vage Vorstellung von dem Mann, der dahintersteckt. Aber es ist einfach noch zu früh. Pardon wegen eben, ich war einfach wütend.«

Da neigte Dulac sich mit ernstem Gesicht ein wenig zu ihm herab. »Lassen Sie es uns wissen, wenn Sie so weit sind.«

Moronde zwinkerte ihm aufmunternd zu.

Ricolet schluckte. Damit hatte er kaum noch gerechnet. Da war sie endlich, die Solidarität unter Kollegen, die er bisher vermisst hatte. Er hatte Angst und starke Schmerzen dafür auf sich nehmen müssen.

»Danke.«

Er fühlte sich wie befreit. Und doch wollte er erst sichergehen, dass seine Theorie stimmte. Und dazu brauchte er – Alphonse. Außerdem hatte er das Gefühl, als müsse er die beiden Inspektoren nach etwas fragen, was ihm auf der Zunge lag, doch er konnte den Gedanken nicht fassen.

»Ich muss jetzt meinen Zeugen im Fall Cortulet suchen.«

Er lächelte kurz in die Runde und machte sich davon. Ihm war egal, was Brulait dazu sagen würde.

*

Im Jeu de Paume war Rita nicht zu finden, daher ging Pauline Richtung Louvre. Es war das erste Mal, dass sie nach der Flucht des ERR wieder den Garten betrat. Und wie schön es war zu wissen, dass niemand sie überwachte und dass nirgendwo deutsche Wachposten mit Schusswaffen zu sehen waren. Sie atmete tief die warme Luft ein, sah in den Himmel und genoss für eine Sekunde den Geschmack der Freiheit.

In der Hoffnung, Rita bei Aufräumarbeiten zu finden, betrat sie den linken Flügel und stieg die Treppenstufen hinauf. Tatsächlich stieß sie in einem kleinen, rückwärtigen Saal auf ihre Kollegin, die an einem Schreibtisch in der Ecke saß und grübelte, während zwei Arbeiter mit dem Wegräumen leerer Rahmen beschäftigt waren. In diesen kahlen Räumen war das Lager des ERR gewesen. Hier und dort standen noch Gemälde an die Wand gelehnt, solche, die dem ERR als zu unbedeutend erschienen waren. Der traurige Rest der Beute, die diese Verbrecher an sich gerissen hatten.

Nachdem sie sich begrüßt hatten, fragte Pauline: »Rita, du wirkst so nachdenklich. Stimmt etwas nicht?«

Rita winkte ab und erhob sich. »Ach, es ist nichts. Ich habe in der alten Post noch einen Brief aus München an Henkmann gefunden, der sich wohl mit dem Rückzug des ERR überschnitten hat. Es wurden drei Bilder angemahnt, obwohl sie laut Liste schon versandt worden waren, merkwürdig, oder?«

»Ist der Transport vom FFI abgefangen worden?«

»Nein, dieser nicht. Nur – vor zwei Monaten wurden Bilder versandt, ich habe selbst die Papiere fertig gemacht. Angeblich sind sie nie in Bayern angekommen. Seltsam.« Sie lächelte aufmunternd. »Was machen deine Nachforschungen?«

Nachdem Pauline ihre Bitte um eine Recherche ausgesprochen hatte, kehrten sie zum Jeu de Paume zurück. Rita schloss die Tür zu ihrem Büro auf und zog ein dickes Buch mit Ledereinband aus einem Regal hervor. Die Beklemmung, die Pauline beim Geruch des staubigen Miefs erfasst hatte, verflog.

»Du möchtest also wissen, wem der Raffael vorher gehört hat. Vor deinem Großvater.«

»Ja. Ich habe keinen Kunst-Almanach, da dachte ich an dich. Mir ist nämlich aufgefallen, dass ich gar nichts über den Raffael weiß. Da gab es wohl einen polnischen Fürsten.«

Rita hatte bereits einige Seiten umgeschlagen. Nach wenigen Minuten hatte sie die richtige Stelle gefunden.

»Hier: Prinz Adam Jerzy Czartoryski erwarb es in Italien. Er floh 1830 mit seinen Kunstwerken aus Polen nach Paris. Sein Sohn Wladyslaw machte sich 1876 wieder auf den Weg nach Polen.«

Pauline nickte. »Das passt. Ich habe gehört, dass ein Transportschaden am Bild war. Sicher hat der Fürst es an meinen Urgroßvater verkauft, weil er es nicht mehr mitnehmen wollte. Oder an Großvater, als er noch jung war. Opa hat zu mir gesagt, dass das Bild etwas Besonderes sei.«

»Halt.« Rita wandte sich ihr zu und wies auf die Buchseite. »Es erfolgte 1876 ein Verkauf des Bildes in Deutschland, Käufer unbekannt, es tauchte in keiner bekannten Sammlung auf.«

Pauline erschrak. »Was hat das zu bedeuten? In Deutschland? Es war doch hier, in Rambouillet, in Paris.«

»Mehr steht hier leider nicht. Hast du denn keinen alten Kaufvertrag gefunden? Oder eine Expertise?«

Pauline schüttelte den Kopf. Diese Unstimmigkeit störte sie. Hatte ihr Großvater sie belogen bezüglich des angeblichen Transportschadens? Oder erinnerte sie sich falsch?

»Ich gebe zu, gar nicht gesucht zu haben. Maman hat seine Dokumente aufbewahrt.« Sie nagte an ihrer Unterlippe. »Vielleicht kam es im Großen Krieg zu uns. Maman hat sich irgendwie seltsam verhalten, als wir darüber sprachen. Ich muss wissen, wie das alles abgelaufen ist, auch mit dem Verkauf an Rabinovich. Vielleicht bekommen wir so heraus, wo genau es gelandet ist und wer mit Pauls Tod zu tun hat.«

Sie hatte es auf einmal eilig. Jede Minute, die verstrich, war ein Rückschritt. Sie hatte nicht vergessen, dass sie sich in einem Wettlauf befand. Doch es war mehr als nur ein Duell mit einem deutschen Agenten. Erinnerungen stiegen in ihr auf: sie als Kind vor dem Porträt, eins mit dem jungen Mann. Großvaters freundliches Lächeln, die Wälder, das Landhaus, in dem sie glücklich gewesen war. Wer war Großvater wirklich gewesen? Woher hatte er dieses »besondere« Bild? Es sah ganz danach aus, als wäre er unrechtmäßig in dessen Besitz gekommen. Warum war ihre Mutter so blass geworden, als sie vom Raffael erzählt hatte?

So viel Ungewissheit, so viele Fragen. Bisher hatte Pauline gedacht, ihre Jugend wäre normal und geordnet verlaufen, doch nun quälten sie Zweifel. Sie hatte noch keine Zukunft, doch wenn ihr nun schon die schöne, sichere Vergangenheit abhanden kam, was sollte aus ihr werden? Sie musste mehr wissen, die Vergangenheit umwälzen und unter jedem Stein nachsehen. Ein Kribbeln machte sich in ihrem Kopf bemerkbar, ein erstes Anzeichen von Ungeduld. Sie konnte die Vergangenheit nicht mehr ändern – aber ihre Zukunft. Schnell verabschiedete sie sich von Rita.

»Ich melde mich, sobald ich mehr weiß«, rief sie noch über die Schulter und eilte zur nächsten Metro-Station.

*

Ricolet hatte Alphonse in seiner Mansarde aufgesucht. Der Geselle hatte sich seinem Aussehen nach wohl die Nacht um die Ohren geschlagen – hoffentlich in Ricolets Auftrag und nicht mit einem Liebchen. Wenn Brulait am vergangenen Tag etwas Außergewöhnliches getrieben hatte, würde er es jetzt erfahren. Er brauchte dringend eine neue Spur, eine neue Bestätigung für seinen Verdacht gegen den Kommissar. Ihm reichte es langsam. Der Anschlag auf ihn hatte seinen Verdacht bestärkt. Doch wenn er nur mit vagen Hinweisen vor seinen Kollegen dastand, würden sie ihm nicht helfen, und den Präfekten brauchte er erst gar nicht um ein Gespräch zu bitten.

»Monsieur Ricolet, es tut mir leid, es ist spät geworden.« Hastig knöpfte Alphonse sein Hemd zu und fuhr sich mit der Hand durch das fettige Haar.

»Warst du hinter Brulait her?«

Alphonse nickte. »Also, gestern Nachmittag nach der Arbeit ist er in eine Kirche gegangen. Er hat die Beichte abgelegt.«

»Du hast aber nichts verstanden, oder?«

Sein Spion war noch ein Anfänger, denn er sah empört auf. »Ich respektiere doch das Beichtgeheimnis, Monsieur Ricolet. Also, das dürfen Sie nicht von mir verlangen …«

»Schon gut. Und weiter? Wo war die Kirche?«

Alphonse leckte sich über die Lippen. »Das war die in der Rue Abbesses, auf dem *butte*.«

St. Jean du Montmartre, die Kirche, die er jeden Morgen sah, wenn er zur Metro ging. Was für ein kurioser Zufall.

»Und dann ging er weiter, zum Pigalle rauf. In einer Kneipe hat er sich in eine Ecke gesetzt und auf einen Mann gewartet. Der sah mir nicht ganz koscher aus. Sie haben getuschelt. Dann ist Brulait nach Hause gefahren. Er wohnt am Boulevard Voltaire. Da habe ich die halbe Nacht gewartet.« Er gestikulierte ungehalten. »Ich kenne die Plakate der Litfaßsäule jetzt auswendig. Er kam aber nicht mehr aus dem Haus. Als die Lichter um Mitternacht erloschen, ging ich heim.«

»Gut, ich danke dir für deine Mühe. Wie hieß denn die Kneipe?«

»Das war … das war …« Der angestrengte Gesichtsausdruck ließ nichts Gutes hoffen. Von schriftlichen Aufzeichnungen hielt

Alphonse offenbar nicht viel. Wahrscheinlich passte ein Schlachterbeil besser in seine Finger als eine Feder.

»*Merde*, ich weiß es nicht mehr! Aber ich kann Sie hinführen. Oder später noch mal nachsehen.«

»Ja, geh noch mal hin, wenn du Zeit hast.«

»Ich hab ja nichts zu tun. Manchmal frage ich, was Madame Cortulet so macht.«

»Du vermisst deine Arbeit?« Ricolet war ein wenig gerührt über den traurigen Blick Alphonses auf seine Pantoffeln aus Tweed.

»Ja. Und ich weiß, dass ich sie lange nicht mehr machen kann. Ich werde als Mitwisser in den Knast kommen, nicht wahr?«

Er legte eine Hand auf Alphonses Schulter. »Wir werden sehen.«

Und mit einem Mal wusste er wieder, was er seine Kollegen hatte fragen wollen. Es hatte etwas mit dem Gefängnis zu tun.

*

Pauline saß am Schreibtisch ihres Großvaters. Da ihre Mutter ausgegangen war – weiß Gott, wen sie in diesem unbekannten Viertel besuchen wollte –, hatte sie den Pappkarton mit den Dokumenten ihres Großvaters, der stets im Kleiderschrank ihrer Mutter lagerte, ausgekippt und die Papiere durchgesehen. Alte Kladden mit Rechnungen hatte sie zerpflückt, Schreiben von Gläubigern gelesen. Der Kunsthandel hatte ihrem Großvater in den späten Jahren nichts mehr eingebracht. Ob sein Elan verschwunden war, mit dem er sonst das Geschäft betrieben hatte?

Das Landgut war verkauft worden. Ebenso fand sie Kaufverträge über die Bilder. Gespannt hatte sie die Luft angehalten und den einen Vertrag gesucht, der das Porträt betraf. Doch nirgendwo stieß sie auf einen Vertrag mit dem Namen des Käufers Rabinovich. Ein Gros, drei Delacroix, zwei Huet – ihr Großvater hatte die Romantiker gemocht. Es fanden sich nur zwei Realisten und zwei Impressionisten. Dazu ein Kees van Dongen und ein Bild von

Salvador Dalí, den sie nicht kannte. All diese Bilder waren im Jahr 1938 verkauft worden, die letzten Gemälde aus seinem Besitz.

Im gleichen Jahr war er zu ihnen nach Paris gezogen, in das Stadtpalais, das Paulines Vater Raoul Drucat gehört hatte. Dann Großvaters Schlaganfall, seine Verwirrtheit, sein Tod im Jahr 1939. Das Palais war wieder einmal leer gewesen, nur sie und ihre Mutter hatten noch darin gewohnt. Bis Maman wegen der herrschenden Unsicherheit – oder wohl eher wegen der Lebensmittelknappheit – allein in die Auvergne zu einer ihrer Schwestern, Tante Virginie, gezogen war. Tante Josette dagegen wohnte in Paris, ihre Mutter und sie verstanden sich allerdings nicht besonders. Pauline hatte sie seit Jahren nicht mehr gesehen; eine gewisse Scheu hatte immer verhindert, dass sie sie besuchte. Und nun warteten sie immer noch auf einen Käufer für das leere Stadtpalais, das sie im Winter nicht mehr hatten beheizen können. Die Banken drängten, denn ein Berg Schulden wartete darauf, aus dem Erlös des Hausverkaufs beglichen zu werden.

Pauline sah sich um. Die Gardinen aus dem Palais hingen nun in diesem kleinen Salon und drohten, ihn zu erdrücken. Im Grunde war es ihr egal, wo sie wohnte. Es musste nur behaglich und günstig sein. Doch welch ein Abstieg für ihre Mutter, die das Leben in einem reichen Elternhaus und später an der Seite eines wohlhabenden Chemiefabrikanten gewohnt war. Erst als Paulines Vater 1936 gestorben war, hatte sich herausgestellt, dass die Firma am Rande des Bankrotts gestanden hatte. Oh ja, das Bild brachte allen, die damit in Verbindung standen, Unglück.

Sie legte die Zettel und Ordner wieder in den Karton zurück und stellte ihn neben den Schreibtisch. Als sie sich aufrichtete, stieß sie sich den Kopf an der Ecke. Mit einem verärgerten Aufschrei trat sie gegen eine Schublade. Der Tabernakel-Sekretär aus Nussbaum war alt und aufwendig mit Intarsien geziert. Das Holz schimmerte warm, und mit einem Mal fiel ihr ein, dass ein solch altes Stück aus der Barockzeit doch sicher ein Geheimnis barg.

Ein Geheimfach, einen doppelten Boden oder Ähnliches. Diskrete Vorgänge hätte Großvater sicher dort aufbewahrt. Er hatte schon immer Geheimnisse, Rätsel und Scharaden geliebt und jedes Gemälde stundenlang auf eine tiefere Symbolik hin überprüft. Wenn es ein solches Versteck gab, hatte er sicher durch seine Demenz vergessen, die Familie darin einzuweihen.

Doch Pauline wollte nicht aufgeben. Das Gemälde hatte sie durch die Machenschaften des ERR verloren. Die Spur des Raffaels verlor sich bei einem dubiosen Kunsthändler. Die Herkunft des Bildes verlor sich in Deutschland. Es musste doch mit dem Teufel zugehen, wenn nicht irgendwo ein Hinweis existierte, dem sie folgen konnte.

Pauline bückte sich und betastete den Tisch von außen. Sie fuhr mit den Fingerspitzen jede Ecke entlang, doch es ließ sich weder eine verräterische Spalte noch ein geheimer Riegel finden. Sie hockte sich vor den Tisch, maß die Tiefe der Schubladen und tastete die Böden ab. Und tatsächlich – in der rechten unteren Schublade spürte sie, dass der Boden unter dem Druck ihrer Hand federte.

Sie sah sich den Griff der Lade an. Im Gegensatz zu den anderen Griffen war dieser nur mit einer Schraube, die in der Mitte der Messingplatte steckte, angebracht, die anderen waren mit zwei Schrauben befestigt. Sie drehte den Griff und ruckelte ein wenig daran. Mit einem Klicken sprang plötzlich der Boden der Lade hoch, sodass sie ihn anheben konnte. Eine dünne Kladde lag dort, gebettet in graue Staubflusen. *Für Pauline 03.07.1923* stand auf dem Deckel. Sie spürte, wie ihr die Luft wegblieb und eine Hitzewelle von ihr Besitz ergriff. Würde sie nun das Rätsel des Bildes lösen können?

*

Die Zelle im Knast wartete auf den Massenmörder Petiot, doch hatte der sich bislang erfolgreich verbergen können. Nachdem das Krematorium mit den entsprechenden Leichenteilen in der Rue le Sueur entdeckt worden war, hatte sich allerdings die Aufmerksamkeit der Pariser mehr dem Kampf um ihre Stadt zugewandt.

Warum hatte Ricolet nicht früher daran gedacht? Erst beim Gespräch mit Madame Pigot war ihm der Gedanke gekommen, auch wenn die Dame es nicht hatte glauben wollen. Es war eine einleuchtende Theorie: Rabinovich war geflohen, vielleicht hatte er das nicht allzu große Bild als Geldquelle verwenden wollen und im Koffer mitgenommen. Und Petiot, der sich als Fluchthelfer getarnt hatte, hatte ihn reingelegt. Die bei den Durchsuchungen entdeckten Koffer seiner Opfer stapelten sich am Quai des Orfèvres.

Was wäre, wenn …

Petiot, das war die Lösung! Der Massenmörder und die Koffer, sie konnten die Bindeglieder sein zwischen einem verschwundenen Juden und einem Kommissar, der sich mit einem Kunsthändler traf. Wenn seine Kollegen diese Annahme absegneten, konnte er weitermachen.

In schnellen Sprüngen nahm er die Treppe zu seinem Büro und schnaufte belustigt auf. Da hatte er anfangs bedauert, nicht im Petiot-Fall ermitteln zu dürfen, und nun steckte er quasi mittendrin.

Er traf Dulac und Moronde auf dem Flur und unterdrückte seine Erregung. Die Inspektoren würden ihn für verrückt erklären, wenn er jetzt mit wedelnden Armen um sie herumsprang.

»Ricolet, wohin so eilig? Haben Sie Ihren Fleischergesellen gefunden?« Dulac winkte ihm zu. »Kommen Sie, wir gehen in die Brasserie.«

Nur zu gern schloss sich Ricolet den Männern an. Sie verließen das Gebäude, überquerten die Brücke und steuerten schließlich eine kleine Eckkneipe mit Blick auf die Seine an. Er freute sich. Durch seinen Wutausbruch hatte er sich tatsächlich bei den Inspektoren Respekt verschafft, denn sie gaben sich freundlich und unbefangen. Moronde bot ihm sogar eine Zigarette an, die er doch sonst so geizig im Auge behielt.

Nachdem sie sich Bier bestellt hatten, drückte Ricolet die Kippe aus und atmete tief die warme Luft ein. Pferdeäpfel schmorten in der Sonne vor sich hin, ab und zu fuhr ein Auto vorbei, und tatsächlich tuckerte gerade eine Péniche den Fluss hinauf. Wie sollte er beginnen? Er konnte doch nicht mit der Tür ins Haus fallen.

»Gibt es etwas Neues?«, fragte Moronde und betrachtete sehnsüchtig das Tablett, das der Kellner nun zu ihnen trug.

»Nun ja, das wollte ich Sie eigentlich fragen. Gibt es Neuigkeiten über Petiot?«, tastete er sich vor.

»Nicht wirklich. Jedermann tritt auf der Stelle. Wir mussten im Juli sogar seine mutmaßlichen Komplizen wegen unzureichender Beweise wieder auf freien Fuß setzen. Der Kerl ist ein Fuchs«, antwortete Dulac. »Warum interessiert Sie das?«

»Es geht um den toten Deutschen. Den ERR-Mann.« Nun war der Anfang gemacht. Ricolet nahm einen großen Schluck vom Bier, denn er fühlte sich fiebrig und hatte Durst. Der Streifschuss forderte seinen Tribut.

Moronde seufzte laut und verdrehte die Augen.

»Hören Sie.« Ricolet rückte seinen Stuhl näher an den Tisch heran. »Ich habe Grund zu der Annahme, dass der ERR-Mann wegen eines Bildes ermordet wurde. Ein Bild, das Hitler gern haben möchte. Und dieses Bild gehörte einem Juden namens Rabinovich. Er wohnte bis zum April 1943 in der Rue de Rivoli.«

»Woher wissen Sie das alles?«

»Von meiner Zeugin, die den toten Mann identifiziert hat. Sie hat beim ERR spioniert.«

Die beiden Inspektoren sahen sich überrascht an.

»Sieh mal einer an. Nicht nur heißblütig, sondern auch ein Leisetreter. Sie überraschen mich immer mehr«, sagte Dulac. »Weiter.«

»Dieser Jude ist im April 1943 mit einem gepackten Koffer verschwunden. Doch niemand hat eine Ahnung, wo er jetzt sein könnte. Es kam angeblich eine Karte aus Südamerika, doch ob er wirklich geflohen ist, weiß niemand. Und Sie wissen so gut wie ich, dass Petiot als Fluchthelfer getarnt seine Opfer gefunden hat. Reiche Opfer, Menschen, die sich eine Flucht leisten konnten.«

»Sie meinen, Petiot hat den Juden ermordet, das Bild an sich gebracht und es dem ERR angeboten, in der Hoffnung auf ein hübsches Belohnungsgeld?«

»Nein, dann wäre es schon längst nicht mehr im Jeu de Paume gewesen. Meine Zeugin hat das Bild aber vor wenigen Wochen dort gesehen.«

»Fakt ist, dass Petiot im Mai 1943 von der Gestapo aufgegriffen und verhaftet wurde. Er wurde gefoltert. Mit denen hätte er dann ja wohl kaum Geschäfte gemacht – es sei denn, seine Tätigkeit war es, wofür die Nazis ihn haben laufen lassen. Quasi sein Lösegeld.«

Ricolet schüttelte den Kopf. »Wie gesagt, das ist alles lange her. Das Bild wäre längst in Deutschland gewesen. Warum taucht es dann in diesem Sommer wieder im Jeu de Paume auf?«

Es ging ihm nur in zweiter Linie um Petiot. Der Massenmörder hatte das Bild nicht entdeckt, davon ging Ricolet aus. Vielleicht war das Bild in einem Koffer mit doppeltem Boden versteckt gewesen. Oder er hatte schlichtweg nicht seinen Wert erkannt.

»Also, meine Frage ist, wie konnte das Bild aus einem Koffer zu einem gewissen Kunsthändler kommen?«

Er hatte das Wort »Koffer« besonders betont. Vielleicht verstanden seine Kollegen, ohne dass er mehr erklären musste. Doch sie schwiegen. Dulac schüttelte den Kopf und trank sein Glas leer.

Ricolet setzte nach: »Was, wenn Petiot das Bild im Koffer übersehen hat oder wenn es ihn nicht interessiert hat?«

»Und dann?«, fragte Moronde missmutig. Dann dämmerte es ihm. »Was, wenn ein *Polizist* den Koffer hier auf dem Präsidium untersucht und das Bild gefunden hat? Wollten Sie das sagen?«

»Ja, genau das. Sie erinnern sich an Ihre Wette in diesem Fall?«

Dulac runzelte die Stirn. »Herrgott, Sie glauben, *Brulait* habe das Gemälde in einem der Koffer bei uns gefunden? Sie glauben, er hat den Fall so schnell abgeschlossen, weil er mit diesem toten ERR-Mann wegen des Bildes in Verbindung stand?«

Ricolet grinste und rieb sich die Hände.

»Zut!«, rief Moronde und stützte den Kopf ab, als sei er zu schwer geworden.

Einige Sekunden lang herrschte Stille. Ricolet betrachtete die nachdenklichen Gesichter seiner Kollegen, die offensichtlich nach und nach die Teile seines schönen Puzzles zusammensetzten.

»Beweisen Sie mir das Gegenteil.«

Er reckte sich, fühlte sich frisch und voller Tatendrang. Sie alle hockten um den Tisch herum wie Verschwörer, obwohl er sich eher wie einer der drei Musketiere fühlte. Eine Kolonne von amerikanischen Jeeps brauste auf der Straße vorbei, was Ricolet immer noch aufregend fand und keinesfalls alltäglich. Er hatte das Gefühl, Zeuge eines Umbruchs zu sein. Das, was in Paris passierte, brach sich ins Kleinste herunter bis zu seinem Arbeitsplatz.

»Unterschlagung von Beweismitteln«, sagte Dulac.

»Strafvereitlung, Bereicherung«, ergänzte Moronde.

»Mordversuch«, rief Dulac und schien zu begreifen, was es mit dem Angriff auf Ricolet auf sich hatte.

»Mord«, sagte Ricolet leise und dachte an Henkmann.

Seine Kollegen starrten ihn mit großen Augen an.

*

Das Rätsel löste sich nur teilweise. Die Kladde enthielt ein Dokument, mit *Expertise* betitelt, darunter stand der Titel des Bildes. Auf Deutsch! *Porträt eines jungen Mannes von Raffael da Urbino.* Mit zitternden Händen schlug sie die erste Seite auf.

Der Text stammte aus dem Jahr 1910. Sie konnte nichts mit dem Inhalt anfangen, da sie ihn nicht verstand. Sie würde Rita die

Mappe bringen müssen, denn sie konnte besser Deutsch lesen als Pauline.

Es gab eine weitere deutsche Urkunde. Pauline klammerte sich an die Reihenfolge der Buchstaben und murmelte vor sich hin: »Schen-kungs-urkunde«.

Das hatte sie verstanden! Sie schlug das erste Blatt auf. *Schenker* und *Beschenkter* – auch das verstand sie. Ein jüdischer Name: Aaron Waldberg, er war der Schenker. Der Beschenkte war ein Mann namens Felix Steinmann aus Köln. Sie musste eine Weile überlegen, bis ihr klar wurde, welche Stadt gemeint war.

Sie durchsuchte hastig die Zeilen nach einem weiteren bekannten Wort: da! *Raffael da Urbino.* Es ging um das Bild, es war der Gegenstand der Schenkung. Das Datum am Ende der Urkunde: 3. Januar 1935.

Pauline zuckte zusammen. Dieses Jahr hatte ihre Mutter genannt. Hatte das Bild also gar nicht Großvater gehört, sondern einem Monsieur Steinmann? Mit jedem Blatt, das sie las, taten sich neue Überraschungen auf. Sie leckte sich über die Lippen, nahm wieder die Expertise zur Hand und suchte nach dem Namen des Auftraggebers. Dort, auf der unteren Hälfte der ersten Seite, fand sie den Namen Jakob Waldberg. Vielleicht war das der ursprüngliche Käufer des Bildes gewesen. Ein deutsch-jüdischer Käufer, der das Bild dem polnischen Fürsten abgekauft hatte und später eine Expertise anfertigen ließ.

Doch wer war Felix Steinmann? Wieder legte sie das Dokument fort, um das nächste zur Hand zu nehmen. Endlich ein Brief, ohne Poststempel. Mit weit aufgerissenen Augen betrachtete sie den Umschlag. Sie konnte es kaum glauben: Er war an ihren Großvater gerichtet. Ungeduldig entfaltete sie das Blatt Papier. Datiert war der Brief vom 18. Juli 1935. Die Unterschrift: Felix Steinmann! Der unbekannte Deutsche hatte ihrem Großvater geschrieben, auf Französisch! Sie überflog die ersten Zeilen und erkannte, dass er nicht ganz trittfest in der Rechtschreibung gewesen war. Und doch verrieten die Worte eine gewisse Bildung. Die Buchstaben tanzten vor ihren Augen, und sie musste sich kurz sammeln, um den Sinn des Inhaltes zu erfassen:

Sehr geehrter Monsieur Bouquet,
wie bereits besprochen, überlasse ich Ihnen Raffaels »Porträt eines jungen Mannes« als Schenkung. Ich hoffe, dass sich meine Beharrlichkeit auszahlt und das Bild eines Tages dazu führen wird, Unabhängigkeit und Sicherheit zu erlangen, wenn ich schon nicht auf andere Weise meine Pflicht erfüllen darf. Behandeln Sie den Vorgang diskret, die betreffende Person darf nichts von unserer Übereinkunft erfahren. Möge das Bild ein besseres Schicksal erfahren als sein ehemaliger Besitzer.
Hochachtungsvoll, Felix Steinmann

Pauline ließ das Blatt sinken. Sie saß immer noch auf den Holzdielen und lehnte nun ihren Kopf an den Schreibtisch, der nach Politur roch. Sie hatte nicht viel verstanden. Nur, dass ihr Großvater legaler Besitzer des Bildes gewesen war. Es lag noch ein weiteres Blatt im Umschlag: eine kurze, formlose Schenkungserklärung. Und diese reichte aus, um eine gewisse Erleichterung zu verspüren.

Letztendlich war es ihr egal, um welche Pflichten und Übereinkünfte es Monsieur Steinmann gegangen war. Vielleicht hatte er Schulden bei Großvater gehabt aus früheren Geschäften, das war noch die plausibelste Erklärung. Dass Großvater sich lieber ein Bild erbeten hatte als einen Scheck, war typisch für ihn. Und die »betreffende Person« war womöglich ein anderer Interessent für das Bild gewesen. Großvater und Steinmann konnten sich schon vorher kennengelernt haben, im Großen Krieg vielleicht, denn er war mit seinem Stab in Belfort im Elsass gewesen.

Der Hinweis auf das Schicksal des Vorbesitzers war klar: Waldberg war Jude, und die hatten schon 1935 genug unter den täglichen Repressalien in Deutschland zu leiden gehabt. Sie wurden schikaniert, man durfte nicht in jüdischen Warenhäusern einkaufen, und jüdische Lehrer und Beamte wurden entlassen. Gab es nicht sogar diese kruden Blutschutzgesetze? Sicher hatte Waldberg fliehen müssen und das Bild deshalb Steinmann überlassen. Warum genau diese Schenkung? Hatte Steinmann ihn vielleicht dazu gezwungen und gab sich jetzt als Menschenfreund? So, wie der ERR und die Deutschen überhaupt mit den Juden umgingen, war das eine Möglichkeit, die sie in Betracht ziehen musste. Die Besatzer hatten selbst in Paris gezeigt, was sie von jüdischen Mitbürgern hielten. Und nun stand das Bild als Zeichen für die Unterdrückung eines ganzen Volkes. Ihr wurde mulmig zumute.

Sie wandte sich wieder der Schublade zu, doch sie war nun leer. Sie fand einfach keine Rechnung über den Verkauf des Bildes an Rabinovich. War der Handel etwa ohne Nachweis über die Bühne gegangen? An der Steuer vorbei? Diese Möglichkeit bestand. Doch warum hatte Großvater dann nicht die so wichtige Expertise mitgegeben? Und vor allem: Warum war die Kladde für sie gedacht?

Für Pauline 03.07.1923. Handelte es sich um ihr Erbe, das er dann in seiner Not hatte verkaufen müssen? Oder hatte Rabinovich das Bild nur aufbewahrt?

Je länger sie nachdachte, desto mehr Fragen tauchten auf. Und das war nicht der Sinn dieser Nachforschung gewesen. Enttäuscht legte Pauline die Unterlagen – bis auf den Brief – wieder in das Versteck zurück. Ihre Beine schmerzten. Sie erhob sich unbeholfen vom Boden und sah aus dem Fenster, ohne etwas wahrzunehmen. Als sie das Klirren eines Schlüssels im Schloss hörte, zuckte sie zusammen. Sie drehte sich um und setzte ein Lächeln auf, das so falsch war wie das Lächeln der Mona Lisa.

*

»Das gibt es nicht!« Dulac ließ seine Hände auf die Schenkel fallen. »Sind Sie verrückt? Es kann doch sein, dass jemand anderes das Bild aus dem Koffer genommen hat. Ein Komplize von Petiot. Oder dieser Jude hat einen echten Fluchthelfer gefunden, der es dann an sich genommen hat. Oder es war gar nicht im Koffer, sondern die Putzfrau hat es aus dem Haus gestohlen.«

»Und auf dem Kunstmarkt angeboten? Ich bitte Sie.« Ricolet schüttelte den Kopf. »Warum sollte Brulait mich, einen Frischling, erst auf den Fall ansetzen, dann aber wieder zurückpfeifen, als ich plötzlich eine Zeugin anschleppe? Weshalb hat er die Leiche des Mannes so schnell beerdigen lassen und mich quasi dafür getadelt, dass meine Zeugin den Toten kannte?«

»Das hat er getan?« Moronde sah ihn verwundert an.

»Ja. Meine Zeugin konnte ihn nur noch anhand der Beschreibung einer Brandnarbe identifizieren. Und warum ist die Akte plötzlich von meinem Schreibtisch verschwunden? Warum hat Brulait einen zwielichtigen Genossen am Pigalle getroffen? Wieso schießt kurz danach ein Mann auf mich, der mich wahrscheinlich nach der Arbeit beschattet hat? Aber was wir zuerst herausfinden müssen: Ist Rabinovichs Koffer wirklich auf dem Präsidium? Ohne dieses Wissen brauchen wir nicht weiterzumachen. Wenn der Koffer nicht da ist, werde ich Brulait als unschuldigen Mann bezeichnen.«

Das war hoch gepokert, doch er wollte das Risiko eingehen. Nur mit seiner Theorie konnte er sich das Misstrauen Brulaits erklären und die Angst, die er in seinen Augen gesehen hatte.

»Hm, das Lager …«, sagte Moronde und sah Dulac fast beschwörend an. Dieser sah auf die Uhr und nagte an seiner Unterlippe.

»Was ist?« Ricolet verstand das Mienenspiel der beiden nicht.

»Nun, Brigadier Durancon geht gleich in die Mittagspause«, sagte Dulac mit leiser Stimme und sah ihm tief in die Augen. »Und die dauert mehr als eine Stunde.«

Eine Hitzewelle raste durch Ricolets Körper, er konnte sein Glück kaum fassen. Der Brigadier saß in einem Büro vor dem Zimmer, in dem die Koffer von Petiots Opfern aufbewahrt wurden. Er hatte schon halb gewonnen und seine Kollegen so neugierig gemacht, dass sie ihm bei der Suche nach Rabinovichs Hab und Gut helfen wollten.

»Das … das heißt?«, stammelte er.

»Das heißt, dass wir jetzt zurückmüssen. Ich werde das schon regeln.« Dulac erhob sich und warf einige Francs auf den Tisch.

*

Nur fünf Minuten später hörte Ricolet durch den offenen Spalt der Tür, wie Dulac auf den Brigadier einredete: »Ich brauche eine Weile, um einer Spur nachzugehen. Ein neues mögliches Opfer, Sie wissen schon … Gehen Sie ruhig, Durancon, ich passe auf, bis Sie wieder da sind.«

Nach einer Weile hörte er, wie der Beamte durch einen anderen Ausgang in die wohlverdiente Pause ging. Auf der Stelle schob er die Tür auf, Moronde folgte ihm in das Büro.

Dulac stand in der Tür zum Kofferlager und winkte sie heran. »Eine Stunde haben wir. Los jetzt.«

»So einfach ist das?« Ricolet konnte kaum begreifen, wie nachlässig mit den Beweismitteln in einem Fall von Serienmord umgegangen wurde.

»Wieso?« Moronde runzelte die Stirn.

»Na, wenn jeder hier so ein- und ausgehen kann, könnten schon so einige belastende Dinge entfernt worden sein, oder?«

»Dafür ist doch Durancon da. Er sitzt hier und notiert sich die Besuche.« Moronde sah sich im Raum um, in dem es nach altem Leder roch.

»Ja, aber Papiere oder kleine Gegenstände, die kann man leicht herausschmuggeln.«

Ricolet legte die Hand auf die Schnalle eines Koffers. Ihm war, als spüre er den Hauch des Todes am kühlen Messing. So viele Koffer, er konnte auf den ersten Blick nicht erfassen, wie viel Gepäck hier lagerte. Und überhaupt, wie sollten sie herausfinden, welcher Koffer Rabinovich gehörte?

»Moronde, hören Sie: Gehen Sie in die Rue de Rivoli 120 und bitten Sie die Concierge Madame Pigot zu uns. Sie kannte die Wohnung und den Besitz des Juden. Wenn uns jemand helfen kann, dann ist sie es. Schnell, nehmen Sie einfach ein Auto.«

Moronde gehorchte und verschwand mit einer Schnelligkeit aus dem Raum, die nur schlecht zu seiner behäbigen Körperfülle passte. Dulac hatte inzwischen drei Koffer geöffnet und die Deckel zurückgeschlagen.

»Damenwäsche, diese Koffer fallen weg, wir schieben sie unter das Fenster hier.«

Es gab natürlich keine Kofferanhänger oder anderen Dinge, die auf die Identität der Flüchtenden hinwiesen. Fluchthelfer bestanden auf absolute Diskretion, denn niemand durfte erfahren, wer sich auf den Weg ins Ausland machte.

Eine halbe Stunde lang sortierten sie das Gepäck, schoben nicht benötigte Koffer beiseite und begutachteten die Anzüge und Schuhe der männlichen Opfer in der Hoffnung, den Kleidungsstil eines älteren jüdischen Kunstliebhabers zu identifizieren. Sie arbeiteten hastig und doch effizient, sodass der große Raum bald von zwei Reihen aufgeschlagener Koffer durchzogen war. Markante Kleidungsstücke wie feine Hemden oder auffällige Jacketts hatten sie zuoberst gelegt, auch Schlafanzüge und Krawatten.

Bei jedem Schritt, bei jedem Türschlagen auf dem Flur zuckte Ricolet zusammen. Staub tanzte durch die helle Luft. Manchmal wischte er sich den Schweiß von der Stirn. Er fühlte sich schwach, das Fieber war offensichtlich gestiegen. Doch er durfte jetzt nicht schlappmachen. Auch Dulac hatte das Jackett abgelegt und die Ärmel hochgekrempelt. Beim Anblick von Fotos und anderen persönlichen Dingen lief Ricolet ein Schauder über den Rücken. Die Verzweiflung, die diese Menschen gefoltert haben musste, konnte er nur erahnen. Sie hatten einfach nur fortgewollt und auf eine sichere Flucht gehofft. Doch sie waren in Petiots Netze geraten. Und nun waren sie höchstwahrscheinlich tot, ihre Körper verbrannt oder von Löschkalk zerfressen. Was war in diesem Mörder Petiot vorgegangen, den Zeugen als charmant, intelligent und brillant beschrieben hatten? Liebte er die Herausforderung oder war ihm an dem Geld gelegen, das er aus seinen Opfern herausgepresst hatte? Als Arzt musste er doch genug verdient haben, um ein sorgenfreies Leben führen zu können.

»Ich habe übrigens gehört, dass oft Postkarten von Flüchtlingen bei ihren Familien angekommen sind, und man hat trotzdem nie mehr etwas von ihnen gehört.« Dulacs Stimme klang dumpf und schnaufend aus dem Wust der Gepäckstücke. »Petiot hat vermutlich diese Postkarten von halb betäubten Opfern schreiben lassen und an die Familien geschickt, um sie in Sicherheit zu wiegen.«

»Das passt zu der Karte von Rabinovich«, sagte Ricolet und schüttelte den Kopf. Mit welcher Perfidie dieser Mörder vorgegangen war …

»Sehen Sie mal«, sagte Dulac plötzlich.

Ricolet trat an vier Koffer heran, deren Innenfutter säuberlich aufgeschnitten worden war.

»Sieht so aus, als hätte man hier ganz genau aufgepasst, um nichts vom Inhalt zu übersehen.«

»Stimmt. Ein Damenkoffer und drei Herrenkoffer. Ob Petiot das gemacht hat?«, fragte Ricolet.

»Keine Ahnung.«

Als die Tür knarrte, schrak Ricolet zusammen. Madame Pigot trat ein. Sie hatte sich zurechtgemacht, trug ein mausgraues Kostüm und eine passende Handtasche. Sowohl sie als auch Inspektor Moronde waren ein wenig außer Atem.

»*Mon Dieu*, Herr Inspektor, was soll ich denn nun herausfinden?«, fragte sie hilflos, nachdem er ihr die Hand geschüttelt hatte.

»Hier sind die Koffer von Petiots Opfern«, erklärte er und machte eine ausholende Handbewegung.

Die Frau hielt sich den Kragen am Hals zusammen und sah sich mit erschrockenem Gesicht um.

»Sie müssen uns helfen, Madame. Rabinovichs Koffer könnten unter all diesen sein.«

»Aber, das sind ja – Hunderte.«

»Nicht ganz«, korrigierte Dulac. »Es sind sechsundsiebzig Koffer. Das schaffen wir. Ich kann Durancon noch etwas hinhalten. Er ist mir noch einen Gefallen schuldig.«

»Kommen Sie, Madame, haben Sie keine Angst. Den Besitzern dieser Koffer geht es jetzt wahrscheinlich besser als uns allen hier«, versuchte Ricolet die Concierge zu trösten und führte sie an die erste Reihe heran.

Bald ließ Madame Pigot ihre Handtasche auf dem Boden stehen und bückte sich, um in den Koffern zu suchen. Gespannt sahen Ricolet und Dulac zu, während Moronde an der Tür Wache hielt.

Endlich kam sie zu den Koffern mit dem zerstörten Innenfutter. Sie stutzte, hockte sich auf die Knie und strich mit einem Wehlaut über ein Hemd.

»Hier, sehen Sie. J. R., seine Initialen!« Sie hielt ein Hemd in die Höhe und wies auf die gestickten Buchstaben am unteren Saum. »Und diesen Schlafanzug hier hat er geliebt. Er ist aus reiner Seide. Ich musste immer gut darauf aufpassen.«

Der dunkelblaue Stoff schimmerte. Ricolet musste schlucken, dann atmete er tief ein.

»Das ist also Rabinovichs Koffer?«

Ihm kam es seltsam vor, hier vor dem letzten Besitz eines Mannes zu stehen, der ihm wegen des Gemäldes so leibhaftig erschien. So stumm der Koffer auch war, Ricolet konnte deutlich die Tragödie des Rabinovich aus ihm heraushören. Ja, aus all diesen Koffern schienen sich plötzlich Stimmen zu erheben, die immer lauter wurden und anschwollen, wie der Chor in einer griechischen Tragödie.

»Ja. Es gibt keinen Zweifel.« Madame Pigot schluchzte mit einem Mal auf und hielt sich die Hand vor die Augen, bevor sie in ihrer Handtasche nach einem Taschentuch kramte.

»Pardon, aber es ist so …«, schnaufte sie. »Der arme Mann, *mon Dieu*, der arme Mann.«

»Wissen wir, ob Petiot auf dem Kunstmarkt mitmischte?«, fragte Ricolet leise, während sich Madame Pigot schnäuzte.

»Es gibt keine Anzeichen dafür. Ihm ging es um Geld und Schmuck, Dinge, die gut und schnell zu verkaufen sind«, antwortete Dulac. »Aber auch um wertvolle Möbel. Hm, ein Gemälde hätte er sicher nicht verschmäht. Aber wenn hier wirklich ein Bild im Koffer war, war es vom Rahmen gelöst und zusammengerollt. Die Qualität dürfte gelitten haben.«

»Stimmt. Und in Petiots Wohnung oder in der seines Bruders oder seiner Komplizen hat man keine weiteren Bilder gefunden, oder?«

»Ich glaube nicht. Wie groß ist der Raffael eigentlich?«

»Wie groß Monsieur Raffael war, weiß ich nicht, aber das Bild ist nur sechsundsiebzig mal sechzig Zentimeter.«

Dulac verdrehte die Augen, und Ricolet fuhr fort: »Passende Größe für einen Koffer. Es besteht also die Möglichkeit, dass im Koffer versteckte Gegenstände erst bei der Polizei entdeckt worden sind.«

»Natürlich. Aber Petiot könnte Bilder auch verbrannt haben, um Spuren zu deren Besitzer zu verwischen.«

Ricolet seufzte. Wenn es nur einen Beweis gäbe, dass sich jemand vom Präsidium an den Koffern zu schaffen gemacht hatte. Wie es aussah, waren sie zwar weitergekommen, hatten aber nach wie vor keine Handhabe gegen einen gierigen Beamten mit langen Fingern. Brulait konnte nicht überführt werden.

Doch was, wenn er ihm eine Falle stellte?

Ricolet bat seine Kollegen, die Koffer zu verschließen und vorerst so zu verstauen, dass niemand Verdacht hegte. Da Moronde helfen konnte, waren die Koffer innerhalb einer Viertelstunde wieder in Ordnung gebracht. Ricolet führte Madame Pigot hinaus und bedankte sich herzlich für ihre Unterstützung. Diese seufzte nur leise und ging niedergeschlagen davon.

Dulac wartete noch auf Brigadier Durancon, während Moronde und Ricolet ins Büro zurückkehrten. Er hörte Stimmen aus dem Büro des Kommissars. Immer noch nagte die Ungewissheit an ihm, gemildert durch eine tiefe Dankbarkeit, als ihm bewusst wurde, dass er seine Kollegen überzeugt hatte. Jetzt fehlte nur noch ein Geistesblitz.

»Was ist mit Fingerabdrücken? Wir haben die von Brulait. Wenn diese auf dem Koffer sind …«

»… kann das eine ganz normale Erklärung haben«, führte Moronde den Satz zu Ende. »Brulait hat damals geholfen, sie reinzutragen. Ich übrigens auch.«

»Die Besucherliste, die Durancon führt …«, schlug Ricolet vor.

»Was wollen Sie damit? Völlig nutzlos. Brulait könnte hundert Mal drin gewesen sein, es wäre egal.«

»Merde«, murmelte Ricolet und stemmte die Hände in die Hüften, als er am Fenster stand und auf die glatte Oberfläche der Seine sah. Er ließ seine Gedanken mit dem Fluss treiben. Ursache und Wirkung. Aktion und Reaktion. Das Werfen eines Steines konnte weite Kreise auf dem Wasser ziehen. Ein Auslöser könnte die missliche Beweislage verändern.

»Und wenn wir ein Gerücht streuen, das ihn dazu bewegt, die Koffer von Rabinovich noch einmal zu untersuchen oder gar verschwinden zu lassen …«

Sein Kollege sah zu ihm auf und wiegte den Kopf. »Dann wüssten wir, dass er diesen Koffer sehr genau kennt. Könnte klappen. Woran haben Sie gedacht?«

Ricolet nahm eine Wanderung auf, vom Fenster zu seinem Schreibtisch und wieder zurück. Hin und her, immer wieder. Dies waren die Momente, für die er den Beruf des Polizeibeamten ergriffen hatte. Seine Gedanken rasten wie im Fieber, seine Nerven waren zum Zerreißen gespannt.

»Ich könnte von der Concierge etwas erfahren haben. Lassen Sie mich mal ein bisschen spielen.« Er sah kaum hin, als Moronde Dulac, der eingetreten war, heranwinkte. Zu sehr nahmen die Bilder, die sich in seinem Kopf abspielten, Fahrt auf. Er sah Brulaits Gesicht vor sich, sein Misstrauen, seine Sorge, etwas übersehen zu haben. »Es muss etwas mit dem Bild zu tun haben. Ja, ich hab's!« Die Eingebung war klar und deutlich, der Plan einfach. »Ich hole Madame Pigot zurück. Wir brauchen sie!« Mit einem Satz war er an der Tür, doch dann drehte er sich um und lächelte. »Danke, Jungs. Ihr seid die Besten.«

Im Gehen hörte er noch Morondes Brummen: »Sie bringen uns noch alle in Schwierigkeiten.«

*

Auguste Brulait verließ sein Büro durch das Zimmer der Inspektoren. Dulac tippte auf der Schreibmaschine herum. Moronde und Ricolet waren nicht zu sehen, was mal wieder typisch war: Der Arbeitstag neigte sich schließlich dem Ende entgegen. Auf den Fluren war es still geworden, jedermann saß wohl in einem Bistro oder am Abendbrottisch. Obwohl Ganoven keinen Feierabend kannten, hielten die Herren es nicht für nötig, Überstunden zu machen, so wie er selbst früher.

»Wo sind die anderen, Dulac? Schon zu Hause?«

Brulait tastete seine Jackentasche ab, um sicherzugehen, dass er seine Zigaretten nicht vergessen hatte. Auch die Geldbörse war da.

»Nein, Ricolet will Madame Cortulet noch einmal vorladen. Er hat wohl die Aussage des Gesellen zum Anlass genommen, auch wenn der anschließend entwischt ist.«

»Eine Spur, wie schön. Und was tippen Sie da noch?«

»Eine Vermisstenanzeige. Ich weiß, das ist nicht unser Bier, aber ein Kollege bat mich darum, weil es sich um ein neues Opfer von Petiot handeln könnte. Eine Madame Pigot war hier, um das Verschwinden eines Juden namens Rabinovich anzuzeigen. Ein bisschen spät, aber na ja. Seitdem die Deutschen weg sind, trauen sich die Leute auch wieder, verschwundene Juden zu melden.«

»Ein reicher Jude also?« Nicht, dass es ihn sonderlich interessierte. Doch Petiot hatte immer nur wohlhabende Opfer mit seinen Fluchtplänen geködert.

Dulac nickte und zog das Blatt mit einem Ruck aus der kreischenden Walze. »Ja, er war Kunstsammler und ein, zwei Bilder scheinen ebenfalls verschwunden zu sein, davon ein Raffael. Nicht schlecht, was?« Er legte das Blatt in eine Pappmappe und stand auf. »So, Chef, ich mache jetzt Schluss.«

Dulac knipste das Licht aus, das seinen Arbeitsplatz völlig unnötigerweise beleuchtet hatte.

Das Geräusch des Schalters ließ Brulait zusammenzucken. Ihm fiel etwas ein, das ihm Unbehagen bereitete. Ein Raffael, etwa *der* Raffael? Sein Atem beschleunigte sich, und unschlüssig rieb er die Fingerspitzen aneinander.

»Gut, bis morgen. Ich muss noch mal kurz rein, hab was vergessen.«

In seinem Büro angekommen, stellte er sich an die Tür und lauschte auf das Verhallen von Dulacs Schritten. Das muntere Pfeifen seines Inspektors schallte auf dem Gang, dann krachte eine Tür ins Schloss.

Sofort riss Brulait seine Bürotür wieder auf und suchte auf Dulacs Schreibtisch nach der Mappe. Zu seiner Erleichterung lag sie oben auf einem Stapel neuer Fälle. Er fand die unterzeichnete Aussage einer Madame Pigot, die Concierge in einem Haus in der Rue de Rivoli war. Je mehr er sich dem Ende des Textes näherte, umso heißer schoss ihm das Blut in die Adern.

Er öffnete leicht den Mund, als er las: *»Die Zeugin erklärte, dass ein altes Bild mit einem jungen Mann darauf, angeblich das Lieblingsbild des Vermissten, verschwunden ist. Sie kann nicht sagen, ob er es mitgenommen hat … Die Zeugin behauptete, dass üblicherweise eine Inventarliste im Koffer gewesen ist, auf der der Inhalt eingetragen war …«*

Merde, diese Frau hatte dem Vermissten wohl beim Packen geholfen! Und weiter hieß es: *»Die Zeugin sagte, dass der Vermisste auch immer Expertisen dabeihatte, wenn er mit Bildern das Haus verließ.«*

Ratlos ließ Brulait den Zettel sinken. Er war vorschnell gewesen, hatte einen verdammten Fehler gemacht. Doch es war noch Zeit genug. Noch war nichts passiert, alles war unter Kontrolle. Nein, nicht alles … Dieser verfluchte Ricolet, dieses unheimliche Stehaufmännchen, wenn dieser die Aussage lesen würde, wäre alles verloren. Brulait wagte jedoch nicht, noch etwas gegen ihn zu unternehmen. Seit dem Warnschuss verhielt der junge Mann sich ja halbwegs ruhig. Und er würde dafür sorgen, dass es so bleibt.

Er nahm die Mappe an sich und schloss sie in seinem Schreibtisch ein. Dann sah er auf die Uhr und eilte eine Treppe zum nächsten Geschoss hinauf. Nur nicht zu hastig. Wenn Durancon noch da war, durfte er nichts von seiner Aufregung bemerken.

Brigadier Durancon hatte seinen Schreibtisch jedoch schon verlassen. Brulait zog einen Schlüsselbund aus der Hosentasche und schloss so leise es ging das Lager auf, in dem die Koffer des Massenmörders gestapelt waren. Als er eintrat, fiel ihm auf, dass seit seinem letzten Besuch einiges verändert worden war. Die Sonderkommission hatte vielleicht begonnen, alles zu inventarisieren, was bisher gar nicht gemacht worden war. Eine Schlamperei ohnegleichen. Wie sollten die Beweise vor Gericht standhalten, wenn jeder Hinz und Kunz Dinge entfernt oder dazugelegt haben könnte?

Als er die langen Reihen der verschlossenen Koffer betrachtete, runzelte er die Stirn. Wie sah der Koffer noch einmal aus? Er war dunkelbraun gewesen, mit Messingschnallen. Abgeschabt und ein wenig rissig, als wäre der Besitzer das Sinnbild des ewig wandernden Juden gewesen.

Er fuhr mit dem Finger über die Koffer, bis er endlich sicher war, den richtigen vor sich zu haben. Als er ihn aus der Reihe zog und auf dem Boden öffnete, fiel ihm sofort das Innenfutter entgegen. Ja, das war er. Eine Inventarliste, die hatte er nicht gesehen, aber er hatte auch nicht danach gesucht. Und diese Madame Pigot war sich sicher, dass dieser ordentliche Jude niemals ohne eine Inventarliste im Koffer aus dem Haus ging, damit er Diebstähle von kleinen Dingen aus dem Koffer beweisen könne, die heutzutage in Hotels leider oft genug vorkamen. Sie hatte diese Liste selbst gesehen am Abend, bevor er verschwand.

Das war wirklich eine sehr ausführliche Vermisstenanzeige, doch ihm wäre es in diesem Fall lieber gewesen, wenn Dulac nicht so nachgebohrt hätte. Nun hatte er definitiv ein Problem: Die Sonderkommission würde der Anzeige der Madame Pigot nachgehen, den Koffer im Präsidium zuordnen können und die Inventarliste finden. Wenn man Petiot zufällig fassen würde, bevor Allais das Bild verkauft hatte, musste Petiot doch abstreiten, von einem Bild im Innenfutter gewusst zu haben. Petiot hatte das Bild ja schließlich schlicht übersehen. Das würde die Frage der Ermittler nach sich ziehen, *wo* dann das Bild aus dem Koffer sei, wenn Petiot es nicht an sich genommen hatte.

Doch seine Gedanken galten der Presse: Die Journalisten würden von der Sache erfahren, er sah schon die Schlagzeilen vor sich: *Petiot-Fall: Raffaels Porträt aus dem Koffer eines Toten verschwunden! Durch einen Beamten?*

Das wäre interessanter als die Meldung im *Combat* vor einigen Tagen. Es ging immerhin um einen Massenmörder, die internationale Presse würde sich auf die Geschichte stürzen, genauso wie im März, als das Mörderhaus entdeckt worden war. Es würde in ganz Europa und sogar in den USA potenzielle Käufer abschrecken, gleichgültig, ob es reiche Unternehmer oder reiche Mafiosi waren. Und es würde eine Spur direkt zu ihm führen. Das durfte er nicht zulassen, schließlich war er noch nicht im Ausland. Er musste vorsichtig sein und die Spuren des Bildes verwischen. Es war *sein* Fund, und daher war es auch *sein* Bild.

Er war es gewesen, der den Koffer vom Lkw gehoben und mit schweren Schritten über die Treppen ins Lager getragen hatte. Es hatte geregnet an jenem Tag, und jedermann hatte sich beeilen müssen, damit nicht die alten Aufkleber und Anhänger von Hotels verwischten, anhand derer man die Koffer ihren wahrscheinlich toten Besitzern zuordnen wollte.

Und als er eines Tages wegen einer anderen Sache die Koffer kontrollieren wollte, hatte er das Bild ertastet und aus dem Futter geholt. Er fand eine leicht zusammengerollte Leinwand, auf der sich das hoheitsvolle, fast spöttische Gesicht eines jungen Mannes offenbarte. Fasziniert hatte er es zur Seite gelegt und sich später über die Herkunft des Raffaels erkundigt – und natürlich über den Wert des Bildes. Dann war etwas passiert, was das ganze Geschehen ins Rollen gebracht hatte.

Dieser Fund würde ihm noch das Genick brechen. Und jetzt? Eines war klar: Es war *sein* Raffael, seine Altersrente, sein Kapital. Dieser vermaledeite Allais, wo hatte er es nur deponiert? Doch diese Frage musste er später klären. Immerhin würde er vielleicht noch diese Expertise finden, die ihm nützlich sein würde. Allein wegen dieses Dokuments musste er den Koffer noch einmal durchsuchen.

Mit hastigen Bewegungen hatte er inzwischen die Kleidungsstücke aus dem Koffer entfernt. Hier eine Hose und ein Hemd, dort Unterwäsche, doch nirgendwo war eine Liste oder eine Expertise zu finden. Brulait richtete sich auf und zog sein Taschenmesser aus der Hosentasche. Mit der Klinge fuhr er am Innenfutter des

Bodens entlang, doch dort war nichts versteckt worden. Er steckte das Messer wieder ein und durchsuchte die Taschen der Anzüge. Ja, im Jackett eines beigen Sommeranzugs fand er ein zusammengefaltetes Papier. Er las es und atmete auf: Er hatte die Inventarliste gefunden.

Der Raffael stand ganz unten auf dem Blatt, obwohl er doch versteckt gewesen war. Dieser Rabinovich muss ein Pedant gewesen sein. Er suchte weiter. Ein kurzer Blick ergab, dass alles, wirklich *alles*, beim Rasierpinsel angefangen bis zu den Schuhen, auf der Liste stand. Doch eine Expertise war nicht aufgeführt, und er konnte auch kein weiteres Schriftstück finden. Madame Pigot hatte sich wohl geirrt.

Schade eigentlich, doch die unmittelbare Gefahr, dass man Fragen zu einem verschwundenen Bild stellen könnte, hatte er abgewendet. Er steckte die Liste hastig ein, packte alles säuberlich zusammen und räumte den Koffer wieder an seinen Platz zurück. Da kam ihm eine Idee. Warum nicht den Koffer mit dem zerfetzten Innenfutter sofort ganz verschwinden lassen? Es war schon spät, nur wenige Kollegen waren noch im Revier.

Er packte den Koffer am Griff, hob ihn hoch und ging damit zur Tür. Als er sie einen Spalt öffnete und hindurchlugte, sah er, dass die Nachtschicht schon eingetroffen war. Auf Duracons Platz saß bereits der nächste Beamte und legte sich eine Patience mit abgegriffenen Karten.

Verdammt! Nun, vielleicht war es besser so. Die Koffer waren in einer Liste erfasst, man würde den Verlust bemerken. Missmutig stellte er den Koffer wieder an Ort und Stelle, dann verließ er das Lager, schloss ab und nickte dem Brigadier wortlos zu. Ohne auf seine Reaktion zu warten, verließ er das Gebäude. Das Herz schlug ihm bis zum Hals.

*

Sie saßen am Abendbrottisch. Pauline freute sich, auf dem Schwarzmarkt ein Stück Butter ergattert zu haben, sodass die Wurst auf dem Brot doppelt so gut schmeckte. Die Küche war klein, gerade so, dass ein Tisch und zwei Stühle neben Elektroherd und Schränke passten. Draußen dämmerte es, und das Fensterchen stand offen, um die etwas kühler werdende Luft hereinzulassen.

Ihre Mutter ließ gerade genüsslich einen Löffel Honig auf das Weißbrot fließen, als Pauline den letzen Bissen hinunterschluckte und fragte: »Sag mal, kennst du einen Deutschen namens Steinmann?«

Mit einem Klirren fiel der Honiglöffel auf den Teller. Ihre Mutter starrte sie an, ihr Gesicht war wieder aschfahl geworden. Hastig sammelte sie sich und tupfte mit der Kante des Brotes den Honigfleck vom Teller.

»Nein, ich glaube nicht. Oder doch? Ich weiß es nicht, ich glaube, er war ein Geschäftspartner deines Großvaters.«

»Und warum hast du dich so erschrocken? Maman, ich meine es ernst.« Pauline stand auf und rückte ihren Stuhl direkt neben den ihrer Mutter. »Komm mir jetzt nicht mit Ausflüchten. Irgendetwas ist mit dem Bild, ich spüre es doch. Es hat Monsieur Steinmann gehört, so viel weiß ich.«

»*Alors*, da hast du's. Ein Geschäftspartner. Ich weiß nicht, was du noch willst.«

»Das Bild war Großvater lieb und teuer, das kannst du nicht leugnen.«

Ein verächtlicher Ausdruck verzerrte das Gesicht ihrer Mutter. »Ihm war so manches teuer. Für seine Bilder hatte er mehr Zeit als für mich, schon damals, als ich klein war. Und ausgerechnet mit einem Bild wollte er …«

Sie brach ab. Pauline ballte die Hände zu Fäusten, am liebsten hätte sie ihre Mutter durchgeschüttelt.

»*Was* wollte er mit einem Bild? Nun sag schon!«

Doch ihre Mutter rückte von ihr ab und stand auf, steif und

gerade wie ein Besenstiel. »Kind, du fantasierst. Da ist nichts mit dem Bild. Ich will nichts mehr hören von Großvater oder einem Felix Steinmann.«

»Woher weißt du, dass er Felix hieß?«, rief Pauline ihr nach, als sie die Küche verließ.

Dann sackte sie auf dem Stuhl zusammen. Fürchtete ihre Mutter den Fluch des Bildes so sehr? Lehnte sie es deshalb so vehement ab, darüber zu sprechen? Pauline war sich sicher, dass sie mehr wusste, viel mehr. Sie griff in ihre Kitteltasche und zog Steinmanns Brief heraus, um ihn noch einmal zu lesen.

Die betreffende Person darf nichts von unserer Übereinkunft erfahren.

Wahrscheinlich lag in diesem Satz das ganze Geheimnis. Wer war *die betreffende Person*? Wenn die gefundene Kladde für sie bestimmt war, war vielleicht von ihr selbst die Rede? Doch was hatte sie nicht wissen dürfen? Was war so geheimnisvoll an einem Bild, das ihr Großvater geschenkt bekommen hatte? Geschenkt, weil Steinmann Schulden bei ihm hatte, so viel war klar, denn da stand etwas von Pflicht erfüllen. Früher gab es ja noch Spielschulden, die als Ehrenschulden galten.

Mit einem Mal fiel ihr ein, dass ihre Mutter nicht die Einzige war, die unter der vielleicht etwas übertriebenen Liebe Großvaters zu Gemälden zu leiden gehabt hatte. Tante Josette – sie wohnte in der Nähe des Bois du Bologne. Sie hatte einen Diplomaten geheiratet, einen Angestellten der französischen Botschaft in London, der oft auf Reisen war. Warum verstanden sich die Schwestern eigentlich nicht mehr? Noch so ein Geheimnis, um das sie sich als Jugendliche nie gekümmert hatte.

Eigentlich hätte sie Tante Josette anrufen und sich mit ihr verabreden können, doch sie war nicht sicher, ob ihre Mutter die Telefonnummer hatte. Und es wäre ihr peinlich, nach so vielen Jahren einfach so aufzutauchen. Sie überlegte, bei welcher Gelegenheit sie sich zum letzten Mal gesehen hatten. Wahrscheinlich bei einem Geburtstag ihres Großvaters, als sie ungefähr fünfzehn oder sechzehn Jahre gewesen war. Josette würde sie gar nicht mehr erkennen.

Pauline seufzte. Es fiel ihr auf, dass sie und ihre Mutter einsam und allein ohne familiäre Bindungen dahinlebten. Eigentlich wäre es nun an der Zeit, sich wieder mehr Gedanken über ihre Familie zu machen. Vor dem Krieg hatte Pauline genug damit zu tun gehabt, sich von der Familie zu lösen, doch die Gefahren und Entbehrungen hatten sie eines Besseren belehrt. Sie musste neue Verbindungen und Beziehungen eingehen. Sollte sie mit Josette anfangen? Die feine, elegante Josette, die ein schönes Leben führte.

Nein. Pauline spürte, dass sie ganz und gar nicht in das Leben der reichen Pariserin passte. Sie verscheuchte eine Fliege von der Butter und räumte den Tisch ab. Heute Abend würde sie nichts mehr erreichen. Weder bei ihrer Mutter noch bei Tante Josette.

Kapitel 8

21. September 1944

Ricolet tat so, als sei er in die Akte des ermordeten Zuhälters vertieft. Dabei wollte er sich nur von der fast unerträglichen Spannung ablenken, die ihn quälte. Ob er einen Termin beim Präfekten erhalten würde? Wenn ja, wann genau? Noch heute?

Er hob den Kopf und sah aus dem Fenster in den blauen Himmel. Es war ein herrlicher, strahlender Morgen, der so verheißungsvoll aussah, als könnte sich jeder seiner Wünsche erfüllen. Gern wäre er jetzt mit Pauline im Jardin de Luxembourg spazieren gegangen, doch er hatte etwas begonnen, was ihn noch eine ganze Weile in Anspruch nehmen würde.

In diesem Moment trat Dulac ein und winkte ihm. »Kommen Sie, es wird Zeit. Tante Marie hat einen Anruf aus der Präfektur bekommen, wir können sofort kommen.«

Ricolet sprang auf und schlug die Akte zu. Moronde, der natürlich über Brulaits Fehlverhalten informiert war, hob die Fäuste, um zu zeigen, dass er ihm die Daumen drückte. Ricolet konnte sich nicht helfen, aber ihm brach nun doch der Schweiß aus.

Sie verließen das Gebäude und überquerten die Straße. Die Präfektur lag dem Justizpalast gegenüber. Dulac zog ein wenig nervös das Hemd straff und richtete seinen Krawattenknoten.

Es dauerte nicht lange, bis sie dem Präfekten, Monsieur Luizet, gegenüberstanden, der seit dem 19. August die Geschicke der gesamten Polizei lenkte. Dieser schüttelte zuerst Dulac, dann Ricolet die Hand.

»Mein Junge, wie geht es Ihrem Vater?« Es war Ricolet unangenehm, dass der Präfekt hier auf ihre Beziehung zu sprechen kam, doch er antwortete brav.

»Danke, es geht ihm gut.«

Während Luizet zu seinem Platz am Schreibtisch zurückging, fing Ricolet den vielsagenden Blick seines Kollegen auf. Er hob in einer Unschuldsgeste die Schultern.

»Meine Herren, ich habe leider nicht allzu viel Zeit für Sie. Das Chaos dieses Saustalls nimmt größere Ausmaße an als erwartet.«

Luizet war ein schmaler Mann, dessen runde Hornbrille den Anschein von Harmlosigkeit erweckte, doch Ricolet kannte ihn und seinen stechenden Blick aus früheren Begegnungen.

Er räusperte sich und begann: »Es geht um einen Verdacht, den wir gegen Kommissar Brulait hegen. Vielleicht gab es einen Mordversuch, aber zumindest einen Diebstahl hat er begangen und versucht, Beweise verschwinden zu lassen.«

Die Augen hinter der Brille wurden groß, und Luizet wies sie mit einer Handbewegung an, sich zu setzen. »Ich kenne Brulait nicht, weiß aber, dass er ein fähiger Mann ist, auch wenn er im Ruf steht, mit den Deutschen paktiert zu haben. Fahren Sie fort.«

Der Präfekt legte die Fingerspitzen zusammen und lauschte konzentriert. Ricolet berichtete vom Fund des toten Deutschen, von der außerordentlich schnellen Erledigung des Falles, der ebenso schnellen Beerdigung des Opfers und von dem Gemälde, das der Grund für den Mord gewesen sein könnte.

»Und Sie glauben, Brulait habe dem Deutschen dieses mysteriöse Gemälde angeboten und ihn dann erschlagen, weil sie sich um das Bild oder den Kaufpreis gestritten haben? Glauben Sie wirklich, Brulait hätte das Opfer offen auf dem Dachboden eines Hauses liegen lassen?«

»In dieser Sache sind wir uns noch nicht sicher.«

Dieses Eingeständnis war ihm peinlich. Er spürte, wie seine Wangen warm wurden. Erst eine Behauptung aufstellen und dann zurückrudern, das passte nicht zu einem fähigen Polizisten.

Hastig fuhr er fort: »Wenn Brulait nicht der Mörder war, so hat er zumindest versucht, das Bild in seinen Besitz zu bringen. Es war in einem Koffer versteckt, der sich unter den Koffern der Mordopfer Petiots im Lager am Quai befand.«

»Lassen Sie mich das noch einmal wiederholen«, sagte Luizet und schien sich zu konzentrieren. »Also, eine Zeugin sieht einen Raffael beim ERR, dann wird dieses Bild nach der Befreiung auf dem freien Markt angeboten. Der Kunsthändler flieht mitsamt dem Werk, als sie ihn verhören wollen. Das Gemälde stammt angeblich von einem Petiot-Opfer, und Sie glauben, dass der Kommissar es aus dem Lager am Quai entwendet hatte?«

Ricolet nickte. »Muss ich das nicht annehmen? Brulait wurde kurz nach der Flucht des Kunsthändlers von einem unbekannten Mann angerufen. Er verließ sofort das Büro, und eine halbe Stunde später wurde er mit besagtem Kunsthändler gesehen – von einem Polizeibeamten übrigens. Dann verließen beide das Haus, der Galerist mit einem Koffer in der Hand.«

»Ihre Theorie hat einen Schwachpunkt«, wandte der Präfekt ein. »Niemand kann beweisen, wann das Bild aus dem Koffer verschwand, wenn es überhaupt je im Koffer war. Es kann dem Juden auch vorher abhandengekommen sein. Er könnte es auch verkauft haben.«

»Nein, denn wir haben Brulait auf eine falsche Spur gesetzt, und er ist darauf hereingefallen.«

Interessiert beugte sich der Präfekt vor und sah Dulac an, der das Wort ergriffen hatte. Ricolets Hals war schon ganz rau, und er lehnte sich erschöpft zurück.

Es ging um alles oder nichts. Um seine Karriere, sein weiteres Leben. Um Paulines Zuneigung, die er so gern gewinnen wollte. Doch immer noch war ihm nicht klar, warum sie hinter dem Gemälde her war. Wenn sie Henkmann ermordet hatte … nein, er musste sie einfach ausschließen. Es war schwer, einen großen Deutschen von hinten zu erschlagen. Die Tat musste von einem Mann begangen worden sein.

Mit einem unbehaglichen Gefühl und wohl wissend, dass er

diese Annahme nicht beweisen konnte und Pauline vielleicht aus Sympathie freisprach, hörte er den Worten seines Kollegen zu.

»Wir haben die Concierge gebeten, ein Blanko-Protokoll zu unterzeichnen. Es sollte so aussehen, als wollte sie eine Vermisstenanzeige für Rabinovich aufgeben. In das Blanko-Protokoll haben wir eingetragen, dass die Concierge vermutete, dass sein Lieblingsbild, der Raffael, mit eingepackt worden sei. Und dass eine Inventarliste im Koffer liegen müsse. Nur so als kleinen Vermerk am Rande.«

»Zut!«, entfuhr es dem Präfekten, doch Dulac fuhr fort.

»Wir mussten ja sichergehen, dass Brulait wirklich diesen einen Koffer kennt. Sonst wäre unser Diebstahlsvorwurf hinfällig gewesen. Die Anzeige habe ich auf den Stapel neuer Fälle gelegt und es Brulait ein wenig schmackhaft gemacht, dort hineinzusehen. Dann bin ich gegangen und habe mich mit Ricolet im Lager auf die Lauer gelegt.« Er wandte sich Ricolet zu. »Es war Ihre Idee, erzählen Sie den Ausgang.«

Dankbar nickte Ricolet. »Kaum waren wir versteckt, kam Brulait auch schon herein. Er ging zielgerichtet zu dem Koffer von Rabinovich und durchsuchte ihn. Er schnitt sogar das Bodenfutter auf, denn wir haben ihm noch vorgegaukelt, im Koffer sei eine Expertise des Bildes zu finden. Er hat dann unsere fingierte Inventarliste gefunden und eingesteckt. Und dann wollte er den Koffer sogar ganz mitnehmen.«

»Was?« Luizet nahm erregt seine Brille ab und warf sie vor sich auf die Tischunterlage.

»Ja, er hat ihn zur Tür geschleppt. Doch als er sah, dass der Schichtwechsel schon stattgefunden hatte, gab er sein Vorhaben auf und stellte den Koffer wieder zurück.«

Dulac fügte hinzu: »Ich brauche natürlich kaum zu erwähnen, dass die Anzeige von Madame Pigot heute Morgen nicht mehr auf meinem Stapel lag. Die Akte ist weg, ich habe überall gesucht.«

Ricolet befeuchtete sich die Lippen und beobachtete die Reaktion des Mannes vor ihm. Dieser legte die Hände zusammen und die Zeigefinger an seinen Mund. Stille breitete sich aus, nur hin und wieder war das Klingeln eines Fahrrads oder ein Auto zu hören. Dann schlug Notre Dame zehn Uhr.

Diese Ruhe wühlte Ricolet noch mehr auf, und er ging gedanklich seine Argumente noch mal durch. In seinen Augen war alles stichhaltig. Die internen Konsequenzen konnte er allerdings nicht abschätzen. Vielleicht musste Luizet auf andere Personen oder Behörden Rücksicht nehmen. Es gab bestimmt noch Parteien, die seinen ehrgeizigen Plan, den korrupten Polizeiapparat aufzuräumen, torpedieren konnten. Sicher musste selbst der Präfekt vorsichtig agieren und so manchen Fallstricken ausweichen.

Ricolet holte langsam und gleichmäßig Luft, um sich zu beruhigen. Mit einem Wort konnte Luizet ihn wieder nach Alès zurückschicken. Bereute sein Förderer es schon, einen solch lästigen und hartnäckigen Inspektor wie ihn überhaupt an den Quai geholt zu haben? Er schloss kurz die Augen, als ihm für eine Sekunde schwindelig wurde. Dann hob er den Kopf und betrachtete die Frankreichkarte an der Wand. Automatisch glitt sein Blick nach Süden, zum Zentralmassiv, zu den Cevennen. Sofort ließ der Schwindel nach. *Augen zu und durch, Jean*, ermahnte er sich.

Schließlich rührte sich Luizet. »Sie meinen also, Brulait habe die Liste entfernt, damit später niemand nachweisen kann, dass sich ein Bild im Koffer befunden hat?«

»Ganz genau. Stellen Sie sich vor, Petiot wird morgen gefasst und macht Aussagen zu seinen Opfern, sodass deren Koffer wieder Aufmerksamkeit bekommen. Dann muss Brulait doch fürchten, dass aufgrund der Inventarliste das Fehlen des Bildes entdeckt wird. Petiot würde zu Recht behaupten, nichts von einem Bild gewusst zu haben, er hat es ja übersehen. Und von dort bis zu einem Diebstahl durch einen Beamten wäre es nicht mehr weit. Davor hat Brulait Angst. Also weg mit der Liste, und vorsichtshalber auch weg mit dem Koffer, dann kann niemand etwas vom Diebstahl des Bildes erfahren! Das war sein Fehler und unser Glück.« Er sah

Luizet durchdringend an. »Für mich ist es eindeutig, dass Brulait am Koffer war, das Bild entdeckt und zu seinem Vorteil entwendet hat.«

Luizet ließ den Kopf hängen und wischte sich über die Stirn. Dann setzte er sich die Brille wieder auf. »Für mich sieht es auch so aus. Danke, meine Herren.«

Eine ungeheure Last fiel Ricolet von den Schultern. Luizet war nicht verärgert, eher wirkte er entmutigt, weil nun ein neuer Fall auf seinem Schreibtisch lag.

»Die Frage ist: Wie gehen wir weiter vor? Wir brauchen nicht nur Indizien, sondern handfeste Beweise.«

»Darf ich Vorschläge machen?«, wagte Ricolet einen Vorstoß.

»Nur zu.«

Nun konnte er endlich frei reden. Nicht, dass er einen großartigen Plan ausgebrütet hatte – dafür hatten die Ereignisse ihn zu schnell überrannt –, aber diverse Ideen waren ihm schon gekommen. Ricolet rutschte bis zur vorderen Kante des Besucherstuhls.

»Wir müssen auf dem *butte* nach einem Mann suchen, mit dem sich Brulait vor Kurzem abends getroffen hat. Nur zwei Stunden später wurde auf mich geschossen, ich glaube, ich bin verfolgt worden.«

Der Präfekt sah ihn bestürzt an, doch Ricolet sprach ungerührt weiter.

»Wir lassen Brulait noch im Unklaren und beschatten ihn weiter. Vielleicht trifft er sich ja mit dem verschwundenen Kunsthändler. Wir müssen das Bild finden, unbedingt. Und warum war Brulait in dieser Kirche? Gewiss nicht, um zu beichten. Ich werde mich im Dunstkreis der Kirche mal umsehen. Und wir brauchen einen Beamten, den Brulait nicht kennt, damit dieser ihn beschatten kann.«

»Dafür sorge ich, das ist das geringste Problem«, sagte Luizet und knetete seine Hände. »Sie haben mir da einen verzwickten Fall geliefert. Sobald neue Ergebnisse auftauchen, werde ich Brulait vernehmen lassen. Aber bis dahin gilt die Unschuldsvermutung, das wissen Sie.«

Ricolet nickte ebenso wie Dulac.

Der Präfekt fuhr fort: »Ich habe seit der Libération nicht viele fähige Beamte für diese konfuse Zeit. Wenn wegen Ihnen grundlos ein Kommissar verhaftet wird, muss ich Sie versetzen lassen oder gleich feuern. Sie gehen dieses Risiko ein? Noch können Sie zurückrudern, und ich kann diese Besprechung vergessen.«

Für einen kurzen Moment stutzte Ricolet, doch es gab kein Zurück mehr. Wie stand es mit Dulac? Er sah den Inspektor an, wollte ihm schon versichern, dass er es verstehen würde, wenn … Doch da kam ihm Dulac zuvor.

»Nein, Sie brauchen nichts zu sagen. Wenn Brulait sich wirklich persönlich bei diesem verzweifelten Flüchtling bereichert hat und mit dem ERR Geschäfte machen wollte, gehört er für mich auf die Guillotine. Ich mache weiter.«

Das waren harte Worte, doch Ricolet atmete auf. Inzwischen klebte ihm das Hemd am Körper, und am liebsten hätte er sich über die Stirn gewischt. Die Unterredung hatte ihn mehr Kraft gekostet als erwartet. Er sehnte sich nach einem kühlen Glas Wein.

»Gut.« Der Präfekt erhob sich und trat auf sie zu.

»Wollen wir hoffen, dass sich bald etwas Entscheidendes ereignet, damit wir klare Verhältnisse haben. Militärisch scheinen wir ja schon so weit zu sein.«

Sie sprachen noch einige Minuten über das Überschreiten der deutschen Grenze durch die Alliierten bei Aachen, über die auseinandergezogene Nachschublinie, da die Truppen immer noch von den Häfen der Normandie aus versorgt wurden, und andere kriegerische Details, die Ricolet kaum interessierten. Doch als Luizet sich verabschiedete und ihnen die Hand schüttelte, war Ricolet mit Stolz erfüllt. Wenn sein Vater ihn jetzt doch sehen könnte.

*

Am Vormittag herrschte eine angespannte Stimmung zwischen Pauline und ihrer Mutter. Das Streitgespräch, das so abrupt beendet worden war, hatte Pauline die ganze Nacht im Magen gelegen. Beim Frühstück hatten sie sich kaum unterhalten. Ihre Mutter gab vor, ausgeschlafen und ruhig zu sein, doch Pauline spürte, dass sie sie immer wieder von der Seite ansah, als würde sie darauf warten, dass Pauline das Thema des Gemäldes wieder anschnitt.

Nun war Maman im Badezimmer, und Pauline versuchte, sich mit alltäglichen Dingen abzulenken. Heute konnte sie nur Kaffeeersatz kochen, die Bohnen waren aufgebraucht. Ein Blick in die Speisekammer ließ auf ein karges Mittagsmahl schließen: Linsen, Möhren, vier Kartoffeln.

Pauline verließ die Wohnung, lief schnell zwei Treppen hinab und öffnete die Kellertür. In ihrem Eisschrank war nur noch ein Stück Speck. Sie musste den Eismann bestellen, denn der Eisblock war bereits auf ein bedenkliches Maß geschmolzen. Sie nahm den Speck an sich, um Suppe zu kochen.

Während sie in der Küche das Wasser aufsetzte, den Elektroherd anstellte und etwas von der Petersilie auf der Fensterbank pflückte, kehrten ihre Gedanken immer wieder zu Felix Steinmann zurück. Auch wenn die Mappe im Schreibtisch eindeutig für sie bestimmt gewesen war, musste dieser Steinmann gar nicht so wichtig gewesen sein. Der Brief sollte als Schenkungsbeweis dienen, ansonsten hatte Steinmann mit Großvater sicher nichts zu tun gehabt. Warum machte sie so einen Wirbel um den Deutschen? Weil das Bild einem Juden geraubt worden sein könnte? Nichts sprach dafür.

Sie rekapitulierte den Verlauf des gestrigen Gespräches und hielt beim Schneiden der Möhren inne. Ihre Mutter war es. Ihr Verhalten hatte Pauline gezeigt, dass es mehr über Steinmann zu berichten gab. Woher wusste Maman, dass er Felix hieß, wenn doch ihr Großvater angeblich alle Geschäfte allein und diskret abgewickelt hatte? Warum war Maman so aufgebracht gewesen?

Als sie die Tür hörte, hackte sie weiter das Gemüse klein. Ihre Mutter stand am Fenster und sah auf die Straße hinaus.

»Sag mal, Maman, wann kommt der Makler mit dem Kaufinteressenten zum Palais?«

»Morgen.« Ihre Mutter goss sich ein Glas Wein ein und verdünnte es mit Wasser. »Hoffen wir, dass es dieses Mal gut geht. Es gibt so viele leere Palais in diesen Zeiten.«

»Aber unseres steht ganz gut da.« Pauline holte Luft. Jetzt oder nie. Ihre Mutter machte gerade den Eindruck, als wäre sie Argumenten zugänglich. »Hm, hör mal, Maman, wegen gestern …«

»*Tais-tois!*« Ihre Mutter drehte sich um und stellte das Glas ab. »Ich will kein Wort mehr hören, Pauline. Sei ein vernünftiges Mädchen und sieh zu, dass du dir eine Zukunft aufbaust, anstatt in der Vergangenheit zu wühlen.«

Eine Kälte stieg in Pauline auf, die sie gegenüber ihrer Mutter nie gespürt hatte. Es war, als wäre sie der Feind, der sie zu manipulieren versuchte. Sie warf den Rührlöffel in den Topf, worauf kleine Tropfen auf die Platten spritzten.

»Ich lasse mir nicht meine Gedanken verbieten, Maman! Wenn du mir nichts von Steinmann und Großvater erzählst, dann eben ein anderer.«

Ihre Mutter schnaufte auf. »Ha, und wer? Papa ist tot, seine Eltern auch.«

Doch dann trat eine leise Furcht in ihre Augen, die Pauline sehr wohl wahrnahm. Ehe Pauline sie darauf ansprechen konnte, drehte sich ihre Mutter wieder um und tat so, als müsste sie die Gardinen ordnen.

Pauline gab die Möhren in das kochende Wasser. Ihr Entschluss stand fest. Dann eben auf die harte Tour.

»Pass du auf die Suppe auf. Ich muss noch einkaufen«, sagte sie kühl und nahm die Schürze ab.

Mit Einkaufskorb, Hut und Handtasche verließ sie die Wohnung, ohne sich noch einmal umzusehen. Es musste sein. Was hielt sie davon ab, zu Tante Josette zu gehen? Doch nur ihre eigene unbegründete Furcht.

Sie stieg die Treppe hinab, stellte den Korb neben die Tür zum Keller und machte sich auf den Weg zur Metrostation Mabillon.

Noch im Waggon legte sie sich die Worte zurecht, mit denen sie bei Tante Josette vorsprechen wollte. Ob sie überhaupt empfangen wurde? Sie lehnte ihre Stirn an die kalte Scheibe und ließ sich von den Vibrationen des Zuges durchschütteln. Ihr Hut stieß immer wieder an das Glas, das Rattern war beruhigend, einschläfernd.

Bald schon leuchtete am Ende des Tunnels das Licht der nächsten Station auf, der Wagen hielt. Nachdem sie mehrmals die U-Bahnlinien gewechselt hatte, kam sie nach einer halben Stunde im Viertel Porte Dauphine und am noblen Boulevard Flandrin an. Die langen Reihen der Belle-Epoque-Häuser schienen ihr in ihrer kühlen Regelmäßigkeit den Zutritt verbieten zu wollen. Doch sie ging energisch weiter und blieb bald vor dem Haus ihrer Tante stehen. Sie gab sich einen Ruck, ging die Treppe hinauf und klingelte.

Als ihr ein Dienstmädchen öffnete, nannte Pauline ihren Namen und wurde in den Salon geführt, wo sich Tante Josette aufhielt.

Sie schien Pauline sofort wiederzuerkennen, denn sie sprang auf und schlug sich die Hand vor den Mund, die Augen weit aufgerissen.

»*Mon Dieu*, Pauline! Bist du es wirklich? Komm, mein Kind, komm her!«

Sie breitete die Arme aus. Und als Pauline das Rosenwasser roch, entfielen ihr die einstudierten Begrüßungsworte. Sie war wieder da, die Verbindung, die sie so lange ignoriert hatte. Nun meldete sich ihr schlechtes Gewissen. Obwohl sie ihre Tante lange schmählich vernachlässigt hatte, nahm diese sie so herzlich auf. Pauline sah alles wieder vor sich: Tante Josette, Onkel George und auch Tante Virginie mit ihrer Familie, ihre Eltern jedoch nicht, nur sie selbst als junges Mädchen. Ihre Verwandten saßen im Garten von

Rambouillet, der von bunten Lampions beleuchtet wurde. Tante Josette, wer sonst, hatte eine Schallplatte von Glenn Miller mitgebracht, und sie hatten lange getanzt und gelacht. Verschwunden waren ihre Verlegenheit und ihre Angst vor Zurückweisung, Pauline schluckte die Wehmut herunter und ließ sich in die Umarmung fallen. Wann hatte sie zuletzt in den Armen einer Freundin gelegen? Es schien eine Ewigkeit her zu sein.

Nur fünf Minuten später saßen sie mit einer duftenden Tasse Kaffee in dem aufwendig möblierten Salon. Josette fuhr sich über das blondierte Haar, das in akkuraten Dauerwellen am Kopf anlag. Ein kleiner Diamant schmückte ihren Ringfinger, der Blick aus braunen Augen war warm und offen.

»Wie schön, dass du mich besuchst. Als hättest du geahnt, dass George heute nicht da ist. Er ist mit dem Kleinen aufs Land gefahren. In die Sommerfrische sozusagen. Du hast Zeit, ein bisschen zu plaudern, nicht wahr?«

»Ja, natürlich, Tante Josette.«

Diese winkte ab. »Lass doch das Tante weg! Wir sind erwachsene Frauen. Ich habe gehört, dass du zum FFI gegangen bist. Stimmt das? Wie ist dein *nom de guerre*?«

Neugierig sah Josette sie an und wartete auf ihre Antwort. Verlegen rutschte Pauline auf dem Sofa hin und her.

»Nun, mein Deckname ist nicht sehr glamourös: Schildkröte.«

Josette lachte auf – ein helles, perlendes Lachen, das Pauline schon immer gefallen hatte. Nachdem sie ihrer Tante erschöpfend Auskunft über ihre kleinen Abenteuer bei der Résistance gegeben hatte, sprachen sie über gemeinsame Bekannte und die Familie, über den Krieg und die Entbehrungen in Paris. Doch dann, als Pauline sich etwas sicherer fühlte, kam sie auf den Grund ihres Besuches zu sprechen, wenn auch nur in vagen Andeutungen.

»Josette, Maman erzählt mir gar nichts von früher. Dabei habt ihr doch bestimmt eine tolle Zeit gehabt, oder? Als Papa noch lebte. Und vorher, in eurer Jugend. Seid ihr nicht zu Bällen gegangen? Und hast du vielleicht noch alte Fotoalben, die wir uns ansehen können?«

Sofort sprang Josette auf, und ihr zartgrünes Chiffonkleid flatterte bei jedem Schritt. Pauline unterdrückte ein Seufzen beim Anblick ihrer Eleganz. Josette wirkte so selbstsicher und zufrieden. Sie dagegen kam sich schäbig vor in ihrem schlichten Sommerkleid und den braunen Riemchenschuhen.

»Aber sicher! Ein Jammer, dass Denise da so zugeknöpft ist. Geht es ihr denn gut?« Sie steuerte einen Eichenschrank an und entnahm ihm ein Fotoalbum mit Lederapplikationen. »Ich weiß, sie war zu stolz, um sich von mir helfen zu lassen. Immerhin ist sie zu Virginie gefahren, das war ein guter Einfall.«

»Es geht uns einigermaßen, aber in diesen Zeiten … Es ist nicht leicht.«

Josette legte ihr die Hand auf den Unterarm. »Ja, das stimmt. Aber bald wird alles besser. Und wenn du erst mal verheiratet bist oder einen netten Beruf hast …«

Sie brach ab, wohl weil sie Paulines Gesichtsausdruck gesehen hatte, der so viel sagte wie: Heiraten? Nein, danke. Dafür liebte sie ihre Unabhängigkeit viel zu sehr. Aber was, wenn sie sich eines Tages verliebte?

Ihr fiel das angenehme Gefühl ein, das sie so überrascht hatte, als sie ihrem Übernachtungsgast Ricolet den Kragen zurechtgerückt hatte. Bevor sie ins Träumen geriet, nickte sie schnell. »Hoffen wir das Beste.«

»Natürlich. Sieh mal hier, deine Mutter, wie schön sie war.«

Pauline neigte den Kopf über das Album und erkannte in der strahlenden dunkelhaarigen Schönheit auf dem Porträt kaum ihre Mutter wieder. Zuhause hatten sie nur Familienfotos in den Alben, auf denen sie schon älter war.

»*Mon Dieu*, ja wirklich.«

Eine Weile blätterten sie durch das Album und griffen hin und wieder zu den frisch gebackenen Madeleines, die das Dienstmädchen hereingebracht hatte. Woher bekam ihre Tante die Zutaten für dieses fast schon luxuriöse Gebäck? Auf den vergilbten Fotografien war ihr Großvater natürlich oft zu sehen, meist mit seinen Gemälden. Es gab viele Fotos aus Rambouillet, sogar von der Feier, an die sich Pauline vorhin erinnert hatte.

»Oh, sieh mal!« Pauline zeigte auf das fröhliche Bild einer gemeinsamen Ausfahrt. »Das ist doch Rabinovich, oder?«

Ein schlanker Mann mit dunklem Kinnbart lehnte am Rad der Viktoria-Kutsche. Sie erkannte ihn trotz der Tatsache, dass das Bild viele Jahre vor ihrer ersten Begegnung entstanden sein musste.

»Ja. Er war Großvaters Freund. Da steht: Ausfahrt in Rambouillet, 1929.«

»So lange kannten sie sich schon?«

Pauline war überrascht. Sie hatte immer gedacht, Großvater und Rabinovich hätten sich erst beim Verkauf des Raffaels kennengelernt. Die nächsten Seiten zogen an ihr vorbei, ohne dass sie einen Hinweis enthielten. Ihre Tante erzählte zu jeder Aufnahme etwas.

»Und dort, der Empfang der deutschen Botschaft. Das war 1935, als es noch gut lief. George war auch eingeladen worden. Siehst du deinen Vater? Wie schneidig er war. Und ein Jahr später war er tot.«

Pauline schrak auf. *Deutsche Botschaft! 1935!* Das Jahr, in dem ihr Großvater das Bild von Steinmann erhalten hatte. Wenn sie die Unterlagen nicht gefunden hätte, wäre dieses Jahr ein Jahr wie jedes andere gewesen. Doch nun sah sie sich das Bild genauer an.

»Ja, ein fescher Mann.« Ihr Vater stand zwischen Maman und ihren Schwestern und lächelte in die Kamera »Wer ist das dort?« Sie deutete auf einen großen blonden Mann, der mit einem verblüfften Gesichtsausdruck die drei Frauen anstarrte.

»Ein Sekretär der deutschen Botschaft, glaube ich. O, là, là, er bewundert uns Pariserinnen.«

Josette kicherte kokett, doch Pauline nahm den Mann näher in Augenschein, soweit es auf der körnigen Abbildung möglich war.

Er erinnerte sie an Paul Henkmann und an … nein, sie kam nicht darauf. Eine vage Ahnung stieg in ihr auf.

»Kennst du seinen Namen?«

»Nein, natürlich nicht.«

»Weißt du noch, ob Großvater mit diesem Mann gesprochen hat?«

»Ich kann mich nicht erinnern. Warum fragst du?«

»Weil ich einen Felix Steinmann suche.«

Josette schüttelte den Kopf. »Tut mir leid, ich kenne keinen Mann dieses Namens. Ein Deutscher, also?«

Wenn Josette den Namen nicht kennt, warum kannte Maman ihn?, fuhr es Pauline durch den Kopf.

»Ja. Von ihm hat Großvater den Raffael bekommen.«

»Ach so. Nun, um diese Geschäfte hat er sich immer allein gekümmert.«

Ihre Tante wollte schon das Album schließen, als Pauline ihre Hand instinktiv zwischen die Blätter hielt. Sie spürte, dass mit diesem Namen etwas Bestimmtes verbunden war, und zwar nicht nur die Schenkung eines Bildes.

»Josette, darf ich dieses Foto mitnehmen? Vielleicht kennt meine Mutter diesen Mann.«

»Du meinst, das könnte dieser Steinmann sein? Möglich ist alles, Kind.«

Vorsichtig zog Josette das Foto aus den Ecken und übergab es ihr. Während Josette behutsam das Album schloss, damit die dünnen Zwischenblätter keinen Schaden nahmen, steckte Pauline das Foto in ihre Handtasche.

»Danke, Josette, für dieses Gespräch. Es war wunderbar, dich wiederzusehen, und es tut mir leid, dass ich dich nie besucht habe. Aber es ist spät geworden. Maman wartet sicher schon mit dem Essen.«

»Aber gerne, Liebes, komm doch bald wieder. Und bring Denise mit.«

Oh, das würde ihre Mutter sicher gern hören, dachte Pauline und musste sich ein Grinsen verkneifen. Für einen Moment hielt sie inne und dachte nach, dann gab sie sich einen Ruck.

»Sag mal, Tante, warum habt ihr euch damals eigentlich zerstritten?«, fragte sie und begann, ihre Handschuhe anzuziehen.

Josette sah sie irritiert an. »Wir haben uns gar nicht zerstritten. Denise hat den Kontakt zu mir und Virginie einfach nach und nach abgebrochen. Du weißt nicht, warum, nicht wahr?« Ihre Tante sah sie lange an. »Nun, dein Geburtsdatum. Das war der 3. Juli 1923.«

»Ja, und?«

»Deine Eltern haben im Dezember 1922 geheiratet. Eine etwas ungewöhnliche Jahreszeit für eine Hochzeit.«

Im ersten Augenblick verstand Pauline nicht, was diese Daten zu bedeuten hatten, doch dann dämmerte es ihr.

»Ich war schon unterwegs? Maman war schon schwanger, als sie heiratete?«

Josette nickte. »Ja. Das war ihr unglaublich peinlich. Na ja, die beiden waren zwar verliebt, aber ich glaube, Denise wollte wohl lieber einen Aristokraten oder reichen Bankier heiraten. Es war ein klassischer Fehltritt vor der Ehe. Sie schämte sich dafür, dass sie als Tochter einer kunstsinnigen, gebildeten Familie einen biederen, wenn auch gut situierten Chemiker geheiratet hatte und dazu noch mit dieser – na ja, Schande. Papa hat ihr immer etwas Geld zugeschossen, damit sie ihren Lebensstil beibehalten konnte. Auch das war ihr peinlich. Sie verschloss sich immer mehr vor uns. Ihr wart nicht so reich, wie es aussah, Pauline.«

Diese Erkenntnis war ihr selbst schon nach dem Tod ihres Vaters gekommen. Es war so leicht gewesen, in ihrer Jugend die Anzeichen von Streit und negativen Stimmungen zu verdrängen.

Nach und nach begann sie alles in einem neuen Licht zu sehen und zu verstehen. Sie war quasi ein uneheliches Kind. Ihre Mutter hatte den Avancen eines netten Mannes nachgegeben, den sie später heiraten musste, obwohl ihr Lebensplan ganz anders ausgesehen hatte. Hatte Maman sie deswegen so oft nach Rambouillet ziehen lassen? Weil sie sie nicht liebte? Weil diese ungewollte Schwangerschaft ihre glänzende Zukunft zerstört hatte?

»Aber … aber sie liebten sich trotzdem, oder?«, stammelte sie und kämpfte plötzlich mit den Tränen.

Josette nahm sie in den Arm. »Ja, sie liebten sich, glaube mir. Als du geboren wurdest, waren sie stolz und glücklich. Hast du denn nicht gerade die Fotos gesehen? Oder hast du Erinnerungen an eine schlechte Ehe?«

»Nein, eigentlich nicht. Sie haben sich oft lange unterhalten, ohne mich. Und auch geküsst, nur nicht vor anderen.«

»Na siehst du.«

Erleichtert atmete Pauline auf. Nun verstand sie, warum ihre Familie so losgelöst von der Familie ihrer Mutter gelebt hatte. An ihre Großeltern väterlicherseits konnte sie sich ganz gut erinnern, es waren einfache, aber herzliche Menschen gewesen. Und solche Differenzen und Konstellationen kamen bei vielen Familien vor, sie sollte sich nicht unnötig Gedanken über die Ehe ihrer Eltern machen.

Sie stand auf und sagte: »Ich behalte es für mich. Mutter wäre nur noch mehr beschämt, wenn ich sie darauf anspreche.«

»Du bist schon immer ein kluges Mädchen gewesen.« Josette erhob sich ebenfalls und begleitete sie zur Garderobe.

Während Pauline ihren Hut aufs Haar drückte, fuhr ihre Tante fort: »Dieser Empfang in der deutschen Botschaft – dort waren wir drei Schwestern mal wieder zusammen. Eine absolute Ausnahme. Denise war auch sehr still, fast hochnäsig zu allen. Ihr Stolz, na ja, du kennst das vielleicht.«

»Warum ist sie dann hingegangen?«

»Weil dein Vater sich Kontakte zu neuen Märkten in Deutschland erhofft hatte. Er war dazu gezwungen. Die Firma lief nicht so gut, hörte man.«

Das klang plausibel, auch wenn in ihrem Kopf wieder einmal mehr Fragen als Antworten schwirrten. »Danke, Josette. Ich melde mich bestimmt bald wieder.«

Küsschen links, Küsschen rechts, und wieder roch sie das Rosenwasser. Pauline bedauerte, nicht schon viel eher Kontakt zu ihrer Tante aufgenommen zu haben. Sie winkte ihr noch einmal zu und stieg dann die vier Treppenstufen zum Trottoir hinab.

Auf der Straße empfingen sie der Sonnenschein und eine Patrouille von zwei Gendarmen. Sie dachte an ihre Familie, an die kleinen Lügen und Befindlichkeiten ihrer Mutter. Wie hilflos und einsam musste sie sich fühlen. Sie beschloss, ihre Mutter wieder mit ihrer Familie zusammenzubringen, sobald der Mordfall Henkmann und das Rätsel des Bildes gelöst waren. Dann dachte sie an Jean Ricolet. Ob er inzwischen mit seinen Ermittlungen zu Rabinovich weitergekommen war? Eine Sache musste er noch für sie erledigen. Und so lange würde sie ihrer Mutter den Besuch bei Josette verschweigen, auch, um sie zu schonen. Sie hatte genug mitgemacht.

*

Kommissar Brulait schäumte vor Wut, während er die Pont Saint Michel überquerte. Niemand am Quai hatte eine Vernehmung von Madame Cortulet beobachtet, niemand hatte sie gesehen. Ricolet war am gestrigen Spätnachmittag für eine lange Zeit verschwunden. Und Dulac, sein treuster Gefolgsmann, hatte ihm kurzerhand ein Märchen aufgetischt – oder war selbst auf Ricolets Lügen reingefallen.

Die langen Reihen der Fenster des Polizeigebäudes gähnten ihm dunkel entgegen wie Augenhöhlen. Was ging in seinem Kommissariat vor sich? Ricolet war schlau und gefährlich, er durfte ihn nicht vernachlässigen. Noch konnte ihm niemand etwas beweisen, noch hatte er die Chance, diesen vermaledeiten Koffer aus dem

Präsidium herauszuschaffen. Was er mit der Akte Rabinovich machen sollte, wusste er dagegen noch nicht so genau. Er konnte sie nicht auch verschwinden lassen, Dulac würde es bemerken. Im Moment stand alles auf Messers Schneide. Allais in seinem Versteck bemühte sich um einen neuen Käufer für das Gemälde. So lange musste er ausharren, den längeren Atem haben. Dabei bestand immer die Gefahr, dass der Galerist ihn erneut übers Ohr haute.

Mit langen Schritten stieg er die Eingangstreppe im Inneren hinauf. Hier war es bereits am Morgen schwül und muffig. Es wurde Zeit für einen ordentlichen Gewitterschauer. Gendarmen salutierten, Inspektoren nickten ihm zu. Ja, hier war seine Heimat gewesen, für eine lange Zeit. Eine Heimat, die ihn nicht mehr haben wollte. Noch einige Jahre, und er hätte sich mit seiner Rente zur Ruhe setzen können. Sein verfluchter Ehrgeiz hatte alles zunichtegemacht. Andererseits, wenn alles gut ging, würde er es sich nett einrichten. Er könnte leben, endlich mal leben! Keine Akten mehr sehen. Keine Verhöre mehr, die ihm den letzten Nerv raubten.

Er betrat den Flur, der zu seinem Trakt führte. Tante Marie saß in der kleinen Telefonzentrale und winkte ihm zu. Er wollte sich schon abwenden, als sie ihn freundlich grüßte.

»Bonjour, Monsieur Brulait. Haben Sie die beiden Inspektoren gesehen? Ich hoffe, die sind jetzt schon beim Präfekten.«

Er runzelte die Stirn. »Ich weiß nicht, wovon Sie reden, Marie.«

»Na, Dulac und Ricolet haben jetzt einen Termin bei Monsieur Luizet. Sicher hat es noch pünktlich geklappt.«

»Ja, sicher«, sagte er automatisch.

In seinem Inneren zog sich alles zusammen, doch er ließ sich nichts anmerken. Er betrat das Büro der Inspektoren, wo Moronde die Zeitung las. Bei seinem Eintreten richtete der sich auf und faltete das Blatt zusammen.

»Wo sind die beiden anderen?«, bellte Brulait ohne jeglichen Gruß und baute sich vor dem Tisch des Inspektors auf.

Moronde stand auf und stützte sich mit den Fäusten auf der Tischplatte ab, sodass beide aussahen wie zwei Hähne vor dem Kampf. »Ich weiß es nicht, Chef. Ich dachte, Sie wüssten es.«

Brulait hielt inne. Lag mehr hinter diesen Worten? Er konnte Moronde noch nicht richtig einschätzen, obwohl dieser bereits über ein Jahr hier war.

»Ich habe etwas von einem Termin beim Präfekten gehört. Worum geht es da?«

Moronde zuckte die Schultern und setzte sich wieder hin, um demonstrativ entspannt eine Zigarette anzuzünden. Am liebsten hätte er ihm das Feuerzeug aus der Hand geschlagen. Brulait schnaufte und ging in sein Büro.

Als Morondes Telefon klingelte, blieb er hinter der angelehnten Tür stehen, um zu lauschen.

»Inspektor Moronde, worum geht es? … Die Witwe Robert, ah ja, dieser Fall. … Und dieser Mann hat einen Schlüssel zum Haus gehabt? … Gut, vielen Dank, ist notiert. Wir schicken jemanden raus.«

Wohl nichts Wichtiges, eine laufende Ermittlung anscheinend. Der Name Robert war ihm vage in Erinnerung, doch er wusste nicht, worum es ging. Brulait schloss die Tür und setzte sich an den Schreibtisch, nachdem er das Blatt seines Kalenders abgerissen hatte.

Das Verhalten Morondes irritierte ihn, es ließ jeglichen Respekt vermissen. Wenn er doch nur wüsste, ob der Präfekt die Inspektoren zu sich befohlen oder ob Dulac und Ricolet um eine Unterredung gebeten hatten. Im ersten Fall hätte Luizet ihn doch sicher benachrichtigt. Niemand wird grundlos zum Chef der gesamten Polizei von Paris befohlen. Und niemand bittet grundlos um eine Unterredung mit ihm. Was war mit dem Polizeidirektor? Dieser wäre die nächste Instanz gewesen, wenn es um Fragen zu einem Fall oder um eine Beschwerde gegen einen Kriminalbeamten ging. Doch Monsieur Saveur war noch ein unbeschriebenes Blatt, ein

Mann, der noch nicht recht wusste, was er zu tun hatte. Die Befreiung hatte Brulait diesen neuen Vorgesetzten beschert, den er nicht in seinen Plan einweihen konnte.

Eine unbestimmte Furcht zog ihm den Boden unter den Füßen weg, er fühlte sich plötzlich angreifbarer als je zuvor. Ein weiterer Versuch, Ricolet einzuschüchtern, war zwecklos, denn vermutlich steckten seine beiden Inspektoren nun mit ihm unter einer Decke und er müsste sofort alle drei unter Kontrolle halten. *Merde!* Wütend riss er seine Schublade auf und zog die Akte Rabinovich hervor. Diese Vermisstenanzeige war ein weiteres Rätsel. Auf die Frage, warum diese Concierge erst jetzt, nach weit über einem Jahr, einen ihrer Hausbewohner vermisste, fielen ihm nur beunruhigende Erklärungen ein. Es war nachvollziehbar, dass die Pariser erst nach dem Abzug der Deutschen nachforschten, was mit ihren jüdischen Nachbarn geschehen war. Doch er ahnte, dass mehr hinter dieser Anzeige steckte.

Er hob den Hörer des Telefons ab und ließ sich von Tante Marie mit der Präfektur verbinden. Als die Leitung hergestellt war, atmete er auf, denn er hatte einen guten Bekannten in der Leitung, einen Mann, der wie er die Befreiung gut überstanden hatte.

»Dupin, wie geht es Ihnen?«, sagte er jovial und rieb sich die Fingerspitzen. »Hören Sie, ich habe gehört, dass meine Inspektoren gerade beim Präfekten sind.«

»Sie sind schon wieder gegangen, Brulait, tut mir leid. Sie werden gewiss bald wieder im Büro sein.«

»Ja, gewiss«, knurrte er, dann räusperte er sich. »Sagen Sie mal, Dupin, Sie hören doch das Gras wachsen. Wissen Sie, weshalb dieser Termin zustandegekommen ist? Worum ging es überhaupt? Sie als einer der besten Sekretäre des Präfekten … Sicher ist Luizet froh, Ihnen den neuen Vorgang anvertrauen zu können.«

»Hm, ich habe noch keine Unterlagen zu diesem Gespräch erhalten, aber ich habe …« Seine Stimme wurde leiser, sodass Brulait lauschen musste. »Hm, also, es ging wohl um ein Gemälde, um einen Kunsthändler und den ERR. Mehr weiß ich nicht, ich musste dann weg.«

Als er diese Worte hörte, trat ihm der Schweiß auf die Stirn. Mit aller Kraft riss er sich zusammen, um zu verhindern, dass seine Stimme zitterte. Gut, dass Dupin nicht das ganze Gespräch mitbekommen hatte.

»Ach so, dann weiß ich schon Bescheid. *Alors*, mein Freund, das war es schon. Sobald ich Zeit habe, besorge ich Ihnen eine Schallplatte von Tino Rossi. Für Ihre Frau, nicht wahr?«

»Sie erinnern sich? Das wäre wirklich nett, Brulait, sie hat bald Geburtstag.«

Nach einem letzten Gruß legte er auf. Der Hörer rutschte ihm fast aus der feuchten Hand. Er lehnte sich zurück, seine Gedanken rasten. Es war so, wie er vermutet hatte. Seine Gegner hatten sich verbündet. Sein Plan stand auf dem Spiel, er musste handeln.

Mit einem schweren Seufzer, der ihm fast schon körperlichen Schmerz bereitete, sah er sich um. Der Anblick der Akten auf seinem Schreibtisch bereitete ihm plötzlich Unbehagen, ja, Abscheu. Er hatte das Gefühl, als könne er keine Sekunde länger seine Arbeit ausführen. Die Wände des Büros schienen auf ihn zuzukommen, um ihn zu erdrücken, die Urkunden, die hier und dort hingen, sprachen seinen Bemühungen Hohn. In diesem Moment fiel seine Entscheidung, wie ein Zahnrad, das sich plötzlich dreht und einen Automatismus ausführt. Ein Schlussstrich musste her, sonst würde er untergehen. *Scheiß auf den Koffer, scheiß auf Ricolet!* Er hätte längst untertauchen sollen, nur weg vom Quai, der angeblich besten Kriminalpolizei der Welt.

Er schnaubte verächtlich, wusste er doch um die Dummheit, die Fahrlässigkeit, die Ignoranz, die Schläfrigkeit, die jede Behörde ausmachte. Die Zeiten eines Vidoqs oder Bertillions waren längst vorbei, und selbst damals waren mehr Pannen und Missgeschicke vorgekommen, als es für eine Polizei gut war. Diese Fassade wollte er nicht mehr aufrechterhalten. Nur hinaus an die Luft, hinaus aus dem von Verbrechern und Ganoven verseuchten Mief, gegen den selbst große Mengen von Eau de Javel nichts ausrichten konnten. Weg von den Huren, Dieben und Zuhältern, die immer gleich aussahen. Sein Stuhl rollte mit einem leisen Quietschen zurück, als er seine Zigaretten aus der Schublade nahm. An der Tür warf er einen letzten Blick auf das Zimmer. Nein, er verspürte keine Wehmut.

»Ich bin in den nächsten drei Tagen nicht erreichbar. Ich nehme Urlaub, muss aufs Land«, sagte er zu Moronde, der ihn misstrauisch ansah.

Doch er dachte nicht daran, am vierten Tag wiederzukommen. Für diesen Fall, der jetzt eingetreten war, hatte er längst seinen Koffer gepackt und deponiert. Mitsamt dem Geld, das Henkmann ihm gezahlt hatte. Dieser Betrag allein war beträchtlich gewesen.

*

»Du brauchst *was*? Die Verbindung ist miserabel.«

Wieder lauschte er Paulines abgehackter Stimme aus dem Hörer und verfluchte die Telefongesellschaft. Schon als er heute morgen den Quai betrat, hatte Tante Marie angedeutet, dass wohl irgendwo Arbeiten am Leitungsnetz stattfanden.

»Gut, ich versuche es. Sehen wir uns gleich?«

Nachdem sie einen Treffpunkt ausgemacht hatten, legte er auf und schüttelte den Kopf. Wozu benötigte Pauline eine Liste der Angestellten der deutschen Botschaft aus dem Jahr 1935? Was hatte das mit dem aktuellen Fall zu tun? Der sich, das musste er zugeben, zu seiner Freude gut entwickelt hatte.

Ricolet sah sich um. Inspektor Moronde konnte ihm sicher in Sachen Botschaft weiterhelfen.

»Sagen Sie, Moronde, haben Sie Kontakte zum Auswärtigen Amt? Oder zur deutschen Botschaft?«

»Zu den *boches*?« Sein Kollege sah ihn verärgert an. »Für wen halten Sie mich? Für einen verdammten Kollaborateur?«

»Quatsch«, beruhigte er ihn und grinste. »Ich halte Sie für einen guten Ermittler und einen effektiven Spion, wie wir ja alle gesehen haben.«

»Hören Sie auf zu schleimen, Ricolet. Was wollen Sie?«

»Eine Liste der Angestellten und Mitarbeiter der deutschen Botschaft im Jahr 1935. Kriegen Sie das hin?«

Moronde rieb sich das Kinn, dann rückte er seinen Krawattenknoten gerade. »Natürlich«, brummte er und griff zum Telefon.

*

Nicht lange darauf stand Ricolet vor dem Haus der verstorbenen Witwe Robert und betrachtete den bröckelnden Lehmputz. Ein altes Dorfhaus aus der Zeit, in der man noch von Weitem die zahlreichen Windmühlen des Montmartre hatte sehen können. Längst krochen inzwischen lange Reihen von Stadthäusern den butte hinauf, die die schäbigen Mietskasernen verdrängt hatten. Das blendende Weiß der Basilika Sacré-Cœur war immer wieder über den Dächern zu sehen, gerade hier im Dorf, das sich in seinem Aussehen hartnäckig gegen die moderne Zeit stemmte. Der Montmartre war so vielschichtig wie der Fall, an dem Ricolet so hartnäckig festhielt.

Moronde hatte ihm ausgerichtet, dass einem Nachbarn noch etwas zum Haus eingefallen war, in dem Henkmann gefunden worden war. Der Mann wartete im Schuppen nebenan. Es war der Handwerker mit dem buschigen Schnauzbart, mit dem Ricolet während seiner Ermittlung zuerst gesprochen hatte.

»Bonjour, Monsieur, Sie haben bei uns angerufen? Wie ist denn Ihr Name?«

»Cerceval, zu Ihren Diensten. Meiner Mutter ist noch etwas eingefallen, das ich weitergeben wollte.«

Ricolet zückte Notizbuch und Bleistift und fühlte sich auf eigenartige Weise um eine Woche in der Zeit zurückversetzt.

»Sie fragten doch nach dem Abschließen der Haustür, nicht wahr? Also, ich weiß ja nicht, ob das wichtig ist. Aber als meine Mutter mir vom kleinen Jean erzählte, fiel es mir wieder ein: Der Sohn von Madame Robert hatte einen Freund, der drei, vier Jahre älter war. Die haben oft zusammen gespielt, und der Freund hat für sie Besorgungen gemacht. Er hieß wohl Jean und hatte eine Brille. Und da fiel mir ein, dass ich ihn auch ein paarmal gesehen habe. Wir waren ja alle noch jung, damals.«

»Wie alt wäre Monsieur Robert denn jetzt?«

»Na ja, so vierzig. Ich selbst bin fünfzig.«

»Dieser Freund Jean könnte also zwischen vierzig und fünfzig sein.« Ricolet schrieb die Aussage auf. »Was hat das mit dem Haus zu tun?«

»Na ja, mein Nachbar hat doch ausgesagt, er hätte vor einem Jahr einen Fremden hier gesehen. Das stimmt, ich habe ihn auch gesehen. Zwei Mal vor Maries Tod und einmal danach. Er hatte eine Brille. Und als meine Mutter mir von Jean erzählte, dachte ich, vielleicht war dieser Fremde mit der Brille ja Jean. Und der hat dann einen Schlüssel zum Haus. Vielleicht war er ja wirklich der Freund der Familie, auch wenn man ihn weiß Gott nicht oft gesehen hat. Das war's. Wie gesagt, ich weiß nicht, ob das wichtig ist, aber ich wollte es doch zu Protokoll geben.«

»Dafür bedanke ich mich.«

Ricolet erinnerte sich an das Foto von Allais, das er eingesteckt hatte. Schnell zog er die Brieftasche aus seinem Jackett und hielt Monsieur Cerceval die abgerissene Hälfte der Fotografie vor die Nase.

»Könnte dieser Mann der Fremde sein?«

Cerceval riss die Augen auf: »*Merde!* Ja, das ist er. Der Kerl war hier, mit einem Schlüssel.«

Ricolet nickte zufrieden. »Gehen Sie doch im Laufe des Tages zum hiesigen Revier und wiederholen diese Aussage. Sagen Sie, ich hätte Sie geschickt.«

»Das mache ich, Monsieur Ricolet.«

Sie schüttelten einander die Hände, und Ricolet wandte sich nach einem letzten Blick auf das Haus zum Gehen. Wie sollte sein nächster Schritt aussehen? Er hatte das Gefühl, als warteten hundert Aufgaben auf ihn, denen er nicht gleichzeitig gerecht werden konnte.

Während er den Place du Tertre überquerte, wo er zwei Velo-Taxis auswich, dachte er an Jean Allais, Kunsthändler aus der Rue Vieille du Temple. Es schien, als hätte der Galerist eine größere Bedeutung als ursprünglich angenommen. Das Bild zu verkaufen war eine Sache, aber einen Toten in einem ihm bekannten Haus zu verstecken eine andere. Die Aussage des Zeugen veränderte seinen Blick auf den Fall, wie bei einem Kaleidoskop, wenn man durch ein sanftes Drehen alles in einer anderen Farbe erstrahlen ließ.

Unterwegs hielt er bei einem Bistro und rief von dort aus das Revier des 18. Arrondissements an. Während er sich den Schaum eines Bieres vom Mund abwischte, wartete er auf die Verbindung. Als sich ein Inspektor meldete, forderte Ricolet einen Beschluss für die Durchsuchung des Hauses der Witwe Robert an und beschrieb das Gemälde, so gut es ging. Er hatte nicht viel Hoffnung, dass Allais das kostbare Bild dort versteckt hatte, wo Kinder ungehindert spielen konnten, doch er musste sich vergewissern.

Dann setzte er seinen Weg fort, die erste Aufgabe war abgehakt. Als die Kirchenglocken von Sacré-Cœur und weitere Kirchen die Mittagstunde einläuteten, hielt er an, um den vollen Tönen zu lauschen. Gern hätte er gewusst, ob die Nazis einige der Bronzeglocken konfisziert hatten. Und jetzt fiel ihm auch ein, was er als Nächstes zu tun hatte. Die Kirche Saint-Jean lag auf seinem Weg, und er beschloss, sich dort umzusehen, so wie er es Luizet angekündigt hatte.

Die Pflastersteine des Place des Abbesses glänzten, und das grüne Guimard-Dach der Metro-Station tat es ihnen nach. Ricolet setzte sich auf eine Bank und betrachtete den Kirchturm, in dem das blecherne Geläut nun allmählich verstummte. Diese Glocken hatten die Nazis wohlweislich nicht einkassiert, dachte er schmunzelnd und schloss die Augen, um sich auf diesem gemütlichen Platz, der ja quasi seine neue Nachbarschaft war, den Gerüchen von Staub, Bäumen und Brotduft hinzugeben und dem Kreischen der kleinen Kinder zuzuhören, die nicht weit entfernt auf dem alten Karussell ihre Runden drehten. Es dauerte nicht lange, bis die Tauben Gefallen an ihm gefunden hatten und ihn gurrend umkreisten. Die Atmosphäre tat ihm gut, er fühlte sich wohl und geborgen im kleinen Kosmos des Montmartre. Er spürte, wie sich seine wirbelnden Gedanken zu diesem Fall beruhigten und zu einem dichten Netz verbanden. Dieses Quartier stärkte ihm den Rücken, er verschmolz mit ihm, langsam, aber stetig.

Mit frischem Blick betrachtete er die Kirche, die er vorher kaum beachtet hatte. Sie wirkte trotz ihrer gefälligen Schmuckbögen aus glasierter Keramik gedrungen, und der rötliche Backstein passte zu den verrußten Fronten der umliegenden Gebäude. Die Tür stand offen, im Inneren erkannte er das Flackern einiger Opferkerzen.

Ein Mann mit einem Koffer trat in sein Blickfeld und erregte seine Aufmerksamkeit. Der Fremde schlenderte langsam auf die Kirche zu, sah zur Sonne hinauf und wischte sich die Stirn mit einem Taschentuch ab. Dann trat er ein. Ein Besucher, der in der kühlen Kirche verschnaufen wollte.

Eine ältere Frau mit einer Einkaufstasche näherte sich. Sie setzte sich zu ihm und brach etwas von der Kruste eines Baguettes ab. Sofort ließen die Vögel ihn im Stich und tippelten zu ihrer neuen Gönnerin.

»So wenige Tauben hier. Na ja, die schmecken eben gut. Ist ja dann kein Wunder, nicht wahr, Monsieur?«

»Da haben Sie recht. Wohnen Sie hier in der Nähe?«

Sie wies mit ihrem Kinn nach links. »An der Ecke dort.«

»Gehen Sie auch in diese Kirche? Kennen Sie den Pfarrer?«

Die Frau trug einen leichten Sommermantel, doch ihre Strümpfe waren aus grober Wolle gestrickt. »Na ja, seitdem der neue Pfarrer da ist … Ich mochte den alten lieber.«

»Seit wann ist er denn da?«

»Seit der Libération. Er kam wohl direkt aus Rom, so habe ich es gehört.«

Was Ricolet zu der Frage brachte, woher Brulait den neuen Pfarrer kannte, bei dem er so fromm die Beichte abgelegt hatte. »Ist dieser Pfarrer denn nicht nett?«

»Ach«, winkte sie ab. »Es geht. Er lässt einen in Ruhe. Auch die Nutten hier sind sicher vor ihm, er interessiert sich nicht für fehlgeleitete Schäfchen.«

»Aber?«, hakte Ricolet nach und bemerkte aus den Augenwinkeln, dass der fremde Mann die Kirche wieder verließ und heiteren Schrittes davonging.

»Es sind so einige Fremde hier. Früher gingen nur die Anwohner zur Messe. Aber jetzt – Sie sehen ja, dieser Kerl da, der jetzt fortgeht. So geht es immer öfter. Rein, raus, rein, raus. Keine Ruhe beim Beten, die Menschen haben einfach keine Muße mehr. Das kommt alles vom Krieg.«

Ricolet murmelte ein paar verständnisvolle Worte, während er nachdachte. Fremde Leute. Und Brulait war einer von ihnen. Was ging in dieser Kirche wirklich vor sich?

Die Frau krümelte das letzte Stückchen Brot auf, packte ihre Tasche und schlurfte wortlos davon. Dann erhob sich auch Ricolet und steuerte auf die Bronzereliefs zu; Engel, die den Gläubigen den Weg ins Innere wiesen. Hoffentlich würden sie ihm auch den Grund für Brulaits seltsamen Besuch offenbaren.

In der Kirche empfing ihn der Duft von Weihrauch und Wachs, jener modrig-feierliche Geruch, der jede Kirche innerhalb Europas im Nu zur eigenen machte. Niemand war zu sehen. Er betrachtete das hohe Schiff. Dulac hatte ihm vor seinem Aufbruch erzählt, dass diese Kirche aus Stahlträgern erbaut worden war, ein Novum im Kirchenbau. Ricolet hatte nicht oft neue Kirchen gesehen und als Protestant erst recht keine katholischen. Kurz entschlossen zog er sich in den Schatten einer Seitenkapelle zurück und beobachtete den Priester, einen kleinen, dicklichen Mann, der den Beichtstuhl betrat und sich auf seinen Platz setzte, bevor er die schmale Holztür hinter sich schloss.

Wie bei Brulait, dachte Ricolet und wartete. Eine Wolke schob sich vor die Sonne und verdunkelte mit einem Schlag das Gewölbe, als erneut ein Mann eintrat, der einen kleinen Koffer bei sich trug. Er steuerte den Beichtstuhl an und kniete sich im Inneren nieder. Ricolet schlich näher. Der bodenlange Vorhang verbarg den reuigen Sünder, doch dann verhinderte der Eintritt einer Frau mit grauem Haar Ricolets Versuch, etwas von dem Gespräch mitzubekommen.

In Ermanglung eines ordentlichen Verstecks setzte er sich in die letzte Bank und wartete. Er fragte sich, wieso innerhalb kurzer Zeit zwei Männer mit Koffern die Kirche besuchten. Ein Zufall? Nach nicht einmal einer Minute verließ der Mann wieder den Beichtstuhl und ging zur Tür. Die Liste seiner Sünden schien nicht lang gewesen zu sein.

Ricolet ließ ein wenig enttäuscht den Blick durch das hohe Gewölbe schweifen. Als die Kirchentür hinter dem Mann ins Schloss fiel, zuckte er zusammen. Etwas stimmte nicht … Er sprang auf, ließ den Beichtstuhl nicht aus den Augen. Der Pfarrer kam heraus, beugte sich in die Beichtkabine nebenan und wandte sich dann dem Hochaltar zu, hinter dem wohl die Sakristei lag. In der Hand hielt er einen Koffer – den Koffer des Beichtenden von zuvor!

Das Kaleidoskop drehte sich erneut, wieder ergab sich eine neue Form. Vorhin hatte er nicht darauf geachtet, ob der erste Mann beim Verlassen der Kirche seinen Koffer bei sich gehabt hatte. Doch wenn nicht? Dann war die Sache klar. Das hier war keine Gepäckaufbewahrung sondern etwas völlig anderes.

Von einer Sekunde auf die nächste beschloss Ricolet zu improvisieren. Bevor der Priester die Sakristei erreichen konnte, war er hinter ihm und räusperte sich. Sein Herz klopfte vor Aufregung. Wenn alles so war, wie er vermutete, musste er diesen Versuch starten.

»Herr Pfarrer!«

Verdammt, er wusste gar nicht, wie man einen katholischen Priester ansprach. Der Geistliche drehte sich um und stellte den Koffer ab.

»Mein Sohn, was kann ich für dich tun?« Der Blick des Mannes war misstrauisch.

»Hochwürden, ich bin in einer verzweifelten Lage. Und ich weiß nicht, ob ich hier richtig bin …«

»Im Hause Gottes ist man immer richtig.«

»Ja, natürlich, aber wenn man … Ich fürchte, ich habe Unrecht getan und muss die Heimat verlassen.«

»Was meinst du, mein Sohn?« Der Pfarrer trat einen Schritt näher und legte den Kopf schief.

»Ich … ich muss das Land verlassen. Hatte die falschen Freunde, verstehen Sie?«

»Nicht doch, mein Sohn. Freunde sind wichtig im Leben. Sie helfen einem weiter.«

Bei diesen Worten sah der Pfarrer ihm tief in die Augen, abwartend, herausfordernd. Was sollte er darauf erwidern? Ricolet setzte alles auf eine Karte.

»Ja, gewiss. Also, mein Freund, der Auguste Brulait, der wollte mir ja helfen. Weil ihm selbst auch geholfen wurde. Er war es, der mir sagte, dass ich im Hause Gottes richtig bin.«

»Wie wahr, mein Sohn. Du möchtest also die Beichte ablegen. Komm.«

Der Pfarrer nahm seinen Koffer auf, ging wieder in Richtung des Beichtstuhls und bezog seinen Platz.

Ricolet betrat die dunkle Kabine und kniete sich auf ein Bänkchen. Es schimmerte kaum Licht durch das filigrane Holzgitter, das ihre Plätze trennte, und er war froh, dass ihm der Priester seine

Aufregung so nicht ansehen konnte. Ohne Zweifel hatte er einen Fluchthelfer aufgespürt, der zahlungskräftige Personen, in diesem Fall Kollaborateure, ins Ausland schaffte.

»Wie heißen Sie? Zeigen Sie mir Ihre Papiere.«

Vom Schäfchen der gläubigen Herde wurde er nun also zu einem Kunden, den man siezte.

»Gut, aber … einen Augenblick.«

Das Zögern war nicht gespielt. Wenn der Pfarrer beim Anblick seines Ausweises einen Rückzieher machte, würde er nichts mehr erfahren. Für den Bruchteil einer Sekunde überlegte er, ob er einen falschen Namen nennen sollte, doch entschied sich dagegen. Brulait war immerhin auch bei der Sûreté. Anscheinend fürchtete der Pfarrer also keine Polizeibeamten.

»Bitte nicht erschrecken, Hochwürden. Ich bin Jean Ricolet, ein Kollege von Kommissar Brulait. Gott sei Dank, sonst hätte ich nie von dieser Möglichkeit erfahren«, versuchte er zu beschwichtigen.

Er zog seinen Ausweis hervor und hielt ihn an das Holzgitter. Für einen kurzen Moment erhellte Licht vom zurückgezogenen Vorhang die Kabine, und er sah den Kopf des Priesters, der den Ausweis prüfte. Dann wurde es wieder dämmrig.

»Ach, ich verstehe. Nun, ein Freund ist gut, ein zweiter ist besser. Sie müssen verstehen, dass ich mich absichern muss.«

»Aber ich kenne keinen weiteren Freund. Bitte, Herr Pfarrer, es ist wirklich wichtig. Ich habe mit den Deutschen im Jeu de Paume zusammengearbeitet. Jetzt sind meine Kollegen so komisch geworden, sie sehen mich so verächtlich an. Da ist was im Busch. Brulait erschien mir vertrauensvoll genug. Sie hegen doch hoffentlich kein Misstrauen gegen ihn?«

Ricolet wartete gebannt, während der Pfarrer einen tiefen Atemzug nahm. Hoffentlich war seine Geldgier – oder sollte man sagen, seine christliche Nächstenliebe? – größer als sein Zweifel. Die Sekunden zogen sich quälend lang hin. Ricolet konnte sich lebhaft vorstellen, wie dieser Mann einen Beichtenden auf die Folter spannte. Er knetete seine Finger, bis sie heiß und verschwitzt waren. Endlich drang das Wispern wieder an sein Ohr.

»Wir müssen schnell machen. Sie möchten also Frankreich verlassen. In den Süden? Nach Übersee?«

Das Glockengeläut setzte ein und rief zur Messe. Ricolet hatte im Aushang gelesen, dass in einer halben Stunde eine Hochzeit stattfinden sollte. Er wisperte gegen das Geläut an.

»In den Süden reicht mir momentan. Was benötige ich dafür, und was muss ich tun?«

»Hat Brulait Ihnen das nicht gesagt?«

»Wir haben uns darauf geeinigt, dass wir uns nicht mehr sehen, verstehen Sie? Es ist sowieso besser, wenn niemand weiß, wann es beim anderen losgeht.«

»Eine gute Vorsichtsmaßnahme.«

An den tippelnden Schritten und am dumpfen Gepolter im Mittelschiff erkannte er, dass inzwischen einige Kirchgänger eintrafen und die Bänke betraten.

»Es kostet einiges, aber ich bekomme neue Papiere, nicht wahr?« Das Naheliegende war immer gut, und es täuschte ein wenig Kompetenz vor.

»Vorab 15 000 Francs. Bei Abreise weitere 20 000.«

»Was? So viel?« Ricolet war ehrlich überrascht.

»Neue Pässe sind teuer.«

»Wie schnell geht das? Ich denke, bei Brulait geht die Reise bald los. Ich könnte mit ihm reisen.«

»Das entscheidet sich morgen Abend, aber ich befürchte, die Gruppe ist voll.«

Kein Wunder, wenn hier ständig Männer mit Koffern auftauchen. Ihm fiel ein, dass Allais ebenfalls Mitglied dieser Fluchtgruppe sein könnte – noch ein Koffer und in ihm: der Raffael! Sein Herz schlug schneller.

»Kommt er dann her? Ich will ihm nicht in die Arme laufen. Es könnte verdächtig aussehen, wenn sich zwei Kriminalbeamte hier sozusagen den Beichtstuhl in die Hand geben.«

»Richtig. Dann kommen Sie übermorgen um diese Zeit wieder hierher.«

Am liebsten hätte Ricolet im Triumph aufgeschrien. Brulait traf morgen Abend hier in der Kirche ein. Das war ungeheuerlich! Bei dieser Gelegenheit könnte man ihn auf frischer Tat oder sozusagen direkt auf der Flucht ertappen. Es blieb nur zu hoffen, dass Brulait nicht in verdeckter Mission aktiv war. Dieser Gedanke kam ihm zwar abstrus vor, doch es war eine Möglichkeit. Brulait könnte nur so tun, als würde er fliehen wollen, während er in Wirklichkeit ein Fluchtnetzwerk aufdecken wollte. Dieses Risiko war Ricolet jedoch bereit einzugehen.

Er musste zudem hoffen, dass sich der Pfarrer nicht sofort bei Brulait über ihn erkundigte, um seine Angaben zu prüfen. Das würde das Ende dieser Täuschung bedeuten, und wer konnte schon sagen, wann sich der nächste Hinweis auf Brulaits Flucht ergeben würde.

»Danke, Sie haben mir sehr geholfen. Ich werde versuchen, das Geld bis übermorgen aufzutreiben.«

»Geh mit Gott, mein Sohn.« Und mit etwas lauterer Stimme fuhr der Priester fort: *»Ego te absolvo a peccatis tuis in nomine patris et filii et spiritus sancti.«*

»Amen«, antwortete Ricolet folgsam und machte unwillkürlich das Kreuzzeichen.

Dann trat er aus dem Beichtstuhl heraus, wobei ihn ein Mann mit Halbglatze, der es sich in der Nähe bequem gemacht hatte, beobachtete. Ricolet ließ sich nichts anmerken, er beugte die Knie, machte erneut ein Kreuzzeichen und wandte sich um. Gleichmäßig atmend schritt er über die bunten Lichtmuster, die die Sonne auf die Steinplatten zeichnete. Obwohl er sein Gewissen nicht wirklich erleichtert hatte, glaubte er zu verstehen, was die Katholiken zur Beichte führte. Die majestätische Aura in der Kirche, der zeremonielle Habitus und die Absolution des Priesters, all das wirkte befreiend, als würden sich neue Tore für ihn auftun. Und natürlich beflügelte ihn auch die Aussicht, morgen Abend den Fall aufklären zu können und das Gemälde in den Händen zu halten.

Draußen schlug ihm die Hitze entgegen, als würde er gegen eine Wand laufen. Er war immer noch wie betäubt über seinen unerwarteten Erfolg und grinste vor sich hin, hüpfte regelrecht die Stufen zur Metro hinunter. Am liebsten hätte er den Präfekten um die sofortige Festnahme Brulaits gebeten, doch damit würden sie Allais und dem Bild kein Stück näher kommen. Doch morgen Abend …

Mit dem befriedigenden Gefühl, heute einen ungeheuren Schritt nach vorn getan zu haben, kehrte er an den Quai zurück. Ein Schlosser würde später noch den Tresor in Allais' Lager öffnen, und Alphonse sollte in der Montmartre-Kneipe den unbekannten Mann identifizieren, mit dem Brulait gesprochen hatte. Endlich musste er keine Geheimaktionen mehr durchführen, er hatte den Präfekten auf seiner Seite. Und morgen früh würde er diese neue Stärke an jemandem auslassen. Ja, er würde Madame Cortulet endlich mal richtig auf den Zahn fühlen.

*

Auguste Brulait war in seiner Wohnung am Boulevard Voltaire angekommen. Der Koffer war gepackt, alles war geregelt. Der Concierge hatte er gesagt, dass er Urlaub genommen hätte und zu Verwandten fahre, den Strom hatte er bereits abgestellt. Jetzt musste er nur noch den Wasserhaupthahn zudrehen.

Nach einem letzten Blick auf sein Heim wandte er sich ab. Nun konnte es losgehen. Dieser Schritt, den Ricolet mit seinen Ermittlungen erzwungen hatte, motivierte ihn auf seltsame Weise, stimmte ihn fast euphorisch. Er wollte nicht nur abschließen mit seiner Arbeit, sondern auch mit seinen Landsleuten, die nie wussten, was gut für sie war. Ständig waren sie am Jammern und Demonstrieren, am Barrikaden bauen. Gute französische Tradition? Lachhaft. Rebellentum war das, nichts anderes. Insubordination, anstatt sich am Riemen zu reißen. Sie hatten nur im Kopf, dass der Wein auf dem Tisch stand, der Tabak nicht ausging und die Theater nicht schlossen.

Brulait schüttelte den Kopf. Mit dieser neuen, schnelllebigen Zeit konnte er nichts anfangen. Seltsame Theaterstücke mit kuriosen Themen, Bücher, in denen alles, was gut war, verrissen wurde. Und dann diese langhaarigen Jugendlichen, Zazous nannten sie sich, trugen lange karierte Jacketts und schleppten ständig einen Regenschirm mit sich herum. Dazu diese Affenmusik, Jazz und dieser ekelerregende Swing. Gut, dass die Deutschen das verboten hatten. Jetzt sah man überall Unmoral und Verweichlichung. Kein Wunder, dass es mit Frankreich bergab ging.

Mit Genugtuung betrat er die Straße, den Koffer in seiner Hand. Das Trottoir und die Wände strahlten an diesem Nachmittag eine Wärme ab, die ihn angenehm durchdrang. Er fühlte sich angespannt und gleichzeitig beflügelt. Er hatte sich richtig entschieden. Es mochte für andere wie eine Flucht aussehen, doch für ihn war es die demonstrative Abkehr aus dem Chaos dieser modernen Zeit, welche die Deutschen leider nicht hatten aufhalten können. Ein Raffael, dessen Schönheit die Zeiten überdauerte. Ja, das war etwas anderes als diese Kleckserei der Schmierfinken in Montmartre. Und das wussten auch reiche Amerikaner, die lechzten nach den guten, beständigen Werten und Traditionen aus dem alten Europa.

Sein Koffer war nicht allzu schwer, was brauchte ein alleinstehender Witwer schon? Er hatte das Geld aus der Asservatenkammer bei sich, den Schmuck seiner Mutter hatte er schon verkauft, das Sparbuch war leer geräumt. Mit 150 000 Francs konnte er eine Weile gut leben. Er konnte in Lissabon ein kleines Geschäft aufmachen, einen Tabakladen vielleicht. Und wenn das Bild erst verkauft war, konnte er sich überlegen, wo er ein sorgenfreies, angenehmes Leben führen würde.

Er schlenderte den Boulevard mit seinen klassizistischen Fronten entlang. Kleine Läden und Kneipen wechselten sich ab. An der Station Saint-Ambroise bestieg er die Metro, die ihn wieder zum Montmartre brachte. Am Boulevard de Clichy hatte er Allais in einem heruntergekommenen Hotel untergebracht, wo niemand unangenehme Fragen stellte. Dort würde auch er noch ein, zwei Nächte unbehelligt wohnen können.

Als er sich unter falschem Namen angemeldet und ein Zimmer neben Allais bezogen hatte, machte er sich frisch und wechselte das Hemd. Ihm fiel auf, dass er vergessen hatte, das Bild seiner Frau in den Koffer zu packen. Er *musste* es mitnehmen, ihr Lächeln war das Einzige, was ihm einen klaren Kopf verschaffte. Bis zu ihrem Tod war sie wie ein Schmetterling mit einer Leichtigkeit durchs Leben geflattert, der nicht mal ihre Kinderlosigkeit etwas anhaben konnte. Stets war sie zuversichtlich und liebevoll gewesen, ein fester Anker in seinem tristen Leben. Er musste gleich noch einmal zurück, bevor der Präfekt etwas gegen ihn unternahm!

Er verließ hastig das Zimmer, klopfte an die Tür seines Nachbarn und gab sich mit halblauter Stimme zu erkennen.

Jean Allais' hohe Stirn glänzte vor Schweiß, als er ihm die Tür öffnete. In seinem Zimmer war es brüllend heiß.

»Kommissar, was treibt Sie denn her?«, begrüßte er Brulait, zog seine Hosenträger hoch und streifte sich ein Jackett über.

»Nur keine Umstände, Allais. Und mit dem Kommissar ist es aus und vorbei.«

Das Gesicht des Mannes vor ihm schien innerhalb weniger Tage um Jahre gealtert zu sein, und das, obwohl Allais zehn Jahre jünger war als er selbst. Seine Brille war mit Fingerabdrücken übersät, und er war eindeutig nervös.

»Haben Sie einen Käufer für das Bild auftun können?«, fragte Brulait.

Allais bot ihm einen Stuhl an und setzte sich seufzend auf die Bettkante. Ein aufgeschlagenes Buch lag auf dem Kopfkissen.

»Meine Bemühungen waren leider nicht von Erfolg gekrönt. Jeder Händler fürchtet seit dem Erscheinen des Artikels, dass er der Hehlerei und Kollaboration beschuldigt werden könnte. Und einen Endkunden zu finden braucht auch seine Zeit. Briefe, Telefonate, Sie wissen schon.«

»Nein, ich weiß davon nichts. Aber wie auch immer. Morgen Abend treffen wir uns zur gewohnten Uhrzeit in der Kirche. Dort bekommen wir Informationen, wenn nicht sogar schon die Pässe. Und wir müssen den Pfarrer bezahlen. Also nehmen Sie Geld mit.«

»Gut.«

»Und das Bild natürlich auch. Bitte holen Sie es so bald es geht aus dem Versteck – wo auch immer das ist. Wir werden hoffentlich in zwei, drei Tagen das Land verlassen können. Sobald wir die portugiesischen Pässe haben.«

Der Kunsthändler runzelte die Stirn. »Ich soll den Raffael holen?«

Brulait beugte sich vor. »Wovon reden wir denn die ganze Zeit? Von einem beschissenen Gekritzel von Picasso? Machen Sie mir bloß keine Schwierigkeiten, sonst ist es aus mit Ihnen. Sie wissen, was für Sie auf dem Spiel steht.«

Doch zu seiner Überraschung winkte Allais gelangweilt ab. Seine Wut stieg, als er den Grund für diese Arroganz begriff: Solange Allais das Versteck nicht preisgab, konnte Brulait ihn wohl kaum unter Druck setzen.

Allais entgegnete: »Als Ihr kleiner Inspektor neugierig wurde, habe ich Sie angerufen. Sie sollten verhindern, dass ein Verdacht bezüglich des Bildes auf mich fällt. Davon habe ich bisher nicht viel bemerkt. Ich bedaure, dass ich mich von Ihnen habe überreden lassen, außer Landes zu gehen.«

Ein nervöses Pochen machte sich in Brulaits Schläfe bemerkbar.

Ganz ruhig, Auguste, ganz ruhig, ermahnte er sich und holte tief Luft. Dann lächelte er herablassend.

»Hitler zu betrügen, ist immer noch nicht gesund, wissen Sie. Selbst heute nicht.«

Er sah, wie Allais blass wurde. Sicher dachte er an den Folterkeller der Gestapo in der Rue des Saussaies. Wie schade, dass dieser nicht mehr existierte. Trotzdem genügte der Hinweis auf die noch in der Stadt anwesenden Geheimdienstler, um Allais den Wind aus den Segeln zu nehmen. Brulait brauchte gar nicht weiter ins Detail zu gehen. Sein Gegenüber schien nun tief in Gedanken versunken zu sein.

»Sie drohen mir also?«

Plötzlich lächelte Allais. Brulait verstand diese Reaktion nicht, doch er bekräftigte: »Nichts und niemand kann Sie retten, wenn Sie mir nicht gehorchen. Wir sind immer noch auf der gleichen Seite. Verkaufen Sie das Bild – hier oder im Ausland. Und dann erst gehen wir als reiche Leute getrennte Wege, so einfach ist das.«

Da stand Allais auf und reichte ihm die Hand. »*D'accord.* Nehmen Sie mein Zögern nicht persönlich.«

Das versöhnliche Grinsen des Galeristen gefiel Brulait überhaupt nicht, doch er schlug ein. Er musste zusehen, dass er ihn bald loswurde. Irgendetwas stimmte ganz und gar nicht.

*

Sie trafen sich am Nachmittag in einer Eckkneipe an der Rue Danton, denn so brauchte Pauline nur eine Metrostation weiter zu fahren. Sie trug weder Hut noch Handschuhe, denn die Sonne meinte es wieder gut mit ihnen. Ohnehin waren solche Accessoires völlig unnütz. Früher hatte Pauline die jungen Frauen beneidet, die Schiaparelli-Kleider trugen anstatt ordentlicher Kleider von Chanel. Doch jetzt war der Stoff knapp, der Sommer heiß. Am liebsten wäre sie im Negligé rausgegangen, und noch lieber hätte sie sich sorglos im Badeanzug auf die heißen Steine am Seine-Ufer gelegt, wo fast jeden Tag Kinder ins Wasser hüpften und sich junge Frauen sonnten.

Als sie Ricolet sah, winkte sie ihm zu. Es fühlte sich gut an, in seiner Nähe zu sein. Seine Wangen waren leicht gerötet, als wäre er eilig zu Fuß gegangen.

Nachdem sie im kühlen Inneren der Kneipe Platz genommen und etwas bestellt hatten, lehnte sich Ricolet verschwörerisch vor.

»Sag, wie gut kanntest du Rabinovich eigentlich? War er ein Freund der Familie?«

»Ja, das war er.«

Er legte seine Hand auf ihre, und sein Gesicht wurde ernst. Sie wusste sofort, dass er eine schlechte Neuigkeit hatte.

»Dann muss ich dir jetzt leider sagen, dass er wahrscheinlich von Petiot getötet wurde. Das Bild befand sich in seinem Koffer. Brulait hat es dort gefunden und wohl an Henkmann verkauft oder verkaufen *wollen*.«

Pauline schloss die Augen und ließ diese Nachricht sacken. Alles war im Umbruch, alles im Wandel. Der gute Rabinovich hatte es nicht verdient, so zu enden.

»Ach, Jean«, sagte sie seufzend. »Ich habe es ja geahnt. Aber nun die Gewissheit … Ich werde es Maman nicht sagen. Sie hat genug Sorgen.«

Ob sie den Tag erleben würde, an dem sie mit ihrer Mutter offen sprechen konnte? Sie glaubte nicht daran. Doch dieser Gedanke führte sie zu Steinmann. Als Ricolet seinen Bericht, wie er Brulait auf die Schliche gekommen war, beendet hatte, stieg ihre Anspannung. War es wirklich möglich, bald das Bild in Händen zu halten? Den jungen Mann aus der Renaissance, der ihre frühe Jugend versüßt hatte? Dafür musste sie nun die Karten auf den Tisch legen.

»Das war wirklich schlau von dir, Jean. Übrigens gehörte das

Bild einem Deutschen – und er hatte es meinem Großvater verkauft.«

Die Überraschung stand Ricolet ins Gesicht geschrieben. Sie bereute fast ihren Entschluss, ihn wenigstens teilweise über ihre familiäre Beteiligung aufzuklären.

»Was? Der Raffael gehörte deinem Großvater? Das hast du mir verschwiegen?«

Ihre Wangen wurden glühend heiß. »Es tut mir leid, Jean, aber ich hatte Angst, dass du mich verdächtigst. Ich habe es wirklich zufällig im Museum gesehen, und sofort habe ich versucht, dieses Bild aus den Händen des ERR zu retten. Und du hast herausgefunden, wie es dorthin gekommen ist. Dafür danke ich dir.«

Sie sah, dass sich Ricolets Brust heftig hob und senkte. Er wandte das Gesicht ab. Sie legte die Hand auf seine.

»Jean, nur deshalb bin ich mit Paul ins Bett gegangen. Sonst wäre ich nie auf die Idee gekommen. Es war alles Teil meines Plans.«

Ihre Augen füllten sich mit Tränen, sie konnte nicht verhindern, dass der Ekel wieder in ihr aufstieg. Dabei sagte man doch immer, dass man schlimme Dinge nicht so lange im Gedächtnis behielt wie schöne. Bei ihr war es wohl umgekehrt.

Da umfasste Ricolet ihre Hand und sah sie an. »Gut, ich glaube dir. Aber du musst zugeben, dass du mich ausgenutzt hast, um mehr zu erfahren.«

»Ich habe dich auf die Spur des Bildes gebracht, als die Gefahr bestand, dass es verkauft wird. Bitte sei mir nicht böse.«

Er drückte ihre Hand so fest zusammen, dass es ihr beinahe wehtat. »In Ordnung. Aber ab jetzt keine Notlügen und Ausreden mehr.«

»Bestimmt nicht.«

Verdammt, sie musste schon wieder flunkern. Doch eigentlich war ja nicht wichtig, dass sie Unterlagen zu dem Bild im Schreibtisch ihres Großvaters gefunden hatte. Dieser Fund änderte ja nichts an dem Fall Henkmann und dem Verschwinden des Gemäldes.

»Und dein Großvater hat das Bild also an Rabinovich verkauft?«

»Ja, so war es. Aber sag, hast du die Namen der Botschaftsangehörigen herausfinden können?«

Da lächelte Ricolet und zog ein Papier aus seinem Jackett. »Besser. Heute war wirklich ein guter Tag. Ich darf dir nicht alles erzählen.« Er grinste sie neckend an. »Aber ich habe nicht nur die gewünschten Namen der Mitarbeiter, sondern auch die Dauer ihrer Anstellung. Moronde ist wirklich ein Meister seines Fachs.«

Er übergab ihr die Liste. Sie lächelte ihn versöhnlich an, dann fuhr sie mit dem Finger über die Zeilen, doch es dauerte nicht lange, bis ihr Herz zu klopfen begann.

»Wen suchst du?«

Pauline sah auf. »Felix Steinmann. Er arbeitete in der Botschaft von 1920 bis 1924 und 1935 bis 1936.«

Nun war also klar, dass ihr Großvater und Steinmann sich in den 20er-Jahren hatten kennenlernen können und nicht im Großen Krieg, wie Pauline erst vermutet hatte.

»Das ist der Mann, der vor Großvater das Bild besessen hatte«, fuhr sie fort und zog Josettes Foto aus der Handtasche, um es Ricolet zu zeigen. »Wenn wir jetzt herausfinden, ob dieser Mann Steinmann ist, bin ich einen Schritt weiter.«

Er schüttelte den Kopf. »Warum ist dir das so wichtig? Weshalb möchtest du überhaupt das Bild wiedersehen?«

Da beugte sie sich vor. Beinahe hätte sie gesagt: *Weil das Bild mir gehören sollte.* Sie legte das Foto auf den Tisch und suchte krampfhaft nach einer Antwort. Ihr kam entgegen, dass Ricolet nicht viel vom Kunstmarkt verstand.

»Ich will nur vermeiden, dass der Verdacht entsteht, Großvater habe es unrechtmäßig an sich gebracht, verstehst du? Vor Steinmann hat das Bild einem Juden gehört. Du weißt, wie so ein Handel in Deutschland zustandegekommen sein könnte.«

»Es wurde geraubt, meinst du? Du fürchtest, dein Großvater besaß ein geraubtes Bild.«

»Es könnte doch sein. Eine falsche Anklage kann den Ruf eines Mannes zerstören, und das will ich nicht. Auch nicht nach seinem Tod. Und das Bild wiederzusehen – *mon Dieu*, du weißt doch, dass es ein Wettlauf ist. Ein Agent Hitlers ist auch hinter dem Bild her, dem Begleiter meiner Kindheit. Maman wollte nie, dass ich es sehe. Sie meinte, es läge ein Fluch auf ihm. Aber mir bedeuten das Bild und auch der Ruf meines Großvaters viel.«

Sie dachte an die Aufschrift auf der Mappe: *Für Pauline, 03.07.1923.* Nachdenklich nahm sie einen Schluck Limonade. Da kam ihr die Eingebung, auf die sie gewartet hatte, so plötzlich, dass es ihr den Atem verschlug. Alles lag doch so klar und offen vor ihr. Warum hatte sie nicht vorher daran gedacht?

Rabinovich war, so wusste sie jetzt, ein guter Freund der Familie gewesen, und er hatte das Bild nur für sie aufbewahrt. Großvater musste es vor seinen Gläubigern verstecken, deshalb hatte er es nach Paris schaffen lassen. Zu Rabinovich. Im Frühsommer 1943 musste dieser dann flüchten, denn es herrschte Not und Bedrängnis. Er verkaufte seine Bilder, bis auf den Raffael, während sie selbst zu der Zeit in der Auvergne gewesen war. Im Herbst war sie dann in Paris zum Widerstand gestoßen, und im Mai 1944 wurde sie im ERR eingestellt. Rabinovich hatte sie und ihre Mutter wohl einfach nicht aufspüren können, also hatte er den Raffael auf seiner Flucht mitgenommen, um ihn ihr später aus Übersee zukommen zu lassen. So heilig war ihm die Pflicht als Freund gewesen. Aber Petiot hatte seine Pläne zunichtegemacht und ihn getötet. Es war Ironie des Schicksals, dass der Mörder dieses wertvolle Bild übersehen hatte.

Wahrscheinlich weil ihre Mutter so schlecht auf das Gemälde zu sprechen war – der Fluch besaß schon eine besorgniserregende Berechtigung –, hatte ihr Großvater den Umweg über Rabinovich genommen, um es Pauline als Erbe zu übertragen. Und sie war

ihr, dass der Mann ihr hier in der Öffentlichkeit nichts anhaben konnte.

»Sieh an, die kleine Pauline. Immer noch auf der Suche nach dem Raffael?«

Der Druck seines Armes wurde schwächer, und Pauline drückte ihn etwas von sich. »Für Sie immer noch Mademoiselle Drucat. Sagen Sie mir, wer Sie sind. Warum ist das Bild so wichtig für Sie? Bekommen Sie von Hitler eine hohe Belohnung? An diesem Raffael klebt viel Blut.«

»Oho, so dramatisch. Hitler stört sich nicht an etwas Blut. Aber der Führer ist mir egal. Was hast du inzwischen erfahren? Wo ist es?«

»Lassen Sie mich in Ruhe!« Sie drückte sich mit aller Kraft von der Wand ab, und tatsächlich wich der Unbekannte einen Schritt zurück.

»Hör mal, Pauline, du weißt, dass das Bild mir gehört! Und ich werde es finden. Du hast mir schon genug Ärger gemacht.«

»Ich?«

»Ja, du …«

»Pauline!« Ein Ruf hallte durch die Tunnel, woraufhin der Mann sich umsah.

Pauline atmete auf, als sie Ricolet auf sie zueilen sah. Sein Blick war entschlossen, und er schien vor Wut zu schäumen. Mit einem Satz wich der Unbekannte zurück, stieß einen Fluch aus und rannte davon, in Richtung Bahnsteig. Doch Ricolet nahm die Verfolgung auf, nachdem er kurz bei ihr stehen geblieben war, um sich zu vergewissern, dass ihr nichts passiert war.

»Dieser Mistkerl!«, rief er.

Pauline lief ihnen nach und erreichte den Bahnsteig. Eine Bahn war soeben eingefahren und die Fahrgäste bereits eingestiegen. Im letzten Moment sprang der Deutsche in den Zug, und die Türen schlossen sich hinter ihm. Ricolet schaffte es nicht, sie wieder zu öffnen, denn der Zug setzte sich bereits in Bewegung. Er rannte noch ein paar Meter mit, dann musste er aufgeben. Außer Atem kehrte er zu ihr zurück.

»Aber … warum bist du mir gefolgt?«, fragte Pauline und spürte erst jetzt, dass sie zitterte.

Er bemerkte es ebenfalls und zog sie auf eine Wartebank. Dann zog er Josettes Foto aus seiner Tasche und reichte es ihr. »Das hast du vergessen. Hat er dir etwas getan?«

»Nein«, sagte Pauline und starrte mit aufkeimendem Interesse auf die Ablichtung. »Er hat mir bloß ein neues Rätsel aufgegeben.« Sie hielt das Foto hoch. »Das ist der Kerl, der mich gerade bedrängt und Henkmann im Museum aufgesucht hat. Er sieht auf dem Foto nur irgendwie anders aus, deshalb ist es mir nicht gleich aufgefallen. Aber ich wette, das war Steinmann.«

*

Nachdem er Pauline heimgebracht hatte, kehrte Ricolet noch einmal in sein Büro zurück. Unterwegs dachte er immer noch über ihr Treffen nach. Sie hatte ihm ihre Beziehung zu dem Bild verschwiegen und wollte es offensichtlich retten; dieses Gemälde, das ihr so viel bedeutete. Doch das Ganze war gefährlich. Paulines Verfolger war anscheinend der Mann auf dem Foto von 1935, ein ehemaliger deutscher Botschaftsmitarbeiter, der ebenfalls Raffaels Gemälde haben wollte.

Ob der Kerl auch Henkmanns Mörder war? Das war zumindest Paulines Vermutung. Ricolet seufzte. Lag wirklich ein Fluch auf dem Bild, so wie Paulines Mutter gesagt hatte? Was war nur los mit diesem Raffael, dass sich um ihn nicht nur Rätsel aus der Gegenwart, sondern auch aus der Vergangenheit rankten? Während Pauline sich um seine Herkunft sorgte, wollte Ricolet alles daransetzen, das Gemälde hier und jetzt in den Händen zu halten – und wenn möglich gleichzeitig einen Dieb und Mörder zu stellen. Morgen früh würde Pauline sich ein Telefon suchen, damit sie das weitere Vorgehen besprechen konnten. Er freute sich schon jetzt darauf, ihre Stimme zu hören.

*

Inspektor Moronde hatte inzwischen veranlasst, dass der Tresor in der Galerie von Monsieur Allais geöffnet wurde. Er saß nun wieder an seinem Platz und rückte soeben den Bilderrahmen mit Familienfoto gerade, der vor ihm stand. Ricolet schloss die Tür hinter sich. Er hatte das beruhigende Gefühl, dass er inzwischen hier ebenso zu Hause war wie auf dem Montmartre. Die dunkle Büroeinrichtung erdrückte ihn nicht länger, und der Anblick des Flusses und der belebten Straßen gab ihm Kraft.

Moronde sprang auf und winkte ihn heran, als er ihn eintreten sah. Seine Wangen waren gerötet, und seine Schweinsäuglein glänzten vor Freude. Er wies auf einen der Schreibtische.

»Sehen Sie mal, Ricolet. Das ist ein Dürer, ein echter Dürer!«

Ricolet betrachtete die auf einen Hilfsrahmen gespannte Leinwand, die auf der Tischplatte lag. Das Bild zeigte einen Mann mit einem schwarzen Hut, seine Schultern von einem Pelz bedeckt, hielt er eine Schriftrolle in der Hand.

»Aus Allais' Tresor?«

Moronde nickte. »Zusammen mit drei weniger bekannten Werken, die wohl alle ihm gehören. Aber das Beste ist: Ich habe deine Zeugin aus dem Jeu de Paume befragt, Rita Valladon. Sie hat diesen Dürer als ein geraubtes Bild identifiziert. Es war im Lager, beim ERR. Ein dortiger Mitarbeiter – wohl unser toter Henkmann – hat anscheinend des Öfteren mit Allais Geschäfte gemacht.« Moronde machte eine abwinkende Geste. »Obwohl wir hier eigentlich von einer Tatsache ausgehen können. Madame Valladon hat bestätigt, dass sie genau dieses Bild auf den Weg nach Deutschland gebracht hat. Nur ist es dort nie angekommen. Es kann also nur Henkmann dahinterstecken, der ein bisschen was dazuverdienen wollte.«

Ricolet setzte sich auf seinen Stuhl und dachte nach. Dürer, Raffael, weiß Gott, welche Bilder sonst noch auf den Markt geworfen worden waren, anstatt in Deutschland die privaten Salons zu schmücken. Das hatte dem Agenten, der auch hinter dem Raffael her war, bestimmt nicht gefallen. Es war also gut möglich, dass sie in ihm einen weiteren Mordverdächtigen hatten: Steinmann, falls der Kerl wirklich so hieß. Doch wenn er der Mörder war, war Brulait immer noch der Dieb, was Ricolet befriedigte. Seine Theorie hatte immer noch Bestand.

»Und wo ist der Raffael?«, fragte Ricolet leise und sah Moronde an. Der Triumph verschwand aus dessen Gesicht.

»Kommen Sie, Ricolet, den finden wir auch noch. Jetzt freuen Sie sich doch mal. Und wir haben in Allais' Wohnung noch ein paar alte Fotos gefunden. Sehen Sie mal.«

Moronde stand auf und reichte ihm eine vergilbte Fotografie, die zwei Jungen von etwa vierzehn Jahren zeigte, die vor einem Haus stolz mit einem offenbar nagelneuen Fahrrad posierten. Einer der beiden trug eine Brille.

»Jean Allais. Aber – das Haus!« Er wies auf das kleine Häuschen, an das sich Schuppen und Garagen anschlossen. Im Hintergrund der Flügel einer Windmühle.

Moronde nickte. »Ja, das Haus der Witwe Robert. Der andere Kleine muss ihr Sohn sein. Allais hatte also Kontakte zu diesem Haus. Unser Zeuge hat sich nicht geirrt.«

Ricolet grinste und legte das Foto auf die Tischplatte. »Gut gemacht. Ein sicherer Beweis für die Verstrickung von Allais in diesen Mordfall. Momentan läuft übrigens die Durchsuchung des alten Gemäuers. Ich habe sie veranlasst.«

»*D'accord.* Dieser Kunsthändler hat es ja faustdick hinter den Ohren.«

»Ja, das ist mir auch schon in den Sinn gekommen. Wir haben ihn unterschätzt. Wird Brulait beschattet?«

Moronde schüttelte den Kopf. »Dulac hat einen Beamten vor

Ort eingewiesen, aber Brulait ist nicht in seiner Wohnung. Die Nachbarn sagen, er sei mit einem Koffer fortgegangen. Die Concierge gab an, dass der Strom in der Wohnung abgestellt ist.«

»Er will sich tatsächlich schon aus dem Staub machen … Sie sagten doch, dass er von unserem Termin mit Luizet Wind bekommen hat, nicht wahr?«

Moronde nickte. »Ja, Tante Marie hat es ihm wohl erzählt. Ich habe nicht daran gedacht, sie zum Schweigen zu verpflichten.«

»Ist nicht mehr zu ändern«, tröstete Ricolet. »Aber ich habe eine Ahnung, was er plant.«

Rasch erzählte er seinem Kollegen, was er in der Kirche herausgefunden hatte. Moronde schien beeindruckt, denn er schlug die Hände zusammen und grinste.

»*Mon Dieu*, Sie verdammter Spitzel. Sie mischen uns hier ganz schön auf, wissen Sie das?«

Ricolet lachte, dabei konnte seine Laune eigentlich gar nicht mehr besser werden. »Unsinn, das war reiner Zufall. Ich fahre jetzt zu Brulaits Wohnung und sehe mich dort mal um. Vielleicht finden wir einen Anhaltspunkt, wo sich das Bild befinden könnte, oder auf Henkmann, auf sein Motiv … Ach, auf irgendetwas. Und morgen Abend in der Kirche, Moronde, dort müssen wir ihn einfach erwischen.«

»Das werden wir!«

Während sein Kollege den Dürer aufhob, um ihn in die Asservatenkammer zu bringen, sah Ricolet im Telefonbuch von Paris nach, wo genau am Boulevard Voltaire Brulait wohnte. Dann machte er sich auf den Weg.

Angesichts der Tatsache, dass sich ein Kommissar auf Abwegen befand, orderte er beim Fahrdienst einen Streifenwagen. Er hatte Glück, dass gerade ein Wagen frei war, und setzte sich ans Steuer. Allmählich war ihm klar, wieso Dulac so viel über Paris wusste. So ausgiebig, wie Ricolet bereits in den letzten Tagen durch die Stadt gekreuzt war, dauerte es wahrscheinlich nur ein halbes Jahr, bis auch er alle Gassen, Winkel und Einwohner beim Namen kennen würde.

Der kürzeste Weg führte ihn am Bassin de l' Arsenal entlang, wo Möwen vor seinem Auto über die Straße glitten, und weiter über den Place de la Bastille. Die Statue auf der Säule, der Genius der Freiheit, glänzte im Sonnenlicht und wirkte so federleicht, als würde er sich jeden Moment in die Lüfte heben. Ein Tourist, wie es Ricolet ja nahezu war, dachte sicher automatisch an die namensgebende Bastille, deren Erstürmung die Revolution ausgelöst hatte. Unwillkürlich musste er lächeln. Er selbst hatte ja eine kleine Revolution angezettelt, indem er die Weisungen seines Vorgesetzten einfach ignoriert hatte. So wie die Bastille Stein für Stein abgetragen worden war, musste er jetzt einen Kommissar Stück für Stück entlarven. Er ignorierte die rund um den Platz angeordneten Brasserien und Bistros und fuhr weiter nach Norden.

Bald war er auf dem Boulevard angekommen und prüfte im Vorbeifahren die Hausnummern. Er parkte auf dem Bürgersteig und sah an der Fassade des Wohnhauses hoch, in dem Brulait wohnte.

In der Sonne des späten Nachmittags saß die Concierge mit einigen Frauen auf dem Bürgersteig. Ihre Stricknadeln klapperten im Takt, eine weitere Frau ribbelte gerade einen Pullover auf, nässte den Faden in einer Wasserschüssel an und spannte die Wolle um die Beine eines kleinen Fußschemels, damit der Faden wieder glatt wurde und für einen neuen Pullover verwendet werden konnte. Wie sparsam die Pariser Frauen waren. Diese Szene erinnerte ihn plötzlich an die cevenolischen Dörfer, und unvermittelt meinte er auch den Duft der blühenden Kastanienwälder zu riechen, das Knuspern der Seidenraupen auf ihren Gestellen zu hören und die glänzenden Leiber der Eidechsen auf den Bruchsteinmauern zu sehen.

Das Gefühl verflog so schnell, wie es gekommen war. Vielleicht plagte ihn die Abnabelung von seiner Heimat. Dabei hatte er gar nicht vor, die Cevennen aus seinem Herzen zu reißen, darin war Platz genug, für Paris und Alès. Er machte sich von seiner Schwermut los, wies sich aus und bat die Concierge, die schon aufgesprungen war, um den Schlüssel zur Wohnung. Sie gab erst an, keinen zu besitzen, doch er wusste, wie es in Mietshäusern zuging.

Zwei Minuten später trat er in das Reich von Kommissar Brulait ein. Die Stille wurde nur durch das Ticken einer Wanduhr unterbrochen. Ein Hauch von Bohnerwachs lag in der Luft. Ihm war unbehaglich zumute, als fürchtete er, der massige Mann könnte jeden Moment hinter ihm auftauchen.

Brulait lebte behaglich, die Einrichtung war nur wenig abgenutzt. Das Bild einer Frau stand auf einer Kommode, der Rahmen war mit einem Trauerflor versehen. Das musste die verstorbene Madame Brulait sein.

Ein wenig betroffen gestand Ricolet sich ein, dass Brulait sicher kein Verbrecher von Geburt an gewesen war. Er musste sich aus irgendeinem Grund, der ihm wichtig war, in diese Sache verstrickt haben, so eigennützig diese Absichten auch sein mochten.

Die Küche war aufgeräumt und blitzsauber, was auf eine pedantische Ader hinwies, die mit dem überquellenden Aschenbecher im Salon allerdings nicht harmonierte. Aber das kannte er schon aus Brulaits verrauchtem Büro. Der Kohleofen im Salon wies hingegen nicht einen Aschekrümel auf. Also hatte er keine Papiere verbrannt. Ein Eichenschrank enthielt Bücher, ein Fach Rechnungen, Briefe und Steuererklärungen.

Dann stach ihm eine Visitenkarte ins Auge, von der ihm das Wappen der Stadt Paris entgegenleuchtete. Er nahm sie an sich und las: *Antoine Daumesnil, Polizeidirektor.*

Verblüfft ließ Ricolet die Karte sinken. Das war der Name des letzten Polizeidirektors, der im Zuge der Befreiung abgesetzt worden war. Man ermittelte gegen ihn wegen Kollaboration. Es war zwar nicht ungewöhnlich, die Visitenkarte seines Vorgesetzten zu

Hause aufzubewahren, doch Ricolets Verlangen, hieb- und stichfeste Beweise zu finden, ging mit ihm durch. Kollaboration – immer wieder tauchte dieser Begriff auf. Auch Brulait, so musste er vermuten, könnte den deutschen Besatzern zugeneigt gewesen sein.

Nach einem kurzen Zögern ging er zum Telefon an der Wand, in der Hoffnung, dass es noch nicht abgestellt war. Er ließ sich von der Vermittlung den Quai geben, und bald darauf verband Tante Marie ihn mit Dulac, der noch mit einem anderen Fall zu tun hatte.

»Hören Sie, Dulac, ich bin gerade in Brulaits Wohnung. Wissen Sie, wie gut sich der Kommissar mit Daumesnil verstand? Waren Sie gute Freunde oder eher geschäftsmäßig bekannt?«

»Na, die beiden verstanden sich prächtig. Sie können sich denken, warum.«

»Ja, kann ich mir vorstellen. Ist der alte Direktor in Haft?«

»Nein, er wartet in seiner Wohnung auf den Prozess. Hoffen wir jedenfalls. Er hat jede Menge Verbindungen zu den Deutschen gehabt. Er kommt aus der Nummer ohnehin nicht mehr raus.«

»Wo wohnt er genau?«

»Rue de la Roquette 176. Nur ein paar Häuser von Brulaits Wohnung entfernt.«

»Danke.«

Ricolet legte auf und schüttelte ungläubig den Kopf. Dieser Mann war quasi ein Nachbar von Brulait! Sicher hatten sie sich öfter beim Bäcker getroffen oder in den Restaurants des Quartiers.

Ein schrilles Klingeln zerriss die Stille. Ricolet hätte fast einen Satz in die Höhe gemacht, als das Telefon schellte. Ein Anruf für Brulait ... Oder wollte Dulac ihm noch eine Information mitteilen, die er eben vergessen hatte?

Es klingelte weiter. Was sollte er tun? Wen würde er am anderen Ende der Leitung haben? Brulait jedenfalls nicht, das war schon mal das Wichtigste. Normalerweise hätte er den hartnäckigen

Klingelton ignoriert, aber was an diesem Fall war schon normal? Was, wenn er jetzt einen Hinweis erhalten könnte, der wichtig war? Vielleicht fiel ihm ja wieder etwas in den Schoß.

Er nahm den Hörer ab und sagte mit verstellter Stimme: »Hallo?«

Ein leises Schnaufen, dann eine Stimme, die ihm bekannt vorkam. Konzentriert lauschte er und wartete ab.

»Monsieur Brulait?«, fragte der Anrufer.

Ricolet überlegte krampfhaft, woher er die Stimme kannte, doch es fiel ihm nicht ein.

»Ja«, sagte er nur.

»Ich bin's.«

»Was gibt es?« Verdammt, wenn er sich nur an diese näselnde Stimme erinnern könnte …

»Ich habe heute einen Kollegen von Ihnen getroffen.«

Der Pfarrer! Vor Verblüffung hätte Ricolet beinahe den Hörer fallen gelassen. »Hochwürden, Gott zum Gruß.« Nachdem er sich gefasst hatte, ging ihm auf, dass er es nicht besser hätte treffen können. Mit tiefer Stimme brummte er: »Ich kann mir denken, wen Sie meinen, Ricolet, oder?«

»Ja, Sie kennen ihn? Ich wollte mich nur vergewissern, ob alles mit ihm in Ordnung ist.«

»Vertrauen Sie ihm. Ich bürge für ihn.«

»Das ist gut. Mehr wollte ich gar nicht. Adieu und bis bald.«

»Bis bald.«

Erleichtert, ja, befriedigt angesichts seiner Entscheidung, legte er auf. Es sah ganz danach aus, als sei ihm diese List gelungen. Der Pfarrer wiegte sich in Sicherheit.

Ricolet pfiff ein Lied vor sich hin und ging noch einmal durch die Wohnung. Ihm fiel nichts weiter auf, und es zeigte sich kein Hinweis auf den jetzigen Aufenthaltsort des Kommissars.

Er kehrte in den Flur zurück, umfasste den Schlüssel und wollte gerade die Türklinke fassen, als er plötzlich Schritte auf der Treppe hörte. Sofort wich er zurück, kurz darauf hörte er einen Schlüsselbund rasseln. Hastig sah er sich nach einem Versteck um, doch seine Glückssträhne schien vorüber zu sein …

Der Schlüssel drehte sich klackend im Schloss, und die Tür wurde aufgeschoben. Es war zu spät, um sich zu verbergen. Ricolet atmete tief ein und versuchte, sein Unbehagen abzuschütteln. Es war die eine Sache, jemanden am Telefon zu täuschen, und eine andere, jemandem eine Falle zu stellen und ihm dann offen ins Gesicht zu blicken. Im nächsten Moment stand er Brulait gegenüber.

»Sie!« Der Kommissar hatte ihn sofort erkannt, sein Blick war erst ungläubig, dann voll offener Verachtung. Eine Weile blieb er reglos stehen, dann warf er den Schlüssel auf die Kommode und ging in den Salon, ohne ihn eines Blickes zu würdigen.

Ricolet beobachtete, wie er eine Stofftasche hervorzog und das Bild seiner Frau einpackte. Dabei wunderte er sich, dass Brulait so ruhig blieb. Hatte er keine Angst vor einer Verhaftung? Wusste er, dass Ricolet keine stichhaltigen Beweise gegen ihn in der Hand hatte?

Brulait ging mit der Tasche in der Hand in Richtung Tür, sein höhnischer Gesichtsausdruck gefiel Ricolet gar nicht.

»Ich frage jetzt einfach mal nicht, warum Sie hier in meiner Wohnung sind. Sie tun ohnehin immer, was Sie wollen, nicht wahr?«

»Ich habe mich nur umgesehen«, gab Ricolet zurück. »Und wollte Ihnen Adieu sagen – vor Ihrem Urlaub.«

»Aha. Und Sie wollen wohl den Grund für meine Auszeit wissen? Nun, da hätten Sie mit meinem Arzt sprechen sollen.«

»Sind Sie denn krank?«

Brulait schnaufte und baute sich direkt vor ihm auf. Ricolet verkniff es sich, einen Schritt zurückzutreten.

»Ja, ich bin krank. Wegen der nervtötenden Art, wie ein gewisser Inspektor alle meine Weisungen missachtet. Wegen der schleppenden Ermittlung in einem Fall von Lynchmord. Wegen …«

»… eines Gemäldes, das partout nicht auftauchen will?«

Ganz nah kam Brulait an ihn heran und ließ die Tasche zu Boden sinken. Wohl oder übel musste Ricolet nun zurückweichen und spürte die Wand in seinem Rücken. Es ärgerte ihn, dass er sich von der körperlichen Präsenz des Kommissars einschüchtern ließ.

»Ich weiß nicht, was Sie immer mit diesem Gemälde haben.«

»Warum hat Allais Sie denn sonst angerufen?«

»Das geht Sie nichts an. Das war Teil einer Ermittlung.«

Die Ausrede war so lächerlich, dass Ricolet sich ein abfälliges Grinsen nicht mehr verkneifen konnte. »Erzählen Sie mir jetzt als Nächstes etwas von einer verdeckten Mission oder Zeugenschutz? Das Ganze riecht eher nach Bereicherung.«

»Dann verhaften Sie mich doch!«

Merde! Brulait schien zu wissen, dass er nichts Konkretes vorweisen konnte. Und sicher hielt er sein Schweigen für ein Zugeständnis.

»Sehen Sie, Sie haben keinerlei Beweise.«

Ricolet atmete tief durch und rückte sein Jackett gerade. Brulait sollte sich ruhig in Sicherheit wiegen. Der Kommissar sah nahezu gut gelaunt und entspannt aus, nicht wie ein kranker Beamter, der Urlaub benötigte. Doch morgen Abend würde Ricolet ihn erwischen, und keine Ausrede würde ihm helfen, wenn er mit falschen Papieren und einem Koffer vor ihm stand.

»Sie wollen mir also wirklich ans Leder?« Brulait schüttelte den Kopf. »Aussichtslos, mein Lieber. Sie sind übereifrig, und das wird Ihnen eines Tages das Genick brechen. Solide Polizeiarbeit sieht anders aus, das kann ich Ihnen nach diesen wenigen Tagen schon sagen. Sie sind eine Schande für unsere Zunft.«

Ricolet lockerte seine Kiefermuskeln, die er seit Brulaits Auftauchen angespannt hatte. Dieser Mistkerl wagte es, ihn zu tadeln? Er unterdrückte mit Mühe die Wut, die in ihm aufloderte. Er durfte sich jetzt nicht gehen lassen, sonst würde er Brulait alles an den Kopf werfen, was er wusste.

»Der Nestbeschmutzer sind wohl eher Sie. Sie haben einen Ganoven angeheuert, um mich zu töten.«

Brulait nahm seine Stofftasche zur Hand. »Wie oft noch? Das war eine Bandenschießerei, in die Sie da reingeraten sind. Ihr Protestanten klammert euch ja regelrecht an den Glauben, dass ihr verfolgt werdet, nicht wahr?«

»Lassen Sie meine Herkunft aus dem Spiel!«

»Pah! Es ist bitter genug, dass wir überhaupt Leute aus dem Süden anheuern müssen. Und dann auch noch solche, die nur aufgrund von Beziehungen einen Posten bekommen.«

»In Sachen Beziehungen müssten Sie sich doch auskennen, nicht wahr?« Ricolet dachte nicht daran, klein beizugeben. »Ach nein, pardon, Sie ärgern sich ja, weil Sie auf falsche Beziehungen und aufs falsche Regime gesetzt haben. Das alles zeigt mir klar und deutlich, was Sie von Gerechtigkeit und Ehre halten.«

Mit Genugtuung sah Ricolet, dass eine Ader auf Brulaits Stirn anschwoll.

»Sie Schnösel vom Lande haben doch keine Ahnung, was Ehre ist! Sie sind ein Unruhestifter, einer aus der Résistance, einer, der nie zufrieden ist mit den herrschenden Bedingungen. Ja, Sie sind ein Querulant und Aufwiegler. Sicher haben Sie Dulac und Moronde schnell davon überzeugen können, dass ich mein Amt missbrauche oder dass ich irgendwelche Gemälde stehle oder Deutsche töte. Ist es nicht so?«

»Und? Haben Sie?«

»Ja, natürlich«, gab Brulait spöttisch zurück. »Ich verspeise Deutsche zum Frühstück, wussten Sie das nicht? Sie wissen doch sonst immer alles.«

»Ich weiß nur von Ihrem Diebstahl aus dem Koffer.« Diese Tatsache konnte Ricolet preisgeben. Ihm war klar, dass der Kommissar ihre Finte durchschaut haben musste, sonst hätte er sich nicht entschlossen zu fliehen.

Brulait lachte allerdings nur auf. »Da sind Sie völlig auf dem

Holzweg, mein Lieber! Und jetzt empfehle ich mich. Sie werden verstehen, dass ich Ihnen den Schlüssel abnehmen muss.«

Das Gespräch war damit vorüber. Ricolet wusste nicht, ob er froh sein sollte oder nicht. Es hatte ihm gezeigt, dass der Kommissar letztendlich geschlagen war und nur noch versuchte, seine Felle zu retten. Doch eine letzte Frage musste er einfach noch stellen, die Frage, mit der alles begonnen hatte: »Wer hat Henkmann erschlagen?«

Da sah Brulait ihn überrascht an, und in seinem Blick schien ehrliche Neugier zu liegen. »Woher soll ich das wissen?«, sagte er und streckte die Hand aus.

Niedergeschlagen übergab Ricolet ihm den Zweitschlüssel. Er hatte ja nicht wirklich eine Antwort erwartet. Dann war Brulait verschwunden. Ricolet hörte noch, wie er den Schlüssel im Schloss drehte. *Eingesperrt, na großartig.* Dann würde er gleich auf dem Revier anrufen müssen.

Mit einem tiefen Atemzug ließ er sich auf das Sofa fallen und überdachte die Informationen, die er erhalten hatte. Nein, neue Informationen waren eigentlich nicht darunter gewesen, nur Ausreden, Ausflüchte, Beleidigungen. Schlagartig wurde ihm klar, dass der morgige Abend seine allerletzte Chance war, Brulait zu schnappen. Falls es ihm misslang, würde sein Dieb entweder erfolgreich ins Ausland flüchten oder untertauchen in einem Moloch, den er wie seine Westentasche kannte, mit all den Beziehungen und Gefälligkeiten, die er zu seinem Vorteil verwenden konnte.

Ricolet fühlte sich wieder ein wenig fremder in dieser Stadt. Nicht ganz so fremd wie am Anfang, das nicht, doch Paris machte es ihm nicht leicht. Mal schmeichelte die Stadt ihm, mal zeigte sie ihm die kalte Schulter. Tja, er war eben ein Querulant und Aufwiegler, was konnte er da schon erwarten von dieser stolzen Schönheit.

Die Uhr an der Wand tickte, der Staub tanzte in den Sonnenstrahlen. Er lehnte den Kopf zurück und schloss kurz die Augen.

Wann würde sich das Hamsterrad endlich aufhören zu drehen? Er war der Sklave seiner Spürnase geworden und musste ruhelos hinter einem Gemälde herjagen. Mit einem Lächeln auf den Lippen dachte er an Pauline. Sie wäre sicher erfreut, wenn er ihr erzählte, dass der Raffael wahrscheinlich auf dem Weg in eine bestimmte Kirche war. Nein, er durfte keine Pause machen. Alles verlief gut, und er durfte sich nun keinen Fehler erlauben.

Gerade als er aufstehen wollte, hörte er leichte Schritte auf der Treppe, dann schloss jemand die Tür auf. »Monsieur, mir wurde gesagt, ich solle Sie in zehn Minuten herauslassen. Was ist denn passiert?« Die Concierge stand vor ihm und betrachte ihn verwundert.

»Danke, Madame«, antwortete er, »keine Sorge, mir geht es gut.«

Damit ließ er die verdutzte Frau stehen und verließ eilig die Wohnung. Natürlich war es zu spät, um Brulait zu verfolgen, doch die nächste Aufgabe lag schon vor ihm, eine Pause wollte er sich nicht gönnen. Sein neues Ziel lag nicht weit entfernt: die Wohnung von Direktor Daumesnil. Zu verlockend war die Aussicht, dass der ehemalige Polizeidirektor vielleicht etwas von dem Gemälde wusste – vielleicht war er sogar der eigentliche Drahtzieher in diesem Fall.

Ricolet stieg nicht einmal in seinen Wagen ein, sondern bog ab und ging drei Wohnblöcke zu Fuß. Im Haus Nr. 176 befand sich ein Blumenladen, und ein weiterer Eingang zu den Wohnungen war an der Front nicht zu sehen. Er umrundete den Block und ging über den Hinterhof. Es gab auch keine Concierge-Loge, sodass er die unverschlossene Haustür aufstieß und sich anhand der Namensschilder orientierte.

Im zweiten Stock prangte ein Messingschild mit gewundener Schrift. Hier war er richtig. Er klingelte und hörte trippelnde Schritte näher kommen, dann öffnete sich die Tür einen Spalt.

»Ja, bitte?«

»Pardon, Madame, ich bin Inspektor Ricolet. Ist Ihr Mann zu sprechen?«

Madame Daumesnil war etwa fünfundfünfzig Jahre alt, und ihr resignierter Gesichtsausdruck verriet ihm, dass das Ehepaar einige unschöne Wochen hinter sich haben musste.

Sie öffnete die Tür ganz. »Was ist denn noch? *Mon Dieu*, hört das denn nie auf?«

Sie trug ein dunkelgrünes Kleid und sah gepflegt aus, doch die Art, wie sie vor ihm her schlurfte, zeugte von Erschöpfung. Als er an der halb geöffneten Tür zur Küche vorbeikam, stieg ihm noch der Duft der abendlichen Zwiebelsuppe in die Nase. Prompt spürte er den eigenen Hunger, er hatte den Tag über kaum etwas gegessen.

»Antoine, Besuch für dich, ein Inspektor.«

Monsieur Daumesnil thronte in einem Ohrensessel und ließ das Buch sinken, in das er vertieft gewesen war. Graue Fäden durchzogen sein noch volles Haar, sein Gesicht war hager.

Ricolet trat zu ihm. »Inspektor Ricolet vom Quai. Entschuldigen Sie die Störung, aber ich muss Ihnen ein paar Fragen bezüglich eines Vorgangs stellen, der so ziemlich der letzte in Ihrer Amtszeit war.«

Daumesnil war kurz aufgestanden, um ihm die Hand zu reichen, dann bot er ihm einen Platz auf dem Sofa an.

»Worum geht es genau?«

»Um ein Bild. *Das Porträt eines jungen Mannes*. Unsere Ermittlungen brachten Ihren Namen ins Spiel …«

Er brach ab und setzte einen vielsagenden Blick auf. Nun konnte er in Ruhe die Reaktion des Mannes beobachten. Allerdings erfüllten sich seine Erwartungen nicht.

»Ich weiß nicht, worauf Sie anspielen.« Daumesnil lehnte sich behaglich zurück und betrachtete ihn mit ausdrucksloser Miene. Er wirkte auf Ricolet jedoch nicht so unschuldig, wie er tat.

Ricolet beugte sich vor. »Hören Sie, Monsieur Daumesnil, Sie und ich, wir beide wissen, dass Sie aus dieser Nummer nicht mehr rauskommen. Sie haben den ERR unterstützt, das ist eindeutig, und dafür wurden Sie ja auch angeklagt.«

Er brachte bewusst die Deutschen ins Spiel, um sich voranzutasten. Der nächste Köder, um den ehemaligen Direktor zum Sprechen zu bringen, war der Kommissar.

»Brulait hingegen hat schon das Weite gesucht.«

Da lachte Daumesnil abfällig auf. »Das war klar.«

In diesem Moment wusste Ricolet, dass sein Gegenüber mehr wissen musste, als er vorgab.

»Tun Sie nicht so unschuldig! Und hören Sie auf, Brulait zu schützen. Wenn Sie uns Informationen geben, wird sich das positiv auf Ihren Prozess auswirken. Sie müssen wissen, der Präfekt ist ein Freund meiner Familie. Ich könnte ihm erklären, dass Sie bereitwillig kooperiert haben.«

Daumesnil schwieg und starrte ihn lange an, so als müsste er überlegen, wie viel er verraten konnte, ohne sich selbst zu schaden. Schließlich rief er seiner Frau zu, ihnen eine Tasse Tee zu kochen. Dann lächelte er listig.

»Wenn ich Ihnen jetzt den Hergang erzähle, würden Sie also ein gutes Wort für mich einlegen? Sie haben nämlich recht, ich muss jeden Strohhalm ergreifen, wenn es um meine Freiheit geht.«

Ein Lob im Tausch gegen Informationen, nun, das war zu machen, dachte Ricolet. »Ja, das werde ich auf jeden Fall. Wir wissen schon einiges, aber erzählen Sie mir alles, was Sie über Brulait und das Bild wissen.«

»Das ist eine lange Geschichte. Der Raffael, oje.« Der ehemalige Direktor kratzte sich am Kinn.

»Beginnen Sie einfach am Anfang: Wie kam Brulait an das Bild?«

»Nun ja, ich war dabei, als er es fand.«

Das war so unglaublich, dass Ricolet aufsprang und fassungslos vor Daumesnil stehen blieb. Er konnte nicht glauben, was er da hörte. »Aber …«

Wenn sogar der Direktor beim Fund des Bildes anwesend war, ergaben die Worte Brulaits einen Sinn. Dann war Ricolet tatsächlich auf dem Holzweg gewesen. Er setzte sich wieder und rückte bis zur Kante des Sofas vor.

»Wie kam es dazu?«

»Brulait ging Mitte Juli einer Spur nach im Fall Petiot. Irgendein Zeuge suchte einen verschwundenen Angehörigen, und bei dieser Gelegenheit durchsuchte Brulait alle braunen Lederkoffer sehr gründlich. Es gab dreißig oder vierzig Stück, die so aussahen.«

»Aber war das nicht Sache der Sonderkommission?«

Der Direktor nickte. »Ja, eigentlich schon, aber Brulait wollte nicht warten, bis Kommissar Massu aus dem Urlaub zurück war. Er ist einfach in das Lager gegangen, das kam schon mal vor. Jedenfalls fand er keine Antwort in diesem Fall, doch er entdeckte in einem der Koffer das Gemälde. Ich habe es selbst gesehen. Einen Raffael. Ich gestattete ihm, das Bild in die Asservatenkammer zu bringen und sich über Herkunft und Wert zu informieren. Dass es kostbar war, hatte ich mir allerdings schon gedacht.«

Madame Daumesnil unterbrach ihr Gespräch, indem sie ein Tablett mit zwei Teetassen auf den Wohnzimmertisch stellte. Dankbar lächelte ihr Mann ihr zu und nahm vorsichtig einen Schluck. Ricolet war es viel zu heiß für Tee. Er fühlte sich entblößt und von seiner eigenen Theorie im Stich gelassen. Brulait war kein Mörder, er war nicht einmal ein Dieb, sondern hatte offiziell gehandelt und das Gemälde sogar zur Aufbewahrung gegeben. Das Kaleidoskop dieses Falles drehte sich erneut, alle Muster und Formen waren in Bewegung.

Angespannt wartete er, bis sein Gegenüber weitersprach. Wenn er schon in seine persönliche griechische Tragödie verwickelt war, wollte er den ersten Akt aus berufenem Munde hören. Daumesnil sprach nun mehr zu seiner Tasse als zu ihm.

»Es war also echt, und es war viel wert. Nun kommen wir zur

eigentlichen Geschichte. Ich hatte gute Verbindungen zum ERR, auch wenn ich nicht stolz darauf bin.«

»Wie gut?«

Daumesnil sah kurz auf. »Nun, ich lieferte dem ERR die Gendarmen, die er zur Plünderung der jüdischen Wohnungen benötigte. Das wird auch im Prozess gegen mich erwähnt werden. Die Gemälde und Kunstwerke gingen nach Deutschland, doch der Chef des ERR-West hatte sich darüber beklagt, dass nicht alle Bilder dort ankamen. Jemand zweigte offenbar seit kurzer Zeit Gemälde für seinen eigenen Bedarf ab.«

»Henkmann!«, entfuhr es Ricolet.

Neugierig sah Daumesnil ihn an. »Ist das inzwischen erwiesen?«

»So gut wie. Fahren Sie fort.«

»Dann lagen wir ja richtig. Ich versprach dem Leiter des ERR eine kleine Finte, um dem Dieb auf die Spur zu kommen. Er war froh, mit diesem Anliegen nicht zur Gestapo gehen zu müssen. Sie verstehen, oder? Wer will mit denen schon zu tun haben.«

Ricolet lehnte sich verblüfft zurück. Die Polizei hatte also selbst gegen den Kunstdieb ermittelt, doch immer noch waren sie dem deutschen Feind zu Diensten gewesen. Das war Kollaboration vom Feinsten. Damit war Brulait zwar kein Mörder, auch kein Dieb, aber er blieb ein Kollaborateur. Und das war erwiesen. Es war nicht viel, doch reichte aus, um Ricolets Stolz zu wahren. Nun musste er noch den Mörder des toten Mannes auf dem Dachboden ermitteln und das Bild in Händen halten, dann würde sein angekratztes Ego wiederhergestellt sein.

»Ich bat Brulait, das Bild aus der Asservatenkammer zu holen und aus den dortigen Listen zu streichen«, fuhr Daumesnil indes fort. »Brulait nahm Kontakt zu Henkmann auf, denn die Bilder verschwanden, seitdem dieser seinen Dienst aufgenommen hatte. Brulait gab vor, das Bild im Haus seines jüdischen Nachbarn gefunden zu haben. Er bestand auf einen Finderlohn und erhielt eine ziemlich große Summe, die natürlich auch in der Asservatenkammer landete. Dann wurde Henkmann beschattet, zwei Wochen lang. Unser Kontaktmann hatte das Bild dort gesehen, alles lief gut. Und tatsächlich: Henkmann ging Anfang August mit einer großen Künstlermappe in die Galerie Allais. Wir erhielten Nachricht vom ERR, dass das Bild nicht in den Büchern auftauchte und ganz plötzlich fort war. Damit war die Sache klar. Doch wir sollten warten, bis der Verkauf zustande kam, so der Plan des ERR – die Deutschen sind nun mal gründlich. Wir sollten Henkmann bei der Übergabe des Bildes schnappen.«

»Was ging schief?«, fragte Ricolet, obwohl er schon eine vage Ahnung hatte. Der Tee war inzwischen abgekühlt, und als er ihn trank, merkte er, dass seine Kehle wie ausgetrocknet war.

»Was schiefging? Die Alliierten waren erfolgreicher als erwartet. Der ERR musste seine Lager räumen, der komplette Stab verschwand, und der Chef war ohnehin schon weg. Es interessierte ihn nicht mehr. Der Fall war beendet, bevor er überhaupt angefangen hatte. Dann kam der Generalstreik, die Befreiung, meine Absetzung. Ich hatte nicht vor, mich weiter um diesen seltsamen Fall zu kümmern. Und es war mir auch egal, wie Brulait weiter vorging. Ich hatte andere Sorgen.«

»Kann ich mir vorstellen. Und weiter?«

»Nichts weiter.« Daumesnil seufzte. »Ich habe nie mehr von Brulait oder dem Bild gehört. Das heißt, abgesehen von diesem Zeitungsartikel. Wo ist es jetzt?«

»Das wissen wir nicht. Allais ist ebenso wie der Kommissar untergetaucht.«

»Na, dann viel Erfolg.«

Ricolet stand auf und schüttelte dem Mann die Hand. »Danke. Sie haben mir ein wenig die Augen geöffnet.« Das war reichlich untertrieben, doch das musste er dem Direktor ja nicht auf die Nase binden. »Ich denke an Sie, versprochen«, fügte er noch hinzu.

In gewisser Weise befriedigt, bedankte er sich bei Madame Daumesnil und machte sich auf den Weg zu seinem Wagen.

Mehr als je zuvor drängte es ihn, Brulait in der Kirche zu fassen, sozusagen als Ausgleich für die kleine Schwäche seiner Diebstahltheorie. Denn im Kern der Sache hatte er recht behalten: Brulait war in einen Kollaborations-, Mord- und Kunstraubfall verwickelt. Und er hatte ihm einen Attentäter auf den Hals gehetzt. Das würde er ihm nie vergessen.

*

Leider waren die Kollegen bereits in den Feierabend gegangen. Das Licht in Ricolets Büro war gelöscht, als er eintrat. Es war tatsächlich reichlich spät geworden, musste er feststellen. Auf seinem Schreibtisch fand er eine gekritzelte Notiz, dass die Durchsuchung des Hauses der Witwe Robert nichts ergeben hatte. Das Bild blieb verschwunden, es gab somit leider kein Vorwärtskommen.

Er gab den Wagen zurück und machte sich auf den Weg nach Hause, ohne sich noch mit seinen Kameraden austauschen zu können. Er hoffte, dass er kein Detail des Gespräches vergaß, denn er hatte wirklich keine Lust mehr, heute einen Bericht zu schreiben. Als er auf dem Weg zur Metro war, sah er plötzlich Passanten auf der Straße stehen bleiben und in den dunklen Himmel blicken. Ricolet wäre fast in einen wohlbeleibten Mann reingelaufen, der den Hut in den Nacken geschoben hatte.

»Was ist hier los?«, fragte Ricolet unwillig, doch der Mann nahm ihn gar nicht zur Kenntnis. Er starrte nach wie vor in die Luft.

»Hören Sie das nicht?«, sagte er schließlich.

Ricolet lauschte. Ja, ein leises Pfeifen erfüllte die Luft, dann herrschte Stille. Jedermann hielt inne, ängstliche Blicke wurden getauscht. Dann zuckten alle gleichzeitig zusammen, als eine Explosion in der Ferne zu hören war. Für einen Moment glaubte Ricolet sogar, im Norden einen Lichtblitz wahrgenommen zu haben. Das Grollen in der Luft nahm zu, dann erstarb das Geräusch und hinterließ eine Stille, die noch grauenhafter war.

»Vielleicht war das in Saint-Denis … oder Neuilly«, vermutete der Mann.

»Sie meinen, eine Bombe?«, fragte Ricolet.

Es war seltsam, aber er hatte in den letzten Tagen überhaupt nicht an den Krieg gedacht, war völlig in seinem Fall aufgegangen. Aber nun: seine erste Bombe! Das erste Mal war er Zeuge eines Abwurfs geworden, auch wenn er sich in sicherer Entfernung befand.

»Aber es waren doch gar keine Flugzeuge zu hören«, wandte er ein.

»Das war eine fliegende Bombe, eine Rakete. Leben Sie denn hinter dem Mond? Die *boches* haben doch eine Geheimwaffe.«

Der Mann schüttelte den Kopf und ging weiter.

Ricolet grübelte vor sich hin. Wie dumm von ihm, wie sicher hatte er sich gefühlt. Das war also die V-Rakete der Deutschen! Angst ergriff sein Herz. In den letzten Tagen hatte er tatsächlich verdrängt, dass der Krieg noch längst nicht vorbei war. Die Nazis waren immer noch gefährlich, wenn auch momentan eher für London als für Paris. War dieser Einschlag ein schlechtes Omen? Ein Zeichen, dass sein Vorhaben scheitern würde? Er lauschte erneut, doch bis auf die Gespräche der Umstehenden war nichts zu hören. Ihm war mit einem Schlag bewusst, warum die Stadt manchmal immer noch wie gelähmt wirkte. Obwohl Paris frei war und die Luft wieder köstlich schmeckte, konnte niemand sagen, ob die Sicherheit von Dauer war. Die Hilflosigkeit, die Paris in Momenten wie diesen erfüllte, würde erst nach der Kapitulation der Deutschen enden.

Nachdenklich setzte er seinen Weg zur Metro fort. In den Tunneln hielten sich mehr Menschen auf, als er es gewohnt war. Als er sah, dass viele von ihnen gar nicht in die Bahnen einstiegen, verstand er, dass sie sich vor einem möglichen Bombenangriff in Sicherheit gebracht hatten. Er jedoch stieg in die Metro und fuhr heim. Er hoffte mit aller Macht, dass die Rakete auf unbebautes Gebiet aufgeschlagen war.

Vor seinem Haus angekommen, sah er Madame Pomponnier, die offensichtlich keinen Schutz gesucht hatte, sondern mit einer Nachbarin zusammenstand und wild gestikulierte. Die halbe Straße war auf den Beinen, und immer wieder gingen Blicke zum Himmel hinauf.

»Ich glaub's nicht«, hörte er seine entrüstete Concierge zu der Frau sagen. »Und die Piaf hat tatsächlich für die Deutschen gesungen?«

»Wenn ich es Ihnen doch sage ...«

Ricolet schüttelte den Kopf. Die Pariser teilten sich anscheinend auf in vorsichtige und neugierige Bewohner.

Als Madame Pomponnier ihn sah, wandte sie sich ihm zu. »Haben Sie das gehört, Monsieur Ricolet?«

»Sie meinen die Piaf?«

Er erhielt einen Stoß gegen den Arm. »*Mais non*, die Rakete, die Rakete!« Sie sah ihn missbilligend an.

»Ja, natürlich. Keine Sorge, Madame, das wird sicher bald ein Ende haben.«

»Ach, die armen Menschen«, klagte die Concierge und schlug die Hände zusammen.

Ricolet wollte keine neuen Nachrichten hören, weder von berühmten Sängerinnen noch von Bombenschäden, und wandte sich zum Gehen.

»Übrigens«, sagte er noch. »Die Piaf ist auch bei der Résistance.« Dann schloss er die Haustür auf.

In seiner Wohnung angekommen, fragte er sich, was er tun würde, wenn eine Bombe auf Saint-Germain fiele und damit in der Nähe von Paulines Wohnung einschlug. Er war nicht besorgt, wenn es um ihn selbst ging, aber wenn eine nicht einzuschätzende Gefahr den Menschen drohte, die er liebte, fühlte er sich so hilflos, dass er es fast nicht aushielt.

Kurze Zeit später saß er halb ausgezogen und erschöpft auf der Bettkante und kaute an einem Stück Zwieback, um seinen Hunger zu stillen. Immer wieder tauchte das ebenmäßige Gesicht des jungen Mannes von Raffael vor seinem inneren Auge auf. Alle waren sie hinter diesem Bild her, Pauline, er selbst, die Deutschen. Doch er durfte nicht aufgeben. Die Besatzer hatten so vielen Menschen Unglück und Leid gebracht, nun musste er wenigstens für ein bisschen Gerechtigkeit sorgen. Der Raffael musste in einem Museum der Öffentlichkeit zugänglich gemacht werden.

Der Einschlag der Rakete war kein schlechtes Vorzeichen, sondern wurde ihm zum Ansporn, nicht in seinem Eifer nachzulassen. Nun bedauerte er plötzlich, dass der deutsche Agent nichts von der geplanten Flucht wusste, bei der auch das Gemälde verschwinden würde. Wenn er ihn doch nur zur Kirche locken konnte … Doch das konnte er! Es war offensichtlich, dass der Agent Pauline beschattete, das hieß, wenn Pauline zur Kirche kam, würde auch er vor Ort sein! So könnte Ricolet alle Mäuse, die um den Käse stritten, auf einen Schlag festsetzen.

Es war ein gewagter Plan, und für einen Moment schrak er vor dem Risiko zurück, doch nach einigen Abwägungen konnte er sich dem Reiz dieser Aktion nicht mehr entziehen. Würde der Agent den Köder schlucken? Und konnte Ricolet Pauline in dieser gefährlichen Situation beschützen?

Kapitel 9

22. September 1944

Am folgenden Morgen saß Madame Cortulet auf dem Stuhl in Ricolets Büro. Ihr Blick war starr geradeaus gerichtet, ihre Dauerwelle fest zementiert, das Bild einer Göttin aus Stein. Ricolet hatte von den Inspektoren des Reviers erfahren, dass die Fleischerei inzwischen geschlossen war und dass Madame Cortulet nun einen Erbschein für die Goldmünzen besaß. Ihrer Flucht in die Bretagne stand also nichts mehr im Wege – außer Ricolet.

»Bonjour, Madame«, sagte er beim Eintreten, immer noch beschwingt von dem Telefonat mit Pauline, das er eben bei Tante Marie geführt hatte. Diese Energie beflügelte ihn, das Verhör zu beginnen. Seine Kollegen hatten noch auswärts zu tun und würden später zu ihm stoßen, um ihn abzulösen, sollte sich die Fleischerwitwe als hartnäckig erweisen.

»Bin ich jetzt verhaftet, oder was?«, keifte Madame Cortulet.

»Nein, noch nicht.«

»Was soll das heißen, *noch* nicht?«

»Das heißt, dass wir Alphonse gefunden haben. Sie können sich vorstellen, dass er gesprächig war.«

»Nein, mein Geselle ist niemals gesprächig. Im Gegenteil, immer muss man ihm alles aus der Nase ziehen. Und er lügt wie gedruckt, das weiß jeder.«

»Natürlich.«

Ricolet setzte sich vor sie und schlug eine Akte auf. Er hatte sich einen Plan zurechtgelegt, wie er die Verdächtige mürbe machen wollte.

»Was für ein Hund war das?«

»Wie bitte?« Sie starrte ihn verständnislos an.

»War es ein Hund aus der Nachbarschaft, oder haben Sie irgendwo einen Streuner eingefangen?«

Sie lehnte sich zurück. »Ich weiß nicht, wovon Sie reden.«

Er beugte sich über die Akte. »Nun, hier steht, dass Alphonse den Hund, den Sie ihm zugeführt haben, geschlachtet hat. Und dann hat er das Fleisch als Beweis für den Betrug den Kunden gezeigt, woraufhin sich die wackeren Pariser in einen rachsüchtigen Mob verwandelten. Und genau darauf hatten Sie doch gehofft, oder?«

»Ich weiß nicht, wovon Sie reden«, wiederholte die Witwe, doch Ricolet sah, dass ihre Lippen zu zittern begannen und sie mit den Tränen kämpfte. »Mein armer Jerome, das hat er nicht verdient! Er hätte diese Geschäfte nicht machen dürfen. Das war böse von ihm, aber dass man ihn daraufhin erschlägt, das hat er nicht verdient. Niemand ist durch ihn zu Schaden gekommen.«

Eines musste Ricolet ihr lassen, sie kaschierte ihre Verzweiflung über Alphonses Aussage ganz geschickt. Sie wusste, dass sie am Ende war, doch kämpfte weiter.

»Fassen Sie sich, Madame. Alphonse hat alles gestanden: dass Sie ihn in Ihr Bett gelockt haben, dass Sie den Plan ausgeheckt haben und dass Sie vor der aufgebrachten Menge natürlich geflohen sind, damit Sie Ihrem Mann nicht zu Hilfe kommen mussten.«

»Hören Sie, ich hatte Todesangst! Kümmern Sie sich lieber um die Person, die letztendlich Jerome erschlagen hat!«

Das hatten seine Kollegen bereits vergeblich versucht. Die Zeugenaussagen widersprachen sich, niemand wollte die tödliche Auseinandersetzung genau beobachtet haben, niemand sich auf einen Verdächtigen festlegen. Und so ging es weiter. Auf jede Frage, jeden Fakt hatte Madame Cortulet eine Antwort und ein Gegenargument. Inzwischen stand ihr der Schweiß auf der Stirn, doch ihre Hände ruhten immer noch ruhig in ihrem Schoß. Es dauerte eine halbe Stunde, bis die Hände zu wandern begannen, erst zur Handtasche, dann zum Taschentuch. Sie rieb die Fingerspitzen aneinander, gestikulierte, kurzum, sie wurde nervös.

»Haben Sie schon ein Ziel in der Bretagne? Wohin fahren Sie?«

»Was soll ich in der Bretagne? Ich habe keine Veranlassung, Paris zu verlassen.«

»Ein Inspektor des Quartiers hat Sie gesehen, wie Sie am Bahnhof eine Fahrkarte nach Rennes gekauft haben.«

»Ach das. Ich wollte meine Familie besuchen, die mir Trost spenden wird in dieser schrecklichen Zeit.«

»Sicherlich nehmen Sie Ihre Goldmünzen mit.«

Sie rümpfte die Nase. »Ich traue keiner Bank. Mein Mann war da zu vertrauensselig. Und überhaupt, es geht niemanden etwas an, wohin ich fahre und was ich mitnehme.«

»Kommen wir noch einmal auf den Hund zurück.«

»Was haben Sie immer mit diesem Hund? Es gibt keinen Hund! Ich hasse Hunde!«

»Nein, das tun sie nicht. Im Gegenteil. Noch vor zwei Jahren haben Sie um Ihren Spaniel getrauert. Sagt übrigens Monsieur Chartres.«

»Der lügt auch.«

»Alphonse sagte aus, dass Sie mit einem dürren Schäferhund die Hintertür betreten hätten. Hatten Sie ihn aus den Unterkünften der deutschen Wehrmacht? Oder der SS?«

Nun begannen ihre Hände zu zittern.

»Wie haben Sie das Gerücht gestreut? Sie werden wohl kaum selbst einem Kunden etwas ins Ohr geflüstert haben, oder?«

Sie schnaufte empört. Ricolet setzte nach.

»Alphonse hat das Fleisch den Kunden gezeigt, wohl so rein zufällig. Hat das schon ausgereicht? Ich meine, ich könnte nicht ein Schnitzel vom Hund von einem Schweineschnitzel unterscheiden.«

»Ich hatte nichts damit zu tun. Alphonse hat am Morgen diesen gehäuteten Hund am Haken aus der Kühlung geholt. Und ich – ich war ganz entsetzt. Ich sagte: ›Was ist das denn für ein Ferkel?‹ Und da kam Jerome rein und sagte: ›Das ist ein Hund. Das richtige Fleisch ist längst bei den *boches*.‹ Doch er hatte nicht bemerkt, dass bereits die erste Kundin den Laden betreten hatte. Sie fing an zu zetern, und eine halbe Stunde später kamen sie … So kam eins zum anderen. Der arme Jerome.«

Jetzt schiebt sie die Schuld auch noch auf ihren toten Mann. Ricolet spürte, wie sich ein saurer Geschmack den Weg in seine Kehle bahnte. Madame Cortulet war auf indirekte Weise eine Kollaborateurin. Sie hatte von den Deutschen profitiert, indem sie den Hass gegen die Besatzer ausgenutzt hatte, um sich ihres Mannes zu entledigen. Er hatte die Nase jetzt voll. Alphonse hatte ihm erzählt, dass Madame Cortulet jemanden dafür bezahlt hatte, an diesem Tag zu einer verabredeten Uhrzeit im Laden zu sein und dann das Gerücht zu verbreiten. Leider kannte der Geselle die Frau aber nicht.

Angewidert stand er auf und sah auf die Uhr. Er war noch mit Alphonse verabredet. Da kam es ihm gelegen, dass Moronde und Dulac soeben das Büro betraten.

»Könnten Sie für mich weitermachen, Moronde? Ich muss zu einer Verabredung.«

Das Grinsen seines Kollegen war ihm Antwort genug.

Ricolet ging zu ihm und flüsterte ihm ins Ohr: »Und sperren Sie sie danach ein. Ich denke, die Aussage reicht dem Staatsanwalt. Vielleicht gesteht sie ja auch noch.«

»Das schaffe ich schon. Ich kenne mich aus mit dieser Sorte.«

Davon war Ricolet überzeugt. Nachdem er noch kurz mit Inspektor Dulac die neusten Entwicklungen im Fall Henkmann und Brulait besprochen und einen Schlachtplan für den Abend festgelegt hatte, verließ er das Büro. Die letzten Worte, die er noch hörte, kamen von Moronde.

»Madame Cortulet, wir haben Zeugen, die gesehen haben, wie Sie mit dem Hund in die Rue Mansart gekommen sind …«

Sehr gut, dachte er mit einem grimmigen Lächeln. Dann verließ er den Quai.

*

Zum ersten Mal seit einigen Wochen war der Himmel mit einer grauen Wolkendecke bedeckt, sodass Ricolet in der kühleren Luft förmlich aufatmete. Keine trockenen Augen, keine verbrannte Haut, die Farben von Paris waren gemildert, ihr Strahlen gedämpft. Die Menschen schienen beschwingt zu sein, die Fuhrwerke ratterten zügiger über die Straße, als seien auch die Pferde froh über die Abkühlung.

Ein erstes gelbes Blatt segelte zu seinen Füßen nieder, als er über den Place Louis Lepine ging. Er dachte an sein Telefonat mit Pauline. Schweren Herzens hatte er sie gebeten, heute Abend auf dem Weg zur Kirche den Köder für den Agenten zu spielen. Natürlich hatte er einen Gendarmen zu ihrem Schutz abgestellt, der im Notfall eingreifen würde. Wie selbstverständlich hatte Pauline zugesagt. Sie war wirklich eine mutige Frau, musste er erneut feststellen.

Mit einem Mal hörte er seinen Namen und ließ den Blick schweifen. Er sah Alphonse am Rand des Blumenmarktes stehen, umgeben von Hortensien, Geranien, Nelken und Margariten, die wie durch Zauberhand wieder erhältlich waren. Als Alphonse auf ihn zukam, glitt seine Hand im Vorbeigehen zart über die Köpfchen einiger Gladiolen, was Ricolet wider Willen rührte. Was für ein außergewöhnlicher Fleischergeselle.

Er ging ihm entgegen und tauchte ein in ein Meer von Farben und Düften, Lavendel und Rosen. Die Blumen ersetzten die Sonnenstrahlen und verliehen dem Platz eine fröhliche Note, die seine Stimmung noch weiter hob.

»Salut, Alphonse, du siehst sehr zufrieden aus. Worum geht es?«

»Um den Typen, mit dem der Kommissar sich in der Kneipe getroffen hat, Monsieur Ricolet«, rief der junge Mann unbekümmert.

»Nicht so laut«, zischte Ricolet und zog ihn von den umstehenden Marktfrauen und Müßiggängern fort.

»Pardon«, murmelte der Geselle und folgte ihm an die Ecke des Platzes.

Dort berichtete er, dass er zwar den Verdächtigen kurz gesehen, aber nur den Namen und die Anschrift des Kumpans durch den Patron des Bistros erfahren hatte. Das Bistro sei das *Le Truc* am Boulevard de Clichy, nicht weit vom Moulin Rouge entfernt. Versöhnt klopfte Ricolet ihm auf die Schulter.

»Danke, das war gute Arbeit. Ich denke, es wäre nicht verkehrt, wenn du heute Abend so ab 19 Uhr an der Kirche Saint-Jean auf dem Butte ein wenig die Augen offen hältst. Hast du Zeit?«

»Natürlich, Monsieur.«

Ricolet ersparte sich den Hinweis, dass Alphonses Chefin gerade ein strenges Verhör über sich ergehen lassen musste. Er sah Moronde vor sich, die Zigarette im Mundwinkel, der Raum voller Rauch, und eine blasse Madame Cortulet, die weder aus noch ein wusste. Stattdessen gab er Alphonse den Auftrag, an diesem Abend gut auf Pauline aufzupassen, und erzählte ihm nur das Nötigste von der Begegnung in der Kirche.

»Heute Abend also, denk dran. Ich werde mit Pauline in die Kirche hineingehen, und du hältst draußen die Augen offen. Ich suche einen Mann, der sie verfolgt, vielleicht kreuzt er kurz nach ihr dort auf. Sollte er sich aus dem Staub machen, weil überall Beamte sind, verfolge ihn unauffällig.«

»Gern, Inspektor. Das wird ja richtig spannend!«

Dem konnte er nur zustimmen. Angesichts der Gefahr, die sich für Pauline ergeben würde, hätte er allerdings sehr gut mit weniger Spannung auskommen können. Mit einem Händedruck verabschiedete er sich von seinem persönlichen Spion und tauchte ab in den Bauch der Stadt.

*

Es dauerte eine halbe Stunde mit Metro und Fußweg, bis Ricolet vor einer Mietskaserne im Quartier Clignancourt stand. Enttäuschung machte sich in ihm breit. Die von Alphonse ermittelte Adresse in der Rue Beliard existierte zwar, jedoch nicht mehr das Haus, in dem der Mann, der mutmaßlich den Anschlag auf ihn verübt hatte, leben sollte. Frauen und Männer waren gerade damit beschäftigt, zerstörtes Mauerwerk zur Seite zu räumen, denn der halbe Straßenzug war am 27. August von deutschen Bomben stark beschädigt worden. Joseph Reumur wohnte nicht mehr hier, so erfuhr er von den Nachbarn. Er sei schon seit der Bombardierung verschwunden. Hier sah Ricolet zum ersten Mal die Zerstörung, die er gestern Abend nur hatte erahnen können.

Er verließ die Straße und ging zu Fuß zum Boulevard, der wie immer mit Leben gefüllt war. Es schien, als hätte das Ende der Hitze alle Bewohner des Viertels hinausgetrieben. Er vergaß die vergebliche Suche nach Reumur, seine Laune hob sich wieder. Hier war sein Paris, hier lebten unerschütterliche und mutige Menschen, nicht nur Duckmäuser und Kollaborateure.

Hübsche und nicht ganz so hübsche Bordsteinschwalben in luftigen karierten Kleidern und hellen Plateauschuhen sprachen ihn an. Welch ein Kontrast zu den besorgten und ängstlichen Blicken, die er gestern Abend nach dem Einschlag in fast jedem Gesicht gesehen hatte. *Wie schön und wie trügerisch der Friede sein kann*, dachte Ricolet. Er legte seine Scheu ab und nahm sich die Zeit, ein wenig mit den Damen zu flirten. Selbst in den Augen dieser Huren sah er die Hoffnung auf ein besseres Leben, wenn nur erst alles wieder in geordneten Bahnen verlief. Es war hart genug gewesen – und war es noch.

Seit der Bombardierung der Eisenbahnschienen im April war die Lebensmittelversorgung noch schlechter geworden, denn die Bauern der Normandie und des Pariser Beckens hatten seitdem keine Möglichkeit mehr, ihre Waren in die Stadt zu bringen. Benzin war rationiert, die Schienen zerstört. Dulac – wer sonst – hatte ihm erzählt, dass die Menschen in den umliegenden Städten wie Chartres, Evreux oder auch Rouen besser im Futter standen als die Pariser. Ricolets Magen knurrte bei diesem Gedanken, und er sah in seiner Geldbörse nach, ob er noch ein paar Francs aus seinen Ersparnissen übrig hatte. Das erste Gehalt würde erst in drei Wochen auf seinem Konto eingehen, und es war karg genug. Kein Wunder, dass sich zahlreiche Inspektoren einen Nebenverdienst durch diverse Schmiergelder zulegten. Ganoven, die reicher waren als die Beamten, gab es zuhauf.

Er verabschiedete sich höflich von den Damen der Nacht und steuerte ein kleines Restaurant an, das dem *Truc* gegenüberlag. Er bat den Kellner um einen Tisch am Fenster. Es war noch früh, und die Stammgäste würden erst später eintreffen. Eine Karte gab es nicht, das Angebot wurde von den Lieferanten bestimmt, mit denen der Patron Geschäfte machte.

»Was haben Sie im Haus?«, fragte er den jungen Mann mit der etwas verdreckten Schürze. Dieser wischte sich die Hände an dem Lappen ab, mit dem er vorher über Ricolets Tisch gewischt hatte.

»Wir haben ein paar Bratwürste erhalten, dazu Kartoffeln und Kohl.«

»Das nehme ich. Wie sieht es in Ihrem Weinkeller aus?«

»Schon besser. Unser guter Landwein ist reichlich vorhanden.«

»Ein Viertel bitte.«

Heute würde er es sich mal richtig gutgehen lassen. Der Tag würde aufregend genug enden, wer weiß, was der Abend brachte. Aus der Küche hörte er bald das zischende Braten der Wurst, und er hoffte, dass Kartoffeln und Kohl bereits fertig zubereitet waren.

Er warf einen Blick zum Bistro gegenüber. Bisher waren nur zwei alte Männer hineingegangen, wohl um ihre Ration Wein zu genießen. Junge Männer in halblangen Hosen, die Pullunder über ein Hemd gezogen, standen unter den Bäumen, die dem Boulevard Schatten spendeten. Sie warfen mehr als nur einen Blick auf die Damen, die auffordernde Gesten machten. Ein Schneider saß hinter einem der Schaufenster an seinem Tisch und nähte, manchmal warf er einen kurzen Blick auf die Straße. Zwei amerikanische Soldaten schlenderten vorbei, immerhin ohne Maschinenpistolen in der Hand.

Als er die Schritte des Kellners hörte, sah er auf. Appetitlicher Duft strömte vom Teller, der ihm vorgesetzt wurde. Der Wein glänzte in der Karaffe. Ricolet fühlte sich wie im Paradies, auch wenn das dunkle Interieur etwas schmuddelig schien. Es war der erste Tag, an dem er ein wenig verschnaufen konnte. Er betrachtete die braune Sauce und spürte, wie ihm das Wasser im Mund zusammenlief. Bisher hatte Madame Pomponnier ihm hin und wieder ein Omelett in verschiedenen Variationen zubereitet. Zweimal hatte er in einer Suppenküche seinen Hunger gestillt, doch in einem – wenn auch schäbigen – Restaurant war er noch nicht gewesen.

Nach den ersten genüsslichen Bissen in das saftige Fleisch dachte er an Pauline. Wenn sie hier bei ihm wäre, wäre diese Stunde perfekt. Was sie wohl nun zu Hause tat? Er hoffte, dass sie die Belästigung des fremden Agenten inzwischen überwunden hatte.

Aber, *mon Dieu*, was für ein Fall! Er stand in spektakulärem Zusammenhang mit dem Fall Petiot und dem Wirken eines deutschen Agenten. Ricolet würde sich großen Respekt verschaffen, wenn es ihm gelang, das Gemälde zu finden. Wer würde das Kommissariat wohl übernehmen, wenn Brulait verhaftet war? Würde Dulac befördert? Moronde, der Frau und zwei Kinder ernähren musste, war erst seit einem Jahr auf seinem Posten, Dulac jedoch schon fünf Jahre. Doch was zerbrach er sich den Kopf anderer Leute? Das Einzige, was ihm momentan Sorge bereitete, war Paulines Schutz. Sie sollte zur Kirche kommen, das hatte er ihr am Morgen am Telefon gesagt. Mit Dulacs und Morondes Hilfe sowie dem Wachdienst einiger Gendarmen würde er es sicher schaffen, Brulait, Allais und auch den Agenten zu stellen, ohne dass Pauline etwas geschah.

Er hatte den Teller zur Hälfte leer gegessen, als ein Mann von etwa dreißig Jahren auf dem Trottoir vorüberging. Da Ricolet gerade den Kopf gehoben hatte, sahen sie sich zufällig an. Der Mann zuckte zusammen, und seine Schritte wurden schneller, was Ricolet sofort alarmierte. Die Figur und die Bewegungen passten! Es könnte sein Attentäter sein, Joseph Reumur! Warum sollte er sonst bei seinem Anblick so erschrecken?

Ricolet sprang auf, ließ das Besteck fallen und rannte aus dem Restaurant. Er hörte nicht mehr auf den Ruf des Kellners, sondern sah sich hektisch um. Der Mann war spurlos verschwunden. Schnell lief Ricolet in Richtung Place Pigalle, sah in die Nebenstraßen hinein, die vom Boulevard abzweigten, doch nirgends zeigte sich ein flüchtender Mann. Ricolet blieb stehen und stieß einen Fluch aus. Nun würde der Kerl erst mal nicht mehr aus seinem Loch kommen. Er beschloss zurückzukehren, vielleicht war sein Essen ja noch nicht kalt und würde seine Enttäuschung ein wenig lindern.

Tatsächlich stand der Kellner immer noch in der Tür und atmete auf, als Ricolet ohne Erklärung wieder eintrat, sich setzte, die Serviette umlegte und sich dem Rest der lauwarmen Wurst widmete. Gleich würde er den Gendarmen des Quartiers einen Besuch abstatten und ihnen den Auftrag geben, nach Reumur Ausschau zu halten – hoffentlich standen die nicht auf dessen Lohnliste. Als die Tür sich öffnete und weitere hungrige Gäste eintrafen, sah er auf die Uhr an der Wand. Und plötzlich konnte er seine Erregung und Nervosität nicht mehr unterdrücken. Hinter seiner Stirn pochte es, seine Finger bebten, als er das Besteck weglegte. Bald – bald war es so weit.

*

Pauline musste sich zwingen, sich nicht umzudrehen. Seit gestern Abend war sie nicht mehr aus dem Haus gegangen. Ricolet hatte ihr vorgeschlagen, im Schutz der Wohnung zu bleiben und erst am

Abend zur Kirche Saint Jean zu kommen. Dort waren genügend Beamte vor Ort, um den geheimnisvollen Mann zu stellen, der ihr hoffentlich folgen würde.

Das Thema Steinmann hatte sich nicht in Luft aufgelöst, ebenso wenig die Frage, warum ihre Mutter Raffaels Gemälde zu hassen schien. Paulines Gefühle ihr gegenüber waren durch das Gespräch mit Josette ein wenig besänftigt worden, vor allem das Geheimnis um die ungewollte Schwangerschaft stimmte sie milde. Das hätte auch ihr passieren können, mit Philippe oder einem anderen ihrer Kameraden. Ihre Mutter stand nun nicht mehr über ihr, sie war zu einem Menschen geworden, der Fehler machte.

Allerdings hörte sie immer noch die Worte des Mannes in ihrem Kopf: *»Du hast mir schon genug Ärger gemacht …«* Was meinte er damit? Was hatte sie mit dem Kerl zu schaffen? Sie kannte ihn gar nicht, und doch duzte er sie, als wären sie Vertraute. Alles nur wegen Paul?

Schließlich hatte sie keine Lust mehr, sich länger den Kopf zu zerbrechen. Heute Abend würde sie mit ein bisschen Glück Antworten erhalten. Deshalb hatte sie ihre Mutter bislang auch nicht mehr mit Fragen gequält. Sie hatte in aller Ruhe das Essen zubereitet und am Nachmittag die Wohnung geputzt. Ihre Mutter tat das nicht gern, sie hatte es früher auch nie nötig gehabt. Sie lag lieber auf dem Sofa und las in einem Liebesroman. Manchmal fragte sich Pauline, ob ihre Mutter einen Partner vermisste oder ob sie mit dem relativ einsamen Leben innerhalb ihres kleinen Kosmos zurechtkam.

Nun war die Stunde ihres Einsatzes gekommen, und Pauline fühlte sich stark genug, um auf sich selbst aufzupassen. Und doch war sie nervös. Plötzlich schien jeder Mann, jeder Blick, jeder Schritt ihr zu signalisieren, dass jemand ihr folgte. Es war 19 Uhr, und immer noch lag eine schwere Wolkenschicht über Paris. Sie stieg in die Bahn ein, ohne von jemandem angesprochen zu werden.

An der Station Abbesses auf dem Montmartre wartete Ricolet bereits auf sie. Sie begrüßten sich mit Küssen auf die Wange, wobei ihr Herz schneller zu schlagen begann. Ob es an der Zuneigung zu Ricolet lag, die sie immer stärker empfand, oder an dem spannenden Abenteuer, das ihr bevorstand, wusste sie nicht. Vielleicht eine Mischung aus beidem.

»Hat dich jemand verfolgt? Hast du etwas bemerkt?«

»Nein, ich weiß nicht. Ich bin mir nicht sicher. Ständig wollte ich mich umdrehen, aber ich habe mich zurückgehalten.«

»Vielleicht haben wir Glück und erwischen diesen deutschen Schweinekerl.«

Grimmig musterte er die Fahrgäste, die mit ihr ausgestiegen waren und an ihnen vorbei dem Ausgang zustrebten. Die unzähligen Treppenstufen brachten sie zum Schnaufen. Sie war froh, dass sie sich bei Ricolet untergehakt hatte.

Bald standen sie direkt auf dem Platz. Der Turm der recht kühl und abweisend wirkenden Kirche ragte vor ihnen auf. Ricolet ließ den Blick durch die Umgebung schweifen. Sie bemerkte, dass er verstohlen hier und da jemandem zunickte, während sie weitergingen. Das waren sicher seine Männer. Mit einem Mal fühlte sie sich um Wochen zurückversetzt in ihre Zeit als Spionin beim ERR. Ihre Anspannung stieg, sie drückte Ricolets Hand so fest, dass er sie verwundert ansah und ihr dann ein tröstendes Lächeln schenkte.

»Hab keine Angst.«

Mit Angst konnte man ihr Empfinden nicht beschreiben, eher war es Nervenkitzel, eine ungute Ahnung oder so etwas wie Lampenfieber. Sie fühlte sich wie damals, wenn sie Henkmann gegenübertreten musste, stets erfüllt mit der Sorge, er könne ihre Tarnung durchschauen.

Inzwischen hatten sie die Kirche betreten. Außer einer alten Frau in dunkler Witwenkleidung, die in der zweiten Reihe saß, war niemand zu sehen. Ricolet zog sie mit sich, und sie folgte ihm in einen Beichtstuhl, wo sie sich an die hölzerne Wand lehnten. Es war ein wenig eng hier, doch es war ihr nicht unangenehm.

»Wie lange werden wir warten müssen?«, flüsterte sie.

»Keine Ahnung«, gab er leise zurück.

Als schlurfende Schritte zu hören waren, lugte Pauline durch den Schlitz des Vorhangs und sah, dass die alte Frau hinausging. Das Zuschlagen der Tür hallte mit einer Bedrohlichkeit nach, als hätte eine Falle zugeschnappt.

»Nun werden wir hören, ob jemand kommt. Die Tür zur Sakristei quietscht.«

Fast unmittelbar nebeneinanderstehend, sahen sie sich an. Der Vorhang war dunkel gefärbt, doch das Tageslicht schimmerte noch ein wenig hindurch. Sie lächelten, dann sah Pauline verlegen weg. Zehn Minuten mochten vergangen sein, als ihr Bein zu kribbeln begann.

»Ich stehe hier so komisch«, raunte sie und trat von einem Fuß auf den anderen.

»Du kannst dich leider nicht hinsetzen. Vielleicht dauert es nicht mehr lange.«

»Ist noch jemand von euch hier in der Kirche?«

»Dulac ist auf der Orgelbühne. Keine Sorge, Brulait wird keinen Fuß in den Beichtstuhl setzen. Auf mein Zeichen hin nehmen wir ihn fest. Hoffen wir, dass sein Kumpan Allais mit dabei ist.«

Diese Aussicht beruhigte sie. Sie schnupperte. Ricolet roch nach einem Rasierwasser, dessen Duft sie nicht kannte, ein dezenter, herber Duft. Wieder vergingen ungefähr zehn Minuten oder eine Viertelstunde, es war unmöglich, die Zeitspanne zu schätzen.

Sie zuckte zusammen, als die Glocke zu schlagen begann. Ricolet legte ihr vorsichtig einen Finger auf den Mund. »Nur die Turmuhr. Es ist acht.«

Sie sah ihm in die Augen, und aus einem Impuls heraus küsste sie den rauen Finger. Ricolet zögerte nur kurz, dann legte er ihr die andere Hand in den Nacken und beugte sich vor. Pauline schloss die Augen, als ihre Lippen sich trafen. Er küsste ihren Mundwinkel, dann wurde der Kuss fester. Pauline stöhnte, als sie seine Zunge spürte. Eine glühende Welle schoss durch ihren Körper, und sie drängte sich an ihn, die Arme fest um ihn geschlungen. Sie spürte dieser neuen Empfindung nach, nahm seine Zärtlichkeit wahr, seine Zurückhaltung, die trotz der Bestimmtheit des Kusses zu spüren war.

Dann lösten sie sich voneinander. »Pauline«, hauchte er in ihr Ohr, um gleich darauf, in den nächsten Kuss zu versinken. Sie fuhr ihm durch sein Haar, das weich und samtig war, sein Kinn kratzte ein wenig. Er presste sie an die Rückwand des Beichtstuhls, streichelte ihre Wangen, ihre Haare und ließ sie völlig vergessen, wo sie war. Doch dann hörte sie das Klirren eines Schlüssels.

Ricolet öffnete ebenfalls die Augen und sah sie liebevoll an, gleichzeitig legte er mahnend den Zeigefinger an seine Lippen. Er schob den Vorhang ein wenig zur Seite, und Pauline konnte den Blick nicht von ihm abwenden, sie betrachtete seinen Hals, den leichten Bartschatten, seinen Oberkörper in dem dunklen Jackett. Gern hätte sie ihn wieder berührt, doch der Moment war vorüber.

»Wer ist da?«, wisperte sie.

»Ich sehe noch niemanden. Doch, da! Sei ganz leise.«

Ricolet drückte sie an sich und zog sie bis an die Wand zurück. Sie schmiegte sich an ihn und hielt sich an seinen Armen fest, wo sie seine Muskeln spürte. Er schloss die Augen wieder, sein Mund war leicht geöffnet, und sie verfluchte die unpassende Situation. Wie gern wäre sie jetzt ungestört mit ihm, andererseits war nun vielleicht das Bild zum Greifen nah!

Ricolet schien angestrengt zu lauschen und ganz in seinem Jagdfieber aufzugehen. Und tatsächlich hörte auch sie jetzt Stimmen, zwei Männer, die miteinander sprachen.

Eine weitere Tür knarrte, dann war eine dritte Stimme zu hören. Die drei Männer kamen näher, und sie spürte, wie sich Ricolet daraufhin anspannte. Sie tastete seinen Gürtel ab und wurde an seinem Rücken fündig: Eine Pistole steckte dort im Holster. Die Waffe machte ihr plötzlich die Gefährlichkeit der Situation bewusst. Wenn man sie jetzt entdeckte, würden sie sich zwar verteidigen können, doch auch der Kommissar würde eine Waffe bei sich tragen. Wenn Jean etwas geschah … Schweiß trat ihr auf die Stirn.

Sie hörte, wie ein Mann Zahlen vor sich hin murmelte: »18 000, 19 000, 20 000. Damit wäre alles beglichen. Hier, die Pässe, Monsieur Mendoza und Monsieur Luciando. Prägen Sie sich Ihre Namen gut ein, meine Herren, vergessen Sie Ihre alten.«

»Danke, Hochwürden.«

Sie begriff, dass Ricolet so viel wie möglich von diesem Gespräch hören wollte, bevor sie zuschlugen. Und sie würde später sogar als Zeugin aussagen können.

»Ich werde Ihre Koffer in der Sakristei deponieren. Die Flucht beginnt von dort. Ich denke, morgen Nacht steht alles bereit.«

»Hochwürden, wir werden pünktlich sein.«

»Ich empfehle mich. Und viele Grüße an Ihren Kollegen, Sie wissen schon …«

Die Schritte eines Mannes entfernten sich, doch die beiden anderen verharrten noch in der Nähe des Beichtstuhls.

Ein Fluch war zu hören. »*Merde!* Was meinte er für einen Kollegen?«

»Ist der Raffael in Ihrem Koffer, Allais? Oder tragen Sie ihn bei sich?«

»Nein.«

Pauline unterdrückte einen kurzen Aufschrei und presste sich vorsichtshalber die Hand vor den Mund. Sie sah Ricolet an, der sich vor Spannung auf die Unterlippe biss. Das Bild, es war zwar versteckt, aber es existierte tatsächlich irgendwo. Ricolet mochte das nicht wundern, doch für sie war es die erste Bestätigung, dass sie nicht die Einzigen waren, die von dem Bild wussten.

»Was? Sie haben es nicht bei sich?«

»Nein. Ich vertraue es niemandem an.«

»Aber ich hatte Sie extra gebeten …«

»*Zut!* Brulait, glauben Sie denn, ich spaziere hier mit der Leinwand herum? Was sollte Sie denn daran hindern, sie mir abzunehmen und sich aus dem Staub zu machen? Ich weiß, dass Sie keine Skrupel haben, jemanden von hinten erschießen zu lassen.«

»Nun hören Sie auf, seien Sie still.«

»Sie haben damit angefangen. Nein, Herr Kommissar, solange nur ich weiß, wo das Bild ist, bin ich in Sicherheit. Ich habe mich rückversichert, Ihre Drohungen kümmern mich nicht mehr. Ich habe einen Pass, ich habe Geld, wozu brauche ich Sie noch?«

»Sie Mistkerl, was soll das heißen? Wollen Sie sich eine Kugel einfangen?«

Pauline hörte das Rascheln von Kleidung und stellte sich vor, wie der Kommissar jetzt seine Waffe zog. Ihr Herz klopfte.

Ricolet schob ganz langsam den Vorhang zur Seite.

»Sie werden nicht auf mich schießen, denn dann wäre der Raffael verloren«, hörten sie Allais sagen.

»Sie wollen also allen Ernstes abhauen, ohne mich? Ich werde Sie nicht mehr aus den Augen lassen, Sie Betrüger! Erst wollen Sie mir weismachen, der Raffael sei verkauft und Henkmann sei wegen des Geldes überfallen und ermordet worden, jetzt wollen Sie das Bild allein für sich haben? Vergessen Sie's!«

Das war interessant. Allais hatte also versucht, Brulait übers Ohr zu hauen. Sicher, wenn er das Bild hatte, konnte er natürlich behaupten, das Geschäft sei erledigt gewesen und Henkmann könne Brulait seinen Anteil nicht zahlen, weil er von Raubmördern beobachtet und ausgeraubt worden sei. Dann sah Pauline, wie Ricolet tatsächlich die Waffe zog und den Vorhang noch weiter zur Seite schob. Sie biss sich auf die Lippe, bis der Schmerz übermächtig wurde. *Nicht schreien, Pauline, ganz ruhig.*

»Sie sind am Ende, Brulait. Ich kann Sie auffliegen lassen, Sie und Ihren Fluchtplan.«

»Das versuchen Sie mal. Und ich kann Sie wegen Kollaboration mit den Deutschen anklagen, Allais. Oder wegen des Mordes an Henkmann. Sie entkommen mir nicht!«

Da lachte der Galerist laut auf, ja, er schien sich vor Vergnügen auf die Schenkel zu klopfen, denn ein klatschendes Geräusch hallte durch die Kirche. Dann das Knarren einer Tür. Wer war das? Es konnte ein Gläubiger sein – oder der Agent, der ihre Spur aufgenommen hatte.

»Was ist an einem Mord so lustig?«, rief Brulait, der die Tür offenbar nicht gehört hatte.

Pauline hielt wieder die Luft an. Würde Allais jetzt mit einem Geständnis prahlen?

»Im Allgemeinen nichts, aber in diesem Fall vieles«, erklang da eine Stimme, die Pauline einen eisigen Schauer über den Rücken jagte. Konnte es sein? Nein, das war unmöglich.

In diesem Moment sprang Ricolet aus ihrem Versteck heraus. »Hände hoch! Sie sind verhaftet!«, rief er und richtete die Pistole auf die drei Männer.

Pauline konnte nicht an sich halten. Diese Stimme! Sie schob den Vorhang, der zurückgefallen war, wieder zur Seite und trat einen kleinen Schritt hinaus. Sie erkannte den Mann sofort. »Paul!«

Paul Henkmann stand nur zwei Meter von ihr entfernt, gesund und munter, mit roten Wangen. Er hatte eine Waffe auf Brulait gerichtet, doch er zuckte zusammen, als er seinen Namen hörte, und verriss den Schuss.

Der Knall war ohrenbetäubend. Dann sah Pauline, wie Allais sich nach einem Aufschrei an die Brust griff und zusammenbrach. Brulait stammelte entsetzt einige Worte, dann rannte er plötzlich los, in Richtung Hochaltar.

Ricolet sah ihm nach, auch er war vom Geschehen überrascht worden. Paul stand immer noch reglos da und starrte auf den nun leblosen Galeristen.

»Hände hoch, sofort!«, donnerte Ricolet.

Und dann brach ein Kugelhagel los. Paul hob die Waffe und zielte in Richtung Hochaltar, als wolle er Brulait treffen. Ricolet duckte sich hinter eine Bank und zog Pauline mit sich. Ein weiterer Schuss pfiff fast zeitgleich durch die Luft. Stückchen vom Putz splitterten in ihrer Nähe ab.

Der Lärm betäubte Pauline, es roch nach Pulver. Schüsse kamen von überall, vom Hochaltar, von der Orgelbühne, wo sich Dulac verborgen hatte, von Ricolet. Eine Kugel durchschlug das Holz der Kirchenbank, dann spürte sie plötzlich einen scharfen Schmerz in ihrem Oberarm. Sie keuchte auf und griff sich an den Ärmel. Was war das? Blut trat aus einer Wunde, sie hörte ihren eigenen Atem stoßartig und keuchend.

Dann herrschte plötzlich Stille. Helle Punkte begannen vor ihren Augen zu tanzen.

»Pauline!« Ricolet packte sie so fest, dass sie zusammenzuckte. Ihr Gesicht musste schrecklich aussehen, denn er wurde leichenblass.

»Es ist nichts, es ist nichts«, stammelte sie und versuchte zu lächeln. In diesem Moment hörte sie das Klopfen und Schlagen an der Kirchentür. Die Gendarmen konnten nicht herein! Paul musste die Tür blockiert haben. Wo war er hin?

»War das der Agent, Pauline? Warum hast du Paul gerufen?« Er beugte sich über sie.

»Nicht der Agent! Das … das war Paul! Paul Henkmann!«, brachte sie stöhnend hervor und hielt sich krampfhaft an ihm fest. Der Schwindel verschwand. Die Tatsache, dass der Deutsche urplötzlich zum Leben erweckt worden war, traf sie mit voller Wucht. Bilder, die sie die ganze Zeit zu verdrängen versucht hatte, stürmten auf sie ein. »Dieser verdammte Mistkerl!«, rief sie. »Wo ist er hin?«

*

Mit Schaudern sah Ricolet, dass sich der Ärmel von Paulines Kostümjacke rot verfärbt hatte. Wessen Kugel war das gewesen? Doch ebenso schockierte ihn, dass sie in dem Fremden Henkmann erkannt hatte.

»Was? Aber ich dachte, das sei Steinmann oder wie immer der auch hieß.«

Er sah die Leiche vom Dachboden wieder vor sich, das mausgraue Haar, den Anzug, die lederne Haut. Pauline schüttelte bloß den Kopf und wirkte, als hätte sie ein Gespenst gesehen.

Gut, Henkmann lebte also, damit musste er jetzt klarkommen. »Geht es dir wirklich gut? Ist dir übel?«, fragte er und sah sie besorgt an.

»Jetzt geht es wieder, es war nur ein Streifschuss, denke ich«, erwiderte sie und kam auf die Beine. »Wo ist Henkmann denn jetzt hin?«

»Bleib hier und versteck dich«, wies er sie an. »Ich komme gleich zurück.«

Dulac kam zu ihm gelaufen und sah mit ernstem Gesicht zu Allais, der am Boden lag. Eine kleine Blutlache breitete sich auf den grauen Steinplatten aus. Er kniete sich nieder und fühlte kurz den Puls, dann wiegte er den Kopf.

»Wir schnappen uns die Kerle. Kommen Sie, Dulac!«

Ricolet ließ Pauline nicht gern allein, doch die beiden geflüchteten Männer saßen hier in der Falle und konnten gefährlich werden, noch gefährlicher, als sie es gerade gewesen waren.

Allem Anschein nach verbargen sich Henkmann und Brulait nun in der Sakristei. Ricolet hastete die zwei Stufen zum Hochaltar hinauf, hinter dem sich der Zugang zur selbigen befand. Eines war ihm klar: Brulait hatte anscheinend auch nicht gewusst, dass Henkmann noch lebte, denn das Grauen auf seinem Gesicht war fast greifbar gewesen.

Die Tür zur Sakristei war nur angelehnt. Ricolet öffnete sie mit einem Tritt, während Dulac ihm Feuerschutz gab. Die Tür schlug vor die Wand, der Raum war leer. Zwei Koffer standen in einer Ecke, die Außentür der Sakristei war verschlossen. Die Männer hatten also nicht durch sie entwischen können. Wo waren sie?

Er hörte laute Stimmen hinter sich: »Polizei!«, und dann das Geräusch von hastigen Schritten.

Wahrscheinlich war die Seitentür der Kirche geöffnet gewesen. Er wollte schon zum Beichtstuhl zurückkehren, als er ein dumpfes Geräusch hörte, das von der Wand kam. Ricolet trat auf einen Schrank zu, dessen Tür nicht ganz verschlossen war. Bunt strahlende Messgewänder leuchteten ihm entgegen, als er die Tür aufriss, doch die Talare waren zur Seite geschoben worden. An der Rückwand tat sich ein Spalt auf.

Dulac beugte sich vor und schob das dünne Brett der Rückwand zur Seite. Dann kroch er halb in den Schrank hinein und warf einen Blick in den Hohlraum, der sich dahinter verbarg. »Hier ist eine Geheimkammer, nein, ein Tunnel mit Treppenstufen! Licht! Ich brauche Licht!«

Ricolet sah sich nach einer Taschenlampe um, doch er konnte keine finden. Als er Dulac über die Schulter blickte, fühlte er sich wie in einen Horrorfilm versetzt. Eine blutverschmierte Hand kam zum Vorschein, dann ein Arm. Dulac zog einen Körper aus der Dunkelheit. In seinen Armen lag der anscheinend schwer verletzte Paul Henkmann, der sie aus einem blassen, mit Schlamm verdreckten Gesicht ansah.

»Der Kommissar …«, stöhnte er. Dann schloss er die Augen und wurde bewusstlos.

*

Und so kam es, dass Ricolet die drei Opfer der Schießerei allesamt im Hospital Bichat wiederfand, nachdem er die unglückselige Kirche nach den letzten Instruktionen verlassen hatte. Brulait hingegen blieb verschwunden, der Tunnel war nur kurz gewesen und hatte im Stall des benachbarten Küsterhauses geendet. Natürlich hatte der Kommissar sich unter die Passanten gemischt und das Weite gesucht.

Während Allais mit dem Tod kämpfte, lag Henkmann auf dem Operationstisch, wo ihm eine Kugel aus der linken Lunge entfernt wurde. Pauline hatte sich nach dem Streifschuss nur den Arm verbinden lassen und war bereit, wieder heimzukehren. Ricolet traf sie in der Halle, wo sie sich ihre dreckige Kostümjacke über die Schulter geworfen hatte.

»Hast du Schmerzen, Pauline?«

Er küsste sie auf die Stirn. Seitdem sie sich im Beichtstuhl so nah gekommen waren, war dies der erste Moment nach den Vorfällen, in dem sie sich ungestört unterhalten konnten.

»Nein, es geht schon.« Sie lächelte ihn an. »Hast du etwas bezüglich meines Verfolgers gehört?«

Er schüttelte den Kopf. »Leider nicht. Meinen Leuten ist nichts aufgefallen, und Alphonse ist nicht aufzufinden. Ich weiß auch nicht, was das zu bedeuten hat. Lass uns zu mir gehen, das ist kürzer, und es ist schon spät geworden. Ich werde auf meiner Couch schlafen, und du kannst deine Mutter von der Concierge aus anrufen. Einverstanden?«

»In Ordnung. Aber glaubst du, deine Concierge wird nichts gegen Damenbesuch einzuwenden haben?«

»Das ist mir egal.«

Er strich über ihr Haar und ergriff dann ihren Arm, um ihn unter seinen zu haken. Langsam gingen sie durch die Straßen. Es war inzwischen 21 Uhr, und ein kühler Luftzug strich sanft durch die Gassen. Viele Menschen saßen noch vor ihren Häusern, die Frauen strickten und Männer rauchten. Kinder spielten Fußball, und in den Brasserien war kein Stuhl unbesetzt.

Allmählich ließ Ricolets Aufregung nach, und er nahm sich ein Beispiel an der Gelassenheit der Menschen um ihn herum. Sie gingen zur Station Porte de Clignancourt, sodass sie nur vier

Stationen weiter an der Barbès wieder aussteigen konnten. Als sie die Rue Livingstone einschlugen, musste Ricolet den Eindruck des Friedens wieder revidieren, denn sie passierten einige Häuser, die durch Bomben zu Schaden gekommen waren. Doch der Anblick der alten Markthalle Saint Pierre vor ihnen und der Schatten der Kuppel von Sacré-Cœur am Nachthimmel tröstete ihn. Sie schwiegen, denn sie wussten, dass sie in dieser Nacht noch viel Zeit haben würden, um über den Fall zu reden – und vielleicht auch über sich.

»Ich hatte solche Angst um dich, als der Kugelhagel losging«, sagte Pauline mit einem Seufzen, als er ihre Jacke endlich an den Haken seiner Garderobe hängen konnte.

Madame Pomponnier hatte die beiden freundlich begrüßt und nach dem Telefonat auch keinerlei Verärgerung erkennen lassen. Wahrscheinlich waren Paulines verbundener Arm und Ricolets kurze Erklärung der Grund für ihr freundliches Verhalten gewesen. Sie hatte sogar Bettzeug für das Sofa zur Verfügung gestellt.

»Ich weiß, ich hatte auch Angst um dich«, erwiderte er. »Obwohl das Ganze nur zwei Minuten gedauert hat. Verrückt, nicht wahr?«

Er bot ihr ein Glas Kognak an, den seine Concierge ihm mitgegeben hatte, und lud sie auf das etwas abgesessene Sofa ein. Sie schmiegte sich mit der unverletzten Seite an ihn.

»Ja. Und Paul lebt. Ich kann es immer noch nicht glauben. Wer war dann der tote Mann, der auf dem Dachboden gefunden wurde? Und warum hatte er die gleiche Brandnarbe?«

»Ich denke, das kann uns nur Henkmann selbst erklären.«

»Du glaubst, er steckt dahinter? Kann es nicht sein, dass ich zu viel in diesen Toten hineininterpretiert habe? Dass er gar nichts mit dem Gemälde und Brulait zu tun hat?« Sie nahm einen Schluck aus dem Glas und musste husten.

Ricolet dachte über ihre Worte nach und schüttelte dann den Kopf. »Nein, das denke ich nicht. Allais hatte einen Schlüssel zu diesem Haus. Und Brulait war besorgt wegen dieses Toten. Hast du vorhin gesehen, wie erschrocken er war? Als sei ihm der Leibhaftige erschienen.«

»Ob Allais von Pauls vorgetäuschtem Tod wusste?«

Ihre Stimme klang müde, und auch ihm wurden die Augenlider schwer. Doch diese Frage hatte er sich schon die ganze Zeit gestellt. Welche Rolle spielte der so arg unterschätzte Galerist? Was hatte Brulaits Vorwurf in der Kirche zu bedeuten, ihm sei weisgemacht worden, der Raffael sei schon verkauft? Plötzlich richtete er sich auf.

»Ja, ich wette, er wusste es! Allais wusste, dass irgendein armer Teufel auf dem Dachboden lag, der Henkmann ähnlich sah. Brulait sagte vorhin, dass Allais ihm weismachen wollte, das Gemälde bereits verkauft zu haben, vor Henkmanns angeblichem Tod.«

»Ja«, stimmte sie zu. »Also, diese drei Männer waren Geschäftspartner, Brulait, Allais und Paul. Letzterer war vielleicht für die Entgegennahme des Geldes vorgesehen. Allais und Paul täuschten dann Pauls Tod vor, einen mörderischen Überfall, bei dem das Geld ganz plausibel geraubt werden konnte. Doch in Wirklichkeit gab es noch gar keinen Interessenten. Die beiden wollten nur Brulait loswerden. Er sollte die Leiche finden und Paul erkennen, denken, das Geld sei verloren, und aufgeben. Später hätten Allais und Paul das Bild dann in Ruhe verkaufen können.«

Ricolet fiel ihr ins Wort. »Genau, Allais könnte diesen Clochard bestochen haben, uns zur Leiche zu führen. Am 12. September finden wir den Toten. Es wird Brulait klar, wer das ist, und er stellt Allais zur Rede. Er glaubt das Bild zunächst verloren, versucht aber trotzdem äußerst nachdrücklich, mich aus dem Fall herauszuhalten, nur für alle Fälle.« Er fasste sich unwillkürlich an seine Wunde, die inzwischen eine juckende Kruste gebildet hatte.

Pauline setzte seine Theorie fort. »Aber nur wenige Tage später hat Allais erfolgreich ein Geschäft eingefädelt. Rita wusste davon. Der Handel platzt, als die Zeitungen davon berichten.«

»Genau. Brulait findet so natürlich heraus, dass das Bild doch noch nicht verkauft ist. Er hilft seinem Geschäftspartner bei der Flucht, er will wieder beteiligt werden. Allerdings ist Henkmann für ihn nach wie vor tot.« Er stand auf und ging einige Schritte auf und ab. Der Strom war inzwischen abgestellt, und die Petroleumlampe warf flackernde Schatten an die Wand. »Henkmann und Allais haben den Plan, Brulait loszuwerden, gemeinsam ausgeheckt und zwar schon zwei oder drei Wochen vor dem Fund des Toten, damit dieser schön ausgedörrt ist«, schlussfolgerte er.

»Sozusagen ein positiver Nebeneffekt. Paul muss es hauptsächlich darum gegangen sein, mit dem Geld für den Raffael außer Landes zu fliehen, damit dieser deutsche Agent ihn nicht finden und dafür bestrafen kann, Hitler das Gemälde vorenthalten zu haben. Wahrscheinlich hat er sich selbst einen passenden Doppelgänger gesucht, den er ins Haus locken und töten konnte.« Sie schüttelte den Kopf. »Dabei wirkte er so überzeugt von Hitler und seinem Endsieg.«

»Doch warum sind Henkmann und Allais nicht direkt nach der Befreiung geflohen? Sie hätten das Gemälde doch gut mitnehmen können.«

»Allais wollte wohl nicht. Oder er hatte hier bessere Verkaufschancen. Oder die beiden waren noch nicht so weit mit ihren Fluchtplänen und saßen hier fest. Das wird der Pfarrer dir sagen können, sobald ihr ihn festgenommen habt.«

»Aber es geht noch weiter: Da Brulait nun wieder wusste, dass das Bild noch bei Allais ist, war er wieder mit im Boot – und als Fluchthelfer wichtig. Doch Allais und Henkmann planten insgeheim, Brulait nach dem Erhalt der Pässe zu töten. Deswegen war Henkmann vor Ort, deswegen der Schuss, der Brulait töten sollte, aber Allais traf. Henkmann ist gierig und braucht keinen weiteren Klotz am Bein.«

»Der Schuss auf Allais war also ein Versehen?«

»Ja. Ich denke, Henkmann war so überrascht, deine Stimme zu

hören, dass er schlichtweg den Schuss verrissen hat. Und jetzt weiß niemand, wo das Gemälde ist.« Er blieb nachdenklich stehen.

»Niemand?«

Er registrierte die Verzweiflung in ihrem Blick. Wie sehr musste es sie treffen, ihre Hoffnung auf das geliebte Bild schwinden zu sehen.

»Niemand außer einem Mann, der so gut wie tot ist.«

Die Jagd nach dem Gemälde schien vorüber. Momentan gab es keinen Hinweis auf seinen Verbleib, und Ricolet konnte sich auch nicht aufraffen, Vermutungen anzustellen. Erschöpft und aufgewühlt zugleich sehnte er sich nach Ruhe. Auch Pauline fasste sich immer wieder mit verzerrtem Gesicht an den Oberarm, obwohl sie ein Schmerzmittel bekommen hatte.

»Du brauchst Schlaf, Cherie. Komm.«

Er streckte ihr die Hand hin und zog sie vorsichtig vom Sofa hoch, um ihr den Weg ins Schlafzimmer zu zeigen. Nach einem Besuch im Bad auf dem Flur zog Ricolet sich aus und legte sich auf das Sofa. Es dauerte nicht lange, bis er die Tür hörte.

Wie selbstverständlich trat Pauline ein, nur mit einem Schlüpfer und einem Büstenhalter bekleidet. Der Verband leuchtete im Licht der Kerze. Mit einem Lächeln nahm sie seine Hand und wies mit dem Kopf zum Schlafzimmer. »Ich will nicht allein schlafen.«

Ein freudiger Schauder durchfuhr ihn. Er stand auf und folgte ihr. Auf der schmalen Matratze schmiegten sie sich eng aneinander. Er spürte ihre Wärme und hörte nach einer Weile ihre gleichmäßigen Atemzüge. Allmählich beruhigte sich sein Herzschlag wieder, und er merkte, wie ihm die Augen zufielen.

*

Gegen Morgen weckte ihn das Rasseln eines Fuhrwerks. Nur langsam tauchte er aus der schläfrigen Betäubung auf, sein Arm war taub. Es dauerte eine Weile, bis schmerzhaft das Leben in ihn zurückkehrte.

Pauline blinzelte ihn müde an.

»Es ist noch früh, schlaf weiter«, flüsterte er.

Sie schloss die Augen wieder, doch er fand keinen Schlaf mehr und musste erneut an den gestrigen Abend denken. Ob Allais die Nacht überstanden hatte? Oder war er zum Opfer geworden in diesem fulminanten zweiten Akt einer Tragödie? Plötzlich schlang sich ein Arm um seinen Leib, und zarte Finger fuhren in die Öffnungen zwischen den Knöpfen seines Schlafanzugs.

Pauline streichelte seine Haut und begann, das Oberteil aufzuknöpfen. Er legte sich auf den Rücken, um ihr ins Gesicht sehen zu können. Ihr Haar hätte den Schlangen der Medusa alle Ehre gemacht, doch er fand sie wie immer bezaubernd.

»Guten Morgen«, gurrte sie und küsste seine nackte Brust.

Das Blut rauschte in seinen Ohren. Konnte es wirklich sein? Die schöne Pauline wollte ihn, den Bauerntrampel aus dem Süden? Ihre Lippen näherten sich seinem Hals, und er wandte ihr sein Gesicht zu. Der Kuss war anfangs zärtlich, dann, als sie sich beide sicher waren, wurde er leidenschaftlicher. Pauline richtete sich auf und zog sich aus. Ihre Rippen waren deutlich sichtbar, sie musste oft gehungert haben, doch beim Anblick ihres wundervoll gerundeten Busens konnte er nicht mehr stillhalten. Er zog sie fest an sich.

»Pauline, was machst du mit mir?«, stöhnte er.

»Wer weiß, ob wir jemals wieder Gelegenheit haben«, gab sie zurück und lächelte so liebevoll, dass ihm keine Worte mehr einfielen.

»Aber, wenn wir ohne … ohne …«

»Keine Sorge, die Zeit ist richtig.«

Er wusste nicht genau, wie Frauen die richtige und die gefährliche Zeit berechnen konnten, doch er vertraute ihr und vergaß bald seinen Einwand. Pauline schenkte sich ihm auf eine so neue, fremde Weise, so voller Lust und Unbefangenheit, dass er bald ein lautes Stöhnen unterdrücken musste. Die Sonne ging auf, er konnte in den Strahlen am Fenster Staubteilchen tanzen sehen, die durch ihre Bewegungen aufgewirbelt worden waren. Pauline machte es ihm leicht, sie war erfahren, während er nur zweimal mit sogenannten leichten Frauen im Bett gewesen war. Er drückte ihren Körper fest an seine Lenden, und dann dachte er an nichts mehr.

*

Später am Morgen trennten sie sich an der Metrostation mit einem innigen Kuss, und er sah ihr nach, wie sie, von einem Gendarmen begleitet, die Treppen hinabstieg. Er ließ sie ungern gehen, war immer noch gefangen von einem leichten, wundervollen Schwindel.

In seinem Büro erfuhr Ricolet, dass Madame Cortulet den Mordplan gegen ihren Gatten in den späten Abendstunden gestanden hatte. Was für eine gute Nachricht! Ein Fall, den er abschließen konnte. Doch der Wermutstropfen folgte leider schnell: Eine Stunde später erreichte ihn die Nachricht, dass Jean Allais in der Nacht an seinen Verletzungen gestorben war.

Kapitel 10

23. September 1944

Ricolet, Dulac und Moronde saßen vor dem Schreibtisch des Präfekten Luizet, der lange und konzentriert den Bericht über die Verfehlungen des Kommissars gelesen hatte.

»Sobald Henkmann vernehmungsfähig ist, wird er verhört werden. Was den Raffael und Brulait angeht, ist der Fall in meinen Augen bereits klar.«

»In meinen noch nicht«, wagte Ricolet einzuwenden. »Es geht nicht nur um Diebstahl oder Kollaboration mit dem ERR, es geht auch noch um einen Mordanschlag auf einen Polizeibeamten – auf mich persönlich!«

Luizet tippte an sein Kinn und nickte. »Stimmt, wir müssen diesen Joseph Reumur noch aufspüren, um ihn zu vernehmen. Nun, das werden die Beamten vor Ort machen, Sie haben dort ja schon angefragt. Lassen Sie das meine Sorge sein. Wir kriegen diesen Mann.«

»Darf ich Henkmann schon ein paar Fragen stellen?«

»Natürlich.« Luizet hob würdevoll den Blick, dann lächelte er. »Meine Herren, danke für Ihren Besuch. Sie haben durch Ihren Einsatz ernsthaften Schaden von der Polizei abgewendet. Alle Pariser Polizisten jagen den Kommissar. Es wird jetzt nicht mehr lange dauern.«

Sie verabschiedeten sich und verließen das Büro, vor dem bereits einige Reporter im Flur warteten. Sofort bestürmte man sie mit Fragen.

»Stimmt es, dass ein Deutscher verhaftet wurde?«

»Wie kam es zu der Schießerei in der Kirche Saint Jean?«

»Haben Sie einen Nazi-Fluchtweg entdeckt?«

»Wo ist das Gemälde von Raffael?«

Ricolet gestand sich ein, dass dieser ungewohnte Trubel ihn faszinierte. Dulac und Moronde schoben die Journalisten von ihm fort und grinsten ihn an.

In ihrem Büro angekommen, wandte sich Ricolet Inspektor Moronde zu.

»Begleiten Sie mich zu Henkmanns Krankenbett?«

»Nur zu gern, Ricolet. Ich heiße übrigens Charles.«

Ein warmes Gefühl ergriff ihn, als auch Dulac ihm die Hand bot. »Und ich Richard.«

»Jean«, sagte er und räusperte sich. »Freunde, ich gebe einen aus«, kündigte er an. Und seine Kollegen lächelten schon breit, als er hinzufügte: »Wenn wir Brulait haben.«

»Diese sparsamen Protestanten …«, murmelte Moronde und machte sich mit ihm auf den Weg zum Hof, wo der Präfekt ihnen als Zeichen seiner Anerkennung ein Fahrzeug bereitgestellt hatte.

Sie stiegen in den Renault, und Moronde fuhr rasant über die fast leeren Straßen zum Montmartre hinauf. Sie stellten den Wagen am Krankenhaus Bichat ab und standen nur wenige Minuten später am Bett des Deutschen. Henkmanns Wangen waren eingefallen, und seine Stirn glänzte vor Schweiß, als hätte er Fieber. Ricolet bezweifelte, dass er viel aus ihm herausholen würde.

»Monsieur Henkmann?«

Der Deutsche schlug langsam die Augen auf und sah ihn müde an. »Ja?«

»Das ist Inspektor Moronde, ich bin Inspektor Ricolet. Wir haben einige Fragen an Sie.«

»Was wollen Sie noch?«, murmelte der Deutsche. »Das Bild ist verloren, für immer verloren.«

Also wusste Henkmann tatsächlich nicht, wo sich der Raffael befand. Ricolet musste seine heimliche Hoffnung aufgeben. »Hat Allais vor Ihnen nie angedeutet, wo er es versteckt hat?«

Henkmann schüttelte sachte den Kopf. »Er sagte, dass es so

schnell nicht wieder das Tageslicht sehen würde. Das kann alles bedeuten.«

»Es geht mir auch nicht nur um das Bild«, sagte Ricolet und zog einen Hocker an das Bett heran. »Wer war der Tote, der im Haus der Madame Robert auf dem Dachboden gefunden wurde?«

»Ach das.« Henkmann leckte sich über die spröden Lippen und starrte an die weiß getünchte Wand gegenüber.

»Ja, *das*. Das war Mord. Und den werde ich aufklären. Geben Sie auf, Henkmann. Sie kommen wegen Totschlags an einem Franzosen in französische Haft, nicht nach Deutschland, wenn es Sie beruhigt. Aber mehr kann ich nicht für Sie tun.« Warum sollte er überhaupt etwas für ihn tun? Dieser Kerl hatte Pauline gezwungen, mit ihm zu schlafen, er hatte sie ausgenutzt, hat gestohlen und gemordet.

»Gut. Ich will nicht nach Deutschland zurück. Nicht dort in den Knast. Alles ist … vorbei, ausgeträumt. Das war ein hartes Erwachen, glauben Sie mir.«

»Sie haben Ihren Führer auch verraten«, wandte Ricolet ein.

Da bäumte sich Henkmann mit schmerzverzerrtem Gesicht auf und hielt sich am Haltegriff des Bettes fest. »Verraten? Wer hat wen verraten? Hitler hat mich verraten, uns alle, unseren Glauben an ihn. Was nützen all diese Parolen und Versprechungen? Nichts, gar nichts haben wir gewonnen. Da musste man mir schon zugestehen, dass ich mir meinen Teil nehme, den Teil vom Sieg, den Hitler ja offensichtlich nicht zustande bringt.«

Ricolet nickte und wartete darauf, dass Henkmann sich alles von der Seele reden würde.

»Wenn man Kunst studiert hat, kann und will man nichts anderes. Kunst war mein Lebenstraum. Ich hatte gute Beziehungen, man hätte mir vielleicht sogar die stellvertretende Leitung im Museum des Führers in Linz angeboten. Aber dann … der Krieg, die Landung der Alliierten, der Rückzug, das alles war so enttäuschend für mich. Und die Sache mit den Juden. Beim ERR spürte ich, dass da etwas nicht in Ordnung war. Dieses ganze Wissen um die Plünderungen lag mir schwer im Magen. Aber ich wollte nach Paris, unbedingt. Diese Stadt …« Henkmanns Lippen wurden blasser, er schien sich kaum mehr auf seine Worte konzentrieren zu können.

All das wollte Ricolet gar nicht hören. Dieser Mann hatte wohl kaum ernsthafte Gewissensbisse, und wenn doch, dann kamen sie reichlich spät. Mit scharfer Stimme forderte er: »Hören Sie, Henkmann, was ich brauche, ist eine chronologische Abfolge der Ereignisse, damit wir den ganzen Fall rekonstruieren können. Denken Sie nicht, dass wir Sie unbedingt dafür benötigen. Sie brauchen gar nicht anzufangen, um ein paar Jahre Gefängnis zu feilschen, aber wenn Sie uns helfen, geht es schneller und einfacher. *D'accord?*«

Henkmann schien seine Lage abzuwägen und zu dem Schluss zu kommen, dass ihm Hilfsbereitschaft zugutekommen könnte, und sei es nur, um Ricolet gnädiger zu stimmen. »*Alors*, im Juli entschloss ich mich, einige Bilder zu verkaufen und mich bei günstiger Gelegenheit abzusetzen. Die Lage wurde brenzlig, ich wollte vorsorgen. Dieser Raffael, er war so schön, am liebsten hätte ich ihn behalten. Doch es half alles nichts, ich brauchte Geld. Ich versteckte mich also nach der Flucht des ERR. Allais hat mir dabei geholfen.«

»Und was ging schief?« Mit einiger Sorge sah Ricolet, dass Henkmanns Haut noch fahler wurde und er aufstöhnte. Er würde doch nicht ausgerechnet jetzt schlappmachen!

»Es war ein gutes Versteck. Doch …« Plötzlich wurde seine Stimme leiser, und seine Augen schlossen sich. Er verstummte gänzlich, sodass Ricolet sich über ihn beugte.

»*Merde!*«, rief er. Zuerst stand dieser Kerl von den Toten auf, und dann flüchtete er sich in eine Ohnmacht, um ihn weiterhin im Unklaren zu lassen. Es war zum Haare raufen.

Moronde eilte zur Tür und rief nach einer Schwester. Als diese eintraf, hatte Ricolet dem Mann bereits einige leichte Klapse auf die Wange versetzt und ihn aus der Ohnmacht befreit.

»Der Patient ist noch nicht vernehmungsfähig. Er hat Fieber, sehen Sie das denn nicht?« Die Schwester flößte Henkmann einen Schluck Wasser ein und befahl: »Kommen Sie morgen wieder.«

»Aber …«, setzte Ricolet zum Protest an. Er musste wissen, wer aus dem verbrecherischen Trio den Toten auf dem Gewissen hatte.

»Morgen!«, würgte ihn die Schwester brüsk ab und schob ihn und Moronde ohne weitere Umschweife in Richtung Tür.

*

Brulait hatte die laue Sommernacht im Haus der Madame Robert verbracht, jedoch im Keller und nicht auf dem Dachboden. Es war das einzige Versteck gewesen, das ihm auf die Schnelle eingefallen war, nachdem er den Tunnel verlassen und sich auf der Rue Abbesses wiedergefunden hatte. Mit tief in die Stirn gezogenem Hut hatte er sich von all den Gendarmen entfernt, die dort hektisch damit beschäftigt waren, die Kirche abzusperren. Es war eindeutig eine Falle gewesen, in die er da getappt war. Er hätte gleich verschwinden sollen, als der Priester etwas von einem Kollegen gefaselt hatte. Ricolet steckte dahinter, wer sonst?

Nun ging er auf sein Hotelzimmer, schloss die Tür hinter sich und lehnte sich an das Türblatt. Er hoffte mit aller Macht, dass sein Aufenthalt hier ungefährlich war. Seine dreckige Kleidung hätte den Angestellten an der Rezeption sicher misstrauisch gemacht, wenn er da gewesen wäre. Schnell in andere Kleidung schlüpfen, dann würde sich Brulait nicht mehr so dreckig und müde fühlen. Er zog sich um, wusch sich den Oberkörper und das Gesicht an der Waschschüssel auf der Kommode und kramte frische Wäsche aus seinem Koffer hervor. Dann ging er zum Fenster, um sich von den wirren Gedanken abzulenken, die ihn immer noch quälten.

Nun war alles vorbei, der Fluchtweg abgeschnitten. Ganz Paris würde nach ihm, dem korrupten Kommissar, Ausschau halten. Er spähte durch einen Schlitz der Gardine auf die Straße hinab. Noch war alles normal und alltäglich. Es war früher Morgen. Auf dem Pflaster vor dem Hotel hatte sich wohl in der Nacht jemand erbrochen. Ein Hund schnüffelte an der Pfütze, und Spatzen hüpften hinzu. Eine Frau fegte vor dem Haus gegenüber die kleine Treppe. Vier Schulkinder zogen vorbei, ganz in ihre eigene Welt versunken. Ein verblichenes, zerfetztes Plakat an der Wand gegenüber pries irgendeine längst vergangene Musikveranstaltung der Deutschen an. Eine Ilse Werner kannte er nicht.

Mit einem Seufzen ließ er die Gardine wieder fallen. Theater, Varietés, Konzerte, Kinos. Wo sonst auf der Welt konnte man so wunderbar Zerstreuung finden wie in Paris? Nirgendwo. Nicht alles war hier schlecht gewesen, nicht alles hatte ihn gestört. Plötzlich sehnte er sich nach seinem ganz normalen Alltag, nach seinem Schreibtisch, den Akten, seiner gemütlichen Wohnung. Beim Gedanken, nie wieder den Eiffelturm sehen zu können, den Duft der Lindenbäume und den Bierdunst der Kneipen zu riechen, erklang eine Saite in ihm, die er schon lange nicht mehr gehört hatte.

Unsinn! Mit einer Handbewegung wischte er seine Zweifel fort. Die Aufregung der letzten Wochen bekam ihm einfach nicht. Er hatte es so entschieden, und er durfte nicht nachlassen. Nur noch eine letzte Anstrengung, dann würde er sein neues Leben beginnen. Wer ganz besonders nach ihm Ausschau halten würde, war Ricolet. Wie hatte dieser Kerl überhaupt von der Kirche wissen können? Allmählich wurde er ihm unheimlich. Brulait saß in der Falle. Allais war tot und ein toter Deutscher wieder auferstanden. *Mon Dieu*, wie hatte er sich erschrocken, als Paul Henkmann aus dem Schatten der Säule hervorgetreten war. Das Blut gefror ihm immer noch in den Adern, wenn er daran dachte. Wer war dann der tote Mann gewesen? Nun, egal, es war nicht mehr wichtig. Auch nicht, dass diese Frau, wahrscheinlich Ricolets Zeugin, Henkmann erkannt hatte. Er hätte trotzdem gern gewusst, was sie mit ihm zu tun gehabt hatte. *Einmal Flic, immer Flic*, dachte er wehmütig.

Was sollte er nun tun? Das Bild war verloren, das war alles, woran er denken konnte. Henkmann war wohl im Krankenhaus; die Kugel, die er ihm im Tunnel verpasst hatte, war nicht tödlich gewesen. Mit Schaudern erinnerte sich Brulait an die dort herrschende Dunkelheit. Es war eher eine Ahnung gewesen, dass der Deutsche ihn bedroht hatte. Er hatte das Klicken der Entsicherung gehört und dann selbst blind in die Schwärze geschossen, bevor er selbst in Gefahr kam. Um den Deutschen war es ohnehin nicht schade. In der Kirche war der Lauf der Pistole auf ihn gerichtet gewesen, und ihm war in Sekundenschnelle aufgegangen, weshalb Allais im Hotelzimmer so frech gegrinst hatte: Die beiden Männer hatten geplant, ihn aus dem Weg zu räumen! Er hatte ihnen den Fluchtweg aufgezeigt, daher brauchten sie ihn nicht mehr. Sie wollten weder den Verkaufserlös des Gemäldes mit ihm teilen, noch nach seiner Pfeife tanzen. Seine Drohung mit der Gestapo war wahrscheinlich der Auslöser für den Anschlag auf ihn gewesen. Doch Henkmann hatte, abgelenkt von der Frau, den einzigen Mann erschossen, der wusste, wo das Gemälde war.

Unruhig begann er im Raum hin und her zu gehen. Seine Schuhe waren immer noch voller Erde, sodass er sie von den Füßen streifte. Er musste agieren, nicht reagieren. Mit einer energischen Bewegung schüttete er frisches Wasser aus der Kanne in die Emailleschüssel und langte nach seinem Rasierzeug auf dem Regal. Der Schnurrbart musste weg, sonst würde man ihn gleich erkennen. Und dann musste er einen Kontaktmann nach einem anderen Fluchtweg befragen. Sicher gab es da noch Möglichkeiten, auch wenn es seinen Sparstrumpf hart treffen würde.

Ein weiterer Anruf war nötig: Er hatte noch gute Freunde bei der Polizei, alte Verbindungen. Ricolet sollte keinen Schritt mehr vor den anderen setzen, von dem er nicht wusste. Er wollte stiller Beobachter sein, lauern wie die Spinne im Netz, um dann im richtigen Moment zuzuschlagen. Ja, vielleicht tat sich ja etwas. Mit dem Pinsel seifte er seine Oberlippe ein und lächelte sich im Spiegel zu.

*

»Unterschreiben Sie bitte hier, Madame Cortulet.«

Ricolet tippte mit dem Finger auf die gepunktete Linie des Protokolls. Die Fleischerwitwe war zu einem Häufchen Elend zusammengesunken. Ihr Haar war fettig und ihr Kleid schweißgetränkt.

»Sie werden ins Frauengefängnis von La Roquette im 11. Arrondissement verlegt, bis Ihr Prozess beginnt.«

Sie sah Ricolet mit ausdruckslosen Augen an, als wäre ihr diese Mitteilung gleichgültig. Dann reckte sie sich und stand auf, um sich die Handschellen wieder anlegen zu lassen. Sie wirkte fast erleichtert, bald einen Platz zu haben, wo sie sich ausruhen konnte.

Mit leiser Stimme fragte sie: »Wo ist Alphonse?«

Er zuckte mit den Schultern. »Ich weiß es nicht.«

Da verzog sie die Augen zu Schlitzen, als würde sie abwägen, ob sein Verschwinden für sie gut oder schlecht sei. Unschlüssig darüber, ob er den Gesellen offiziell verhaften sollte oder nicht, sah er zu, wie sie nickte und dann mit stolz erhobenem Kopf das Büro verließ.

Was sollte er mit Alphonse tun? Er war ein Mitwisser, ein reuiger Mittäter, ein nützlicher Spion. Sollte Ricolet sich der gängigen Praxis anschließen und sich einen Kreis aus Informanten aufbauen? Dann würde er mit Alphonse anfangen.

Dulac kam vom Montmartre zurück, wo er auf dem Revier den priesterlichen Fluchthelfer Grigot verhört hatte. Er winkte Ricolet heran. Als auch Moronde seine Schreibarbeit unterbrochen hatte, setzte er zu einem Bericht an.

»Ihr glaubt es nicht. Der ehrwürdige Pfarrer ist ja vor sechs Wochen nach einem längeren Studienaufenthalt in Rom nach Saint Jean versetzt worden. Wisst ihr auch, mit welchem Auftrag?« Dulac wartete das Kopfschütteln kaum ab und fuhr fort: »Er sollte das Fluchtnetzwerk, das sonst Juden und Regimegegner genutzt hatten, umdrehen und flüchtigen Nazis helfen!«

Mit Wucht traf Ricolet einmal mehr der Sog dieser Großstadt, der ihn hinabriss in die Abgründe menschlichen Verhaltens. Überall lauerten Verrat und Intrigen. Ganz zu schweigen von den Abgründen, die sich in der Politik des Landes verbargen. Wie viele Vichy-Anhänger mochten schon über diese verzweigten Wege geflohen sein? Und nicht einmal der Kirche konnte man trauen.

»Ein Netzwerk mit kirchlichem Segen also?«, fragte er.

»Es scheint so. Überall tauchen die Nazis jetzt unter, auch in Italien. Schon seit 1943 werden Kirchen und kirchliche Helfer angehalten, deutsche Nazis und andere Faschisten bei der Flucht zu unterstützen.« Das war wieder typisch Dulac, der Alleswisser, der von hier und dort Informationen erhielt.

»Dein Pfaffe war gesprächig, sehe ich«, sagte Moronde und schnalzte anerkennend.

»Ja, ein harter Brocken war er nicht gerade. Er ist sofort zusammengebrochen. Brulait muss von seinen Vichy-Freunden diesen Tipp bekommen haben, denn Henkmann ist dem Pfarrer nicht bekannt.«

»Nun, mein Freund Paul war leider nicht so gesprächig. Aber ich hoffe, dass wir ihn bald wieder befragen können.«

Ricolet trat ans offene Fenster und genoss den halbwegs kühlen Luftzug aus dem Norden, um sich ganz dem triumphalen Gefühl hinzugeben, etwas bewegt zu haben in dieser chaotischen Stadt. Er rang die Hände. »Fehlt nur noch der Mörder des toten Mannes, das Gemälde – und Brulait.«

Dulac nickte. »Die Fahndung läuft. Aber wegen des Bildes können wir schlecht ganz Paris durchpflügen.«

»Nein, das können wir nicht. Aber ich habe den Eindruck, als hätte ich die Antwort auf diese Frage schon vor mir, ich kann sie nur nicht erkennen.« Damit drehte Ricolet sich um und lehnte sich an die Fensterbank. »Egal, eines Tages werde ich darauf kommen.«

Er verschwieg, dass er sich außerdem immer noch Sorgen um Pauline machte. Er hatte seinen Kollegen noch nichts von dem deutschen Agenten erzählt, und auch Alphonse hatte sich immer noch nicht gemeldet. »Ich fahre kurz nach Hause, um Mittag zu machen.« Er winkte ihnen zu.

Bevor die Tür sich schloss, hörte er Moronde noch rufen:

»Wann spendierst du uns das Bier?«

Mit einem Lächeln auf den Lippen verließ er den Quai.

*

Kaum hatte er in der Rue Ravignan die Tür des Hauses aufgeschlossen, hörte er Madame Pomponnier nach ihm rufen.

»Monsieur Ricolet, ich habe das Bettzeug wieder aus Ihrer Wohnung geholt!«

Verlegenheit überfiel ihn. Die Concierge hatte bestimmt bemerkt, dass das Laken auf dem Sofa unberührt geblieben war. Er hatte vergessen, es abzuziehen.

»Und ich hab Ihnen Wäsche hingelegt.« Die Frau kam die Kellertreppe hinauf und blieb schwer atmend vor ihm stehen. »Sagen Sie, die Verhaftung von Pfarrer Grigot, ging das auf Ihre Kappe? Man hört ja so einiges.«

»Hm, ja.«

»Dacht' ich es mir doch! Eine Nette übrigens, die Mademoiselle.« Sie zwinkerte ihm zu und verschwand wieder in ihrer Loge.

Perplex erklomm Ricolet das erste Geschoss und betrat seine Wohnung. Ordentlich geplättete Oberhemden erwarteten ihn auf der Kommode, sein dunkles Jackett war ausgebürstet worden und roch leicht nach Kaffee. Er lächelte. Ihr Dienstmädchen zu Hause hatte die Kleiderbürste auch immer in kalten Kaffee getunkt. Als er den Hemdenstapel zur Hand nehmen wollte, fiel ihm auf, dass die

Concierge den Stadtplan aus seinem Jackett entnommen und neben die Hemden gelegt hatte. Allais' Stadtplan, den hatte er ganz vergessen.

Ihm fiel ein, was er vorhin zu seinen Kollegen gesagt hatte. War dies die Antwort, die direkt vor seinen Augen lag? Er nahm den Plan zur Hand und betrachtete mit einer wachsenden Unruhe das Kreuz, das am Trocadero eingezeichnet war. Allais' Wohnung fiel ihm ein, die Bilder an den Wänden. Die Inspektoren vom dortigen Revier hatten nichts gefunden, was einen Anhaltspunkt auf das Versteck des Raffaels bot. Dabei hatte er Idiot den Hinweis die ganze Zeit mit sich herumgetragen. Der Stadtplan, der Trocadero. Er musste etwas zu bedeuten haben. Warum hatte er nicht früher daran gedacht? Diese Markierung war wichtiger als je zuvor …

Er ermahnte sich, dass blinder Aktionismus ihn nicht weiterbringen würde und dass er sich in seiner Not nicht an Nichtigkeiten klammern durfte. War das wirklich eine Spur? Genauso gut könnte er die Zahnbürste Allais' auf Blutspuren untersuchen und sie zur Tatwaffe erklären. Narrte ihn seine Hilflosigkeit? Oder war die Karte tatsächlich ein Hinweis?

Er horchte für eine Weile in sich hinein. Allais war Pariser, er kannte sämtliche Metrostationen. Sicher lernten die Kinder sie in der Schule auswendig. Warum sollte er eine Markierung in der Nähe des Trocadero machen? Vielleicht hatte jemand anderes das Kreuz eingezeichnet, um Allais ein Versteck aufzuzeigen. Es war entschieden: Er musste der Sache nachgehen. Augenblicklich machte er auf dem Absatz kehrt und eilte in sein Büro zurück.

*

Als Pauline beim Frühstück saß, spürte sie immer noch Ricolets Haut auf ihrer. Lächelnd brach sie ein Stück Brot ab. Sie hatte sich verliebt, mit Haut und Haar. Geahnt hatte sie es schon in dem Moment, als sie ihm zum ersten Mal in die Augen geblickt hatte. Es schien Wochen her zu sein, dass er sie aus den Klauen ihrer Nachbarn gerettet hatte, und doch waren erst wenige Tage vergangen. Wie sollte es weitergehen mit ihnen? Jetzt war der falsche Zeitpunkt, um darüber nachzudenken. Doch diese Nacht war so wunderschön gewesen, so aufregend, innig und in unausgesprochenem Einklang. Sie wollte sie so in Erinnerung behalten, mitsamt dem Geschmack seiner Lippen und der Berührung seiner Hände.

Die Tür des Schlafzimmers schlug zu. Ihre Mutter kam im Negligé herein, ihr Anblick erschütterte Pauline, und sie schob jeden Gedanken an Ricolet zur Seite. Die Haare standen ihrer Mutter wirr vom Kopf ab, die Augen waren gerötet, als hätte sie die ganze Nacht geweint, und ihre Mundwinkel waren schmerzlich verzogen.

»Maman!« Pauline sprang vom Küchentisch auf und eilte auf sie zu.

Nach einem kurzen Zögern – sie waren nie zärtlich miteinander umgegangen – nahm sie sie in die Arme. Als sie ihr den Rücken tätschelte, brach ihre Mutter in Tränen aus, ihr Körper bebte bei jedem Schluchzen. Pauline war schockiert. Sicher, ihre Mutter hatte gern ihre Leiden gepflegt und sich über das schwere Leben beschwert, doch nie hat sie sich vor Pauline so gehen lassen, so verletzlich gezeigt. War Paulines nächtlicher Telefonanruf schuld? Sie hatte ihre Mutter nur beruhigen wollen, doch es schien, als wäre das Gegenteil eingetreten.

»Maman, was hast du denn? Komm, setz dich. Ich habe noch einen kleinen Rest Kaffee, den mache ich dir.«

Sie setzte sie auf einen Stuhl und reichte ihr ein Taschentuch. Während ihre Mutter sich schnäuzte und die Tränen abwischte, füllte Pauline die Kaffeemühle mit einer Handvoll Bohnen. Sie drehte die Kurbel. Das krachende Mahlen vermischte sich mit dem leisen Wimmern ihrer Mutter, bevor diese sich zusammenriss und aufrichtete.

Das Wasser kochte schon, sodass Pauline das Pulver in die Kanne gab und Wasser aufgoss. Dann setzte sie sich zu ihrer Mutter an den Tisch.

»Kind«, begann diese. »Ich habe mir solche Sorgen gemacht. Und deine Wunde – ist es wirklich nicht schlimm? Ich ertrage das alles nicht mehr!« Sie stützte den Kopf in ihre Hände. »Es ist alles meine Schuld«, stammelte sie.

Pauline ergriff ihre Hände, sodass ihre Mutter sie ansehen musste. »Maman, es ist wirklich nicht schlimm. Es geht mir gut! Und stell dir vor, Paul Henkmann lebt noch. Er hat seinen eigenen Tod vorgetäuscht, um das Bild in Ruhe verkaufen und dann flüchten zu können. Man hat ihn verhaftet.«

»Dieses verfluchte Bild!« Ihre Mutter setzte wieder ihre grimmige Miene auf.

Pauline beschloss, jetzt und hier aufs Ganze zu gehen. Sie hatte nicht Angst und Schmerzen erlitten, um sich mit vagen Andeutungen von verfluchten Bildern abspeisen zu lassen.

»Maman, ich weiß, du sprichst nicht gerne darüber, aber ich *muss* mehr über unsere Vergangenheit erfahren. Ich habe mich nie darum gekümmert, was es mit Großvaters Geschäft, mit Papas Geschäft und mit diesem Bild eigentlich auf sich hatte. Der Krieg kam dazwischen, alles andere wurde wichtiger. Aber jetzt, wo es uns bald wieder gut geht, können wir doch mit allem abschließen, nicht nur mit der Besatzung. Meinst du nicht auch?«

Gespannt betrachtete sie das verhärmte Gesicht vor ihr. Eine tiefe Falte furchte die Stirn ihrer Mutter – dann nickte sie und setzte sich aufrecht hin. Es war ihr offensichtlich peinlich, sich so gehen gelassen zu haben.

»Wo sollen wir anfangen? Bei Steinmann? Oder beim Bild?«

»Egal, am besten erzähle ich dir alles. Du wirst ja nie aufhören, dich in diese Dinge einzumischen. Aber ich will nie wieder solche Angst um dich haben müssen! Versprich mir, in Zukunft vorsichtiger zu sein.«

»Natürlich, Maman«, beschwichtigte Pauline sie, stand kurz auf, um ihr Kaffee einzuschenken, und setzte sich dann wieder zu ihr. Sie selbst trank nur einen Schluck Milch.

Ihre Mutter setzte zum Sprechen an. »Steinmann und das Bild, sie gehören zusammen.«

»Ja, so viel weiß ich.«

»Was weißt du noch?« Die braunen Augen ihrer Mutter waren tränenverschleiert. Es schien ihr wehzutun, davon zu reden, doch es musste sein.

»Ich weiß, dass du bei deiner Heirat mit mir schwanger warst.«

Ihre Mutter nickte, ein trauriges kleines Lächeln auf den Lippen, das Pauline betroffen machte. »Und du glaubst sicher, dass Raoul dein Vater war.«

Pauline spürte einen Kloß im Hals. Natürlich, das musste doch so sein – oder? Was meinte ihre Mutter mit diesen Worten.

»Ist er es nicht?« Diese Worte kamen ihr nur stockend über die Lippen. Die Grundfesten ihres Lebens waren in Gefahr, aus dem Nichts aufgetaucht, drohte ihr die Wahrheit den Boden unter den Füßen wegzureißen.

»Nein. Felix Steinmann ist dein Vater. Er war bei der deutschen Botschaft.«

Pauline öffnete den Mund, um etwas zu entgegnen, doch ihr Kopf war wie leer gefegt. Es war nicht wahr, es *konnte* nicht wahr sein. Sie waren doch eine so glückliche Familie gewesen, und ihre Mutter hatte ihren Vater geliebt. Ihren Vater – der gar nicht ihr Vater war?

Sie holte tief Luft, stand auf und stellte sich ans Fenster, um auf die Straße zu blicken. Eine Blumenverkäuferin zog mit ihrem Karren vorbei. Felix Steinmann? Sie war eine halbe Deutsche? Was bedeutete das für sie? Sie kehrte wieder zum Tisch zurück.

»Weiter.« Ihr Blick verfolgte jede Regung ihrer Mutter, während sie den Kampf in ihrem Inneren zwischen Abscheu und Neugierde zu beruhigen versuchte.

»Ich ... ich war schon mit Raoul befreundet, wenn auch nur in losem Kontakt. Aber Felix ... ich lernte ihn auf einem Ball kennen, im Herbst 1922. Er war mir sofort aufgefallen. Gutaussehend, aus reichem Haus, mit einer steilen diplomatischen Karriere vor sich. Nun ja, er war Deutscher, aber damals war das etwas anderes. Die Wirtschaftskrise dort und bei uns, da musste man nehmen, was Sicherheit versprach, verstehst du?« Ihre Mutter trank einen Schluck aus der Tasse, ihre Hand bebte immer noch. »Felix machte mir den Hof, ja, er war verliebt. Für mich war er der Traummann schlechthin. Kraftvoll, mutig, manchmal leichtsinnig, immer voller Tatendrang. Er war Witwer, seine Frau war im Kindbett gestorben. Ich sah ihr ähnlich, das sagte er immer. Und ich legte es darauf an, ihn zu verführen. Auf diese Weise würde ich ihn an mich binden, so dachte ich jedenfalls. Wir waren nur zwei Mal ... du weißt schon.« Für einen Moment schwieg sie, offenbar peinlich berührt von dem Eingeständnis dieser Liebesnächte.

»Und Papa?«

»Nun, ich war sehr diskret. Niemand hat es gemerkt, wirklich niemand. Doch Felix nahm mir die Hoffnung. Er teilte mir mit, dass seine Familie eine neue, *passendere* Braut ausgesucht hatte. Er musste ohnehin nach Deutschland zurück. Und seine Familie würde nie eine Braut aus *Feindesland* dulden. Das war eben so nach dem Versailler Vertrag, aber davon hatte ich junges Ding ja keine Ahnung.«

Wider Willen empörte sich Pauline. »Das ist ja ... wie im Mittelalter!«

»Kind, du solltest wissen, wie so was ist. Eine Frau muss immer besonders auf der Hut sein. Doch ich war naiv, verträumt, dumm. Er hat das natürlich auch ein bisschen ausgenutzt, ohne Zweifel, er war schließlich ein erfahrener Mann. Als er mir ankündigte, dass er unsere Beziehung auflösen will, bevor wir sie noch weiter vertiefen, stürzte ich in die Hölle. Meine Gefühle schlugen um, ich hasste ihn, beschimpfte ihn. Ich wollte ihn nie mehr sehen. Und dann merkte ich, dass ich ein Kind in mir trug.«

»Da hast du dir Papa an Land gezogen?« Pauline wollte gar nicht schlecht über ihre Mutter reden oder über sie urteilen, sicher war sie verzweifelt gewesen. Doch sie konnte nicht verhindern, dass ihre Mutter zusammenzuckte.

»Machst du mir Vorwürfe deswegen?«

Wieder nahm sie einen Schluck, ohne auf eine Antwort zu warten. Der Kaffee musste inzwischen lauwarm sein, doch hartnäckig hielt sich ihre Mutter an der Tasse fest. Pauline fühlte sich wie betäubt.

»Ich habe Raoul alles erzählt. Er war sehr verständnisvoll. Sogar heiraten wollte er mich, trotz des Kindes. Raoul war ein guter Mensch.«

»So wurde er zu meinem Vater.« Pauline lehnte sich zurück und ließ sich die damalige Situation durch den Kopf gehen. Felix Steinmann war also die glänzende Partie gewesen, von der Josette erzählt hatte, ohne von den beiden konkret zu wissen. Und dann musste Maman einen kleinen Fabrikanten heiraten. Sie nickte. »Gut, dass Papa von Steinmann wusste. Es ist nicht gut, wenn man mit einer lebenslangen Lüge lebt.«

»Da hast du recht. Und er liebte dich wie sein eigenes Kind.«

»Und du?« Sie sah ihre Mutter eindringlich an. Ob sie auch die Distanz spürte, die sie immer getrennt hatte? Sie hatten einander nie wirklich nahegestanden, kaum eine Vertrautheit geteilt oder Zärtlichkeiten ausgetauscht. Ihre Mutter war immer stolz, schön und unnahbar gewesen, eine Königin in den Augen ihrer kleinen Tochter, niemals eine gute Fee.

»Ich?« Betroffen sah ihre Mutter auf, dann senkte sie den Blick wieder und schien den Kaffeesatz zu lesen. »Ich erkannte früh, dass du ganz nach deinem Vater kamst. Du warst immer lebhaft, mutig, voller Tatendrang …«

»Leichtsinnig«, ergänzte Pauline und nickte.

Ihr Vater Raoul war eher besonnen und zurückhaltend gewesen, wenn auch ausgestattet mit einem feinen Sinn für Humor. Nicht ein Mal hatte er ihr das Gefühl gegeben, dass sie ein minderwertiges, ungeliebtes oder gar ungewolltes Kind war. Im Gegenteil. Sie war ihm näher gewesen als ihrer Mutter. Vielleicht hatte er sich doppelt Mühe gegeben, ihr eine liebevolle Kindheit zu bieten, gerade weil ihr leiblicher Vater sie im Stich gelassen hatte. Dieses Wissen linderte das Gefühl, sich selbst plötzlich fremd zu sein.

Sie lächelte ihrer Mutter scheu zu, und mit einem Mal entdeckte sie in ihrem Blick so etwas wie echte Anteilnahme. Es war, als streckte ihr ein Baum seine Äste entgegen, damit sie sich an ihm festhalten konnte.

»Ich liebe dich doch auch, mein Kind. Du bist alles, was mir vom Leben geblieben ist. Ich hatte gehofft, dass du meine Träume weiterlebst – und gerade das tust du nicht. Das ist ganz Felix, damit muss ich mich abfinden. Ich möchte nur, dass du glücklich wirst.«

Pauline lehnte sich zu ihr hinüber und umarmte ihre Mutter. Sie schluckte die Tränen hinunter, doch sie konnte nicht verhindern, dass ihr Körper für einen Moment von einem Schluchzen geschüttelt wurde.

Ihre Mutter lehnte sich schwer an sie und flüsterte: »Du musst mich manchmal verachtet haben wegen meiner Wehleidigkeit. Aber heute Nacht habe ich mir geschworen, dass ich nicht mehr Vergangenem nachtrauern werde.«

»Versprochen?«

»Versprochen.« Ihre Mutter nickte, wieder so hoheitsvoll wie eine Respektsperson. Pauline atmete tief ein, holte das Foto aus der Kitteltasche und legte es auf den Tisch. Ihre Mutter nahm es zur Hand und betrachtete es mit einem tiefen Seufzer.

»Das ist Steinmann, nicht wahr?« *Mein Vater*, fügte sie in Gedanken hinzu und musterte den Fremden mit ganz neuen Augen.

Eine Erinnerung stieg in ihr auf. Plötzlich lief ihr ein kalter Schauder über den Rücken. Wie konnte sie das übersehen haben? *Der Agent!* Der Mann auf dem etwas unscharfen Foto sah ja fast so aus wie der Mann, der sie verfolgt hatte. Oder täuschte sie sich?

»Ja. Das ist er. Auf diesem Empfang.«

Pauline hörte kaum hin, ihre Gedanken rasten. »Weißt du, ob er ein – ein Nazi ist? Und ob er überhaupt noch lebt?« Was, wenn der fremde Agent Steinmann hieß und ihr Vater war? Er konnte sich die Sache mit dem Bild anders überlegt haben. Er wollte es zurückbekommen und gab sich als Agent aus. Oder er war wirklich bei der Gestapo. Botschaftsangehörige hatten Beziehungen, er konnte alles über Rabinovich und das Bild in Berlin erfahren haben.

Ihre Mutter schüttelte den Kopf. »Ich weiß weder das eine noch das andere. Ich wollte nie mehr etwas mit ihm zu tun haben.«

Pauline musste schlucken. Ihr Vater, der ein Nazi sein könnte. Ihr Vater, der von dem jüdischen Waldberg das Gemälde geschenkt bekam – oder es ihm vielleicht eher abgepresst hat. Ihr Vater, der sie angegriffen hatte. Wusste er überhaupt, dass sie seine Tochter war? Wahrscheinlich, denn er hatte ja gesagt, sie hätte ihm immer schon Ärger gemacht. Jetzt verstand sie diese Andeutung.

Ihre Mutter fuhr fort: »Aber auf diesem Empfang, da ging die ganze Geschichte mit dem Bild los.«

»Erzähl. Wie hat er es erworben?«

»Das weiß ich nicht. Und ich wollte eigentlich auch nicht in die Botschaft. Obwohl ich gar nicht wusste, wo Felix sich aufhält, hatte ich Angst, ihm zu begegnen. Doch Raoul wollte unbedingt auf diesen Empfang und mit mir Eindruck schinden.« Sie lächelte versonnen und fuhr fort: »Felix und ich, wir haben uns sofort erkannt. Es gelang ihm, mich im Laufe des Abends in einen Nebenraum zu lotsen, und plötzlich waren wir beide allein. Ich wollte all die Gefühle, die in mir waren, nicht wieder aufleben lassen. Er war immer noch eine aparte Erscheinung. Das ist er wahrscheinlich heute noch. Ich wollte seine Fragen nach meinem Befinden nicht beantworten, wollte nur noch weg von ihm, doch er ließ mich nicht. Er lebte getrennt von seiner zweiten Frau, seine Familie hatte wohl doch nicht die richtige gewählt. Das wollte ich alles aber gar nicht wissen. Wir stritten uns, ich schrie ihn an und warf ihm vor, mich geschwängert zu haben. Das war mein Fehler. So erfuhr er von dir. Er war außer sich vor … ich weiß nicht, vor Überraschung, Freude, Verblüffung. Er wollte dich sehen, unbedingt. Du warst damals schon dreizehn Jahre alt. Ich wollte dich schützen, die Wahrheit hätte dich zu sehr erschüttert, und habe seinen Wunsch kategorisch abgelehnt. Zudem habe ich Raoul darum gebeten, nicht auf seine Bitten einzugehen. Du warst unser Kind, Raouls und meines.«

Pauline verstand, dass ihre Mutter die Vergangenheit hatte hinter sich lassen wollen, und hörte weiter zu.

»Nach dem Empfang wandte Felix sich an Großvater. Sie sprachen lange miteinander. Er wollte seine Pflicht als Vater dir gegenüber erfüllen.«

Die Pflicht! Der Satz in Steinmanns Brief schoss Pauline auf einmal durch den Kopf. Nun war ihr endlich auch klar, wer *die betreffende Person* gewesen war: ihre Mutter! Sie hatte nichts von der großzügigen Überlassung des Bildes wissen sollen. Alles gewann an Klarheit, es war, als stünde Steinmann vor ihr mit all seinen Versuchen, ihr wenigstens ein klein wenig Vater sein zu dürfen. War dies ein Stück ihrer Herkunft, das sie annehmen konnte? Ihr Großvater war der Vermittler gewesen zwischen ihrem Vater und ihr selbst. Das beruhigte sie. Doch wie passte das Verhalten von ihrem Vater, dem Agenten, dazu? Von Fürsorge und Liebe hatte sie da jedenfalls nichts gespürt. Er hatte wohl seine Meinung geändert, und das Bild war ihm wichtiger geworden als seine Tochter.

»Felix hat Großvater den Raffael geschenkt, damit er später in deine Hände kommt. Ich habe das nie gewollt. Ich nehme keine Almosen an, das habe ich nicht nötig.«

Nun reckte ihre Mutter stolz das Kinn vor. Pauline verbarg ihre verworrenen Gedanken und lächelte. »Deshalb hast du dich immer geweigert, mit mir über das Bild zu sprechen.«

»Ja. Ich war froh, als Großvater es an Rabinovich verkaufte. Wir hatten oft Streit deswegen. Großvater wollte es dir so gern überlassen.«

Pauline beugte sich vor. »Bist du dir sicher, dass er es verkauft hat?«

Ihre Mutter schien verwirrt zu sein. »Ja, also, das dachte ich immer. Hat er nicht?«

»Ich weiß es nicht, Maman. Es gibt keinen Kaufvertrag in den Unterlagen.«

Falls ihre Mutter über die Durchsuchung von Großvaters Schreibtisch verärgert war, ließ sie es sich nicht anmerken.

»Wie dem auch sei, ich will nicht, dass es so aussieht, als wären wir auf Felix Steinmann angewiesen. Das waren wir nicht und das werden wir nie sein. Versprich es mir, Kind!«

»Natürlich, Maman. Trotzdem weiß ich noch nicht, was ich mit dem Bild machen werde. Es gehört von Rechts wegen mir. Und ich bin volljährig und darf damit tun, was ich will. Wenn ich es erst mal habe …«

Entsetzen stand ihrer Mutter ins Gesicht geschrieben. »Aber … aber es bringt Unglück! Vater ist gestorben, Großvater verarmt, wir sind am Ende.«

»Ach, Maman. Das ist doch Aberglaube.« Pauline fegte einen Krümel von der Tischdecke. »Ich weiß ja nicht mal, wo es gerade ist.«

Womit sie gedanklich zu ihrem mysteriösen Verfolger zurückkehrte. Hatte er wirklich so ausgesehen wie ihr Vater auf dem Foto? Oder hatte sie Steinmanns Gesicht nur auf ihn übertragen, weil beide Männer mit dem Gemälde in Verbindung standen? Wenn sie doch nur genau wüsste, ob er ihr Vater war oder nicht.

Draußen lärmten Kinder, die wohl schulfrei hatten, und holten sie wieder in die Gegenwart. »Danke, Maman, dass du mir alles erzählt hast. Wie geht es dir jetzt?«

»Gut. Ich habe das alles viel zu lange mit mir herumgeschleppt. Ich hätte wissen müssen, dass du niemals aufgeben wirst. Du bist nicht mehr meine kleine Pauline.«

»Nein, das bin ich nicht.«

»Und was wirst du jetzt weiter tun?«

In diesem Moment hörten sie ein lautes Klopfen an der Wohnungstür.

»Pauline? Bist du da?«

Ihre Nachbarin, Madame Duvalier. Pauline stand auf und öffnete der Frau mittleren Alters die Tür. Sie hatte sich die Haare mit einem Kopftuch zurückgebunden und hielt ein Staubtuch in der Hand.

»*Mon Dieu*, wieder die Polizei für dich. Ich bin doch nicht deine persönliche Telefonzentrale! Nur weil du in der Bredouille bist, muss ich darunter leiden. Was ist bloß los bei dir?«

Sie hatte sich schon abgewandt, und ihre Worte verhallten auf dem Gang. Pauline verdrehte die Augen. »Ich komme! Danke, Madame!« Ob das Ricolet am Telefon war?

Als sie der Nachbarin in ihre Wohnung folgen wollte, hielt ihre Mutter sie kurz fest. »Versprich mir, dass du immer und überall vorsichtig sein wirst!«

»Natürlich, Maman, das werde ich.« Sie gab ihr einen Kuss auf die Stirn und roch den vertrauten Duft von Veilchen.

*

Ricolet brauchte das Wissen seines Kollegen Dulac. Er sprengte fast die Tür aus dem Schloss, als er in sein Büro platzte. Die Inspektoren waren gerade im Gespräch mit Kollegen, die sich anscheinend das Maul über den geflohenen Brulait zerrissen, denn die beiden ihm unbekannten Männer sahen ihn neugierig an.

Einer von ihnen nickte ihm anerkennend zu, was ihn mit heimlichem Stolz erfüllte.

»Richard.« Ricolet gab dem Inspektor einen Wink, worauf dieser sich von der Schreibtischkante erhob.

»Jungs, wir müssen weitermachen. Ich halte euch auf dem Laufenden.« Dulac begleitete die widerstrebenden Besucher hinaus und kam dann auf ihn zu. Auch Moronde drehte seinen Stuhl so, dass er sie im Blick hatte.

»Du bist hier jetzt so bekannt wie ein bunter Hund, Jean. Was gibt es Neues?«

»Sag, was fällt dir ein, wenn du das Wort *Trocadero* hörst? Ganz spontan, einfach so. Los, du auch, Charles, ohne lange zu überlegen.«

Die beiden Männer sahen sich überrascht an, als wären sie erstaunt über diese unkonventionelle Art der Nachforschung. Doch bald sprudelten die Informationen aus ihnen heraus: »Blick auf den Eiffelturm.«

»Das Palais de Chaillot, de Gaulles Programm.«

»Genau. Und die Weltausstellung.«

»Der alte Palast mit der Konzerthalle.«

»Die Kolonnaden und die Gärten.«

»Avenue Kléber.«

»Metro-Station.«

»Katakomben.«

»Was?« Ricolet fuhr mit einem Ruck zu Moronde herum, der ihn nun überrascht ansah. Natürlich kannte Ricolet die Geschichten über die kilometerlangen Gänge und gut gefüllten Beinhäuser tief unter der Oberfläche der Stadt, doch er wusste nicht genau, wie die Tunnel verliefen. »Was weißt du über die Katakomben dort?«, hakte er nach und fixierte seinen Kollegen.

»Ich? Nichts Genaues, aber ich habe einen Freund, der in der Nähe des Trocadero wohnt. Er ist, na ja, er mischt auf dem Schwarzmarkt mit. Und er hat mir mal gesagt, dass in der Nähe der Metro ein Einstieg ist und dass durch die Tunnel die Waren hin und her geschafft werden. Oder auch versteckt. *Mon Dieu!*«

Moronde riss die Augen auf. »Du meinst, das Versteck des Gemäldes sei in den Katakomben unter dem Trocadero?«

Ricolet zog den mysteriösen Stadtplan aus seinem Jackett. »Seht mal, dieser Plan lag in Allais' Wohnung, und hier ist ein Kreuz. Was hatte Allais noch mal gesagt? Das Bild würde so bald kein Tageslicht sehen. Wenn das kein Hinweis auf absolute Dunkelheit ist, weiß ich es auch nicht!«

Er begann auf und ab zu gehen. Da war noch etwas gewesen, ein Hinweis, der irgendwann klar und deutlich vor seinen Augen gestanden hatte. Er drehte sich um und betrachtete seine Kollegen. Was hatte er übersehen? Als er sah, dass Dulac sich eitel wie immer bückte, um einen Fleck von seinem Schuh zu wischen, schrie Ricolet auf: »Die Schuhe! Allais hatte in seiner Wohnung ein Paar schlammige Schuhe stehen gehabt. Damit war er in den Katakomben gewesen, wo sonst?«

»Das könnte passen. Vielleicht haben wir eine Chance, versuchen wir es.« Moronde stand auf und ging zum Telefon auf Dulacs Schreibtisch. »Mein Freund hat ein Telefon. Vielleicht ist er zu Hause.«

Nur wenige Minuten später griff auch Ricolet zum Hörer, um Pauline anzurufen. Moronde hatte seinen Schwarzhändler bereits zur Metrostation bestellt. Ohne ein weiteres Wort darüber zu verlieren, war ihnen klar, dass sie in Kürze aufbrechen würden, um den Raffael zu suchen.

Dulac betrachtete derweil sein Jackett und murmelte: »Gerade erst frisch gereinigt.«

Doch Ricolet war egal, ob seine Kleidung durch den Dreck leiden würde. Er musste dorthin, er musste sich sowohl an der Oberfläche als auch in der Unterwelt umsehen. Es bestand schließlich die Möglichkeit, dass Allais ein Haus oder ein Lager als Versteck nutzte. Da meldete sich Pauline am Telefon, ein wenig außer Atem.

»Chérie? Kennst du die Katakomben?«

Er hörte ihr spontanes Lachen und gleich darauf Dulacs anzüglichen Pfiff. »Nein, wohl kaum alle. Das sind unendlich viele Gänge. Der FFI hat die südlichen Katakomben als Versteck benutzt, die Deutschen übrigens auch. Warum fragst du?«

»Weil es sein kann, dass Allais das Gemälde dort unten versteckt hat.«

»Dann finden wir es nie.« Sie klang enttäuscht.

»Am Trocadero könnte es einen Eingang geben. Falls wir wirklich das Gemälde finden, brauchen wir dich als Expertin.«

»Ich komme mit!«

»Nein, Pauline, das ist viel zu gefährlich. Ich brauche dich nur, wenn wir das Bild wirklich gefunden haben.«

»Jean, ich habe so lange nach dem Bild gesucht! Bitte! Und ich war schon dort unten, ich habe keine Angst.«

Der drängende Tonfall war ihm nicht entgangen. Ricolet überlegte. Eigentlich wäre eine Frau im Untergrund eher ein Hindernis, vor allem, wenn er sich ständig um sie Sorgen machte. Andererseits war sie ihm mit ihren Erfahrungen anscheinend voraus.

»Na gut. Wir treffen uns in einer Stunde an der Metrostation Trocadero!«

Er legte auf und blickte direkt in die gespielt strengen Mienen seiner Kollegen. Moronde kreuzte die Arme über der Brust, doch konnte ein Grinsen nicht unterdrücken. »So, du keuscher Protestant, glaubst du nicht, du bist uns eine Erklärung schuldig?«

Ricolet mied ihren Blick. Lieber kontrollierte er seine Waffe. Das Magazin war voll, der Revolver gut geölt. Er steckte ihn in seinen Holster zurück und sagte: »Da gibt es nichts zu erklären.« Damit war das Thema für ihn erledigt. Seine Kollegen sahen enttäuscht aus.

»Wie du willst, *Chéri*«, konnte sich Moronde nicht verkneifen. Dann nahmen sie ihre Jacketts von der Garderobe und gingen zum Wagen.

Während Moronde wieder am Steuer saß, musterte Dulac den Stadtplan. »Es ist auch möglich, dass das Kreuz ein Haus oder ein anderes Versteck an der Oberfläche markiert. Doch ich gehe jetzt mal von deiner Annahme aus, dass es auf einen Gullideckel oder einen anderen Einstieg in die Katakomben hinweist. Es könnte aber auch eine unterirdische Stelle gemeint sein.«

»Das glaube ich nicht«, gab Ricolet zurück und genoss die zügige Fahrt in den weichen Polstern. »Dann hätte Allais eher eine Karte angefertigt, auf denen die Gänge eingezeichnet sind.«

»Stimmt. Ich kann mir auch nicht vorstellen, dass ein Kunsthändler so viel Mumm hat, dass er sich dort unten länger aufhält. Das ist eher was für Kleinkriminelle und lichtscheues Gesindel. Wollen wir hoffen, dass er das Versteck nah am Einstieg gewählt hat. Weißt du, ob die Luft da unten zu feucht ist für ein Bild? Oder zu kalt?«

»Keine Ahnung, das wird Pauline wissen.«

»Ah, die schöne Pauline. Erzähl doch mal. Wie hat sie den Schock gestern überstanden?«

»Ganz gut, glaube ich. Sie ist tapfer.«

»Das stimmt. Und ihr beide …?« Dulacs Zeigefinger beschrieb einen Kreis, der was auch immer andeuten sollte.

»Kein Kommentar.«

»Du gönnst einem auch gar nichts.« Dulac lehnte sich mit einem schiefen Grinsen zurück.

*

Im ersten Moment fühlte es sich falsch an, auf der Straße zu sein. Sie hatte sich eine alte Jacke und eine Tarnhose aus den Beständen der FFI angezogen, die in den Katakomben praktischer sein würde als ein Rock. Doch diese ungewohnte Kleidung war es nicht, was sie störte. Pauline spürte, wie das Wissen, eine halbe Deutsche zu sein, sie völlig auf den Kopf stellte. Alles wirkte verkehrt. Sie gehörte nur zur Hälfte zu Paris, zu ihrer Familie, zu ihren Freunden. Und sie war die Tochter eines Mannes, der einen Juden vielleicht gewaltsam um sein Eigentum gebracht hatte und der sie nun verfolgte, weil er ein fanatischer Nazi geworden war.

Den Gedanken, was passieren würde, wenn sie das Ricolet erzählte, konnte sie nicht weiter verfolgen, und doch drehte sich alles um diese Frage. Würden ihre Lügen denn nie aufhören? Die letzte Nacht hatte ihre Gefühle für Ricolet in Stein gemeißelt, eine tiefe Verbindung war entstanden, die sie nicht ohne Schmerz wieder kappen konnte.

Vor der Metrostation Trocadero angekommen, lief sie auf und ab und knetete ihre Hände. Wie sahen die Menschen sie an, wenn sie die Treppen heraufkamen? Bemerkten sie ihre Fremdheit? Sie war nicht besser als die Bastarde französischer Frauen, die sich mit Wehrmachtssoldaten eingelassen hatten. Oder doch?

Ihre Mutter hatte vor einundzwanzig Jahren ernsthaft mit dem Gedanken gespielt, einen Deutschen zu heiraten. Was wäre passiert, wenn sie in Deutschland aufgewachsen wäre? Dieser Gedanke besänftigte sie. Es war gut, dass sie hier in Paris lebte. Sie war nicht Halbdeutsche, sondern eine Halbfranzösin. Sie musste nur anfangen, diesen Teil ihrer Herkunft zu akzeptieren. Doch würde Ricolet diese Seite von ihr annehmen können? Mühsam schluckte sie die Tränen hinunter und hielt Ausschau nach ihrem Liebsten. Mit aller Macht hoffte sie, das *Porträt des jungen Mannes* heute zu finden. Es war das Bindeglied zwischen ihrer Vergangenheit und der Gegenwart. Und dann würde sie versuchen, ihren Vater aufzuspüren, ob er nun Agent war oder nicht. Erst dann konnte sie ihr neues Leben als Nachfahre zweier Nationen beginnen.

Als ein Auto mit quietschenden Reifen am Bürgersteig zum Stehen kam, zuckte sie zusammen. Ricolet sprang heraus, gefolgt von Dulac und einem Mann, den sie in der Kirche gesehen hatte. Das musste Moronde sein. Die beiden Inspektoren schüttelten ihr höflich die Hand und murmelten einen Gruß, bevor Ricolet das weitere Vorgehen erklärte.

»Die beiden gehen schon mal vor. Ein Kenner der Katakomben wird unten in der Metro auf uns warten.«

Sie nickte und nagte an ihrer Unterlippe. Als die beiden Inspektoren ein paar Meter gegangen waren, schlang sie ihre Arme um Ricolet und presste sich an ihn. Sie musste es einfach tun. Es konnte ja sein, dass es die letzte liebevolle Umarmung war.

»Pauline, was ist? Geht es dir nicht gut?«

»Doch«, flüsterte sie. »Ich wollte nur … wir müssen vorsichtig sein.«

Er strich ihr über das Haar und küsste ihre Schläfe. »Du brauchst keine Angst zu haben. Sicher haben wir Glück und finden es.«

Sie versuchte tapfer zu lächeln. »Okay. Ich bin so weit.«

»Gut, dass du so praktisch gekleidet bist.« Er grinste sie an und fuhr fort: »Wir haben hier oben schon ein paar Runden gedreht und die Umgebung abgesucht, aber keinen markierten Gullideckel oder etwas anderes Auffälliges gefunden. Auch kein Haus, das in Frage käme. Es gibt nur normale Wohnungen hier.«

Gemeinsam liefen sie die Treppen zur Metro hinunter.

»Ist dir jemand gefolgt?«

»Nein, nur der Gendarm, wie üblich.«

Als sie am Bahnsteig ankamen, sprachen die beiden Inspektoren bereits mit einem fremden Mann mittleren Alters, der zwei kleine, unförmige Metallbehälter mit Henkel trug. Pauline folgte den Männern bis an den Tunneleingang. Eine Bahn war gerade darin verschwunden.

Der Fremde, der sich schlicht als Maurice vorgestellt hatte, winkte: »Schnell jetzt! Wir haben nur wenige Minuten.«

»Jean.« Sie hielt Ricolet am Arm fest.

»Möchtest du doch lieber hierbleiben?« Er strich ihr eine Haarsträhne zurück, was einen wohligen Schauder in ihr auslöste.

»Nein. Ich wollte dir nur sagen, falls du diesen Agenten erwischst, also … es wäre schlecht, wenn er umkommen würde.« Sie konnte nicht besser ausdrücken, was sie bewegte, ohne etwas zu verraten. Sollte der Agent wirklich ihr Vater sein, durfte er nicht sterben. Sie musste wissen, was für ein Mensch er war. »Ich will ihn noch ein paar Dinge fragen.«

»Ich schieße nur ungern auf Menschen, Liebes. Keine Sorge, das kriegen wir hin.«

Trotz seiner Worte sah sie ihm an, dass er über ihren Wunsch nachdachte. Wahrscheinlich grübelte er, was es sein konnte, das sie den Mann fragen wollte. Doch sie schwieg.

Mit großen Schritten eilten sie über die Gleise, während Ricolet immer wieder zurücksah, als könnte ihnen der besagte Agent schon auf den Fersen sein. Das Licht wurde schnell dämmrig, die Tunnelöffnung hinter ihnen zu einem kleinen Lichtpunkt. Ricolet hatte seine Taschenlampe angeknipst. Nach ungefähr zweihundert Schritten konnten sie plötzlich einen Durchbruch in der Wand erkennen.

»Hier, schnell rein!« Maurice sah sich um und winkte hektisch. In der Ferne konnte man schon das Grollen der Eisenräder hören.

Ricolet drängte Pauline als Erstes durch den schmalen Einlass, dann folgte er ihr in die Dunkelheit. Als Dulac, ihr Führer und Inspektor Moronde, der seinen korpulenten Leib mit einiger Mühe durch den Spalt quetschen musste, neben ihr standen, wurde das Grollen stärker. Nur Sekunden später sah sie den Lichtblitz der vorbeifahrenden Bahn. Im Tunnel wäre nicht viel Platz gewesen, um sich an die Wand zu pressen.

Pauline beobachtete, wie Maurice sich niederkniete und die beiden Metallbehälter öffnete. Nachdem er grobe Stücke eines Steinbrockens in die Behälter gelegt hatte, verschloss er sie wieder und goss Wasser durch eine Öffnung hinein. Nach zwei Minuten Wartezeit, in der sie alle schwiegen, flackerte ein Feuerzeug auf. Maurice hielt die Flamme an die Öffnung, und wie durch Zauberhand züngelte eine kleine Flamme auf.

»Eine Grubenlampe«, rief Pauline.

»Ja, Acetylengas«, bestätigte Maurice. Auf diese Weise mit zwei weiteren Lampen ausgestattet, machten sie sich auf den Weg.

Ricolet warf einen Blick auf den Stadtplan und befragte den Kompass, den er mitgenommen hatte. »Hm, das passt ungefähr. Dieser Einstieg ist an der Stelle, an der das Kreuz auf der Karte ist. Leider sind hier keine weiteren Markierungen zu finden, die uns das Versteck verraten.« Der Strahl seiner Taschenlampe huschte an den Wänden entlang.

Der Gang aus gemauertem Bruchstein war so schmal, dass sie hintereinandergehen mussten. Das Licht warf tanzende Schatten an die Wand, und ihre Schritte hallten dumpf wider. Die Luft war stickig und trotzdem kühl, sodass Pauline froh war über ihre Jacke.

Maurice ging voran, ihm folgte Dulac, dann Ricolet und sie, Moronde bildete den Abschluss. Sie hörte sein Schnaufen dicht hinter sich. Irgendwo tropfte es. Immer wieder tastete einer der Männer die Wände ab.

»Gleich wird es breiter«, kündigte Maurice an.

Nach wenigen Minuten erreichten sie einen kleinen Raum, der quasi eine Kreuzung war, denn drei weitere Öffnungen gingen von ihm ab. Die Männer durchsuchten ihn nach losen Steinen und Hohlräumen, doch die Wände gaben kein Versteck preis.

»Wäre doch nicht schlecht, wenn wir ein paar geräucherte Schinken vom Schwarzmarkt fänden«, scherzte Dulac.

»Oder Artischocken, Käse, Schweinebraten, hm«, stimmte Moronde zu, dem offensichtlich schon der Geschmack von Burgundersauce auf der Zunge lag.

»Warum habt ihr nicht noch ein paar Gendarmen dazugeholt?«, fragte Pauline Ricolet leise.

Dieser wiegte den Kopf. »Es braucht niemand zu wissen, was wir hier treiben, für den Fall, dass ich falschliege mit meiner Idee. Allerdings ist der Einwand berechtigt. Wir sind nur zu fünft, und ich fürchte, wir müssen uns hier trennen.«

Ratlos sah er sich um. Auch Pauline musterte die groben Ziegel, auf denen hin und wieder Schmierereien angebracht worden waren, mit Unbehagen.

»Nimmt das Gemälde nicht Schaden, wenn es hier gelagert wird?«, fragte Dulac.

»Es kommt darauf an, wie lange es hier liegt. Ein paar Wochen, denke ich, können nicht schaden«, antwortete Pauline. Doch ihr kamen allmählich Zweifel an der Idee vom Katakombenversteck.

Ricolet winkte sie weiter. »Charles und Richard, ihr geht zusammen in den rechten Gang. Wir gehen mit Maurice in den daneben. Wir treffen uns in einer halben Stunde wieder hier. Also verlauft euch nicht.«

»Ich kann meinen Pulli aufribbeln«, hörte sie noch Dulac scherzen, dann duckte sie sich hinter Ricolet und Maurice in den dunklen Schlauch.

Als sie sich nach einer Weile umdrehte, sah sie kurz das Aufblinken von Licht in dem Raum hinter sich. Wohl einer der Männer, der noch einmal die Grubenlampe kontrolliert hatte. Allmählich hörten die gemauerten Wände auf, sodass der mit Felsen durchsetzte Lehmboden sichtbar wurde, in den der Gang getrieben worden war. Ihre Schuhe waren längst mit einer braunen Kruste überzogen.

Vor ihr huschte der Strahl von Ricolets Taschenlampe hin und her. Er suchte konzentriert nach einem passenden Aufbewahrungsort für ein Gemälde, Maurice wies sie auf Schlaglöcher und Mauervorsprünge hin. Als sie etwas Warmes an ihren Knöcheln spürte, schrie Pauline auf, und Ricolet fuhr herum. Im Lichtstrahl sah sie noch den langen Schwanz einer fliehenden Ratte.

»Mon Dieu«, flüsterte sie. Obwohl sie bereits schon mal einige Fifis in die Katakomben begleitet hatte, befiel sie eine drückende Beklemmung. Damals waren ihre Kameraden gut gelaunt gewesen, sie hatten Waffen versteckt, dann ein Picknick neben einem

mit Schädel und Knochen gefüllten Beinhaus gehalten und ihre Angst mit fröhlichen Liedern vertrieben.

Nach wenigen Minuten kamen sie erneut an eine Kreuzung. Paulines Kopf stieß fast an die Decke der winzigen Kammer, die nur fünf oder sechs Personen aufnehmen konnte. Der Schreck fuhr ihr durch die Glieder, als Ricolet einen Schrei ausstieß. Sie sah, wie er eine Wölbung erkundete, die sie an einen gemauerten Schrein erinnerte. Die Taschenlampe war auf einen Stein gerichtet, der etwas aus der Mauer hervorlugte und lose zu sein schien.

»Was ist da?« Pauline trat näher.

»Halt mal fest!« Aufgeregt drückte er ihr die Lampe in die Hand. »Hier sind viele Fußabdrücke. Und Steine sind bewegt worden, ungefähr drei oder vier.«

Vorsichtig rüttelte Ricolet an dem losen Stein, dann zog er ihn aus der Mauer heraus. Dann folgte der Stein daneben, der noch leichter zu bewegen war als der erste. Sie wurden nicht von Mörtel zusammengehalten. Pauline hielt den Atem an, auch Maurice starrte gespannt auf das Loch, das sich ihnen zeigte. Mit einem Mal fielen mit einem dumpfen Poltern drei weitere Ziegel aus der Mauer heraus, direkt auf Ricolets Hände.

»Autsch!«, rief er und zog die Finger zurück. Etwas Blut tropfte auf den Boden, doch Ricolet beachtete es nicht. Er stieß die Brocken zur Seite und langte in die entstandene Öffnung hinein. Pauline hörte, wie er auf etwas Metallisches klopfte.

»Da ist eine Kiste oder so.«

Mit einem Eifer, der Pauline an einen Terrier erinnerte, schob Ricolet sich halb in das Gewölbe hinein.

»Kannst du es fassen?«

»Ja!« Seine Stimme klang dumpf. »Hier kommt es!«

Mit einem schweren Ächzen zog er eine flache Stahltruhe hervor, die so ähnlich wie eine Geldkassette aussah, nur größer. Sie war mit einem Vorhängeschloss gesichert.

»*Merde!* Wir können sie nicht öffnen!« Er sah sie trotzdem triumphierend an. »Aber was sonst sollte darin sein?«

»Warten Sie.« Maurice schob sich vor sie, setzte seine Grubenlampe ab und wies auf die Schrauben der Scharniere an der Rückseite der Kassette. »Ich habe einen kleinen Schraubenzieher in der Tasche. Die Schrauben sehen doch leicht aus, oder?«

»Geben Sie her, guter Mann!«, rief Ricolet voller Eifer. Pauline lächelte insgeheim, dann schwemmte die Spannung alle weiteren Gefühle fort.

Präzise setzte Ricolet den Schraubenzieher an. Nach einigen Versuchen gelang es ihm, drei kleine Schrauben zu lösen, dann verließ ihn die Geduld. Er riss an dem Scharnier herum, zog und zerrte. Tatsächlich löste sich die letzte Schraube, und die Kassette ließ sich einen kleinen Spalt öffnen.

»Jean, sei vorsichtig. Mach die andere Seite lieber auch auf.«

Er gehorchte, obwohl sie ihm seine Ungeduld ansehen konnte. Trotz der Kühle standen ihm Schweißperlen auf der Stirn. Die nächste Schraube fiel. Pauline umklammerte die Taschenlampe, bis ihre Knöchel weiß hervortraten. Eine weitere Schraube, die dritte, schleuderte Ricolet zur Seite und riss wieder an dem Scharnier herum. Endlich klappte der Deckel auf und enthüllte drei Papprollen, wie sie zum Transport von Grafiken benutzt wurden. Er schob den Kasten zu ihr hin.

»Bitte, Pauline. Das ist dein Moment.«

Fast ungläubig sah sie ihn an. Ihr ganzer Körper bebte.

Man sah ihm an, dass es ihm schwerfiel, ihr diese Ehre zu überlassen. Er stand auf, atmete tief ein und unternahm den vergeblichen Versuch, seine Hosenbeine sauber zu klopfen. Pauline schluckte und legte mit zitternden Händen die Lampe auf einen Steinvorsprung. Dann kniete sie sich hin und entnahm die erste Rolle.

Sie zog den Deckel ab und entrollte eine Leinwand, die einen langhaarigen Mann in heller Kleidung zeigte, umgeben von einem Lichtkranz.

Sie schrie auf: »Das kenne ich! Ein Rembrandt, er war beim ERR gelagert! Jean, das muss zu Rita, sofort. Sie wird sich so freuen.«

»Natürlich, Liebes.«

Vorsichtig rollte sie die Leinwand wieder zusammen und legte die Rolle zurück. Als sie die zweite Rolle aufhob, bebten ihre Hände so stark, dass Ricolet ihr zu Hilfe eilte und die Rolle festhielt. Sie entrollte den Inhalt und stieß einen weiteren Schrei aus, gefolgt von einem Schluchzen, das aus den Tiefen ihrer Brust aufstieg. Endlich! Sie hatte Großvaters Raffael gefunden! Die Leinwand war sperrig, doch je mehr sie sie glättete, umso deutlicher wurde das helle Gesicht des jungen Mannes und umso stärker das Glücksgefühl in ihr.

Die Augen starrten sie an, als sei der junge Mann überrascht, sie zu sehen. Für einen Moment fühlte sie eine Distanz, ganz so, als müssten sie beide sich erst wieder anfreunden. Doch dieses Gefühl währte nicht lange. Ihr großer Bruder war wieder da. Er war dort, wo er hingehörte, in ihren Händen. Sanft strich sie über das Gesicht auf der Leinwand. Sie hatte ihn erst einmal berührt, nicht bei ihrem Großvater, sondern im Lager des ERR, verstohlen und hastig wie bei einer verbotenen Liebe. Dieser Moment war so wundervoll, dass ihr schwindelig wurde.

Sie schwankte, sodass Ricolet ihr unter die Arme griff. Ihr Kopf sank an seine Schulter, während ihr lautlos Tränen über das Gesicht liefen. Alles war gut. All die Mühen hatten sich gelohnt. Sie hielt das Erbe ihres Vaters und ihres Großvaters in den Händen. Rabinovich hatte seine Aufgabe erfüllt.

*

Ricolet beobachtete gespannt Paulines Reaktion. Sie war erschüttert bis in die Grundfesten ihrer Seele, das konnte er sehen. So viel hatte sie darangesetzt, das Bild zu finden. Er war stolz, ihr dabei geholfen zu haben.

Sie hatte die Leinwand jetzt ein wenig sinken lassen, und er erkannte die dunklen Augen des jungen Mannes, sein spöttisches Lächeln und im Hintergrund eine kleine Landschaft unter blauem Himmel. Dieser Mann schien zu sagen: *Na endlich, gratuliere.* Ricolet fühlte sich euphorisch, verzaubert, hinweggetragen in eine ferne Zeit, in der ein Genie den Pinsel über diese Leinwand geführt hatte. Fasziniert betrachtete er die glatte Oberfläche, die hauchdünnen Risse und das Lächeln des Mannes, das ihm geheimnisvoller erschien als das der *La Gioconda.*

»Es ist wunderschön, Pauline«, flüsterte er ehrfürchtig und küsste sie auf die Wange. Sie schien den Kuss gar nicht wahrzunehmen, aber das konnte er ihr auch nicht verübeln.

»Monsieur, da kommen die anderen«, sagte da ihr Begleiter und wies auf einen Lichtschein, der sich ihnen näherte. Ricolet atmete auf. Je schneller sie aus diesem Fuchsbau verschwinden konnten, umso besser. Pauline betrachtete das Bild ein letztes Mal, dann löste sie den Blick davon.

»Wir bringen es ins Jeu de Paume, dort kann es sicher aufbewahrt werden«, sagte sie mit einem zufriedenen Gesichtsausdruck.

»Daraus wird leider nichts.«

Eine ihm bekannte Männerstimme hatte diese Worte ausgesprochen. Ricolet fuhr herum und starrte in den Lauf einer Pistole.

»Hände hoch, Ricolet. Und das Bild weglegen, Mademoiselle«, sagte Kommissar Brulait, dessen Körper die kleine Kammer auszufüllen schien. Sein Anzug trug Dreckstreifen, das weiße Hemd ebenfalls.

Pauline erstarrte in ihrer Bewegung.

»Rollen Sie das Bild zusammen«, forderte er.

Pauline gewann ihre Fassung wieder, rollte wie befohlen die Leinwand zusammen und legte die Rolle vorsichtig wieder in den Metallkoffer. Dann richtete sie sich auf und trat neben Ricolet. Er hatte die Hände längst erhoben und verfluchte sich für seine Nachlässigkeit. Er hätte nie gedacht, dass Brulait sich an vier ausgewachsene Männer heranwagte, von denen drei auch noch bewaffnet waren.

»Vielen Dank, Ricolet. Das war sehr nett von Ihnen.« Mit einem Schritt war Brulait am Koffer und nahm ihn an sich, ohne die Waffe sinken zu lassen.

»Brulait, Sie sind ein verdammter Dieb!«

Da kniff der Kommissar die Augen zusammen. »Sie kleiner Schnüffler. Sie haben doch keine Ahnung!«

»Dann klären Sie mich auf! Wenn Sie uns eh alle töten, kann es Ihnen ja egal sein.«

Da stellte Brulait den Koffer ab, langte in seine Jackentasche und holte zwei Paar Handschellen heraus. Er ließ den Blick über seine drei Gefangenen gleiten. »Das dürfte ausreichen, um Sie ein, zwei Tage hier festzuhalten. Bis dahin bin ich fort. Ich bin nämlich kein Mörder, wissen Sie?«

»Wie haben Sie uns gefunden?«

»Ein kleines Vögelchen vom Quai hat es mir gesungen.«

»Dann singen Sie mir doch auch etwas. Wie ist das Ganze hier abgelaufen? Befriedigen Sie meine Neugier.«

»Sie und Ihre verdammte Neugier.« Brulaits Gesicht lief rot an. »Ich denke nicht daran.«

Wo blieben nur Dulac und Moronde? Hatten sie sich tatsächlich verlaufen? Doch die halbe Stunde war noch nicht um, sie würden sicher noch eine Weile in der ersten Kammer warten, wo ihr vereinbarter Treffpunkt war.

Brulait trat auf ihn zu, griff an sein Holster und warf Ricolets Pistole auf den Boden.

»Von Ihrer verdeckten Ermittlung weiß ich schon. Monsieur Daumesnil war freigiebiger mit seinen Informationen«, versuchte Ricolet ihn zu provozieren, auch wenn er dadurch Gefahr lief, Brulait trotz seiner Beteuerung zum Mörder zu machen.

»Ach, sieh an, wie fleißig.« Brulait kam so dicht an ihn heran, dass der Lauf seiner Waffe fast Ricolets Bauch berührte. Hoffentlich saß ihm der Finger nicht locker. »Dann wissen Sie ja schon die Hälfte. Also gut.«

Er trat wieder zurück und setzte sich auf den gleichen Mauervorsprung wie Maurice, der wortlos dort hockte, als wären ihm die Knie schwach geworden.

»Nun, es war bereits erwiesen, dass Henkmann derjenige war, der Monsieur Hitler um seine Bilder brachte. Ich wusste ja auch, wer sein bewährter Kunsthändler war.«

»Allais natürlich.«

Brulait nickte. »Der ERR verlor den Plan, einen Dieb in den eigenen Reihen zu fassen, aus den Augen, da der Stab im Begriff stand, Paris zu verlassen.«

»Und Ihr Vichy-Direktor musste gehen, Sie hatten also keine Rückendeckung mehr«, setzte Ricolet fort.

Brulait nickte. »Meine Position war nach der Befreiung wackelig, und ich spielte mit dem Gedanken zu fliehen. Ich hatte nicht die geringste Lust, mich wegen meiner angeblich falschen Gesinnung verhaften zu lassen, und hoffte, dass das Gemälde noch nicht in den USA oder der Schweiz war. Tatsächlich traf ich am 28. August bei Allais auf Monsieur Henkmann, der nicht abgereist, sondern untergetaucht war und auf den Verkauf wartete. Ich gab mich als Kriminalbeamter zu erkennen. Die Herren waren überrascht, das war aber auch schon alles. Es stellte sich heraus, dass wir eine Schicksalsgemeinschaft waren. Ich konnte Allais als Kollaborateur anzeigen und Henkmann als Feind an den FFI ausliefern, ebenso wie sie mich hätten anzeigen können, weil ich dem ERR und meinem geschassten Direktor zu Diensten gewesen war. Wir beschlossen also, uns gütlich zu einigen. Der Erlös aus dem Bild sollte zwischen Henkmann und mir geteilt werden, nachdem Allais seine Provision erhalten hätte.«

Pauline schnaubte, doch bevor sie in ihrer Empörung Schaden anrichten konnte, fragte Ricolet schnell: »Es war also in der Galerie?«

»Ja, ich habe es mir zeigen lassen. Allais war der Einzige von uns, der einen ordentlichen Tresor besaß. Da Henkmann ohnehin nur die Zeit totschlagen konnte, sollte er sich mit seinen gefälschten französischen Papieren als Verkäufer ausgeben und gemeinsam mit Allais einen potenziellen Käufer überzeugen.«

»Er sollte also auch den Kaufpreis entgegennehmen.«

»Ja. Dieser Umstand gefiel mir nicht, aber ich gab nach.« Er stand auf, um den Gang zu kontrollieren. Keine Spur von seinen Kollegen, Ricolet vermutete, dass sie wirklich im Gewirr der Gänge die Orientierung verloren hatten.

Brulait fuhr fort: »Bis jemand anbiss, würden einige Tage oder Wochen ins Land gehen, also wartete ich ungeduldig. Ich platzierte einen Spitzel vor der Galerie und vor Allais' Wohnung, doch alles schien normal zu laufen. Dann kam der Tote auf dem Dachboden ins Spiel. Die Kleidung habe ich sofort erkannt.«

»Wissen Sie, wer ihn erschlagen hat? Oder waren Sie es selbst und spielen jetzt das Unschuldslamm?«

Brulait sah ihn verwundert an und schüttelte den Kopf. »Nein. Es wird einer der beiden Herren gewesen sein. Ich war ehrlich überrascht, als ich vor der Leiche stand, und hielt sie für Henkmann. Ich verließ den Tatort und wollte mich bei Allais vergewissern, dass die Sache lief. Doch da tat er ganz verwundert und meinte, Henkmann hätte mir das Geld doch schon vor über zwei Wochen übergeben sollen. Ich schrie ihn an und sagte, dass man eine verdörrte Leiche auf dem Montmartre gefunden habe sowie einige Geldscheine. Da wurde er blass und gestand, dass dies das Versteck von Henkmann gewesen war. Allais vermutete, dass man ihn ausgeraubt hatte, nachdem er Anfang September mit dem Geld die Galerie verlassen hatte und ins Versteck zurückgekommen war. Er zeigte mir den Kaufvertrag, ein Käufer aus London. Er zeigte mir auch die Provision, die er bekommen hatte, ja, der Kerl drückte mir die 80 000 Francs in die Hand als Ausgleich für den verlorenen Kaufpreis. Ich war wie versteinert. Kein Bild mehr, kein Geld mehr, kein Henkmann mehr. Ich konnte nicht ahnen, dass Henkmann doch noch lebte und dieser angebliche Verkauf erstunken und erlogen war! Und dann kamen Sie ins Spiel.«

Da trat Pauline vor und fauchte: »Im Grunde müssten Sie uns dankbar sein, dass wir hinter dem Bild her waren. Sie hatten den Raffael doch schon aufgegeben, doch wir verhinderten, dass er verkauft wurde.«

Brulait kniff die Augen zusammen. »Nicht so schnell, Mademoiselle. Ricolet hatte Henkmann identifiziert – oder zumindest fast. Ich wollte das verhindern, denn es hätte sich vielleicht eine Spur zu mir ergeben, schon allein durch die Aussage von Direktor Daumesnil. Ich wollte nicht, dass Ricolet ein großes Fass aufmacht wegen dieses toten Deutschen. Und dafür soll ich dankbar sein?«

»Sie haben Jean einen Auftragsmörder auf den Hals gehetzt!«, rief Pauline erbost.

»Unsinn, er sollte nur ein bisschen Angst bekommen. Zum Dank für das Bild werde ich Sie nicht töten. Ich brauche nur noch Moronde und Dulac einzusammeln, die sind wohl irgendwie abhandengekommen. Bevor man Sie hier findet, bin ich schon im Ausland. Reicht Ihnen das?«

»Pah!« Pauline wandte sich ab.

Ricolet spürte Unruhe in sich aufsteigen. Seine Kollegen würden ihnen nicht helfen können. Er versuchte, das Gespräch in kontrollierte Bahnen zu lenken und noch Zeit zu schinden.

»Warum hat Allais Sie angerufen, nachdem ich mit Pauline in der Galerie war?«

Brulait ging auf und ab, warf immer wieder einen Blick in den Gang. »Er war verärgert über Ihre Schnüffelei und dachte, ich hätte Sie zu ihm geschickt. Ihr Besuch kam so plötzlich und unerwartet, dass er in Panik geraten ist. Hätte er einen kühlen Kopf bewahrt, wären Sie uns nie auf die Schliche gekommen.«

»Und dann haben Sie erfahren, dass der Raffael doch noch nicht verkauft ist? Bei diesem Besuch bei Allais?«

»Ja. Er hat sich verplappert, während wir uns heftig stritten. Ich habe mich gefragt, warum er so aufgeregt ist. Wenn das Bild doch schon beim Käufer ist, warum fürchtete er dann Ihre Fragen und die Durchsuchung? Den Kaufvertrag würde er ja wohl gut versteckt oder sogar vernichtet haben. Er hätte Ihnen gut einen Bären aufbinden und seine Galerie durchsuchen lassen können. Aber ich hätte spätestens am nächsten Morgen aus der Zeitung erfahren, dass der Raffael noch gar nicht verkauft war. Als er mir sein falsches Spiel gestand, war ich verärgert, aber ich habe Allais trotzdem geholfen und ihn versteckt. Er wollte mir allerdings nicht verraten, wo sich das Bild befand, nicht, bevor ich ihm neue Pässe besorgt und ihm bei der Flucht geholfen hätte.«

»Sie wollten sich ja ohnehin absetzen.«

»Ja, der Boden wurde mir zu heiß. Ein toter Henkmann und Ihre verdammte Schnüffelei hatten mir den Rest gegeben. Das mit dem Koffer am Quai, diese Anzeige der Concierge, das war doch eine Falle, oder? Sie wollten sehen, ob ich den Koffer kenne. Wo haben Sie gesteckt?«

»Wir standen hinter der Säule, die mit Gepäckstücken umgeben war. Sie hofften wohl auch, dass Daumesnil den Mund über diese Sache hält und sich nicht noch mehr belastet.«

Es tat gut, aus dem Mund eines Verbrechers seine ein wenig angegriffene Theorie bestätigt zu bekommen. Nur schade, dass niemand davon hören würde. Es bestand durchaus die Gefahr, dass sie hier unten verdursteten, dann würden sie vielleicht selbst so aussehen wie der Tote vom Dachboden.

Da sah Ricolet einen Lichtschein im Gang, und mit einem Mal hallte ein Schuss durch die Luft. Brulait trat einen Schritt nach vorn, seine Augen waren geweitet vor Schreck. Ricolet atmete auf, sicher waren das seine Kollegen!

Auf Brulaits Jackett breitete sich an der Schulter ein Blutfleck aus, er schien getroffen worden zu sein. Dann sackte er mit einem Stöhnen zusammen. Pauline eilte zu ihm und drückte ihm ihr Taschentuch auf die Wunde. Als der Umriss eines Mannes als Schatten an der Wand sichtbar wurde, wollte Ricolet schon Dulac begrüßen. Doch er erkannte, dass es sich von der Statur her nicht um den Inspektor handeln konnte. Er stürzte instinktiv auf seinen Revolver zu, um ihn aufzuheben.

»Hände hoch, stehen bleiben!«

Er hielt inne. Diese Stimme kannte er nicht, doch Pauline sprang auf die Beine und umklammerte seinen Arm.

Im Schein der Grubenlampe tauchte ein Mann in einem hellen Sommermantel auf. Sein Gesicht war kantig, seine blauen Augen blitzten entschlossen. Der deutsche Agent! Er sah tatsächlich dem Mann auf dem Foto ähnlich. Ricolet drückte Pauline an sich. Als der Mann zu ihm trat und ihn an die Wand stieß, wich sie ebenfalls zurück. Ricolet hob die Hände, es war aussichtslos, sich mit einer Waffe vor der Nase zu wehren. Wenn er nur wüsste, warum er auf Paulines Bitte hin ausgerechnet diesen Kerl schonen sollte. Ihre Begründung kam ihm von vornherein ein wenig schleierhaft vor. Und in diesem Moment kam ihm der Gedanke, dass sie mit diesem Deutschen unter einer Decke stecken könnte, um das Bild an sich zu bringen. Rächte sich etwa jetzt seine Blindheit? Hatte sie ihn die ganze Zeit über ausgenutzt und nur verführt, weil sie wusste, dass er sie eines Tages zum Bild führen würde?

In der kleinen Kammer wurde es so still, dass er irgendwo Wasser tropfen hörte. Paulines Blick war voller Angst. Was fürchtete sie? Dass der Fremde sie nun als unliebsame Mitwisserin tötete? Oder tat er ihr Unrecht und sie war unschuldig? Wie dem auch sei: Es bestand kein Zweifel darüber, dass der dritte und letzte Akt der Tragödie begonnen hatte. Und es übel ausgehen könnte.

*

»Ich danke Ihnen, dass Sie mich zum Bild geführt haben.« Perplex starrte Pauline den Mann an, der sie schon zweimal aufgespürt hatte. Der Mann, der vielleicht ihr Vater war. Ihr Herz raste, und ihre Gedanken überschlugen sich. Ricolet stand sprungbereit neben ihr, die Hände erhoben, mit einem lauernden Gesichtsausdruck. Was dachte er nur, so wie er sie gerade musterte? Er konnte doch nicht hinter ihr Geheimnis gekommen sein?

Der Mann trat näher und stieß Brulait mit dem Fuß an. »Ihm wird niemand nachweinen, falls er stirbt, meine liebe Pauline.«

»Hören Sie auf damit!«, rief sie. Wut und Erschöpfung waren alles, was sie noch spüren konnte. Dieser Mörder würde sie alle töten, er hatte es nicht nötig, Gefangene zu machen. Das *konnte* nicht ihr Vater sein. Sie betrachtete zum ersten Mal bewusst sein Gesicht, das nur um die Augen kaum sichtbare Fältchen aufwies. Das Alter – es passte nicht! Er war zu jung. Diese Erkenntnis erleichterte sie unglaublich, dämpfte aber keineswegs ihren Zorn. Es verärgerte sie, so plump in eine Falle getappt zu sein, und das gleich zweimal. Trotzdem würde sie das Bild verteidigen, so gut sie konnte.

»Sind Sie mir gefolgt?«

Der Mann schüttelte den Kopf. »Nein, dieses Mal war es dein Verehrer. Denn wo er ist, da bist auch du, nicht wahr?«

»Wer sind Sie? Was wollen Sie mit dem Bild? Es gehört nicht Ihnen!«

Da kam er auf sie zu und packte sie mit einer Hand am Kragen der Jacke, sodass sie hektisch nach Luft schnappte.

»Lass sie in Ruhe, du Schwein!« Ricolets Stimme ließ ihn innehalten.

Mit Entsetzen sah Pauline, dass sich der Agent ihm mit kaltem Blick zuwandte. Im nächsten Moment hieb er mit dem Knauf seiner Waffe auf Ricolets Stirn ein. Ricolet taumelte zurück und ging in die Knie. Der Mann trat ihm mit voller Wucht unter das Kinn.

»Jean!« Ihr Schrei konnte das hässliche Geräusch des brechenden Knochens nicht übertönen. Sie fühlte sich schrecklich schuldig, als Ricolet zusammenbrach und sich nicht mehr rührte.

Wieder kam der Agent zu ihr und ließ den Lauf der Waffe über ihren Arm gleiten. Wut durchflutete sie, doch sie war allein, wehrlos. Maurice war noch weiter in sich zusammengesunken und kauerte neben seiner Grubenlampe. Auf ihn konnte sie nicht zählen.

»Was haben Sie mit dem Bild zu tun? Wollen Sie es Ihrem geliebten Hitler bringen, ja?« Ihre Stimme klang ganz und gar nicht mutig, doch sie riss sich zusammen. Wenn sie schon hier sterben sollte, wollte sie wenigstens die Wahrheit über den Raffael wissen.

»Es gehört meinem Vater«, zischte der Mann, »und nicht seinem Bastard von einer französischen Hure!«

In ihrem Brustkorb wurde es eiskalt, als hätte sie mit einem Mal all ihr Blut verlassen. »Steinmann«, flüsterte sie und griff sich an die Kehle.

»So ist mein Name. Ich bin Otto Steinmann – und du bist meine verfluchte Franzosenhalbschwester. *Ich* bin der Erbe meines Vaters. Das heißt, sobald er tot ist, dieser Feigling.«

»Feigling?« Sie verstand nichts mehr außer der Andeutung, dass ihr Vater noch lebte. Und allmählich begriff sie auch, dass ihr Halbbruder vor ihr stand: das Kind von Steinmanns erster Frau, die im Kindbett gestorben war.

Nun wusste sie, warum Otto Steinmann dem Mann auf Josettes Foto so ähnlich sah. Es zeigte tatsächlich ihren gemeinsamen Vater.

»Ja. Mein Herr Vater ist ein Judenfreund, ein weichlicher Humanist, ein Verräter an Deutschland und seiner Rasse. Aus der Botschaft ausgeschieden ist er, weil er sich *schämte*!« Steinmanns Stimme war lauter geworden, dann verstummte er plötzlich und wies auf die Metallkassette. »Mitnehmen.«

Er stieß Pauline vor sich her. Um ihn in Sicherheit zu wiegen, bückte sie sich folgsam und hob die Kassette auf.

»Und dann? Er schämte sich also? Das muss Sie ganz schön getroffen haben.«

»Abgesetzt hat er sich, nach London, zum Feind, gleich 1939, als der Führer …«

Plötzlich sah sie über seine Schulter hinweg einen weiteren Schatten, der sich aus der Dunkelheit des Gangs löste. Dulac und Moronde? Nein, der kräftige junge Mann, der einen Stein in der Hand hielt, war ihr unbekannt.

Sie unterdrückte den Drang zu schreien, wollte Steinmann nicht darauf aufmerksam machen. Und schon stürzte sich der Fremde von hinten auf ihn und holte zum Schlag aus. Steinmann hörte ihn kommen und drehte sich in dem Moment um, sodass der Schlag nur seine Schulter traf.

Steinmann stöhnte auf, doch es gelang ihm, die Waffe zu heben, im Begriff zu schießen. Da knallte ein Schuss durch die Luft. Steinmann griff sich an die Brust, seine Beine knickten weg, und er stürzte zu Boden. Sie sah Ricolet, der sich mit schmerzverzerrtem Gesicht hinter ihr aufrichtete und seinen eigenen Revolver in der Hand hielt.

»Alphonse, danke«, stöhnte er, während er sich aufrappelte. Er schleppte sich zu dem reglosen Körper Steinmanns.

»Jean! Pauline!« Eine besorgte Männerstimme, die von Dulac, drang aus dem Tunnel. Gott sei Dank! Die beiden Inspektoren erschienen, völlig mit Staub und Dreck überzogen, schwer atmend.

Pauline blickte zu Steinmann. »Ist er … ist er tot?«

Immer noch konnte sie es nicht fassen. Sie hatte einen Bruder, einen Halbbruder. Doch offensichtlich hatte sie ihn schon wieder verloren, denn Ricolet legte ihm seine Finger an den Hals und schüttelte dann den Kopf.

»Es tut mir leid, Cherie, aber ich musste es tun. Er ist tot.«

Sie ließ sich auf die Knie sinken und beugte sich über den Toten. Automatisch legte sie ihm eine Hand an die Wange, die noch so warm war. Otto Steinmann, ihr Bruder, den sie nie kennenlernen würde. Unwillkürlich schluchzte sie auf. Sie hatte keine anderen Geschwister. Jetzt war sie wieder allein. Und ihr Vater, Felix

Steinmann? Er war anscheinend kein böser Mensch gewesen, das gab ihr ein wenig Trost. Ihr Vater hatte sie nicht verfolgt und hatte dem Juden Waldberg das Bild sicher nicht abgezwungen. Doch wie genau war es zu ihm gekommen?

Sie sah sich in der Kammer um. Dulac legte dem Kommissar soeben die Handschellen an, also war dieser wohl nur leicht verletzt. Moronde half Ricolet auf, während sich Maurice aus seiner Ecke hervorwagte. Nun würde alles seinen gewohnten polizeilichen Verlauf nehmen. Und sie würde nie wieder Angst vor einem deutschen Agenten haben müssen. Die Aussicht nahm ihr eine große Last von den Schultern. Zudem hatte sie den Wettlauf mit Hitler gewonnen, auch wenn es knapp gewesen war. Das Bild, es lag vor ihr. Warum freute sie sich dann nicht? Wieder betrachtete sie die Leiche ihres Bruders und hörte zu, was Inspektor Dulac erzählte.

»Verdammt, der Gang hinter uns ist eingestürzt. Plötzlich kam eine ganze Lawine an Dreck und Steinen von der Decke runter. Wir konnten uns gerade noch in eine Nische retten.« Dulac ließ die Handschellen einschnappen, richtete sich auf und reckte seine Schultern. »Wir haben gegraben wie die Maulwürfe.«

Ricolet kam wortlos auf Pauline zu und nahm sie in die Arme. Er roch nach Blut und kalter Erde. »Verzeih mir, Liebste. Ich dachte schon …« Seine Stimme brach.

»Was soll ich dir verzeihen?«, fragte sie leise und sah ihm ins schuldbewusste Gesicht.

»Ach, es ist schon gut.« Als er ihr die Arme rieb, wurde ihr bewusst, dass auch sie fror. Und doch war es nicht richtig, dass er sie tröstete und wärmte. Das hatte sie nicht verdient. Mit aller Macht holte die Vergangenheit sie ein, all der Ekel gegen sich selbst, den sie vorhin noch verdrängt hatte, stieg in ihr auf. Sie war eine halbe Deutsche, eine Feindin quasi. Ihr eigener Bruder hätte Ricolet getötet, und sie wäre daran schuld gewesen. Sie und ihre Suche nach dem Bild. Das würde er niemals verstehen, niemals billigen. Wegen ihres Bildes waren drei Menschen gestorben. Sie hatte Ricolet so einiges verschwiegen und musste ihn weiterhin hintergehen.

»Geht es dir gut, Cherie?« Seine Stimme klang seltsam, sicher war sein Kiefer gebrochen.

»Ja, mir ist nichts passiert«, murmelte sie und wusste im gleichen Moment, dass sie sich von ihm trennen musste.

*

Es dauerte zwanzig Minuten, bis der Bahnverkehr auf der Linie sechs eingestellt wurde, und zwei Stunden, bis der verletzte Brulait im Krankenwagen lag, der tote Steinmann in die Morgue gefahren wurde und die Spurensicherung die ersten Fotos und Fingerabdrücke von der Kassette nahm. In der Metrostation wimmelte es von Gendarmen. Als Ricolet dem Leichenwagen – diesmal kein Pferdefuhrwerk, sondern ein Lkw mit Holzvergaser – nachsah, atmete er auf. Sein Kiefer schmerzte immer noch höllisch, doch das Blut hatte er halbwegs vom Sanitäter aus dem Gesicht waschen lassen. Dulac und Moronde hatten es ihm gleichgetan, und bei dieser Gelegenheit hatte er sich herzlich für ihre Hilfe bedankt.

Pauline hatte er in Begleitung Dulacs ins Jeu de Paume geschickt, wo das Gemälde von Raffael hinter den Wänden eines Tresors verschwinden sollte. Sie war zwar verstört gewesen, hatte aber erklärt, dass sie gern gemeinsam mit Rita das Bild untersuchen würde. Wie konnte er ihr das verwehren? Er hatte schlecht von ihr gedacht und es dann nicht gewagt, ihr seine Gedanken zu gestehen. Immer noch fühlte er sich wie betäubt, sein Schädel brummte unerträglich.

Nun stieg Ricolet in den Wagen und machte sich auf zum Montmartre, um sich der blutbefleckten Kleidung zu entledigen. Dann würde er ins Krankenhaus Bichat fahren, um sich den Kiefer untersuchen zu lassen. Und wenn er schon mal da war, würde er einen Krankenbesuch machen in der Hoffnung, dass Henkmann das Puzzle dieses Falles vervollständigte.

Doch etwas in ihm hinderte ihn daran, den Weg weiterzugehen. Er lenkte den Wagen in Richtung Eiffelturm und parkte auf der freien Fläche an den Gärten. Der Stahlriese ragte so imposant in den blauen Himmel, dass Ricolet wie bei jedem seiner Besuche die Augen nicht von diesem starken und gleichzeitig so filigranen Geflecht abwenden konnte. Er ging einige Schritte über die Parkanlage und atmete den warmen Sommerduft ein. Das Gras auf den Rasenflächen war immer noch spärlich und trocken. Schließlich setzte er sich auf eine Bank und dachte an das Abenteuer in den Katakomben zurück, in denen er für einige Augenblicke geglaubt hatte, sterben zu müssen.

Kinder rollten ihre Holzreifen über die Wege, ihre Mütter folgten ihnen plaudernd. Es war ein Nachmittag wie jeder andere. Alles war so friedlich an der Oberfläche, niemand hatte etwas von dem Drama unter der Erde mitbekommen.

Alphonse war zur rechten Zeit aufgetaucht. Er hatte seit den Schüssen in der Kirche den Agenten hartnäckig verfolgt, bis zur Station Trocadero. Am Tunneleingang hatte Alphonse ihn aus den Augen verloren, doch dann hatte er sich aufgemacht und den Einstieg entdeckt. Ohne Hilfsmittel hatte er seinen Weg gefunden und sich später anhand der Geräusche orientiert. Als Pauline mit der Waffe bedroht wurde, hatte er einfach eingegriffen.

»Das musste ich tun. Sie haben mir gesagt, ich solle auf sie aufpassen.«

Ricolet hatte Alphonse nur auf die Schulter geklopft und stumm genickt. Pauline hatte eine solche Tapferkeit an den Tag gelegt, dass er ganz verlegen wurde bei dem Gedanken, wie leicht er sich hatte außer Gefecht setzen lassen. Doch er hatte mitbekommen, dass Steinmann der Sohn des ehemaligen Besitzers des Raffaels gewesen war. Im Gegensatz zum Vater, der sich in London aufhielt, war er offenbar ein beinharter Nazi, der ihnen ein Bild abjagen wollte, das einst im Besitz seiner Familie gewesen war. Vielleicht für Hitler, vielleicht für sich selbst.

Doch nun war Steinmann tot. Ricolet hatte ihn erschossen. Immer noch sah er das ungläubige Gesicht des jungen Mannes vor sich, bevor er zusammenbrach. Sein erster Toter. Das war es, was ihn umtrieb, das war der eigentliche Schmerz, der in seiner Brust steckte wie ein Pfropfen. Es war leichter, solche Bilder in einem fiktiven Film im Kino zu sehen oder andere Beamten darüber sprechen zu hören. Jetzt hatte er selbst den Zeigefinger gekrümmt und einem Mann das Leben genommen. Es spielte keine Rolle, ob es ein guter oder schlechter Mensch gewesen war – das Gefühl, das diese Tat hinterließ, war einfach nur beschissen.

Er seufzte und strich sich die Haare aus der Stirn. Wie Pauline das alles wohl verkraftete? Ihr war so daran gelegen gewesen, den Agenten lebend zu erwischen, weil sie ihm Fragen stellen wollte. Sicher war sie nun erschüttert. Hatte er ihr vielleicht zu viel zugemutet, als er sie ins Jeu de Paume hatte gehen lassen? Doch sie fand bestimmt Trost beim Anblick dieses Bildes. Rita Valladon war bei ihr und kümmerte sich um sie. Gleich nach dem Verhör von Henkmann würde er sie dort aufsuchen und heimbringen.

Der Fall war so gut wie vorüber. Er dachte an seinen Zweifel, an die Unruhe, die ihn befallen hatte, als er verletzt in Paulines Bett gelegen hatte. Seine damalige Entscheidung, diesen Fall nicht aufzugeben, nachdem Brulait sich wegen des Toten verdächtig eilig gezeigt hatte, war richtig gewesen. Er wollte nicht daran denken, was passiert wäre, wenn er Brulaits Anweisungen befolgt hätte. Pauline – er hätte sie nie in seinen Armen gehalten. Vielleicht wäre der Agent ihr gefährlich geworden. Und Brulait wäre eines Tages verschwunden, um sich irgendwo ein schönes Leben zu machen. Doch nun war alles vorbei, die Rätsel waren fast gelöst. Den Rest würde er von Henkmann erfahren. Sein Kiefer schmerzte immer noch höllisch, und er stöhnte auf, als er sich erhob. Obwohl er sich so müde fühlte, als hätte er Tage nicht geschlafen, machte Ricolet sich wieder auf den Weg zum Wagen.

*

Mit der Bestätigung, dass sein Kiefer angebrochen war, und einem starken Schmerzmittel in der Tasche betrat Ricolet das spärlich eingerichtete Krankenzimmer, vor dem immer noch ein Gendarm Wache stand. Man hatte Henkmann gerade frisch verbunden, und die Schwester ließ sie allein.

»Was wollen Sie noch?«, fragte der Deutsche, dessen Gesichtsfarbe wieder halbwegs normal war. Doch dann musterte er Ricolet interessiert. »Sie sehen ja ziemlich ramponiert aus. Was ist geschehen?«

»Wir haben Brulait gestellt. Er hat zugegeben, mit dem Bild und Allais fliehen zu wollen.«

Henkmann richtete sich auf: »Sie haben das Bild? Wirklich?«

»Ja, es ist in Polizeigewahrsam. Aber unsere letzte Unterhaltung ist leider etwas kurz geraten. Wollen wir dort weitermachen, wo wir stehen geblieben sind? Beim Versteck auf dem Dachboden.«

Henkmann seufzte resigniert auf, dann schien er sich die Worte zurechtzulegen. Er war sich sicher im Klaren darüber, dass er keine Chance hatte, unbeschadet aus dieser Geschichte herauszukommen. Er war schließlich ein Feind, quasi ein Kriegsgefangener. Vielleicht auch ein Mörder. Ricolet wartete gespannt.

»Wenn es sein muss. Also, es war ja ein gutes Versteck, ein bisschen warm, aber ruhig. Einen Tag nach der Befreiung stand aber plötzlich ein Kollege vom Jeu de Paume vor mir und beschuldigte mich quasi der Desertation. Klar, er hatte recht. Er war es auch, der das Bild Anfang August im Lager des Museums entdeckt und nach Berlin gemeldet hat. Dieser Idiot.« Henkmann leckte sich über die trockenen Lippen.

»Weiter«, drang Ricolet auf ihn ein. Heute sah Henkmann weitaus gesünder aus als beim letzten Besuch, und er hatte nicht vor, ihn zu schonen.

»Wir stritten uns. Ich habe ihm Geld angeboten, damit er verschwindet, doch er wollte es nicht annehmen. Ich hatte Angst, dass er die letzten Gestapo-Agenten der Stadt auf mich hetzt. In einer Rauferei habe ich ihn erschlagen.«

»Von hinten«, warf Ricolet vorwurfsvoll ein.

Henkmann senkte den Blick. »Ja, ich sah keine andere Möglichkeit. Es war schrecklich, ich war völlig durcheinander. Dann kam Allais mir zu Hilfe. Er nannte mir Adressen von sicheren Hotels, ich konnte also wieder abtauchen. Aber vorher haben wir beschlossen, für den Fall deutscher Nachfragen mein Ableben zu inszenieren, denn der Tote, er hieß Karl von Rüschwitz, sah mir in Statur und Haarfarbe sehr ähnlich. Es tat mir wirklich leid um ihn, aber danach war mir alles egal. Ich zog ihm meine Sachen an.«

»Auch die Schuhe?«

Henkmann sah ihn verwundert an. »Nein, die nicht.«

»Er hatte Gift im Absatz.«

Der Deutsche pfiff überrascht. »Na, sein jetziger Tod war wahrscheinlich schneller und schmerzloser.« Dann fuhr er mit seinem Bericht fort. »Ich hielt ihm sogar noch ein Feuerzeug an die Schulter, damit die Haut dort verbrannt aussah – schrecklich, aber nicht zu ändern. Ich wollte ihm das Gesicht zerschlagen, um ihn unkenntlich zu machen. Oder ihn verbrennen, aber das war zu riskant. Man sollte mich ja irgendwie mit dem Toten in Verbindung bringen. Da früher dort oben ein Räucherboden gewesen war, dachte Allais sich, die Leiche könne gut bis zur Unkenntlichkeit austrocknen. Es war windig und warm in den Tagen um die Befreiung. Damit war ich einverstanden.«

»Haben Sie Geldscheine dort bei der Leiche deponiert?«

»Nein, das war ich nicht. Das hatte mit Brulait zu tun. Der tauchte einen Tag später in der Galerie auf, als ich zufällig auch dort war. Verdammter Mist, ich war ganz schön perplex, als sich der Finder des Gemäldes als Kommissar vorstellte.«

»Davon hat er uns erzählt. Das Bild sollte also verkauft werden.«

»Richtig. Doch da wir ohnehin eine Leiche hatten, die schon so aussah wie ich, kam Allais nach Brulaits Besuch auf die Idee, ihn um seinen Anteil zu bringen. Das war doch ein guter Plan, oder? Allais legte einige Scheine zu dem Toten, damit es wie ein echter Raubmord aussah. Als die Leiche nach gut zwei Wochen unkenntlich war, machte Allais die Bullen irgendwie auf das Haus aufmerksam. Der Kommissar schöpfte Verdacht, dass ich es sein könnte.«

»Sie hatten Allais auch ein Bild von Dürer überlassen.«

Henkmann nickte. »Ja, aber der war nicht so viel wert wie der Raffael. Allais hat ihn mir abgekauft.«

»Wo ist das Geld jetzt? Und Ihr Gepäck?«

»In einer Pension in Ivry. Rue Pasteur 56.«

»Gut, der Rest ist klar. Brulait war Ihnen recht schnell lästig, glaube ich.«

Henkmann schloss für einen Moment die Augen. Ricolet hoffte, dass ihn wenigstens ein wenig das Schuldgefühl plagte. Der Deutsche hatte kalt und umsichtig gehandelt, und sein Plan wäre aufgegangen, hätte Ricolet nicht das Fluchtnetzwerk entdeckt.

»Ich wollte das Praktische mit dem Unausweichlichen verbinden.«

»Sie wollten seinen Pass haben und den Fluchtweg für sich selbst nutzen.«

»Allais' Idee.«

»Das ist keine Entschuldigung.«

»Ich will mich auch nicht entschuldigen«, sagte Henkmann müde.

Keine Spur von Bedauern war diesem Mann anzumerken, nur Resignation und Erschöpfung. Und *mon Dieu*, Allais, dieser gerissene Hund. Es tat ihm fast leid, dass dieser Betrüger so leicht durch den Tod davongekommen war. Gern hätte er ihn überführt und ihm ins arrogante Gesicht geblickt, wenn er seine Haftzeit erfuhr.

»Und dieser Steinmann? Er hat Sie im Jeu de Paume aufgesucht.«

»Ja, der Gestapo-Kerl wollte das Bild nach Berlin holen. Ich habe ihn vertröstet und schlug einen späteren Termin vor, aber ich dachte nicht daran zu erscheinen. Aber sagen Sie mir, was hat Pauline mit alldem zu tun?«

Ricolet dachte nach. Es widerstrebte ihm, Pauline ins Gespräch zu bringen. Es wäre eine Entweihung gewesen, ein kleiner Verrat an ihr. Sie hatte sich beim ERR genug geängstigt, an die Nächte mit dem Deutschen wollte er erst gar nicht denken. Er musterte Henkmanns regelmäßige Gesichtszüge. Sie hätte auf einen hässlicheren Vorgesetzten treffen können, doch das war nur ein geringer Trost.

»Lassen wir Pauline aus dem Spiel.«

»Bitte, Monsieur, ich habe sie wirklich gemocht. Ich mag sie immer noch. Bitte klären Sie mich auf über ihre Absichten. Sie hatte doch Absichten, oder? Ich habe doch gemerkt, dass sie nicht freiwillig mit auf mein Zimmer gekommen ist. Aber ich dachte, es läge an meiner Herkunft.«

Und nun war Henkmanns Blick zum ersten Mal flehend. Ob ihm wirklich etwas an Pauline lag, mehr als an einem flüchtigen Abenteuer? Würde Ricolet an seiner Stelle nicht auch Klarheit über ihre Gefühle haben wollen? Er kam zu dem Entschluss, dass er sich nichts vergeben würde, wenn er ein paar Tatsachen preisgäbe.

»Das Bild hat früher Paulines Großvater gehört. Sie hat es im Jeu de Paume entdeckt und Nachforschungen angestellt. Mehr kann ich Ihnen nicht sagen.«

Henkmann lächelte traurig und legte den Kopf zurück ins Kissen. »Jetzt wird mir einiges klar. Nun ja, grüßen Sie sie von mir.«

Ricolet stand auf. Er wollte sich nicht vorstellen, welche Erinnerungen sich gerade in Henkmanns Kopf abspielten. Wie oft hatte sie mit diesem Mann geschlafen? Das würde er sie niemals fragen. Dass Henkmann jedoch nun wusste, dass von Paulines Seite aus niemals echte Gefühle im Spiel gewesen waren, bereitete ihm Genugtuung.

»Sie werden noch ein paar Verhöre über sich ergehen lassen müssen.«

Henkmann sah ihn offen an. »Das ist mir alles egal. Es ist vorbei. Ich weiß im Gegensatz zu Herrn Hitler, wann ich verloren habe.«

»Das kann auch ein Vorteil sein. Leben Sie wohl, Monsieur Henkmann.« Ricolet stand auf und nickte ihm zum Abschied zu.

Als er an die frische Luft kam, fühlte er sich wie befreit. Dieser Fall würde zwar nicht der letzte am Quai sein, in dem ein Deutscher eine Rolle spielte, aber Henkmann war sicher der letzte Deutsche, der Pauline und ihn persönlich betraf.

*

Nicht lange darauf war er am Jeu de Paume angekommen, wo er einige Amerikaner bemerkte, die sich mit Rita Valladon unterhielten. Es kam ihm vor, als wären Jahre vergangen, seitdem er mit ihr auf der Bank im Park gesessen hatte, mitsamt ihrem Butterbrotpapier.

Dulac stand im Flur und hielt eine Tasse Kaffee in der Hand. Dass sein Anzug immer noch dreckig war, musste ihn ungemein beschämen, doch er ließ sich nichts anmerken. Ricolet bedankte sich noch einmal mit einem Handschlag für die Unterstützung seines Kollegen. Dulac bot ihm eine Tasse an, aber er lehnte ab, da er nicht wusste, ob er mit seinem Kiefer überhaupt trinken konnte.

»Wo ist das Bild?«

Dulac wies mit dem Kinn auf eine Tür. »Da drin, in einem Büro. Die Damen haben flink einen Rahmen gebastelt.«

Als Rita ihn erkannte, entschuldigte sie sich bei ihren Gesprächspartnern und kam auf ihn zu.

»Richard, hau ab, mach Feierabend oder so. Ich bin jetzt hier«, sagte Ricolet und nickte seinem Kollegen zum Abschied zu. Ihm schien es, als wäre er nun der Chef der kleinen Truppe, denn Dulac gehorchte ohne Weiteres.

Mit einem gequälten Gesichtsausdruck zog Rita ihn in einen kleinen Raum, wo Pauline in sich versunken dastand. Ihre Hose war voll Dreck, und die Locken standen ihr wirr vom Kopf ab. Nie war sie ihm schöner erschienen, und er musste ein Seufzen unterdrücken.

Sie schien ihn nicht zu bemerken, denn sie starrte reglos auf ein Bild, das neben einigen anderen an der Wand hing. Natürlich das Porträt, ordentlich auf helle Holzleisten gespannt. Er betrachtete den jungen Mann auf der Leinwand und lächelte zufrieden. Doch als er dann in Paulines Gesicht sah, stutzte er. Sie hatte eindeutig geweint, und auch in Ritas Gesicht spiegelte sich Bedrückung.

»Was ist passiert?« Er legte Pauline den Arm um die Schulter, und sie lehnte sich an ihn.

»Alles war umsonst, Jean. Das Porträt – es ist eine Fälschung!«

Als er das hörte, schnürte sich ihm die Kehle zu. Eine Fälschung? Wegen einer Fälschung hatten sie so viel Mühe und Gefahren auf sich genommen? Wegen einer Fälschung waren zwei, nein, drei Menschen tot und sie beide nur knapp mehreren Angriffen entkommen? Es war, als fiele er in ein tiefes Loch. Er sah Pauline vor sich, wie sie ihn mit flehendem Blick um Hilfe bei der Suche gebeten hatte. Die Grundlage all ihres Handelns hatte sich in nichts aufgelöst. Wie musste sie sich fühlen?

»Aber wie kann das sein? Madame Valladon, so sprechen Sie doch.«

Die Kunstexpertin sah ihn bedauernd an und faltete die Hände vor ihrem Bauch. »Es tut mir leid. Aber diese Fälschung ist ungefähr sieben oder acht Jahre alt. Die Farbe ist künstlich, wahrscheinlich durch schnelle Austrocknung, mit kleinen Rissen versehen worden, damit es echt wirkt. Die Pinselführung ist nahezu korrekt. Aber: Die Dicke der Farbschicht stimmt nicht mit der von anderen Gemälden Raffaels überein. Es ist wirklich nicht schlecht gemacht, aber … nun ja, es bleibt eine Kopie.«

Er drückte Pauline an sich, um seine eigene Enttäuschung zu verbergen. Wieder ein Geheimnis, wieder neue Fragen. Wer hatte die Fälschung hergestellt und in Umlauf gebracht? Rabinovich? Passte das zum Zeitplan, wenn diese Fälschung wirklich sieben Jahre alt war? Oder hatte Allais etwas damit zu tun?

»Ich kann nicht mehr, Jean«, flüsterte Pauline. »Ich will dieses Bild nicht mehr sehen. Nimm es und bring es in die Asservatenkammer.«

Er nickte und küsste sie auf die Schläfe. »Und die anderen Bilder?«

Ihr Blick wurde wieder lebhafter. »Der Rembrandt und ein Monet, ja, die sind echt.«

Auch Rita Valladons Gesicht hellte sich auf, und sie nickte heftig. *Wenigstens etwas*, dachte Ricolet und schüttelte den Kopf. Wie dem auch sei, diese schreckliche Nachricht musste er erst einmal verdauen.

»Komm, Liebes, wir trinken einen Kaffee. Sicher finden wir ein Bistro in der Nähe.« Er schüttelte Rita Valladon zum Abschied die Hand. »Danke für alles. Sie haben uns sehr geholfen.«

Rita wandte ihren Blick ab und nickte verlegen. »Ich habe zu danken.«

Das Gemälde würde er später in den Quai bringen. Immer noch war er betroffen. Mit einer Fälschung hatte er wirklich nicht gerechnet. Seine Kollegen würden ihn ganz schön aufziehen, so viel war sicher.

*

Als sie kurz darauf auf der Terrasse eines Cafés saßen, sah Pauline ihn an. In ihren Augen schimmerten immer noch Tränen.

»Ich bin ziemlich verwirrt, ehrlich gesagt.« Sie versuchte zu lächeln.

»Ich auch. Wie kann ich dich trösten?«

Sie holte ein Taschentuch aus ihrer großen Handtasche, die er zwar des Öfteren bei Pariserinnen, aber noch nie bei ihr gesehen hatte.

»Ach, du brauchst mich nicht zu trösten. Das Leben geht weiter. Ich glaube, ich werde mich um mein Studium kümmern.« Die Kaffeetasse zitterte in ihrer Hand, als sie einen Schluck nahm.

Doch um Paulines willen wollte Ricolet nicht so leicht aufgeben. »Wir werden versuchen, das echte Bild zu finden. Wir brauchen nur die Spur bei Rabinovich aufzunehmen. Vielleicht gibt es in seinem Kellerraum einen Hinweis. Oder seine Kontakte zur Kunstszene. Da muss es doch jemanden geben, der ihn kannte und der …«

»Nein, lass nur. Es ist nicht mehr wichtig, wirklich. Das wusste ich, als ich es sah. Ich habe mich sehr gefreut, ja, aber es war, als wäre da nach der großen Freude nichts mehr, was mir wichtig ist. Es war ohnehin ein verrückter Gedanke, es unbedingt finden zu wollen. Wenn es nicht so traurig für mich wäre, müsste man fast lachen über die Tatsache, dass Brulait und Paul die ganze Zeit ein gefälschtes Bild verkaufen wollten.«

»Warum ist es Allais nicht aufgefallen?«

»Das weiß ich nicht. Nun ja, nicht jeder Kunsthändler ist so ein Experte wie Rita. Weißt du, es wird so oft vorgegeben, ein echtes Gemälde zu besitzen. Man zweifelt dann die wissenschaftlichen Methoden und Prüfungen an – und fertig. Wenn die Expertise stimmt, ist ohnehin alles gelaufen.«

»Ich werde Henkmann fragen, ob er uns in dieser Hinsicht etwas verschwiegen hat.«

Pauline entgegnete: »Das glaube ich nicht. Und wie soll man jetzt noch nachvollziehen, wo der echte Raffael ist?«

»Vielleicht war Rabinovich der Auftraggeber. Das passt doch!

Er wollte dir einen falschen Raffael überlassen, weil er den echten längst verkauft hatte.« Ricolet wollte nach jedem Strohhalm greifen, der sich ihm bot. Doch als Pauline niedergeschlagen den Kopf schüttelte, wusste er, dass sein Eifer vergebens war.

»Du hast diesen Fall ganz wunderbar gelöst, Jean. Ein Mörder ist verhaftet und ein betrügerischer Kommissar. Das ist wirklich eine beeindruckende Leistung für einen kleinen Inspektor aus dem Süden.« Sie lächelte und wurde wieder ernst. »Aber ich will jetzt nichts mehr davon hören, vielleicht war alles ein wenig zu viel für mich.« Sie knetete ihre Nasenwurzel und starrte in die Tasse.

Mit aller Wucht kam ihm die Erkenntnis, dass der Fall geklärt war. Es bestand jetzt kein Grund mehr, sich mit Pauline zu treffen. Hieß das, dass sie ihn nun nicht mehr sehen wollte? Dass sein Anblick sie immer wieder an den Schmerz erinnern würde? Schließlich hatte er quasi dazu beigetragen, ihre Hoffnung auf das echte Bild zu zerstören. Eine Faust schien sich um sein Herz zu ballen.

»Aber ... aber wir können uns bald wiedersehen, oder? Ich mag dich, Pauline, ich mag dich sehr. Ich kann mir nicht vorstellen ...«

Sie unterbrach ihn mit einer Handbewegung. »Nein, Jean, tut mir leid, das kann ich nicht.« Sie sah in ernst an. »Ich muss erstmal ins Reine kommen mit der ganzen Sache. Du bist ein wunderbarer Mann, und ich habe die Nacht mit dir sehr genossen. Du hast mir geholfen, warst mutig und für mich da, aber ... Ich brauche Zeit, um ...« Sie brach ab.

Mit Mühe brachte er ein Nicken zustande. »Ich verstehe. Du brauchst nichts zu erklären.«

»Ich danke dir für alles, was du getan hast, Jean. Wir sehen uns beim Prozess wieder. Dort werde ich natürlich als Zeugin aussagen.« Sie stand auf und berührte ihn sanft an der Schulter. »Ich muss das tun. Adieu«, sagte sie und küsste ihn zart auf die Wange.

Ricolet schloss kurz die Augen und versuchte, den stechenden Schmerz in seinem Kopf zu ignorieren. Als er sie wieder öffnete, war Pauline verschwunden. Die plötzliche Leere und Einsamkeit zerrissen ihm das Herz. Er schob die noch volle Kaffeetasse von sich und stützte den Kopf in die Hände.

Als nach einer Weile ein Schatten auf ihn fiel, zuckte er zusammen und sah hoffnungsvoll auf.

»Monsieur Ricolet, wie geht es jetzt mit mir weiter?« Alphonse stand vor ihm.

*

Pauline biss sich auf die Lippen und ließ jetzt zu, dass ihr Tränen über die Wangen rollten. Mit schnellen Schritten ging sie zum Museum zurück. Sie betrat Ritas Büro und registrierte, dass das Bild bereits in eine Decke gehüllt war und bereitstand für den Abtransport zum Quai.

Rita kam aus der Küchennische hervor, eilte auf sie zu und schloss sie in die Arme. »War es sehr schwer, Liebes?«

»Ja, das war es. Aber ich kann ihm nicht die Wahrheit sagen. Er wird mich verachten.«

»Aber Pauline, du weißt doch gar nicht …«

»Nein!«, rief sie und löste sich von ihrer Kollegin. »Es ist besser so.«

Ricolet hatte sie beschützt und dabei ihren Bruder erschossen. Ihre Gefühle waren so wirr, sie konnte einfach nicht klar denken. Doch eines wusste sie: Ricolet würde ihr niemals verzeihen, dass sie ihn belogen und so vieles verschwiegen hatte.

»Ich spreche mit meiner Mutter, und dann werde ich meinen Vater suchen. In London.« Sie ergriff Ritas Hand und umklammerte sie. »Danke, Rita, du hast mir so geholfen. Ich weiß nicht, wie ich das wiedergutmachen soll.«

Rita lächelte. »Du hast mir zwei geraubte Bilder zurückgebracht. Ist das nicht genug Dank?«

»Und wie läuft es mit der Kommission für Raubkunst?«

»Die wird bald gegründet. Ich werde Mitglied sein und durch

verschiedene Länder reisen, um geraubte Kunstgegenstände wieder aufzuspüren.«

»Das ist eine wundervolle Aufgabe, Rita.«

Sie umarmten sich ein letztes Mal. Pauline fühlte, dass sie in den Katakomben eine neue Aufgabe erhalten hatte. Nein, gleich mehrere. Diese Ziele hatten sie mit Hoffnung, aber auch mit Trauer erfüllt. Morgen sollte sie noch auf dem Präsidium ihre Aussage zum Fund des Bildes zu Protokoll geben. Natürlich würde sie niemals berichten, dass Otto Steinmann ihr Halbbruder war, doch der komplette Fall musste geklärt werden. Ihr graute bei der Vorstellung, die ganze Zeit in Ricolets traurige Augen sehen zu müssen. Sie wollte heimgehen und ihre Reise planen. Sie musste dort anknüpfen, wo ihr Stammbaum noch Lücken aufwies – in London. Doch zuerst musste sie ihrer Mutter erzählen, dass Felix' Sohn gestorben war.

*

Im Krankenhaus Necker, das dem Trocadero am nächsten lag, war es still. Es war fast zweiundzwanzig Uhr, und Ricolet war mit Moronde hierhergefahren, um einen Blick auf Brulait zu werfen. Eigentlich war es eine Flucht vor seinen Gefühlen, dessen war er sich bewusst. Er versuchte, seinen Schmerz über Paulines Abschied in Arbeit zu ertränken. Die Erlebnisse in den Katakomben waren nebensächlich geworden, der Fall war nicht mehr wichtig, sondern diente ihm nur zur Ablenkung.

Wie in Trance hatte er einen ersten Bericht verfasst, den er bestimmt in den nächsten Tagen noch mehrmals überarbeiten musste. Die euphorische Stimmung im Büro ging ihm besonders an die Substanz. Sämtliche diensthabende Inspektoren waren auf einen Sprung vorbeigekommen, und das Geschnatter und Schulterklopfen hatte ihn noch mehr verwirrt. Deshalb hatte er sich kurzerhand seinen Kollegen geschnappt und war ins Auto gestiegen.

Wie schal dieser Sieg nun schmeckte. Pauline – nie wieder würde er ihr Lächeln sehen, nie wieder neben ihr liegen und ihre tröstliche Wärme spüren. Als er nun im Krankenzimmer stand, sah er, dass Brulait noch nicht schlief. Die Kugel hatte seine Schulter durchschlagen, und morgen würden die Ärzte versuchen, ihn auf dem Operationstisch zusammenzuflicken. Er wirkte geschwächt, seine Blässe erinnerte Ricolet an seine erste Vernehmung Henkmanns.

»Verflucht, Sie schon wieder«, brummte Brulait und wandte den Kopf ab. Der Widerwille des Kommissars schien nur wenig Schaden genommen zu haben.

Ricolet sah Moronde an, der nur mit den Schultern zuckte. Draußen patrouillierte ein Gendarm, um einen möglichen Fluchtversuch zu verhindern, also gab es für Brulait kein Entkommen.

»Das ist eigentlich mein Text. Ich war wirklich erschrocken, als Sie in der Kammer aufgetaucht sind.«

»Ja, ja, ich bin eben wie ein falscher Fünfziger, nicht loszuwerden. So wie Henkmann.« Brulait schnaufte belustigt und zuckte sofort vor Schmerz zusammen. Das Thema eignete sich jedenfalls für den Beginn der Befragung, dachte Ricolet und fuhr fort.

»Es muss Sie sehr überrascht haben, ihn plötzlich in der Kirche zu sehen, oder?«

Brulait schüttelte den Kopf. »Ich war wie gelähmt, konnte es nicht glauben. Dieser verdammte Mistkerl hat mich die ganze Zeit getäuscht.«

»Der Tote war übrigens ein Herr von Rüschwitz. Wohl Ihr Kontaktmann beim ERR, von dem Daumesnil geredet hatte.«

»Ach herrje. Na, der hat sich seine Karriere wohl auch anders vorgestellt. Auf ihn wäre ich nicht gekommen, denn ich glaubte ihn schon längst in Deutschland.«

»Und schöne Grüße übrigens von Hochwürden. Man hat Pfarrer Grigot noch gestern Abend verhaftet. Dulac hat ihn verhört.«

»Pech für ihn«, raunte Brulait und sah aus dem Fenster.

»Er hat mit der portugiesischen Botschaft zusammengearbeitet, nicht wahr, Monsieur Mendoza?«

Ricolet fiel auf, dass hier keine Befragung stattfand. Brulait hatte sein Geständnis bereits in den Katakomben abgegeben, alles Weitere würden die Kollegen erledigen. Es war vielmehr ein Gespräch zwischen Sieger und Besiegtem, ein Gespräch, das jedem von ihnen den eigenen Standpunkt nachdrücklich ins Bewusstsein rief. Es war außerdem ein Abschluss. Er würde seinen ehemaligen Vorgesetzten erst beim Prozess wiedersehen. Und er würde diesen Kommissar niemals vergessen, so viel stand fest.

Auf seine Frage schwieg Brulait eine Weile, dann seufzte er tief. Seine Augen waren von roten Äderchen durchzogen.

»Allais hatte früher Kontakte zu der Familie, der das alte Haus auf dem Butte gehörte?«, versuchte es Ricolet mit einer anderen Frage.

Nun nickte der Kommissar, sein Kampfgeist anscheinend erloschen. »Er stammte von dort.«

Schritte waren auf dem Gang zu hören, dann trat eine Schwester ein, um eine Karaffe Wasser und ein Glas auf das Schränkchen am Bett zu stellen. Sie huschte wieder hinaus, ohne sie anzusehen.

Ricolet füllte das Glas und reichte es Brulait. Hatte er Mitleid? Ja, ein wenig. Der imposante Eindruck Brulaits war dem Krankenbett zum Opfer gefallen. Der Kommissar hatte anfangs nur die Befehle seines Vorgesetzten befolgt. Das hätte jeder Kriminalbeamte getan. Dann waren seine Träume in den Wirren der Libération gewachsen und in den Katakomben gestorben. Ricolet konnte nachfühlen, was er nun empfinden musste.

Inspektor Moronde trat näher an das Bett heran und fragte, als hätte er Ricolets Gedanken gelesen: »Warum sind Sie nicht einfach auf Ihrem Posten geblieben? Ich hatte nicht den Eindruck, dass Ihre Stelle in Gefahr war. Sie hätten Henkmann und Allais verhaften und so Ihre Loyalität beweisen können. Also, warum der Verkauf des Bildes und die Fluchtvorbereitungen?«

Brulait richtete sich auf, soweit es sein Verband zuließ, die Faust geballt und mit feurigem Blick. »Warum? Weil Frankreich vor die Hunde geht und niemand es merkt! Ich will damit nichts zu tun haben. Ich wollte fortgehen, weil es mein Lohn war, der Lohn für all die Plackerei, der Lohn für all die Zeit, die ich verschwendet habe auf diesem Scheißposten. Für all den Gestank, all den Schweiß dieser Ganoven und Mörder, für all das hämische Grinsen auf ihren Gesichtern, für …«

Moronde hob die Hände. »Ja, schon gut, ich habe verstanden. Eigentlich ist es mir egal. Sie sind mein Vorgesetzter gewesen. Nicht der schlechteste. Aber was mich schockiert hat: Haben Sie wirklich Joseph Reumur angeheuert, um einen Ihrer eigenen Inspektoren zu erschießen?«

Brulait machte eine wegwerfende Handbewegung.

»Wie ich schon sagte: Er sollte ihm bloß ein bisschen Angst machen.«

Ricolet stand mit einem leisen Lächeln auf. Ihm war egal, was sein Gegner mit dem Anschlag bezweckt hatte. Er hatte fast alles gehört, was er wissen wollte.

»Morgen werden weitere Verhöre folgen«, sagte er zum Abschied.

»Ihre Arbeit geht mich nichts mehr an.« Brulait wandte seinen Kopf dem Fenster zu. Es gab nichts mehr zu sagen. Doch dann rief der Kommissar ihn zurück. »Ricolet!«

Er wandte sich um, während Moronde schon auf dem Flur stand und nach seiner Zigarettenschachtel tastete. Der Blick des Kommissars war seltsam. Er schien ihn zu durchdringen, und gleichzeitig lag so etwas wie Versöhnlichkeit in ihm.

»Sie waren gut … verdammt gut.« Dann schloss Brulait die Augen und zog die Decke bis an sein Kinn.

*

Nach Mitternacht wachte Brulait durch diffuse Geräusche auf dem Gang auf und spürte dem Schmerz nach, der sich tief in seinem Körper eingenistet hatte. Er wusste nicht, was schlimmer war: das Fieber steigen zu fühlen oder sich mit seinen ebenso peinigenden Gedanken auseinanderzusetzen. Seine Inspektoren waren bei ihm gewesen, um nach ihm zu sehen. Seine Inspektoren – freudlos lachte er auf und zuckte sogleich zusammen. Das war einmal, das war vorbei. Nie wieder würde er Inspektoren und Gendarmen befehligen.

Wenn es nicht um ihn selbst gegangen wäre, könnte er sogar stolz auf seine Leute sein. Sie hatten eine Menge erreicht, und er hatte schon längst bedauert, dass er in seinem Drang nach absoluter Sicherheit überreagiert und Ricolet nach dem Leben getrachtet hatte. Den Auftrag zum Mord würde er niemals gestehen, er war ja nicht blöd.

Dieser verfluchte Inspektor würde es weit bringen, ganz sicher. Die Fragen, die er im Laufe der Woche und in den Katakomben gestellt hatte, waren so treffend, als wäre Ricolet von Anfang an in seinen Plan eingeweiht gewesen. Dulac und Moronde hätten niemals seine Anordnungen hinterfragt. Er hätte auch nicht gedacht, dass Daumesnil der Liste seiner Verfehlungen noch die Sache mit dem ERR hinzufügen würde. Wenn dieser scharfsinnige junge Mann aus dem Süden nicht aufgetaucht wäre, säße er längst in einem Lissaboner Café und würde die Zeitungen auf der Suche nach einem kleinen Ladenlokal durchforsten. Tabak, Pfeifen, Zigaretten und Zigarren. Aus und vorbei. Wenn er feige gewesen wäre, hätte er sich aus diesem Fenster in den Innenhof gestürzt. Doch er war nicht feige. Er hatte Mist gebaut, und er würde dafür geradestehen. Die Welt von Knastmauern aus betrachten, immer noch den Mief des Kleinganoventums und des Bösen einatmen, ja, sich von ihm ernähren müssen.

Was hatte ein Kriminalbeamter im Gefängnis wohl zu erwarten? Den Hieb mit einem selbst gebastelten Messer? Eine Kugel aus einer eingeschmuggelten Knarre? Hohn, Gelächter, Vergewaltigung? Wenn er schon nicht König der Raucher in Lissabon werden konnte, dann würde er sich ein neues Ziel setzen: König seines Zellentraktes. Irgendeinen Getreuen musste es doch noch geben, dem er seine Wünsche bezüglich seiner Zellenkameraden mitteilen konnte. Das Leben in die eigene Hand nehmen, das würde er weiterhin tun. Er atmete zitternd ein und schloss die Augen.

Wer würde morgen zu ihm kommen? Dieser gaullistische Präfekt und seine Entourage, der Direktor oder nur ein kleiner Beamter? Egal, Reue zeigen, Einsicht heucheln, dann würde er vielleicht mit zehn Jahren La Santé oder Fresnes davonkommen. Er wusste ja bereits, welche Fragen auf ihn zukamen. Ricolet hatte ihn gut vorbereitet. Er beschloss, ihn vom Gefängnis aus im Auge zu behalten. Man wusste ja nie.

Kapitel 11

Anfang Oktober 1944

Zwei Wochen waren seit dem Fund des Bildes und Ottos Tod vergangen. Pauline stand am Fenster und sah auf die Straße hinaus. Ihre neue Aufgabe lag nun vor ihr. Das Stadtpalais war verkauft, die Schuldenlast so gut wie getilgt, sie hatte noch etwas Geld abgezweigt, und ihr Koffer stand bereit. Ein besonderer Koffer. Sie hatte es so gemacht wie Rabinovich: das Bild im Innenfutter versteckt. Es blieb ihr nur zu hoffen, dass ihr Gepäck an der Grenze nicht durchsucht würde.

Nachts hatte sie das Bild heimlich in ihrem Zimmer angesehen und den altvertrauten Trost erhalten. Der junge Mann schien ihr nicht übel zu nehmen, dass sie eine halbe Deutsche war. Wie gut, dass Rita bei ihrem kleinen Streich mitgespielt hatte. Die Unterlagen wiesen ihren Großvater als Eigentümer aus, und sie war seine Erbin. Alles andere würde sich zeigen, wenn sie ihren Vater gefunden hätte. Das hatte Rita ein wenig besänftigt, die Arme war ohnehin schon viel zu oft in Anspruch genommen worden. Und wie gut, dass ihr talentierter Bekannter vom FFI rechtzeitig mit dem Bild fertig geworden war, das sie schon seit der Entdeckung des Raffaels beim ERR in Auftrag gegeben hatte. Die Fälschung hatte ihren Zweck erfüllt und ruhte nun in der Asservatenkammer der Polizei. Der echte Raffael in ihrem Koffer sollte dahin zurück, wo er hergekommen war, zu den Waldbergs oder zu ihrem Vater. Dann erst würde Pauline sich besser fühlen.

Sie hatte so lange ins helle Sonnenlicht gestarrt, dass sie die Frau, die nun die Straße entlangkam, erst erkannte, als sie fast vor dem Gebäude angekommen war.

»Maman,« rief sie und drehte sich um. »Josette ist da.«

Ihre Mutter erschien im Flur, rötliche Flecken auf ihren Wangen. Mit zittrigen Händen strich sie sich das leichte Sommerkleid glatt. Die Haare waren hübsch frisiert, und in diesem Moment ähnelte sie wieder der schönen jungen Frau auf dem Foto in Josettes Album.

Die Concierge hatte ihre Tante bereits eingelassen, denn Schritte erklangen im Treppenhaus. Pauline ging zur Tür und öffnete. Josette lächelte ihr entgegen, sie war schlicht, aber elegant gekleidet.

»Schön, dass du da bist«, sagte Pauline. Sie tauschten Küsse auf die Wange. Als ihr Gast den Flur betrat, atmete ihre Mutter tief ein.

»Denise.«

»Josette.«

Sie standen verlegen lächelnd voreinander, dann legte Josette den Arm um den Nacken ihrer Mutter und zog sie in eine Umarmung. Pauline sah, wie ihre Mutter ihre Arme um Josettes Taille legte. Eine Weile standen sie so da, dann löste sich ihre Mutter aus der Umarmung mit einem entspannten Lächeln auf ihren Lippen.

»Komm doch herein, Josette. Wir haben es nur bescheiden, aber so sind die Zeiten nun mal.«

»Ja, Denise, so sind die Zeiten«, antwortete Josette zustimmend. »Und wir haben uns so viel zu erzählen, nicht wahr?«

»Oh ja. Pauline?« Ihre Mutter wandte sich zu ihr um. »Musst du wirklich schon fort?«

»Ja, Maman, der Zug geht gleich.«

»Gut, dass die Gleise inzwischen halbwegs repariert sind«, sagte Josette noch und küsste sie zum Abschied auf die Wange. »Alles Gute, mein Kind. Du wirst ihn finden. George hat ja schon ein paar Telefonate geführt. Die Botschaft wird dir helfen, sie hat Kontakte zu Deutschen im Exil.«

»Danke, Josette. Ihr habt mir sehr geholfen.«

Sie umarmten sich. Als Pauline ihre Arme auch um ihre Mutter schloss, wusste sie, dass sie bei Josette Trost finden würde.

»Es ist ja nicht für immer, Maman«, flüsterte sie, als ihre Mutter leise schluchzte.

»Grüß ihn von mir, falls … du weißt schon.«

Diese Worte überraschten Pauline. Und sie vergrößerten nur noch mehr die Neugierde auf ihren Vater. Sie umarmten und küssten sich, dann hob Pauline den schweren Koffer auf und nickte den beiden Frauen zu. Als sich die Haustür hinter ihr schloss, spürte sie Aufbruchstimmung, Abenteuerlust, Lust am Leben. Natürlich, was sollte sie sonst spüren? Das alles hatte sie offenbar von ihrem Vater geerbt.

Kapitel 12

Ende November 1944

Neun Wochen hatte Ricolet es ausgehalten. Neun Wochen voller Arbeit, kleiner Erfolge und erfreulicher Nachrichten. Aber auch voller Trauer, einer Sehnsucht, die ihn quälte, und dumpfer Gleichgültigkeit, die ihn in einen missgelaunten Zeitgenossen verwandelt hatte. Sogar Moronde war im Vergleich zu ihm ein Philanthrop.

Die Tage gingen dank der geschäftigen Überstunden schnell vorüber, und das Büro wurde ihm ein besseres Zuhause, als ihm recht war. Doch in der Einsamkeit seiner Wohnung hielt er es nicht lange aus, dann streifte er lieber durch die Straßen und Gärten rund um Sacré-Cœur. Der freie Waffenstillstandstag am 11. November hatte ihn ebenfalls abgelenkt. Ganz Paris war auf den Straßen gewesen, als de Gaulle gemeinsam mit Winston Churchill auf den Champs-Élysées eine Militärparade abhalten ließ. Das wäre etwas für Pauline gewesen. Auch er hatte den patriotischen Taumel genossen, der Tag war ein kleiner Ausgleich dafür gewesen, die Befreiung nicht selbst miterlebt zu haben. Trotzdem hatte er instinktiv immer wieder die Menge nach Paulines schönem, klugem Gesicht abgesucht, vergebens. Am Abend hatte er einen besonders langen Brief an seine Eltern geschrieben und ihnen alle Details der Parade geschildert.

Manchmal traf er sich mit seinen Kollegen zum Bier auf dem Place du Tertre, manchmal mit Alphonse, der ihm – hilfsbereit, wie er war – von einer ledigen Cousine erzählte, die leidlich hübsch und nett sei. Ricolet winkte dankend ab. Er hatte dafür gesorgt, dass Alphonse als Kronzeuge gegen Madame Cortulet aussagte und dafür straffrei ausgehen würde. Der Prozess würde in vier Wochen beginnen, und Alphonse war entsprechend nervös. Der Geselle hatte inzwischen eine neue Stellung in einer Fleischerei gefunden und ihm ewige Treue und Unterstützung geschworen. Doch dass diese Unterstützung die Vermittlung einer Cousine beinhaltete, hatte ihn glatt zum Lachen gebracht. Als hätte eine andere Frau Pauline ersetzen können.

Sollte das für ihn nun alles gewesen sein? War dies das Leben, das er sich erhofft hatte? Gewiss, er war beliebt und anerkannt, auch wenn sich einige Inspektoren noch ein wenig lustig machten über den eifrigen Protestanten aus dem Süden. Doch die neuen Fälle waren nur selten interessant, es schien ihm, als sei mit dem Abschluss des Henkmann-Falles jeglicher Reiz der Verbrechensbekämpfung verschwunden. Er begann sogar zu verstehen, was Brulait zu seinem Schritt bewogen hatte. Doch gewissenhaft besuchte er die verschiedenen Polizeistationen in den gesamten Arrondissements, um sich dort vorzustellen und die Arbeiten zu beobachten. Die Karawane der Kleinganoven und Huren, die durch die Reviere zogen, schien nicht enden zu wollen. Er hörte das Klagen der Inspektoren, die von der Fülle an Arbeit erschlagen wurden und zu Hause kaum die Kinder ernähren konnten.

Ein neuer Kommissar war ihnen zugeteilt worden, was Dulac nur mit einer gewissen Verärgerung akzeptierte. Monsieur Jacques Jouvier aus Bercy, ein gemütlicher Mann um die vierzig mit hoher Stirn und einer Brille, bat sie zum morgendlichen Rapport, bevor er selbst zum Direktor ging und seinerseits Rapport erstattete. Ansonsten ließ er sie in Ruhe, gab nur die wichtigsten Richtlinien aus und ließ den Dingen oft ihren Lauf, wodurch sich diese dann oft wie durch Zauberhand von selbst erledigten. Seine Anwesenheit gab Ricolet wider Erwarten ein Gefühl der Sicherheit und Wertschätzung.

Knapp drei Monate war er nun in Paris, das nicht zuletzt durch den Herbst farbiger wurde. Die Peniches zogen tuckernd die Seine hinauf, die Angler standen in großer Zahl an den Ufern, die Kinder spielten auf den Straßen Hüpfkästchen und Fußball, und die Sirenen der großen Fabriken riefen zur Schicht. Die Kameradschaft mit Dulac und Moronde, die Verbissenheit, mit denen sie alle an diversen Mordermittlungen arbeiteten, und die Schönheit der Stadt im herbstlich roten Sonnenuntergang bescherten ihm einen beruhigenden Trost. Vielleicht würde die Sehnsucht nach Pauline eines Tages nachlassen und er ein normales Leben führen können. Doch da er absolut nichts von ihr hörte, irrten seine Gedanken im Kreis. Er konnte kein normales Leben führen, wenn er nicht wusste, wo genau sie war und wie es ihr erging. Mit aller Kraft hoffte er, dass sie glücklich war.

*

Ricolet saß vor der Morgenpost, die Madame Pomponnier heute Morgen auf die Kommode gelegt und die er mit ins Büro genommen hatte. Es war ein Brief aus London dabei, den er sich nicht zu öffnen traute – Pauline hatte ihm geschrieben. All die Erinnerungen an das vergangene Abenteuer stiegen wieder in ihm auf, und er begann den Fall zu rekapitulieren, um das Lesen des Briefes noch etwas hinauszuzögern.

Die Verhöre von Kommissar Brulait waren inzwischen beendet, er saß genau wie Paul Henkmann in La Santé ein und wartete auf den Beginn der Verhandlungen. Auch Joseph Reumur war verhaftet worden, doch nur wegen Körperverletzung, denn er hätte Ricolet ja nur einen Schrecken einjagen wollen, wie auch Brulait gesagt hatte. Mehr ließ sich nicht nachweisen.

Das Rätsel um das falsche Bild konnte nicht geklärt werden, das war auch nicht Sache seiner Abteilung. Henkmann hatte auf jeden Fall kategorisch verneint, dass sein Raffael eine Fälschung gewesen war. Richtig wütend war er geworden und hatte halsstarrig auf seine Erfahrung hingewiesen, die er laut Pauline ja gar nicht besaß.

Doch der Fall um den toten Deutschen vom Dachboden war

fast in Vergessenheit geraten, denn die Ergreifung des Massenmörders Marcel Petiot hatte im Oktober alle anderen Fälle aus dem Gedächtnis der Pariser verdrängt. Der Mörder hatte sich als Offizier der Résistance ausgegeben, doch man war ihm auf die Schliche gekommen und hatte ihn auf offener Straße verhaftet. Nun leistete er ebenfalls Brulait in La Santé Gesellschaft. Die Zeitungen übertrafen sich mit ihren Schlagzeilen, in jedem Laden, in jeder Kneipe war Petiot wieder einmal Tagesgespräch, nachdem man ihn für eine Weile vergessen hatte. Den Koffern der Opfer kam wieder neue Bedeutung zu, und die Staatsanwaltschaft arbeitete eifrig an der Anklageschrift. Journalisten aus aller Welt tummelten sich auf den Gängen am Quai.

Ricolet nahm den Umschlag in die Hand, drehte und wendete ihn, dann ließ er ihn mit einem Seufzen in die Schublade gleiten. Der Inhalt würde ihm erneut das Herz zerreißen, so viel ahnte er.

Seit Anfang Oktober war Pauline verschwunden. Sie war nach London gereist aus Gründen, die er nicht wusste. Daher hatte er ihre Mutter besucht und versucht, mehr zu erfahren. Madame Drucat, die plötzlich ein freundliches und selbstbewusstes Verhalten an den Tag legte, hatte gesagt, sie besuche Verwandte in der dortigen französischen Botschaft. Dazu hatte sie ihm erklärt, dass Paulines Nachforschungen einige Dinge ans Licht gebracht hätten, die ihn schockieren könnten: Der tote Agent Otto Steinmann sei Paulines deutscher Halbbruder gewesen, demnach war der mysteriöse Felix Steinmann, einstiger Besitzer des Bildes, ihr Vater.

Das hatte ihn umgeworfen. Von einer Sekunde auf die andere von ihrer deutschen Herkunft zu erfahren und dazu den Grund für ihre Ablehnung zu verstehen, war nicht einfach gewesen. Und doch war es so klar: Er hatte ihren Bruder getötet. Er sah noch vor sich, wie entsetzt sie sich nach dem Schuss über Steinmanns Leiche gebeugt hatte. Kein Wunder, dass sie ihn vorher gebeten hatte, ihn am Leben zu lassen. Das hatte er ja gründlich vermasselt … Sie musste ihn verabscheuen, auch wenn er sie vor ihrem eigenen Bruder gerettet hatte. Blut war dicker als Wasser. Und falls ihr deutscher Vater das Gemälde vor einigen Jahren hatte fälschen lassen, wollte sie sicher nicht, dass er sie darauf ansprach.

Nur warum schrieb sie ihm jetzt? Was war passiert? Er hatte schlicht und einfach Angst, den Brief zu lesen. Würde sie für immer nach London ziehen? Dort studieren und leben, heiraten? Der Gedanke allein brachte ihn zum Kochen.

Das Gemurmel aus dem Radio, das auf Dulacs Schreibtisch stand, drang an sein Ohr. Eine neue Anschaffung ihres Kommissars, damit sie immer über die politischen Verhältnisse auf dem Laufenden waren. Immer noch gab es Lebensmittelkarten, immer noch war Benzin rationiert. De Gaulle versuchte, die staatliche Ordnung wiederherzustellen, die Versorgungskrise zu beseitigen und die Säuberungsaktionen in gerichtliche Bahnen zu lenken.

Ricolet widmete sich wieder seiner Akte über den Mord an einem wohlhabenden Kaufmann. Vielleicht würde ihn dieser Fall ja wieder mehr in den Bann schlagen. Die Umstände der Tat waren ungeklärt und geheimnisvoll genug. Der Nachrichtensprecher meldete die Bombardierung von Freiburg, und prompt kehrten seine Gedanken wieder zurück zu Henkmann und den Deutschen. Sie wurden hart bestraft für ihre Verbrechen. Auch er wurde hart bestraft für seine Zuneigung zu Pauline. Seine Hand fuhr zum Griff der Schublade, dann ergriff er hastig den Bleistift und kritzelte eine Anmerkung zu dem Mordfall auf ein Blatt Papier.

»Jean, hörst du mir zu?«

Das Radio war verstummt. Dulac boxte ihm hart auf die Schulter, sodass Ricolet zusammenzuckte.

»Ja, was ist denn?« Er räusperte sich.

»Es ist nicht zum Aushalten mit dir! Ich sagte, wenn du nicht bald diesen Brief liest, den du da versteckst, hole ich ihn persönlich aus der Schublade und verbrenne ihn!«

Dulac wies auf den kleinen Holzofen, der bereits seit einigen Tagen die feuchte Kälte vertrieb, die von der Seine hochstieg. Der Nebel, der heute herrschte, war so schwer, dass sich die Luftfeuchtigkeit an den nackten Baumzweigen fing und auf den Asphalt tropfte.

»Das geht euch gar nichts an.«

Moronde murmelte an seinem Schreibtisch etwas vor sich hin, das nach »sturer Protestant« klang. Ricolet sah Dulac an, dessen Blick vorwurfsvoll war. Er gab sich einen Ruck und öffnete die Lade.

Er rechnete es Dulac hoch an, dass dieser nun diskret zu seinem Platz zurückkehrte. Er nahm den Brieföffner zur Hand und schlitzte mit einem energischen Ruck den Umschlag auf. *Verdammtes Weib, was will sie noch von mir? Soll sie mich doch in Ruhe lassen.* Nun, der Papierkorb stand ja nicht weit entfernt, er konnte den Brief jederzeit wegwerfen. Doch er musste sich eingestehen, dass seine Wut nur vorgetäuscht war, um sich gegen eine neue Enttäuschung zu wappnen.

Der Brief war zwei Seiten lang, die Zeilen eng mit einer filigranen weiblichen Handschrift beschrieben. Da fiel ihm eine Fotografie entgegen. Der Atem stockte ihm, als er sie betrachtete, und sein Herz schlug so heftig, dass ihm schwindelig wurde.

Er riss sich zusammen, las langsam und konzentriert. Die Uhr an der Wand tickte. Immer weiter las er und wurde immer schneller, seine Augen schnellten von Zeile zu Zeile.

»Oh Pauline«, flüsterte er schließlich und sah auf. Er warf den Brief auf die Tischplatte, stand auf und ging zum Fenster. Seine Gedanken kreisten um die Nachricht, die Paulines zarte Finger – er konnte sie immer noch auf seiner Haut spüren – geschrieben hatten, und um die Botschaft, die dahinterstand:

Lieber Jean,
ich schreibe dir in der Hoffnung, dass du mir meine Lügen und Täuschungen eines Tages verzeihen wirst. Ich habe dich belogen, was das Bild angeht. Rita hat mir dabei geholfen. Verstehst du? Das Gemälde aus den Katakomben war der echte Raffael. Wir haben dir im Jeu de Paume meine Fälschung gezeigt und dir nur etwas vorgespielt. Der echte Raffael war in meiner großen Handtasche, und ich hatte Angst, du würdest ihn finden, als wir im Café saßen. Jean, ich brauchte das Bild. Ja, ich habe dich über meine Pläne im Unklaren gelassen. Ich hatte schon seit der Entdeckung des Gemäldes geplant, es gegen eine Fälschung auszutauschen. Ich wollte Paul täuschen, und stattdessen musste ich dich täuschen. Das tut mir sehr leid. Wie oft habe ich deswegen heimliche Tränen vergossen. Es war schrecklich, dir offen in die Augen sehen zu müssen, obwohl ich solche Pläne hatte.
Aber: Das Bild gehört mir. Ich hatte Angst, das nicht beweisen zu können. Großvater, nein, eigentlich mein leiblicher Vater, hat es mir zum 21. Geburtstag überlassen, und Rabinovich hat es so lange für mich aufbewahrt. Da er verfolgt wurde und mich nicht finden konnte, hat er es mit auf seine Flucht genommen. Du weißt, wie das geendet hat. Da so viel Blut daran klebt, wollte ich es dem ursprünglichen Besitzer wiedergeben. Und damit meine ich nicht Steinmann, sondern einen Juden namens Waldberg.
Ich bin nach London gereist, um meinen Vater zu finden. Ja, Felix Steinmann ist mein leiblicher Vater. Du hast es ja inzwischen von Maman erfahren. Mithilfe der Botschaft und der Exil-Deutschen ist es mir gelungen, ihn aufzuspüren. Ich konnte es dir nicht sagen, zu groß waren die Scham und die Angst vor deiner Reaktion.
Mein Vater hat mich aufgenommen. Er war so überrascht, dass er geweint hat. Er ist ein mutiger Mann, der mit seinen internen Kenntnissen über die Nazi-Verbrecher sogar dem britischen Geheimdienst geholfen hat. Ich war sehr aufgeregt. Aber wir haben lange miteinander

gesprochen, und ich habe einiges von mir in ihm wiedererkannt. Momentan wohne ich bei ihm und lerne ihn jeden Tag besser kennen.

Das Bild kam zu ihm, als er zufällig mit ansehen musste, wie Waldbergs Sohn von der Gestapo verhaftet wurde. Man hat nie wieder von ihm gehört. Die Familie war politisch aktiv. Waldberg war am Boden zerstört. Er wollte fliehen, bevor er selbst verhaftet wird. Mein Vater war sein Nachbar, er hat ihn erst in seinem Haus versteckt und ihm dann durch seine Kontakte bei der US-Botschaft geholfen, in die USA auszuwandern. Dafür hat Waldberg ihm das Bild geschenkt, er konnte es sowieso nicht mitnehmen. Waldberg lebt heute in New York und steht in Briefkontakt mit meinem Vater.
Otto, mein um neun Jahre älterer Halbbruder, hatte sich zu Vaters Leidwesen ganz der Hitler-Ideologie angeschlossen. (Du wirst es nicht glauben – ich hatte erst gedacht, er sei mein Vater.) Sie kamen nicht gut miteinander aus, sie lebten ja auch nicht mehr zusammen. Otto hat es nie verwunden, dass sein Vater einem Juden geholfen hat und dazu ein kostbares Bild einer Halbfranzösin hinterlassen hatte, bevor er dann nach London floh. Otto war bei der Gestapo, in Berlin hat er die Spur des Bildes aufgenommen. Es hat Vater erschüttert, dass Otto tot ist, doch er trägt es tapfer. Lieber Jean, mach dir keine Gedanken um diesen Toten. Du hast nicht anders handeln können, und du wolltest uns alle retten.
Vater wird noch in diesem Monat nach New York reisen, um das Bild an Waldberg zurückzugeben. Wer weiß, vielleicht hängt es eines Tages in einem dortigen Museum.

Bitte verzeih mir, ich schäme mich zutiefst, dir diesen Teil meines Lebens verschwiegen zu haben. Doch ich hatte (und habe) Angst, du würdest mich für mein deutsches Blut verachten. Ich konnte mich ja selbst eine Weile kaum ertragen.

Bald werde ich wieder nach Paris reisen, um mich endlich in der Universität einzuschreiben. Und wenn du noch Gefühle für mich hast, bin ich gern bereit, sie anzunehmen.
Ich habe dich nie vergessen …

In Liebe,
Pauline

PS: Gare du Nord, 2. Dezember.

»Und?« Die Stimme seines Kollegen riss ihn aus seinen Gedanken.

Ricolet blickte weiter hinaus aus dem Fenster und brachte kein Wort über die Lippen. Als er Dulacs Hand auf seiner Schulter spürte, drehte er sich um, und ein erleichterter Seufzer entwich ihm.

»Sie kommt zurück, Richard. Sie kommt wieder«, sagte er und zählte in Gedanken die Tage bis zum 2. Dezember. Noch fünf!

Vergessen war ihr verfluchtes Täuschungsmanöver, vergessen ihr hartnäckiges Schweigen. Ihre Trennung war ein Missverständnis gewesen. Als er sich das klarmachte, erfasste ihn eine Woge der Hoffnung, und er hatte das Gefühl, vor Glück platzen zu müssen. Während er gedacht hatte, sie hätte sich aus Enttäuschung über den Fund der Fälschung und wegen ihres toten Halbbruders von ihm zurückgezogen, fürchtete sie in Wirklichkeit nur seine Missachtung wegen ihrer deutschen Herkunft und wegen der vertauschten Bilder. Dabei war es Ricolet völlig gleichgültig, wer Paulines Vater war. Sogar das Bild war ihm egal, umso besser, wenn es in die Hände seines ursprünglichen Besitzers kam. Ihre Botschaft war es, was zählte: Sie kam am 2. Dezember zurück, und sie liebte ihn immer noch.

Als er einen Schritt von Dulac zurücktrat und ihm ein Lächeln zuwarf, kam ihm der Gedanke, dass die Gemälde im Jeu de Paume ja direkt unter seiner Nase vertauscht worden waren. Doch diese

Nachlässigkeit würde er seinem Kollegen nie auf die Nase binden. Niemand durfte etwas vom echten Bild erfahren. Dieser Aspekt des Falles musste bis in alle Ewigkeit geheim bleiben.

Moronde war unterdessen zum Schreibtisch getreten und griff nach der Fotografie. Ricolet wollte zu ihm laufen, verhindern, dass er es sah, doch es war zu spät, Moronde betrachtete es schon. Ricolet stöhnte, denn nun würde er den beiden doch alles erklären müssen. Allerdings war er sicher, dass seine Kollegen ein kleines Geheimnis für sich behalten konnten.

Moronde starrte ihn ungläubig an. *Kein Wunder*, dachte Ricolet und grinste. Das Foto zeigte Pauline und einen großen Mann mit bereits grauen Schläfen, seine Hand ruhte auf ihrer Schulter. Hinter ihnen an der Wand ein Gemälde, das er nur zu gut kannte. Und Pauline lächelte genauso verheißungsvoll wie der junge Mann auf Raffaels Porträt.